U0035673

鄭振鐸戲劇論著與活動述評

海峽兩岸第一部探討鄭振鐸所參與之戲劇活動、發表之戲劇論著、蒐集戲曲古籍，以及翻譯戲劇劇本的成就專書。

余蕙靜◎著

目次

自序

在我修習博士學位之前，我對中國戲曲的涉獵大多為古典方面，因為二十世紀的中國戲曲界，特別是前五十年的生態，許多資料及研究都有某種程度的限制。之後隨著雙方文化學術的日漸交流，上述的困境及禁忌慢慢打開，我因此轉而對這塊領域產生相當的興趣，因為俗文學地位的提升，晚清實為一大關鍵，其中尤以戲曲小說影響最大，戲劇界遭逢空前變化，許多有志之士開始投身其中，殫精竭智地尋找扭轉文化的契機，其中尤以滯留大陸的一些學者，台灣尚無人研究，中國大陸方面雖有部份研究成果，但仍有相當多的討論空間。

爾後適逢林慶璋教授給我上海外國語大學教授陳福康的著作《鄭振鐸年譜》（上）、（下）兩冊，那時正值暑假期間，我專心的讀完了這兩本書，除了佩服陳教授巨細靡遺的編纂功力，更讓我深深見識到一位學者嶔崎磊落的人格。鄭先生正式的學歷只有北京鐵路管理學校而已，他不是中文系畢業的學生，卻編寫出一本本中國、乃至世界的文學史、俗文學史，考證出一篇篇詩經、中國傳統小說、以及古典戲曲的文章；他的家境十分貧寒，所以從未到國外接受過教育，但是卻在那個時代翻譯出許多英譯本的小說及劇本，還在當時一流的報章雜誌上，與一些留學國外的學者如郭沫若等，打出一場場精彩的討論譯書原則的筆仗；他甚至後來在大學中文系講授中國戲曲史的課程，後來更擔任國立大學中文系主任兼文學院長，對於一個非「科班」出身，沒有師承淵源，不是來自學院研究體系的人，可以如此一生走在學術研究的道路上，無怨無悔，並且完成許多了不起的成就，我心中所掀起的驚訝與尊敬，引起了想進一步了解探究的動機。接下來我開始與上海的陳福康教授通信，並收集研究鄭先生的相關資料。基於一九四九年之後，鄭先生出任中國大陸官方文化方面的高階職務，國內對其介紹幾乎均近於負面評價，學位論文更是乏人研究。大陸目前以鄭振鐸為論文研究者，當以現任上海外國語大學語言文學研究所的陳福康教授為最早，陳教授於一九八二年畢業於上海復旦大學中文研究所，其碩士論文題目即為《鄭振鐸五四時期的文學思想》，一九八五年考入北京師範大學中文博士班，完成論文《鄭振鐸與新文化運動》，陳教授在撰寫論文的階段，曾經得到鄭振鐸先生哲嗣鄭爾康的幫助，專訪了幾位鄭振鐸的生平好友；此外，鄭振鐸意外墜機後，家屬將其全部藏書捐贈北京圖書館，當時的館長趙萬里先生也是鄭振鐸的好友，經鄭爾康先生的交涉，陳教授得以進入特藏組，直接閱讀鄭振鐸的藏書及手稿[一]，因之陳教授曾據以整理出一份四十萬字的《鄭振鐸研究資料》（未刊稿）[二]。陳教授在後續的研究生涯仍投入鄭振鐸的學術領域，出版了一系列相關著作，在陳著的書籍中，資料豐富是其特色之一，許多鄭振鐸發表在二、三十年代刊物上的文章，今日在臺灣各研究機構多不易得見，陳教授均引證極為詳盡，對於有興趣繼續研究者而言幫助極大，是以本書在資料的搜集方面也曾借助於陳教授的著作甚多。

鄭振鐸在文學方面涉獵範圍極廣，他是我國近代集俗文學、文學史、戲劇、小說及藝術等方面之研究學者，陳教授的撰著以通論性質的手法呈現鄭先生的學術價值，並不重在各自領域的表述，雖然它們彼此之間的確有些部份息息相關，很多的出發點是導源於同一的思想體系，但因著文體本身的差異，以及它們在中國文學史上各自有其發展的脈絡線索，要細究鄭先生對各項文體的成就，仍以分門別類的探討比較來的詳盡與深刻；其次，

註一　此據民國九十年（二〇〇一年）七月二十一日，筆者至中國大陸北京市專訪鄭爾康先生時，爾康先生當日的口述。

註二　見陳福康：〈鄭振鐸論・後記〉，（北京商務印書館，一九九一年六月），頁六三〇；鄭爾康：〈跋《鄭振鐸傳》〉，（北京十月文藝出版社，一九九四年八月），頁六六九。

陳教授的文章依然不能免俗地有著意識型態的判斷，書中某些結論往往只見政治立場的介入，都有可以再行商榷的餘地。

一九九六年南京大學出版社出版黃永林的《鄭振鐸與民間文藝》，該書共分為九章，主要集中於對鄭振鐸民間文藝的討論，範圍共計有兒童文學、民間童話、民間詩歌等方面，說明鄭振鐸使用了比較文學的理論，從歷史及審美的角度，提出民間文學擁有真率質樸、原動力與中心論、新與舊等特質。本書是黃先生在其一九九八年華中師範大學中文研究所碩士論文《論民間文學與通俗文學的關係—評鄭振鐸的俗文學觀》的基礎上擴充而成，黃氏從理論著手，許多方面都能有系統地追索其前因後果，條列其脈絡體系，尤以第二章附錄〈論民間文學與通俗文學的關係〉，論點頗有見地，黃氏並因為「自從民間文學碩士生畢業以來，大部份時間都在從事財經方面的工作」，同時又編有《教育財會研究》雜誌，但卻「多年來從未中斷過有關民間文學與中國現代文學的研究探討」[三]，所以在第八章〈附錄〉中，黃氏特別另闢「社會主義市場經濟與中國通俗文學的發展」兩節，從經濟的立場分析中國大陸俗文學的發展現況，則是實務與理論的結合。然而黃著一書中並未針對鄭振鐸的戲劇學有專章討論；同時，在該書第一章〈鄭振鐸的民間文藝思想產生的社會歷史文化背景〉，黃氏以俄共十月革命做為鄭振鐸對民間文藝思想啟蒙的開端，我以為仍有待商榷，因為在俄共十月革命之前，晚清若干有志之士早已體悟到開啟民智的重要，俄共十月革命只是提供了有效的實例。又，第二節〈「五四」新文化運動和文學革命的影響與鄭振鐸的「血與淚」的文學觀〉，則偏重於陳獨秀及李大釗的敘述而輕輕帶過胡適的影響，

註[三]　以上均引自黃曼君：〈《鄭振鐸與民間文藝》．序〉，（南京大學出版社，一九九六年八月），頁一。

第五節〈毛澤東《在延安文藝座談會上的講話》的影響與鄭振鐸對民間文藝的再認識〉，對於鄭振鐸從平民文學如何走上認同文藝工農兵的政策，僅僅以他輾轉受自中共地下黨的鼓吹做為解釋，也顯得多從意識型態出發，未免流於簡單。

一九九八年十一月，中國大陸河北省花山文藝出版社委託鄭爾康先生，搜尋振鐸先生生前發表的論著，出版一套二十集的《鄭振鐸全集》，是目前有關鄭振鐸論著搜集最為完整的出版資料，提供研究者相當大的便利，加以鄭振鐸對中國戲曲所投注的成果，至今仍缺乏專門的論著，是以本書即在《鄭振鐸全集》、《西諦書跋》（吳曉鈴編，一九九八年十二月北京文物出版社出版）、《鄭振鐸傳》（陳福康撰，一九九四年八月北京十月文藝出版社出版）、《鄭振鐸論》（陳福康撰，一九九一年六月北京商務印書館出版）、《西諦書目》（趙萬里編，一九六三年十月北京文物出版社出版）、《鄭振鐸年譜》（上）、（下）（陳福康編，一九八八年三月北京書目文獻社出版）等基礎之上，再參酌他人研究鄭振鐸的單篇論文，從鄭氏所處的時代、生平經歷、參與戲劇活動、撰寫之戲劇論文、搜集的曲藏、以及翻譯的劇作等方向，探討他在戲曲方面的研究成果。書成之前，有幸於二〇〇一年七月中旬，參加大陸河北省文聯所舉辦「第三屆海峽兩岸民間文藝研究與發展學術研討會」發表論文，在北京親訪並請益於鄭爾康先生，同時亦得著爾康先生諸多鼓勵。對於書中的論點，我希望盡量做到立場客觀，避免兩極化或貼標籤式的論斷，衷心期盼本書能如實地呈現鄭振鐸先生在上個世紀對中國戲曲的貢獻，以及紀念在那些努力背後，所展現出一個身為知識份子的高遠理想及人格情操。

二〇〇四年九月寫於台北

第一章　晚清至民初的戲劇發展

第一節　時代的變化與戲劇地位的提升

一、梁啟超的大力提倡

清道光二十年（一八四〇年），中英爆發鴉片戰爭，西方文明挾其武力優勢，強行大量傾銷於中國社會，當時中國人對於西方文化的衝擊，仍然只停留於取法船堅炮利的階段，直到光緒二十年（一八九四年），甲午戰爭失敗，知識份子才驚覺到只是在技術制度上求改變，顯然還不夠，必須自思想上加以更新，並應落實教育社會大眾，與國人共同挽救國族危亡與社會的改造。甲午戰後，已有學者建議教育民眾問題的重要，如嚴復於光緒二十一年（一八九五年）二月在天津直報上發表著名的文章〈原強〉，利用斯賓塞（Herbert Spencer）「（社會有機體）（social organism）的理論，重新審識中國的問題。社會有機體的主張在於：社會是由個人所組成，個人的素質將反映於社會的成就，所以唯有每個人求提升，社會才有進步的可能。因此他認為「西洋至美之制，以富以強之機」，傳到中國之後卻面臨「遷地弗良，若存若亡」的情形，原因在於「民智既不足以與之，而民力民德又弗足以舉其事故也。」而後在〈原強修訂稿〉中，他更進一步的提出「鼓民力」、「開民智」、及「新民德」等三個鮮明的口號[一]。

註[一]　詳見王栻主編：《嚴復集・第一冊　詩文（上）》，（北京中華書局，一九八六年），頁五—三十二。

同年四月，康有為〈上清帝第二書〉中，強調西方富強之由，乃是因為「各國讀書識字者，百人中率有七十人」，民智因之大開，所以他主張「厚籌經費，廣加勸募，令鄉落咸設學塾，小民童子，人人皆得入學」[二]。光緒二十四年（一八九八年）維新運動在政治上慘遭失敗，梁啟超等逃往日本，然而維新諸子持續推動的文學革命卻深中人心。梁啟超等先後發起的詩界、散文、小說界的革命，配合刊物的發行，正式揭開對舊文學書寫的挑戰，吳文祺在《近百年來的中國文藝思潮》一書中說道：

> 康梁等在政治上雖然失敗了，但在文學上卻發生了很大的影響。一方面，桎梏思想的八股文，埋沒人才的科舉制度，因了康梁等的猛烈攻擊，終於廢止了，使得一般士人，可以不受功令的拘束而自由思想、自由寫作，這是文學進步的必要條件。另一方面，梁啟超自亡命日本以後，先後創辦清議報新民叢報以鼓吹他們的政治主張，為了要擴大宣傳，增加效力起見，自然不能不採用平易暢達、明白如詩的文體，這種文章易學易懂，所以即刻就風行全國，成了報章體的老祖宗[三]。

緊接著二十六年（一九〇〇年）義和團之亂，引起八國聯軍之禍，中國面臨幾乎亡國的慘劇，「教育大眾」成為有識之士共同認為最重要的課題，白話報紙大量發行，各地宣講所的成立，知識份子無不殫精竭慮的為推廣民眾教育而努力。要求關心時事，反映現況及吸收新思想也成為一切社會活動的終極目標，知識份子對下層民眾的啟蒙工作，遂從甲午戰後的略見端倪，逐步全面推行，戲曲因屬基層民眾的娛樂，也成為啟蒙所運用的

註二　康有為：〈上清帝第二書〉，收入《戊戌變法》Ⅱ，中國近代史料叢刊第八種，上海，一九五三年，頁一四八——一四九。

註三　吳文祺：《近百年來的中國文藝思潮》，（香港，一九六九年），頁二十四。

手段之一。然而學者們對於對於戲曲的討論，起初只是依附於小說的革新內容，指陳其對於下層民眾的影響力而已，如嚴復和夏曾佑於光緒二十三年（一八九七年）發表〈《國聞報》附印說部緣起〉時寫道：「夫說部之興，其入人之深、行世之遠，幾出於經史上，而天下之人心風俗，遂不免為說部之所持。……且聞歐、美、東瀛，其開化之時，往往得小說之助，是以不憚辛勤，廣為採輯，或扶其孤本之微。」[四]。

一直到光緒二十八年（一九〇二年）二月八日，梁啟超在日本橫濱自辦的《新民叢報》第一號發表《劫灰夢》傳奇[五]，他以舊戲的形式，演述法國路易十四時期，文人福祿特爾撰寫小說戲劇喚醒人心的例子，他強調，創作反映時事精神的戲劇是盡書生本份，而社會大眾閱讀這些作品時，也比傳統言情之作來的受益，戲曲對啟蒙大眾的工作才落實到創作的實踐方面。《劫灰夢》傳奇僅成楔子一齣，其中有：「我想歌也無益，哭也無益，笑也無益，罵也無益，你看從前法國路易十四的時候，那人心風俗和中國今日是一樣嗎？幸虧有一個文人叫做福祿特爾，做了許多小說戲本，竟把一國的人從睡夢中喚起來了。想俺一介書生，無權無勇，又無學問可以著書傳世，不如把俺眼中所看著那幾樁事情，俺心中所想著那幾片道理，編成一部小小傳奇，等大人先生、兒童走卒，茶前酒後，作一消遣，總比讀那西廂記牡丹亭強得些些，這就算我盡我自己面分的國民責任罷了。」[六]，開始援引外國戲劇對社會的作用來為中國舊戲把脈。

註四　收入阿英編：《晚清文學叢鈔——小說戲曲研究卷》，（台北新文豐出版公司，民國七十八年四月台一版），頁十二。

註五　《劫灰夢》並非梁氏首部作品，之前他曾應橫濱大同學校音樂會的表演，撰寫《易水餞荊卿》及《班定遠平西域》等劇，但都只見於《飲冰室詩話》第一二七及一八一兩則的引錄，然而在引國外故事改編成戲，《劫灰夢》卻是首次的嘗試。

註六　梁啟超：《劫灰夢傳奇》〈楔子一齣　獨嘯〉，《新民叢報》第一號，頁一〇八，清光緒二十八年二月。

同年六月到十一月，他又在《新民叢報》第十、十一、十二、十三、十五、二十號等發表《新羅馬》傳奇，內容為之前梁氏所著《建國三傑傳》的改編本，他在〈楔子〉中借但丁鬼魂之口說道：

念及立國根本，在振國民精神，因此著了幾部小說傳奇，佐以許多詩詞歌曲，庶幾市衢傳誦，婦孺知聞，將來民氣漸伸，或者國恥可雪。

把之前所謂「強得些些」，點明為「民氣漸伸」及「國恥可雪」。之後，借戲劇形式以灌注新思想，務使下層民眾多得新知的議論，紛紛見諸於報章雜誌。《新羅馬》傳奇內容打破了我國戲劇自宋元發展以來，以本國故事為取材的手法；其中扮演主角正生的意大利建國三傑之首的瑪志尼，一直到第四齣方始露面，前面三齣都是為鋪陳他出場的惡劣局勢，這對於傳奇一向以正生正旦在第一齣即登場的習慣，不啻是一大變革。

二、時事新劇的產生

梁氏不諳音律，所創作的劇本大多可讀而不可演，卻仍然大受歡迎，最主要的原因，乃是當時只要以灌輸國家思想，亟求國富民強者，都是國人共同的訴求。所以自梁啟超一出，各種長短不拘、以中外題材改編成傳奇者紛紛如雨後春筍般出現。過去劇作家寫戲，有時出自個人的興趣，為寫劇而寫劇；有時是不得已的退路，用以抒發自己失意的牢騷；晚清雖已有反映時事的新戲劇出現，但是加入國外的時事題材，作為政治宣傳的武器，梁氏是第一人，因之劇本中所表達的社會意義，往往超過文學或音樂上的意義[七]。贊同梁氏作法的人大多

註[七]　楊世驥：〈戲曲的更新〉，《文苑談往》，（台北廣文書局，民國七〇年），頁五十九。

主張取法日本歐美等國家以戲劇感化人心、提升國力的例證，轉而要求舊戲在主題意識上多所加強。如光緒三十年（一九〇四年）上海出版《二十世紀大舞台》雜誌，其發刊辭中詳述戲劇於社會之使命感，及痛陳滿清政府的種種黑暗腐敗，文末並呼籲「以演光復舊物推倒虜朝之壯劇、快劇」[八]與大眾共勉，而後更有汪笑儂於該雜誌發表劇作《長樂老》、《縷金箱》等，以影涉時事，諷刺當局，並寓寄個人心志，以上是自佘治《庶幾堂今樂》之後，將皮黃戲曲自商業的劇場講求，提升至文學思想的範例[九]。

同年五月三十一日，侯健發表〈改良戲劇之計畫〉一文於《警鐘日報》，詳細介紹了日本劇部的作法，以供國人為取法的參考。按照他的描述，日本的劇部設有事務所，所內設事務長與評議員，總部由政府統領，稱為「皇室演劇部」，支部則分隸於各省。任何人都可以把劇本交給各地的事務所，腳本由事務長和評議員鑒定通過後，才能公開演出，撰寫者可以得到相當的酬勞。由於每個人都可以自由地把自己的看法訴諸說部，以諷世規俗，因此結果「國民之心性，所以畏俳諧之口，甚於畏清議名教，而偷風因以日止也！」作者又舉日俄戰爭時，日本一對有名的優伶夫婦，率領一班梨園子弟，帶著相機，冒險到仁川、旅順間拍攝日俄戰爭的經過，回國後，他們將所見所聞排成活生生的歷史劇，以見證戲劇的感人性[十]。

註[八] 柳亞子：〈《二十世紀大舞台》發刊辭〉，原寫於清光緒三十年，本處轉引自梁啟超等著：《晚清文學叢鈔．小說戲曲研究卷》，（臺北新文豐出版公司，民國七十八年四月台一版），頁一七七。

註[九] 見林鋒雄：〈清末民初（1898-1919）的戲曲新風尚〉，收入《中國戲劇史論稿》，（臺北國家出版社，民國八十四年七月），頁一四二。

註[十] 原文未見，轉引自李孝悌：《清末的下層社會的啟蒙運動　一九〇一——一九一一》，（台北中央研究院近代史研究所，民國三十一年（一九〇五年）一月二十六日，天津《大公報》刊載王善述的〈論開智普及之法首以改良戲劇為先〉，建議將西方波蘭、猶太遺民、美國獨立、法國革命、梅特涅、意大利三傑及畢士麥等所謂「可驚可惡愕可泣」之事蹟，敷演成劇，使得觀眾得以「鼓舞奮迅而起尚武合群之觀念，抱愛國保種之思想者乎？」。光緒三十三年（一九〇七年），廣東潮州知府吳蔭培自費到日本考察政治，回國後向朝廷上的奏章中提到，仿照東西各國的形式改良戲劇，「將使下流社會移風易俗，惟戲劇之影響最速。日本演戲學步歐美，厥名藍居。由文學士主筆，警察官鑒定。所演皆忠孝節義，有功名教之事。說白而不唱歌，欲使盡人能解。」[十一]。

基於以上種種對戲劇功能的強調，使得晚清劇本比較偏重說理，對白大幅增加；其次，韻文部份也由過去固定的曲套一變為自由的唱詞，或為七言，或三言與四言，也有不規則的三言五言七言相錯雜，以《黃大仙報夢》的一段獨白為例：

（黃大仙白）：中國若然變法自強，失之東隅，收之桑榆，尚未為晚，但是你看現在的情形呀！

（唱）：醉鈞天，歌和舞，太平粉飾。黑沉沉，銅臭氣，暮夜苞苴。如堂前，燕賀廈，結巢危幕。如釜底，魚吹浪，遊戲荷池。

（白）：此時何時？還來舉國如醉如癡，怎生得了呢？（嘆介）哎！這班頑固黨，未曾讀過西國歷史，難道連近日新聞紙都不看麼！

八十一年五月），頁一六四—一六五。

註十一　轉引同前，頁一六七—一六八。

（唱）：（起幫子快板）曾見千年猶太枯魚泣；曾見賽維宮裏血濺衣；曾見翠華西幸詔罪己；曾見群盜如毛弄橫池。漢田橫有五百敢死士，南越王趙陀崛起寒微。莫謂秦國無人，容你臥榻睡，可知道鄭成功在臺灣，驅逐外夷。魯陽揮戈迴落日，迴落日，呀呀呀，如此錦瑟年華，千萬不可徒自傷悲。

像這樣的劇本大量發表於《新民叢報》、《新小說》、《繡像小說》、《小說林》及《月月小說》[十二]，其中有的情節過於單薄，有的處理過於粗糙，有的使用太多的新名詞，而顯得生吞活剝，不夠自然，音乖律舛更時時可見。然而儘管這些劇作技巧瑕疵甚多，但是戲劇攝取的題材卻相對地變得較為豐富，曲律的規定開始鬆動，劇中角色出場的組合更有彈性，這一切都顯示著對於戲曲審美情趣的不同以往。此種文人案頭劇作逐漸蔚為風氣，促使晚清的皮黃戲在內容上開始整飭改革，如民國元年（一九一二年），西安的「易俗社」在李桐萱等先生們的帶領之下，開始編寫反應時代觀念及具有教育意義的秦腔戲曲，以取代傳統地方戲以神話和人情為主要內涵，即是其中一例。

自清末以來文人創作的案頭劇，最後終於實踐於上海「新舞台」劇院所上演的「時事新戲」。所謂「時事

註[十二] 《新小說》創辦於光緒二十七年（一九〇二年）日本橫濱，次年移至上海，由廣智書局發行，雖掛名為趙毓林編輯，實際由梁啟超主其事，為《新民叢報》的姐妹刊物；《繡像小說》於光緒二十八年（一九〇三年）五月創刊於上海，由李伯元主編，上海商務印書館發行；《月月小說》於光緒三十一年（一九〇六年）十一月創刊於上海，由吳趼人、周桂笙合編，群學社發行；《小說林》於光緒三十二年（一九〇七年）二月創刊於上海，由徐念慈、黃摩西合編，小說林社發行；以上四種堪稱晚清四大小說期刊，一九八〇年上海書店曾加以彙整重印，成《晚清小說期刊》。新小說（包括譯作）的期刊幾乎集中於上海，跟上海有租界區，清廷禁令有所不到之處，以及上海早為五口通商之一，接觸西洋風氣較內地為先有關。

新戲」者，即是採用現代故事為劇情，演員穿著現代服裝，但劇本的編製一如皮黃，只不過大量增加劇中對白的部份，對白拋棄中州音韻，改用蘇白和京白，間亦有各地方言，早期的汪笑儂，稍後的夏月潤、潘月樵都是大力提倡這種型戲劇的人[十三]。光緒二十四年（一九〇八年），上海「新舞台」劇院出現，舞台設計不同於以往的舊劇，改變了演員與觀眾的關係，三年之後，上海「大舞台」、「歌舞台」、「丹桂第一台」、「新新舞台」等紛紛仿效繼起，「海派新戲」的熱潮從上海傳至北平後，迫使北平的京劇藝人發揮戲曲的歌舞傳統，開創以表演藝術為主的「京派新戲」，兩者在劇壇上爭奇鬥豔，形成互相抗衡的局面。

三、話劇的傳入中國

話劇本是流行於歐美各國的一種戲劇，因為劇本是用口語寫的，演出時完全以對話方式為主，所以稱之為話劇。初期的話劇並不叫「話劇」，而是稱「新劇」、「文明新戲」或「文明戲」，因當時社會對於西方引進的一切事物無不冠以「文明」二字。話劇的傳入中國，分為兩條路線，一是教會學校的公演活動，其次是留學生自日本歸國後的推廣。道光二十三年（一八四三年），話劇隨著中英鴉片戰爭之後傳入中國，起初並未受到多大注意，後隨著中國時事的變遷，改革舊戲的訴求日益強烈之後，晚清劇作家因為看重戲劇中的思想傳達，或評議時事，或演述愛國事件，往往借助於長篇台詞以達目的，話劇的特色遂被運用。

早在梁氏寫《劫灰夢》之前，上海西人所辦的天主教教會學校聖約翰書院及徐匯公學，即於光緒二十五年

註十三　見蔡秀女：〈中國初期話劇運動初探〉（上），《民俗曲藝》第四十三期，民國七十五年十月，頁八十二。

（一八九九年）以慶祝聖誕節為由，首創學生演劇之風。聖約翰書院由美國天主教聖公會施約瑟主教創辦，成立於光緒五年（一八七九年），徐匯公學由天主教傳教士晁德蒞創辦，成立於道光二十九年（一八四九年），由於主事者皆為西方人，話劇的上演較內地其它諸校為早，但因學生大部份為華人，一開始對這項創舉並不十分習慣，朱雙雲《新戲史》謂：

光緒己亥（一九〇二年）十一月，上海基督教約翰書院創始演劇，徐匯公學踵而效之，然所演皆歐西故事，所操皆英法語言，苟非諳熟蟹形文字者，則相對茫然，莫名其妙。

按：一九〇二年為光緒壬寅，此處己亥應為一八九九年。不過數年之後，話劇的推廣即已見成效，浴血生《小說叢話》云：

泰西各國大學生徒每有編劇自演者，誠以此事握轉移社會習俗之關鍵也。吾國素賤蓄優伶，蓋目為執業中之下下者，數年間風氣驟變，亦稍知其非，上海徐匯公學，法教士所建、肄業法文之良塾也。去歲編法劇「脫難劇」令生徒演之，余往觀焉，聲情激越，聽者動容。按「脫難劇」者，一千七百九十年法國大革命，市朝騰沸，當時諸大臣被獲就戮不可數計，侯爵佛爾維哀（Marguis Qe' Ueiers）謀避英國，嘗艱越劫，率以身免，此即述其顛連困苦入危出險之歷史也。

當時劇場上使用英法語言，故未引起共鳴；三年後，上海聖約翰書院排演《茶花女》及《哈姆雷特》兩劇，對白已改用上海本地方言，但仍然沒有受到很大注意。

直到光緒三十三年（一九〇七年）二月，留日學生曾孝谷、李叔同、吳我尊、謝抗白等，在日本東京發起組織話劇社團「春柳社」，因不久適逢國內徐、淮告災，隨即義演法國小仲馬的劇作《茶花女》（當時只演出第三幕），集資捐助國內賑災活動，獲得了熱烈的迴響，日本各大報紙均加以報導，人們開始瞭解新劇對於社會的助益。「春柳社」第一次的演出成功，鼓舞了留日學生如歐陽予倩、吳我尊、謝抗白等認同這種以對白為主、不用唱的寫實戲劇是宣傳革命思想的良好工具，即加入春柳社，並籌畫具有反抗民族壓迫思想的大型話劇《黑奴籲天錄》，該劇由曾孝谷改編自林紓、魏易所翻譯的小說，原由美國斯托夫人（Harriet Beecher Stowe）所著，描述美國白人虐待黑人的故事，演出之後也轟動了東京，獲得好評[十四]。

同年三月，上海南洋公學與徐匯公學合演《冬青引》三日，亦為賑災義演。九月，王鐘聲到上海，與馬湘伯、沈仲禮等發起「春陽社」，演出林紓翻譯的小說《黑奴籲天錄》[十五]，這次的演出採取分幕制的劇本和新布景，且在外國人開辦的蘭心大戲院上演，配置良好的燈光、布景以及講究的建築和舞台，揭開了新劇在文壇活動的序幕[十六]，其人物雖著西裝，然演出過程仍不脫京戲模式，但該次演出的重大成就是對舊戲的舞台一大挑戰。「春陽社」是業餘性質，成員很複雜，有紳士、買辦、商人及學生等，可見當時新劇的號召力之廣，即便

註[十四] 吳若、賈亦棣：《中國話劇史》，（台北行政院文化建設委員會，民國七十四年三月），頁七。「春柳社」後因清廷駐日公使的反對，再加上籌款、租劇場都有困難，春柳社即不再有大規模的演出了。

註[十五] 林紓翻譯此書時間為光緒三十年（一九〇五年）。

註[十六] 陳伯海、袁進主編：《上海近代文學史》第三章〈新劇的勃興〉，（上海人民文學出版社，一九九三年二月），頁七十七。

如此，「春陽社」在繼《黑奴籲天錄》之後陸續再演出過兩次[十七]，大約成立不到半年還是解散了。

後該社的王鐘聲和任天知在光緒三十三年（一九〇八年）二月，共同創辦通鑑學校，培養新劇人才，然而也僅維持了二個月，但當時參加的學員如汪優游、查天影等人日後都成為新劇界的著名演員[十八]。本年留日學生陸鏡若、歐陽予倩、吳我尊等人，在東京組織「申西會」劇社[十九]，演出《電術奇談》、《鳴不平》[二十]等劇，隔年夏天（一九〇九年）又演出具有革命思想的《熱血》[二十一]，獲得較《黑奴籲天錄》更大的成功，也鼓舞了革命思想的青年，許多人因此而加入了東京革命組織「同盟會」，但清廷駐日公使再度阻止，揚言留學生如再參加新劇演出，即取消官費，「申西會」劇社遂停止活動。

晚清正值政治局勢動盪，國人關切時事，劇本走上反映思想現況成為當時的共同特色，話劇的蔚為風氣，廣為知識份子提倡，其理即在此。此時不僅是新興的知識份子，甚至政府官員、以及演員自身，都紛紛響應這一波改革的呼聲，光緒三十二年（一九〇六年）四月二十日，御史喬樹枏奏請改良戲曲，清廷接受，而將改良

註[十七]　「一次是在辛家花園演的《張文祥刺馬》；另一次是隔年正月在味辛園演出的籌款戲。」見歐陽予倩：〈談文明戲〉，收入《歐陽予倩戲劇論文集》，（上海文藝出版社，一九八四年一月），頁一八〇。

註[十八]　同前註，頁一八〇。

註[十九]　他們都是原「春柳社」的社員，因創會時在光緒三十三年（一九〇八年）戊申已酉之交，因而取名。

註[二十]　《電術奇談》為日本劇本，《鳴不平》原為法人蔡雷（譯名）所著，李石曾譯。

註[二十一]　《熱血》是法國浪漫派作家薩都的作品，原名《杜司克》，日本新派戲劇家作者田口菊町把它譯編成為日本新派戲劇劇本，改名為《熱血》，本次參與演出者為陸鏡若、吳我尊、謝抗白及歐陽予倩四人。

的職責交付各地警察[二十二]；同年九月二日，北京《順天時報》刊載燕南公所寫的〈論城外巡警廳之諭示〉，文中揭櫫北京城外的巡警廳出過淺白告示，將改良戲曲的意思公告周知[二十三]，宣統二年（一九〇九年）十一月十九日，天津《大公報》刊載掌管民政的肅親王鼓勵編演新戲，計畫對優良表現的戲園給予獎勵[二十四]。社會大眾則對革新的新戲抱持著高度的好奇心，在要求思想提升以求強國的前提下，中國古典舊戲的藝術創作雖然受到空前的大挑戰，但也是第一次，在野文人、民間藝人與官紳有共識、並旗幟鮮明的開拓舊戲的新視野。戲子在過去被認為是下等賤民的行業，如今卻也能兼負著社會大教師的職責，參與地方公益事務。

四、新劇的創始及中衰

宣統二年（一九一〇年），任天知在上海組織「進化團」，屬於新劇中第一個職業劇團，票房收入就成了劇團存亡的關鍵，「進化團」在上海新新舞台和京劇一同演出，因為當時協議新劇只能在京劇演完之後演出，觀眾在看完京戲後，已經疲倦不堪，沒有精力再看文明戲，於是紛紛退場，結果「進化團」連續數日因觀眾走散而被迫停演，最後只得中止合約，離開上海到寧波等外地碼頭演出[二十五]，以後團員轉入其它地方作旅行性質的

註二十二　見《大清光緒皇帝實錄》卷五五九，（台北華文書局，民國五十三年），頁十一。

註二十三　原文未見，轉引自李孝悌：《清末的下層社會的啟蒙運動　一九〇一——一九一一》，（台北中央研究院近代史研究所，民國八十一年五月），頁一六六。

註二十四　轉引同前，頁一六八。

註二十五　見韓日新：〈陳大悲傳略〉，收入陳荒煤主編：《陳大悲研究資料》，（北京中國戲劇出版社，一九八五年七月），頁三——四。

演出，漸漸無以為繼。民國二年（一九一三年）三月，原「春柳社」的成員、也是「進化團」一份子的陸鏡若召集了一批志同道合者，在上海成立「新劇同志會」，繼續發揮「春柳社」的精神，推動新劇的演出。最後也因礙於經費的困難，再加上領導人陸鏡若於民國四年（一九一五年）九月因過度勞累而死，「新劇同志會」仍然難逃解散的命運。

自「進化團」以後，職業劇團日漸增多，礙於收入，必須要有一定的演出數量，但在奔赴各地表演時最欠缺的就是劇本來源，在量多又不能時常重複的情形下，便有所謂「幕表戲」的產生。「幕表戲」就是沒有劇本只靠一張幕表演戲。編劇的人並不寫出完整的劇本，只根據傳說、筆記或者小說之類，把故事編排一下，把它分成若干場，每一場按照故事的排列分配一些角色，有時寫明上下場的次序，有時不寫；有時注上按照情節非說不可的台詞，有時連這個也沒有。排戲時，只要把角色排好，把演員的名字寫在劇中人的下面，大家聚攏來，把戲的情節，上下場的次序說一說，編和導的責任就都盡了[二十六]。

幕表戲因為只是大綱的提示，又是在短時間內的速成品，對演員而言是一大挑戰，才情高的可以靠個人的天賦靈活運用，其他則往往因無法即時進入狀況而顯得呆滯生硬，引不起觀眾的興趣；久而久之，幕表戲便淪為只靠離奇的情節、噱頭和機關布景來招攬顧客，一味的在台上胡亂博得觀眾哄堂大笑或極盡煽情之能事，後來因文明戲市場需求擴大，從事這項工作的人難免複雜，劇團中充滿惡習，演員生活腐化，多數沉淪於賭錢、嫖妓、吸鴉片，再加上劇社逐漸為商人控制，只要能賺錢，什麼戲都可以演，所演的戲就日趨下流，終遭一般

註[二十六] 見歐陽予倩：〈談幕表戲〉，收入《歐陽予倩戲劇論文集》，（上海文藝出版社，一九八四年一月），頁一三五。

社會人士的鄙視[二十七]。

從民國二年到五年的下半年，可以說是新劇的極盛時期，但為時很短，劇本方面的窮湊，是主要的致命傷。再加上許多劇社創始的目的似乎只為了營生，目光裏只有利益，所以自民國六年（一九一七年）之後，新劇從最初予人一新耳目之感，逐漸成為低級的消費商品，繼之劇社相繼解散，成員四處流浪賣藝，就再也沒有什麼發展了。

初期的「文明戲」搭上了晚清救國圖存的行列，群眾支持新劇的出發點也以愛國心多於藝術的認同。等到民國成立之後，大環境已改變，新劇始終無法發展出一套成熟的表演模式，從取法西洋分幕、佈景，到和舊戲合流，都顯現出其不穩定的表演風格，它既沒有舊戲的唱工精巧和表演細膩，也沒有西方戲劇結構緊密和對白流暢，最後不得不淪為「不中不西」、「不倫不類」的東西。而像「春柳社」這樣比較正統的話劇團，卻又不能吸引觀眾，劇團的主事者又只圖近利，難與已有基礎的舊劇分庭抗禮，它所留下來的疑難雜症，以及當初對舊劇的大力聲討，和舊劇文學精神的繼續發揚，只得留待下一步五四新文學運動者的努力釐清。

註二十七　見吳若、賈亦棣：《中國話劇史》，（台北行政院文化建設委員會，民國七十四年三月），頁六—七。又：著名的新劇演員鄭正秋組織「葯風劇場」，在上海亦舞台舉行結束演出時，曾發表對觀眾的告別詞〈葯風敬告〉裏即說：「新劇為吾國所必當有者，因社會萬惡不可無葯之耳。乃劇人不德，使吾有新劇萬惡之嘆。」原文未見，以上轉引自蔡秀女：〈中國話劇運動初探〉（下），《民俗曲藝》第三十五期，民國七十五年十一月，頁一九六。

第二節　民初的戲劇改良

一、北京《新青年》雜誌在民國七年至十年間批判舊劇的情形

民國二年（一九一三年），陳獨秀（一八七九—一九四二年）與安徽省都督同盟會會員一同參加討伐袁世凱的「二次革命」，失敗後逃往日本，民國四年（一九一五年）一月十八日，日方向袁世凱政府提出「二十一條款」的要求，袁世凱欲借新聞力量爭取道義上的支援，因此對新聞媒體的言論放寬，並對其他的革命團體表示妥協，陳獨秀在這時回到上海，他在上海得到亞東圖書館經理汪孟鄒的支援，同年九月十五日創辦《青年雜誌》（隔年九月一日改名為《新青年》），希望喚起中國青年的覺醒，呼籲青年必須改變舊社會及舊文明的束縛，中國才有解脫軍閥桎梏的可能。

五年（一九一六年）六月六日，袁世凱病歿，黎元洪繼任為大總統，於十二月二十六日任命蔡元培為國立北京大學校長，蔡聘任陳至北京任文科學長（即文學院院長），《新青年》陣地便從上海轉往北京，北大逐漸成為保守派和新知識份子之間公開論戰的場所。

七年（一九一八年）一月，《新青年》成立編輯委員會，委員由六人組成，除了陳氏自己，還有錢玄同、胡適、李大釗、劉復和沈尹默等，儘管新知識份子在一些方針上意見仍然不一[二十八]，但是思想文化的革新卻是

註[二十八]「就陳獨秀而論，即使他當時覺得在政治方面做改造之前必先破壞舊傳統觀念的過程，他的興趣卻主要是偏重在政治和社會方面；可是，胡適和許多大學裏的教授則對文學與教育改革具有更大的興趣，當他們在一九一七年因提倡新運動，反抗

大家的共識。胡適首先於民國六年（一九一七年）五月在《新青年》第三卷第三號發表〈歷史的文學觀念論〉一文，替他所提出的白話文辯護，認為古人已造古人的文學，今人當造今人的文學，白話文學應為現今文學的趨勢，今後的戲劇或將全廢唱本而歸於說白。

錢玄同也以京戲為例，認為京戲「理想既無，文章又極惡劣不通」、「專重唱工，聽者本不求其解」，再加上「戲子打臉之離奇，舞臺設備之幼稚，無一足以動人情感。」，他認為「戲劇本為高等文學」，然而舊戲會有這些情形，都是因為「中國之戲，編自市井無知之手，文人學士不屑過問焉，則拙劣惡濫固宜。」舊戲既一無可取，由國外傳入的新劇，擁有「講究佈景，人物登場，語言神氣務求真者酷肖，使觀之者幾忘其為舞臺扮演。」[二十九]，言下之意，應以之取代舊戲。

當時有上海報社記者報導北大設「元曲」科目的無當，陳獨秀也在《新青年》引證歐美日本等國大學之例，說明彼等雖開設戲曲科目，然而國力依舊富強，他指責記者未經科學證實，即以己意隨意推斷之[三十]，陳氏雖

舊文人、舊士紳集團而聯合起來的時候，他們之間有一種籠統的相互諒解：即他們的改革運動將著重於非政治性的各種活動。」以上見周策縱原著，楊默夫編譯：《五四運動史》第三章〈五四前夕的文學活動與思想活動〉，（臺北龍田出版社，民國七十年一月修訂再版），頁七十六—七十七。

註二十九　錢玄同：〈通信欄〉，《新青年》第三卷第一號，民國六年三月一日，頁六。

註三十　「上海某日報，曾著論攻擊北京大學設立「元曲」科目，以為大學應研求精深有用之學，而北京大學乃竟設科延師，教授戲曲；且謂「元曲」為亡國之音。不知歐美日本各大學，莫不有戲曲科目；若謂「元曲」為亡國之音，則周秦諸子，漢唐詩文，無一有研究之價值矣。……國人最大缺點，在無常識；新聞記者，乃國民之導師，亦竟無常識至此，悲夫！」以上見陳獨秀：〈隨感錄〉，《新青年》第四卷第六號〈易蔔生號〉，民國七年六月（本文錄自趙家璧主編：《中國新文學大系》

然極立為元曲的地位辯白，但他在接下來的〈日本人之文學興趣〉一文中，仍然指出舊戲存在的諸多問題，他以為小說戲曲「兩者實佔今日世界文學上重要地位」，而且是「有益於世道人心絕大」。他舉日本為例，因為「日夜努力不懈」，所以「種種研究，均有統系。有專人。」當然其中也包括戲劇在內，如日人坪內雄藏與其子坪內士行對戲劇的鑽研，就是一個成功的例子。反觀我國戲劇一直處於地位低下的原因，陳氏認為是兩個因素的關係：一是受習慣的影響，只當它為娛樂品，觀眾並不花心思來欣賞，二是惡性循環的結果，讀者、作者對戲劇都不甚重視，所以戲劇一行便被世人所摒棄。要挽救當前的中國戲劇，希望思想家「以後一面輸入新文學，陶冶新精神界；一面盡心盡力，將腐敗文學（即卑陋劣之小說戲曲）防遏之，斬除之，然後優美高尚之青年可以產生；人心道德，或可挽救。」[三十一]

二、兩派的爭辯

以上幾篇對舊戲的抨擊引起北大學生張厚載的不滿，他撰文為舊戲辯護，在《新青年》第四卷第六號的一篇〈新文學及中國舊戲〉中，一開始先肯定胡適等人所提出的文學進化觀及文學改良論等觀點，說自己「自讀《新青年》後，思想上獲益甚多。」「僕對於改良文字，極表贊成。」他只是質疑，胡適等人文學改革的方法過於急進，如果不能為社會所接受，反而「欲速則不達」[三十二]，全文完結之後，在〈附錄〉部份提出對胡適諸人對

註[三十一] 第二集，（上海良友圖書公司，民國二十四年十月），頁四〇三。

註[三十二] 同前註，頁四〇三—四〇四。

以上見張厚載：〈新文學及中國舊戲〉，《新青年》第四卷第六號，民國七年六月，頁六二〇—六二二。

舊戲看法四點反駁：一、認為胡適所謂高腔代崑曲而起的說法加以糾正，二、胡適主張「廢唱而歸於說白」則「絕對的不可能」，三、「不敢贊同」劉半農對中國文戲武戲所下的定義「一人獨唱，二人對唱，二人對打，多人亂打，中國文戲武戲之編製，不外此十六字，」[三十三]，認為武戲的打把子皆有一定的套式，今日舞臺上表演的打戲，都是伶人自幼學科的學習功夫，皆「固從極整齊極規則的工夫中練出來也。」，四、對錢玄同「戲子打臉之離奇」，也不贊同，張氏認為每個臉譜各有一定，且臉譜有褒貶之義，不可以『離奇』二字一筆抹殺之」。

胡適在張文之後做了簡短的答辯，錢玄同則繼續對他自己的「戲子打臉之離奇」論點提出辨駁：「我所謂『離奇』者，即指此『一定之臉譜』而言；臉而有譜，且又一定，實在覺得離奇得很。若云：『隱寓褒貶』，則尤為可笑。朱熹做《綱目》學孔老爹的筆削《春秋》，已為通人所譏訕：舊戲索性把這種『陽秋筆法』畫到臉上了；這真和張家豬肆記卍形於豬鬣，李家馬坊烙圓印馬蹄一樣的辦法。哈哈！此即所謂中國舊戲之『真精神』乎？」[三十四]。

劉半農就張厚載批駁他對中國文戲武戲十六字的定義加以說明後，接著再就他所謂的「多人亂打」加以解釋，說明「戲劇為美術之一，茍訴諸美術之原理而不背，（是說他能不背動人美感。足下謂『但吾人在台下看上去，似乎亂打』），即無『一定的打法』，亦決不能謂之為『亂』；否則即使『極規則極整齊』，似亦終不能謂之不『亂』也」[三十五]。

註三十三　劉半農：〈我之文學改良觀〉，《新青年》第三卷第三號，民國六年五月，頁十一。

註三十四　錢玄同：〈通信〉，《新青年》第四卷第六號，頁六二四。

註三十五　「是足下所駁倒者，只一『二』字；鄙人自為批駁，竟可將全句取消。然我輩讀書作文，對於所用字義，固然有許多是一定不可移易，卻也有許多應當放鬆了活著的。」以上見劉半農，同前註。

雖然劉半農對張的反擊不見得站得住腳，但因《新青年》諸君砲口一致，以雜誌為根據地，輪番上陣，連原本大聲疾呼戲劇地位不應忽視的陳獨秀，此時也投入反對舊戲的陣營，他以為舊戲：一、格局太小，囿於方隅；二、沒有文學美術上的價值；三、臉譜作為褒貶作用之無當；四、助長淫殺心理；五、「打臉」「打把子」暴露國人野蠻暴戾真相等五種缺點，因此必須加以改進[三十六]。

錢玄同此時又於《新青年》撰文，進一步提出更徹底的主張，即「『要建設平民的』戲劇，便非要把『中國現在的戲館全數封閉不可。』」[三十七]，錢氏說道：「譬如要建設共和政府，自然該推翻君主政府；要建設平民的通俗文學，自然就該推翻貴族的艱深文學。」[三十八]，並且認為中國要有真戲，眼前則除了西洋的戲劇，決無它法。

胡適於民國七年（一九一八年）十月十五日，刊登於《新青年》第五卷第四號的一篇〈文學進化觀念與戲劇改良〉，提出進化論觀點的四層意義，第一是一代有一代的文學，指出文學是人類生活狀態的記錄，則時代的改變，文學也必當有所更新；其次他敘述中國舊戲的歷史，以為俗劇（平劇）是中國戲劇史上的一大革命，但俗劇所呈現字句鄙陋、文字不通，以及戲臺的惡習等，是現今必須再加以改革的地方；第三：胡適以社會學上的「遺形物」（Vestiges or Rudiments）觀念，將中國舊戲中曲詞、臉譜、嗓子、臺步、武把子，唱工、鑼鼓、馬鞭子、跑龍套等等，都當做是戲劇發展中的「遺形物」，「遺形物」是前一個時代留下來的無用之物，是阻礙

註[三十六] 見陳獨秀：〈通信〉，《新青年》第四卷第六號，民國七年六月，頁六二四。
註[三十七] 鄭振鐸：《中國新文學大系．文學論爭集．導言》，（上海良友圖書公司，民國二十四年十月），頁十七。
註[三十八] 錢玄同，同前註，頁四一〇—四一一。

戲劇進化的因素，如不淘汰清除，則無法產生屬於新時代的戲劇[三十九]。

胡適提出進化論的觀點之後，接著錢玄同、劉半農、傅斯年等反對舊戲幾乎不脫胡適的論點，錢與劉對胡適所提出的「遺形物」大加發揮， 傅斯年把中國舊劇的缺失與中國社會的負面現況串連起來[四十]，他把改良舊劇當做社會問題來討論，中國社會裏人們的固步自封，極度的個人主義，沒有意識的生活，反映在中國舊劇裏的是不近人情[四十一]、形式固定僵化[四十二]、沒有文學技巧、毫無美學價值、以及缺乏個人意識等等，他以為戲劇可以成為改革社會弊端的利器，所以現代新劇必須是要加入批評社會、引人深思的內容，以便培養觀眾省思的能力，才是有意義的創作。

他同時提出新戲取代舊戲的過程中可以有「過渡戲」的產生，雖然具體主張傅氏並未說明，但他舉出梅蘭芳的改良新戲—即所謂「過渡戲」—〈一縷麻〉，由於該戲提出問題，讓觀眾有思考的機會，符合好的「過渡戲」標準，所以傅氏大聲疾呼「演唱『過渡戲』的人，對於思想上，情節上，多多留神，破除舊套，這樣才能顯出『過渡戲』的過渡效用呢。」。

註[三十九] 以上轉引自《胡適文存第一集．第一卷》，（臺北遠流出版社，民國八十三年三刷），頁一五七—一六二，。

註[四十] 參見傅斯年：〈戲劇改良各面觀〉，《新青年》第五卷第四號，頁三二六、三三〇，民國七年十月十五日。

註[四十一] 傅斯年文中所舉的中國舊劇不近人情之處，約為動作、言語、打臉（按指臉譜）、行頭、花臉的粗暴動作及打把子等方面，詳見上文，頁三二四，

註[四十二] 傅氏一文對於形式固定僵化的觀點主要是集中於京調中的唱詞及版式、角色、語言、動作等等，落入「形式主義」的舊套，顯得矯揉造作，麻木不仁，使人看來索然無味，內容同上文，頁三二五、三二七。

同一期的《新青年》亦轉載了歐陽予倩在《訟報》上的一篇〈予之戲劇改良觀〉，該文除了在批評舊戲的劇本方面與傅斯年的意見相同，認為中國沒有劇本文學，甚至是沒有戲劇的，舊劇只是一種技藝；但肯定舊劇中的唱工不可廢除，並主張成立訓練戲子的「俳優養成所」，以培養新的戲劇人才[四十三]。

此時胡適邀請張厚載再寫有關中國舊戲的文章，張厚載在《新青年》第五卷第四號，〈附錄二〉刊載了一篇〈我的中國舊戲觀〉，以象徵為中國舊戲的表現精神，抽象的方法雖然無法寫實，但可以給觀眾無窮的想像空間；唱工、做表等技巧是戲劇重要的因素，尤其舊劇中的「臺步」、「身段」、「起霸」、「打把子」等，都是長久時間下來戲子從「規矩準繩」中凝聚出來的藝術特色，沒有它們，中國舊戲完全不能存在；同時舊戲的音樂有普遍性，對社會風俗及人心影響及大，因之廢唱是不可行，來為中國舊戲辯護[四十四]。

傅斯年於是在張文發表之後，以中國舊劇的表達並非抽象而是流於粗疏，把張厚載對舊劇音樂的詮釋、舊劇與中國歷史社會及文學美學的關係完全做負面的引申[四十五]。周作人也在接下來的《新青年》發表〈論中國舊戲之應廢〉一文，以「野蠻」與「有害世道人心」等兩點，否定舊戲的存在[四十六]。

註四十三 歐陽予倩，〈予之戲劇改良觀〉，《新青年》第五卷第四號〈附錄一〉，民國七年十月十五日，頁三四一—三四三。

註四十四 張厚載：〈我的中國舊戲觀〉，《新青年》第五卷第四號，〈附錄二〉，民國七年十月十五日，頁三四三—三四八。

註四十五 傅斯年：〈再論戲劇改良〉，《新青年》第五卷第四號，頁三四九—三五〇。

註四十六 周作人：〈論中國舊戲之應廢〉，《新青年》第五卷第五號，民國七年十月十五日。周在此時的言論與《新青年》對舊劇的立場是一致的；然而過了六年，他在〈中國戲劇的三條路〉一文，卻改變了原先的態度，認為趣味不能相等，藝術不能統一，對之前的看法結論是：「四五年前，我很反對舊劇，以為應該禁止。近年仔細想過，知道這種理想永不能與事實一致，纔想到改良舊戲的辦法。」（周作人：《周作人先生文集》，（台北里仁書局，民國七十一年據民國二十五年上海中華書局版反觀我國各代新興文體的產生，都是經過相當長時間的蘊釀，在民間藝人或文人學士據舊文體的基礎上經過不斷地試鍊，最後由於藝術方面漸臻於成熟，並得著社會大眾的共識後始得以完成；但當時中國處於長期對外軍事失利，各方面不如西人，國家情勢岌岌可危的情況下，使得激進的知識份子對往昔中國文化信心崩潰，《新青年》諸君即是其中代表，他們當中大多留學西方，對舊劇素養不深，擁有一般以上的社會地位，對改革舊劇以理論提出較具體做法為多，他們對樹立新劇的實際努力，即以翻譯並模擬創作西方劇本，作為取代舊劇的途徑，希望能在短時間之內讓中國文化全面換新，再度與西方並駕其驅。

三、《新青年》諸君全力介紹西方戲劇

晚清時期西方戲劇已經學者介紹傳入中國，民初的文明戲也有部份的劇本是外國劇的改編，但是這些西方戲劇之所以為國人取材，前者在於取法西人戲劇中民主改革的故事，用以振奮國人；後者則純粹為了節省編劇精力，借西人故事張力以求得票房賣點。上述胡適等人代表反對舊戲的學者，主張參考西洋戲劇，因之在推廣方面最為熱心，《新青年》在民國七年（一九一八年）十月第四卷第六期成立〈易蔔生號〉（今譯為易卜生），譯介了這位著明的現代戲劇之父，挪威的劇作家易卜生的三個劇本《娜拉》、《國民公敵》及《小愛友夫》等。接著在胡適發表〈易蔔生主義〉，袁振英〈易蔔生傳〉之後，闡述易卜生思想介紹易卜生戲劇的文章便不斷出現，例如《新青年》第五卷第六號有周作人的〈人的文學〉，魯迅〈我們現在怎樣做父親〉、〈娜拉走後怎樣〉，

影印），頁九十一—九十二。

傅斯年有〈萬惡之源〉（載《新潮》一卷一期，署名孟真），胡愈之有〈近代文學的寫實主義〉（載《東方雜誌》十七卷第一期），蒲伯英有〈戲劇要如何適應國情〉（載《戲劇》一卷四期），余上沅有〈易蔔生與《傀儡家庭》〉（載北京《晨報副刊》民國十一年十月三十一日），熊佛西有〈社會改造家的易蔔生與戲劇家的易蔔生〉、〈論《群鬼》〉（均收入《佛西論劇》中）等[四十七]。

除發表文章之外，胡適更於民國八年（一九一九年）三月《新青年》第六卷第三期，率先發表模仿自易卜生《傀儡家庭》的自創劇本〈終身大事〉，成為新文學史上第一個話劇劇本，內容為主角田業梅衝破家庭束縛，追求人格獨立和婚姻自由，最後和心上人一起離家出走。作者借著女主角之口喊出「孩兒終身大事，孩兒應該自己決斷」的呼聲，號召青年以行動顛覆中國的風俗規矩和祖宗定下來的祠規，「出走」的戲一時蔚為風潮。易卜生以家庭為基礎，拆穿人與人之間的虛偽假象，暴露社會人際關係中，人們處於利己與利他之間的衝突，《新青年》的作家們也以檢驗人際關係作為劇本的寫作重心，「問題劇」於是大為流行，討論愛情婚姻，以及社會生活、教育倫理等都成為創作的題材。

除了易卜生戲劇的闡揚，《新青年》也推動外國劇本的翻譯，民國七年（一九一八年）十月，《新青年》發表宋春舫的〈近世名戲百種目〉，推薦了十三個國家五十八位作家的一百個劇本。《新潮》、《小說月報》、《晨報副刊》、《時事新報·學燈》等也都競相譯介外國戲劇，從民國六年至十三年之間，全國二十六種報刊、四家出

註[四十七] 孫慶升：《中國現代戲劇思潮史》，（北京大學出版社，一九九四年十二月），頁二〇五。

版社就出版翻譯劇本一百七十餘部[四十八]，帶動了許多學者從事於外國劇作的翻譯和介紹。

晚清以來的戲劇提倡者只強調戲曲的社會功能，但《新青年》諸君針對的卻是戲劇思想的徹底檢討，是對舊戲的全面反撲；以往的新劇還必須依附在舊劇的形式下，但《新青年》要求西洋新戲全面的取代舊劇。這一群完全由知識份子帶領的運動，將中國舊戲的地位連同藝術價值貶至最低；在過去，戲子雖然是下等的行業，但是戲劇的藝術精神還是為人們所肯定，甚至連政權的領導者也公然的擁護，民國初年《新青年》諸君的舉動，在形式上可以說促進了新戲劇在中國進一步的發展，他們掀起抨擊舊劇，向西方取經的風氣，開始大量翻譯國外劇本，彌補過去文明戲因劇本窮湊以及配合商業行為所造成的單薄情節，新興話劇在近代知識份子迫切的社會責任感及改造現實的動機之下，被當做一帖藥方傳入國內。

儘管初期西方的戲劇觀念和劇本無法立即為中國觀眾所接受，中國舊劇仍然占戲劇市場的多數，有些學者也肯定舊劇的藝術價值，主張調合中西戲劇的藝術精神[四十九]；同時這一時期自創的劇本有些寫作功力並不成熟[五十]，模仿外國劇的痕跡躍然紙上[五十一]，但無疑種種後續的討論都將使得新興話劇推向更深一層的發展，

註[四十八] 「中國現代戲劇史稿」編輯小組：《中國現代戲劇史稿》，（北京中國戲劇出版社，一九八九年七月），頁九十七。

註[四十九] 如余上沅在美國留學期間即與趙太侔、聞一多等組織「中華戲劇改進社」，民國十四年五月回國後，結合了當時「新月社」（民國十四年由徐志摩、胡適、聞一多及梁實秋等發起成立）與歸國的「中華戲劇改進社」的社員，成立「中國戲劇社」，旨在「研究戲劇藝術建設新中國國劇」，並在北京《晨報副刊》上開闢《劇刊》周刊，他們一方面對傳統戲曲的程式美學價值進行理論闡發，一方面大量介紹西方現代戲劇藝術理論技巧，主張廣泛吸收兩者精神。

註[五十] 例如析拙園的〈評梅女士的《這是誰的罪》〉，即批評石評梅此劇「太簡單淺近了，罪在其父，罪在社會習慣，一目了然，無待思索。」（民國十一年四月八日《晨報副刊》）。

多樣的理論見解，也為之後的戲劇改革預留許多揮灑空間。

第三節　整理國故的運動

一、整理國故的緣起

宣統三年（一九一一年），辛亥革命成功，滿清皇朝正式被推翻，但是民族革命的成功，並沒有帶來政治上的預期理想，袁世凱稱帝、二次革命的大敗，軍閥之間擁兵自重，中國依然陷入危機重重之中，對大多數的民眾而言，政權的改變並沒有帶來思想上的安頓，舊有的生活模式被推翻，新的原則尚未建立；民國元年，上海成立「孔教會」，由康有為的弟子陳煥彰（美國哥倫比亞大學博士，其博士論文即為探討孔門的經濟原理）

註五十一　例如谷劍塵的《冷飯》，寫的是妻子謝洛英在房客沈佩玲的唆使引誘下，走上賭徒之路，輸光了丈夫葉少卿的全部積蓄，但她卻一直瞞著丈夫，而丈夫因與銀行的外國老闆意見不合，遂憤而辭職，決定用自己的積蓄回家鄉另謀生路，這時做妻子的才不得不將實情相告，然而丈夫非但沒有責備她，反而回過頭來安慰妻子，說錢財是身外之物，認為「保留妻子的名譽，維持我們的愛情，比什麼都重要。」於是決定收回辭職書，重新回到工作的崗位。葉少卿與易卜生筆下《娜拉》中的丈夫顯然是完全相反的人物，但整個劇仍是《娜拉》的基本情節。易卜生《娜拉》女主角在劇中的出走，表示與昔日家庭的切斷關係，也使得當時「出走戲」大量充斥，如歐陽予倩《潑婦》中的于素心，郭沫若《卓文君》中的卓文君，余上沅《兵變》中的錢玉蘭和方俊，張聞天《青春的夢》中的許明心和徐芳蘭，成仿吾《歡迎會》中的張克勤和劉景明等，都是以出走做為人生重新開始的第一步。所以鄭伯奇認為「自易卜生的社會劇輸入中國以來，中國有了社會劇的腳本，可惜作者富有獨創性的不多，作品的內容大半是千篇一律。」見〈新文學警鐘〉，《創造週報》第三十一號。

及許多著名文人組成；次年（一九一三年）二月，發行《孔教會雜誌》，宣揚孔教為國教。當時，袁世凱已蘊釀要當皇帝。

民國三年（一九一四年）一月四日，袁氏下令解散國會，廢棄憲法；同年二月八日，仿效古代的君主尊崇孔子，下令全國祭孔拜天；四年（一九一五年）一月二十日，以大總統名義頒布「教育綱要」，並於二月正式頒布教育宗旨為「愛國、尚武、崇實、法孔孟、重自治、戒貪爭、戒躁進」，借孔教來掩護其帝制的野心；八月十四日，楊度發等號稱「六君子」，發起「籌安會」，攏絡舊派的知識份子如章炳麟、嚴復、劉師培等，蘊釀為袁世凱的帝制造勢，十二月十二日，袁世凱廢共和，改稱帝制；本年陳獨秀等在上海創辦《青年雜誌》，抨擊孔教。

五年（一九一六年）袁世凱稱帝，改為洪憲元年，帝制實施首日即加孔子後代郡王頭銜，同年二月十五日，陳獨秀在《青年雜誌》大聲疾呼以科學、民主為中心的教育來培育未來學子，落實真正主權在民思想，破除思想及政治上的皇權復辟。除了袁氏的專權，再加上列強在中國的橫行並未改變，如何自人心思想改善以提升國力，遂成為知識份子關注的焦點，取法西方仍是大多數人的共識，但是西方文化和中國文化之間的差異將如何解決，有的學者主張從舊文化中衍生新義，另一派則認為應該全盤拋棄，接受西方觀點。六月六日，袁世凱歿，由副總統黎元洪繼任，十二月二十六日，致力於教育並具有民主自由思想的蔡元培經由推薦，出任北京大學校長。

北京大學係自民國元年「京師大學堂」改名而來，原為國家培養高等教育人才，然而在蔡氏到任之前，北大充斥守舊學風，學生入學的目的是為了將來畢業能在政府機構做事，教授們也多來自於官場，品評教授的層級不是依據他們的教學與學術，而是他們在官場中的官階。教授被稱做「中堂」或「大人」，北大學生被稱做「老爺」，師生們聲名狼籍，道德低落。

蔡氏到任後首先採取兼容並包態度，一方面整頓校風，同時在聘任教師上，一反過去桐城派及江浙集團文人盤據北大文學院的舊例，新舊人士並用；尤其到了民國六年（一九一七年）春天，陳獨秀應蔡元培之請，出任北大文學院院長，《新青年》（民國五年九月，《青年雜誌》從第二卷第一號起更名為《新青年》）從上海遷至北京，劉師培等另在北京成立《國故》月刊社，發行《國故》月刊，正式捍衛中國國學，北大遂成為日後新舊兩方爭論的重要陣地。

民國七年（一九一八年）十月十九日，北大學生傅斯年、顧頡剛、羅家倫等成立「新潮社」，八年（一九一九年）一月一日創刊《新潮》雜誌，傅斯年在《新潮》第一卷第一期發表〈新潮發刊旨趣書〉一文，述說該社的宗旨，在於除去中國舊思想，引進世界新思潮：「中國社會，形質極為奇異。西人觀察者恆謂中國有群眾而無社會，又謂中國社會為二千年前之初民宗法社會，不適於今日。尋其實際，此言是矣。蓋中國人本無生活可言，更有何社會真義可說。」「中國群德墮落，苟且之行遍於國中。尋其由來：一則原於因果觀念不明，不辨何者可為，何者不可為；二則原於缺乏培植『不破性質』之動力，國人不覺何者謂『稱心為好』。此二者又本於群眾對於學術無愛好心。」「本誌發願協助中等學校之同學，力求精神上脫離此類惑化。於修學立身之方法與途逕，盡力研究，喻之於眾。……總期海內同學去遺傳的科舉思想，進於現世的科學思想；去主觀的武斷思想，進於客觀的懷疑思想；為未來社會之人，不為現在社會之人；造成戰勝社會之人格，不為社會所戰勝之人格。」[五十二]，鼓吹接受西方文明，全面否定中國舊學。

同年一月十五日，陳獨秀在《新青年》第六卷第一號上發表〈本誌罪案之答辯書〉中指出：「要擁護那德先生，便不得不反對孔教、禮法、貞節、舊倫理、舊政治；要擁護那賽先生，便不得不反對舊藝術、舊宗教；要擁護德先生又要擁護賽先生，便不得不反對國粹和舊文學。」[五十三]，大力提倡「民主」與「科學」，「德先生」與「賽先生」成為這一時期的精神口號與檢驗進步的原則[五十四]；四月，毛子水於《新潮》雜誌發表〈國故和科學的精神〉一文，提出他對「國故」的看法，認為「國故就是中國古代的學術思想和中國民族過去的歷史。」，「國故的一部份是中國一段學術思想史的材料，國故的大部份是中國民族過去的歷史材料。」，說明了現在人與從前人有著不同的歷史眼光，國故雖是「已死的東西」，是「雜亂無章的零碎智識」，但若本著重徵、求是的心態去研習，則國故可以成為「國新」，而能與「歐化」並駕齊驅，所以唯有具「科學精神」的人，才夠資格研究國故。但是文中還是認為「我們把國故整理起來，世界的學術界亦許得著一點益處，不過一定是沒有多大的。……世界所有的學術，比國故更有用的有許多，比國故更要緊的亦有許多。」[五十五]。

註[五十二] 傅斯年：〈《新潮》發刊旨趣〉，《新潮》第一卷第一期，民國八年一月一日，頁一—三。

註[五十三] 陳獨秀：〈本誌罪案之答辯書〉，《新青年》第六卷第一號，民國八年一月十五日，頁十—十一；後收入陳獨秀：《獨秀文存》，（安徽人民出版社，一九八七年），頁二四二—二四三。

註[五十四] 《新青年》雜誌在中國近代史上歷經三個階段的思想傳播，民國四年到七年之間，以「民主」和「科學」為主；八年到九年九月之間，則轉為宣傳社會主義、馬克思主義；民國九年九月之後，淪為中國共產黨早期的機關報。

註[五十五] 毛子水：〈國故和科學的精神〉，《新潮》雜誌第一卷第五期，民國八年四月，頁七三一—七三三。

這樣的議論，引起了《國故月刊》社的不滿，編輯委員之一的張烜，遂提出〈駁新潮國故和科學的精神篇〉，指出：

我國古代學術思想所演化之國故，現在支配我國多數人之心理，於四萬萬人之心中，依然生存，未嘗死也。使國人之治之者尚眾，首推己知而求未知，為之補苴罅漏，張皇幽眇，使之日新月異，以應時事之需，則國故亦方生未艾也。[五十六]

同年八月，胡適在〈論國故學—答毛子水〉一文中，對張烜的主張提出反駁。他認為張說中研究國故的意義，在於發揚國去的學術價值是可以的，但是無法因應時事所需，毛子水「有用無用」的論點，也有「狹義的功利觀念」的缺失，胡適認為研究學問這件事上任何對象都是平等的，重點在於方法使用是否得當，「國故」是應當研究的，但國故的研究方法必須符合科學的精神。

十二月，胡適在《新青年》第七卷第一期發表〈新思潮的意義〉，把當時社會上新思潮的觀念用於整理國故行動上，他將民國以來的新思潮精神認為是一種評判的態度，表現出來的趨勢，就是「研究問題」及「輸入學理」，新思潮對於舊文化的態度，積極方面，就是用科學的方法來做整理的功夫，使得中國古代學術能夠更有系統及條理化，而從學術發展的前因後果中，能夠釐清前人於古代學術思想有武斷成見及迷信的地方，最後的目的是要「還他一個真價值」。

註[五十六] 張烜：〈駁新潮國故和科學的精神篇〉，《國故月刊》第三期，民國八年五月，頁一。

十年（一九二一年）八月二十五日，胡適於《東方雜誌》第十八卷第十六期發表〈研究國故的方法〉，將國故翻譯成 national past，意思是「國故」是舊有的東西，存在於過去，並且「『國故』這個名詞是中立的，……專講國家過去的文化。」[五十七]。十一年（一九二二年）一月，北大響應「整理國故」的運動，成立「北大國學門」，及「歌謠研究」、「風俗調查」、「方言調查」、「考古」、「明清史料整理」等五個學會。同年九月，胡適在日記中寫下其「整理國故」的心得，明顯的承認過去不重視國故的誤判及宣揚它的重要性[五十八]，十二年（一九二三年）一月，胡適為北大發行的《國學季刊》撰寫〈發刊宣言〉，進一步對「國故」下定義，在定義中標明「整理國故」的用意是要以系統化的方法來整理中國國學，打倒一切過去以來既定的成見，步驟可先將大部份或不易檢查的古書做索引，使得人人都能用古書，其次是對過去國學研究成績做統整，並把尚未解決的部份提出來，引起學者的注意，做為將來努力的方向，如此目的是要使得古書人人可讀，至於未來則可進行專史以及文化史的研究，在材料的整理及解釋上應用比較的研究法[五十九]。

雖然有陳獨秀、吳秩暉、浩徐、陳西瀅等人反對整理國故的舉動，他們主張當務之急應是介紹西學，而非

註[五十七]　胡適：〈研究國故的方法〉，《東方雜誌》第十八卷第十六期，民國十年八月二十五日，頁一一三。

註[五十八]　「以前我們以為整理國舊書的事，可以讓第二、三流學者去做。至今我們曉得這話錯了。二千年來，多少第一流的學者畢生作此事，還沒有好成績；二千年的傳統（Tradition）的斤兩，何止兩千年重！不是大力漢，何如推得翻？何如打得倒？」以上見胡適：《胡適日記》（下）；轉引自章清：《胡適評傳》，（南昌百花洲文藝出版社，一九九六年十二月三刷），頁一六〇。

註[五十九]　胡適：〈《國學季刊》‧發刊宣言〉，《國學季刊》第一卷第一號，民國十二年一月，頁一—八；此處轉引自胡適：《胡適作品集2—胡適文選》，（台北遠流出版社，民國八十三年一月七刷），頁二二九—二四五。

回過頭去走前人的老路，但「整理國故運動畢竟如火如荼的展開，南方以商務印書館為首的上海出版業，亦從二〇年代下半葉開始發行大量的國學書刊，既壯大了『整理國故』運動的聲勢，也使上海繼北京之後成為傳遞整理國故理念的重要基地」[六十]，學界人士如章太炎、梁啟超亦加以大力號召，對當時知識份子的影響可謂十分宏遠，「整理國故」遂成為當時時代的特色[六十一]。

二、鄭振鐸發表有關「整理國故」的文章

鄭振鐸在五四新文化運動時期已在北京求學，「國故運動」的爭辯地盤既在北京，兩派人士你來我往的筆戰，遂成為當時知識份子關注的焦點，民國九年（一九二〇年）之後，他寫了無數篇論文，發表對「整理國故」的看法，各篇發表的題目、刊載的園地，以及大意依次如下：

〈文學研究會會務報告．一、本會發起的經過〉，《小說月報》第二期，民國十年。

民國九年（一九二〇年）十一月二十九日，鄭振鐸於《文學研究會》的籌備會上，被公推為會章的起草者，明言「介紹世界文學，整理中國舊文學，創造新文學為宗旨。整理中國舊文學並發表個人的創作。」為宗旨。該會章於之後的十二月四日通過，十三日刊載於北京的《晨報》，隨後又發表於《民國日報》、《新青年》雜誌、上海《小說月報》等報刊。

註六十　見林清芬：〈抗戰前後鄭振鐸的整理國故與刊印古籍的工作〉，《國家圖書館館刊》八十八年第一期，民國八十八年六月，頁八十二，。

註六十一　郭沫若在〈整理國故的評價〉一文提到：「『整理國故』的流風……幾乎成為一個時代的共同色彩。國內人士上而名人教授，下而中小學生，大都以整理國故相號召。」見《創造週報》第三十六號，民國十三年一月，頁一。

〈文藝叢談〉，《小說月報》，民國十年。

說明中國文學家有兩重責任：「一是整理中國的文學；二是介紹世界的文學。」，因為中國舊文學分類極為混亂，故必須「以現代的文學的原理，來下一番整理的功夫不可。」

〈我的一個要求〉，《文學旬刊》，民國十一年九月十一日。

他認為當時中國文學史的著作，無論中外都不夠完備，無非是抄錄以前的資料，陳陳相因，沒有新見解，所以鄭振鐸呼籲在「一部中國文學史之前，還要求先能有一部分的人盡力介紹文學上的各種知識進來，一部分的人從事於中國文學的片段的研究或整理。」。

〈整理中國文學的提議〉，《文學旬刊》第五十一期，民國十一年。

本文以「要明白中國文學的真價，要把中國人傳統的舊文學觀改正過，非大大的先下一番整理的功夫，把金玉從沙石中分析出來不可。」，在第一部份「整理的範圍」中，他將中國文學分為詩歌、雜劇、長篇小說、短篇小說、筆記小說、史書、論文、文學批評及雜著等九類，其次標舉出整理的方法為「歸納的考察」與「進化的觀念」。研究的步驟則應先從局部的開始，然後擴展為全面的。局部的研究可從一部作品、一個作家的研究、一個時代、一個派別、一種體裁的研究等開始。

《文學旬刊．雜譚》，第五十五期第四版，民國十一年十一月十一日。

強調要研究中國文學必先輸入文學原理的知識，因此呼籲大眾多多介紹文學知識的理論。

《文學旬刊．雜譚》，第五十六期，民國十一年十一月二十一日。

本文提出中國文學的研究之意義及如何從事中國文學研究的方法。除了再一次強調要從事中國文學的研究必須介紹與輸入文學原理的理論之外，更進一步說明中國文學研究的意義，最重要的是發現中國文學源流的根本缺失，以之重新建立正確的文學觀及打破昔日的傳統成見，他舉戲曲為例：「譬如我們研究元明時代的戲曲，決不僅以考其變遷，證其存亡為滿足，而猶在指示其結構，與思想之缺陷，與其所以衰微而不能存在之故。」。

〈新文學之建設與國故之新研究〉，《小說月報》第十四卷第一號，民國十二年一月。

本年二十五歲，接替沈雁冰主編《小說月報》，《小說月報》在沈雁冰主編的時代（如第十期《本社啟事》、第十二期《特別啟事》等）中都只提到要「介紹西洋文學」等，在民國十年第一期的卷首〈改革宣言〉中，才明確的提出「同人認為西洋文學變遷之過程有急須介紹與國人之必要，而中國文學變遷之過程則有急待整理之必要。」「中國舊有文學不僅在過去時代有相當之地位而已，即對於將來亦有幾分之貢獻，則此同仁所敢確信者，故甚願發表治舊文學者研究所得之見，俾得與國人相討論」陳福康先生認為沈雁冰文中所指的「同仁」，應該是鄭振鐸[六十二]。此時他特闢了一個「整理國故與新文化運動」的討論專欄，共收六篇文章，分別為鄭振鐸〈新文學之建設與國故之新研究〉、顧頡剛〈我們對於國故應取的態度〉、王伯祥〈國故的地位〉、余祥森〈整理國故與新文學運動〉、嚴既澄〈韻文與詩歌之整理〉及化名為玄珠的沈雁冰〈心理上的障礙〉。

在〈新文學之建設與國故之新研究〉一文中，他主張在新文學運動的熱潮裏，應該有整理國故的一種舉動，理由是，一方面固然要把什麼是文學，什麼是詩，以及其它等等的文學原理介紹進來，一方面卻更要指出舊的

註[六十二] 陳福康：《鄭振鐸論》，（北京商務印書館出版，一九九一年六月），頁一八四。

文學的真面目與弊病之所在；其次，他認為所謂新文學運動，並不是要完全推翻一切中國的故有的文藝作品，而是在建設新文學觀的同時，也要重新估定或發現中國文學的價值，把金石從瓦礫堆中搜出來，他特別舉出元明的雜劇傳奇，與宋的詞集的例子，許多編書目的人都以為他們為小道，為不足錄的，而實則它們的真價值，卻遠在《四庫書目》上所著錄的元明人詩文集以上；最後，他為「整理國故」的精神下一番定義，亦即「『無徵不信』，以科學的方法，來研究前人未發現的文學園地。」。

《小說月報》第十五卷號外〈中國文學研究〉徵文啟事〉，《文學》，民國十二年十月。

標舉出刊物徵稿的兩重原則為「一方面以現代的文學批評的眼光，來重新估定中國古文學的價值，一方面以致密謹慎的態度去系統的研究中國自商周以迄現代的文藝思想與藝術。」

〈新與舊〉，《文學》第一三六期，民國十三年八月十五日。

鼓勵大眾用新的文體形式創作，舊的文體並非沒有意義，但舊文體的形式已經十分老舊，如果我們用繼續運用舊的文學形式創作，即便有好的思想也無法彰顯。在這裏，鄭振鐸並不一味的否定舊文學的價值，他否定的只是舊文體的形式而已。

〈研究中國文學的新途徑〉，《小說月報》第十七卷號外，民國十六年六月。

本文先區別過去學者的鑽研角度，說明他們都是以鑒賞的方式出發，他呼籲今後要學者須具研究的視野，才有其價值，然而何謂「研究」？鄭氏據此先就「研究」的態度下一定義（一、鑒賞與研究）。其次，鄭氏提出六種（二、未經墾殖的大荒原）過去學者尚未深入的研究的領域，並指出今後研究者必須具備的方法即是歸納及進化等兩種（三、研究的新途徑），鄭氏詳述此兩種研究態度的實際步驟（四、歸納的考察。五、進化的觀念。），他強調據此兩者方法可以開發出三種研究的途徑，即一、中國文學的外來影響考（六、文學的外來影響。），二、新材料的發現（七、巨著的發現），三、中國文學的整理（八、中國文學的整理），本文即在以上這些觀點撰述而成。

〈且慢談所謂「國學」〉，原載《小說月報》第二〇卷第一號，民國十八年一月。

文中指出「國學」並非專門的學問，「國學家」不是一個專門的學者，「國學家」在中國早已存在，即過去的士大夫階層，他們因身為仕途，即變得無所不能，其實他們原先所受的訓練只有做詩、賦、八股文及策論等考試科目而已，沒有專精的學問，他認為國學有礙中國民族的進步與發展，提倡國學會誤導青年沉浸於古書之中，而忘卻了現代社會的使命與工作。要整理古書，研究古代哲學，中外文學，近代歷史，必須有外來的基本知識，參考外國文的書籍，整理國故只是自我的侷限。當今首要任務是全盤的輸入西方的文化，學者應肩負起介紹與研究的責任，以求中國本身的生存與發展，必須建設外語圖書館，各種科學的專門研究室、實驗室，及印刷或翻譯西方的科學基本要籍，才能挽救中國於危亡。

〈標點古書與提倡舊文學〉，《文學》月刊，民國二十三年一月。

鄭氏認為標點古典白話小說在新文學運動初期，是對古文宋詩傳統的挑戰，有其必要；然而經過十多年來白話文的教育，白話文學已經蘊釀出一套表達的技巧，遠勝於白話舊小說的藝術水準，此時再以提倡標點古典舊小說的作法，是走回頭的老路，把過去五四時期自認為不好的東西又再灌輸給青年學子。而對於舊的文學名著，也應是保存而不提倡的心態。

〈中國文學研究者向那裏去?〉,《文學》月刊第二卷第六期,民國二十三年六月一日。

認為中國文學的研究者應該「向新的題材和向新的方法裏去,求得一條新路出來」,才是今日所應從事的工作。

〈中國文學的遺產問題〉,《文學》月刊第二卷第六期,民國二十三年六月一日。

提出「文學遺產」的組成,有的是成為士大夫進身之階的「實用文學」,有的是「純以個人主義或個人的利祿功名的思想為中心的作品」,而在無數量的「文學遺產」中值得被討論的作品,則必須有賴學者們的檢選。

〈向翻印「古書」者提議〉,《文學》月刊第二卷第六期,民國二十三年六月一日。

該文提出古書應如何排印及數量的建議,鄭氏從歸納的史料、參考圖書、文學名著、文學總集及重要叢書等,說明翻印的方法「必須以大多數讀者的購買力為研究的對象而決定其印刷的方法。而且,在印刷的時候還必須注意到讀者的翻閱與攜帶的便利。故加以標點及索引是必須的;篇幅也不能過多,字跡倒不妨小些。我們為了便於誦讀,往往用大字印書,實在太不經濟,必須改用小字,特別是這類的參考書籍。……第二、售價低廉到最可能的程度。如此方有益於人。」,而像《二十四史》一類的書籍,最好應揀選可靠的版本,以省卻學者校勘的時間。如果是珍本、孤本,則可以影印較奢侈的版本,至於大規模的「叢書」則就不必出版。

〈大眾語文學的「遺產」〉,《文學》第三卷第四期,民國二十三年十月一日。

鄭振鐸在該文中指出當時沒有人注意到中國文學裏「大眾語文」的「遺產」,也沒有人編選《大眾語文學史》,但是中國歷史上有許多運用「大眾語」寫成的作品,他並舉出元明戲曲及小說的例子,以及外國文學中成功的例子,諸如聖經和戲劇等,證明「大眾語」的文學有其價值。

三、鄭振鐸對「整理國故」的看法

綜括以上各篇要旨，鄭振鐸對於整理中國舊文學的意見，大約可以歸為以下幾點：

（一）要以科學化的方法整理中國舊文學：時代在變，文學的觀念也日新月異，二十世紀不再是文學上閉關自守的年代，從事文學研究的學者們，必須要借鑒國外文學理論的方法，以歸納法及進化的觀念，在新的領域中走出前人的研究成果，否則仍只是在故紙堆打轉，徒然浪費時間與精力罷了。

（二）介紹西洋的文學知識給國人：「輸入學理」是五四新文化運動以來，胡適喊出的口號之一，目的即在呼籲研究者必須具有世界觀的學術眼光，以西方的學術體系取代中國古代語錄式的不夠系統與明確化，鄭振鐸深受這股精神的影響，在〈且慢談所謂「國學」〉一文，他提出要整理古書，研究古代哲學，中外文學，近代歷史，必須有外來的基本知識，參考外國文的書籍，否則整理國故只有自我侷限於狹隘的空間裏，不會有任何的成果：

> 我們即使要整理古書，研究古代哲學，中代文學，近代歷史，卻也非有外來的基本知識，非參考外國文的書籍不可。他們至少可以啟發你一條研究的新路。我曾經告訴幾位朋友說，你要先學會了英德日或至少其中的二國以上的文字，然後你才能對於古書有比較正確新穎的見解與研究；你要先明白了現代的一二種基本學問與知識，然後你才能對於古書有左右逢源，迥不猶人的見解。居現在而仍抱了「白首窮經」的態度，仍逃不出古書圈子範圍以外去研究古書，則這種研究不會有什麼好結果，不會得到什麼驚人的

成績，是可斷言的。[六十三]

因之他與志同道合的朋友盡力翻譯國外的學術論文，在自辦的刊物上大力介紹西方文學理論，以提昇研究者及鑒賞者的品評能力。

（三）舊文學當中仍有許多待開發的新研究領域：當傳統文化在民國八年（一九一九年）五四運動倍受抨擊之時，新文化運動者將所輸入的西方學理運用在整理中國的國故上，鄭振鐸呼應這一舉動，認為舊文學中有許多領域，過去囿於正統文學為一尊的地位，無法獲得世人所青睞，其本身所具有的價值一直無法得著彰顯，在今日重新回過頭來整理中國傳統舊文學時，必須要在這些向來為人所輕忽的地方，投入更多的心血。在〈中國文學研究者向那裏去?〉一文中，他說道中國文學的研究者應該「向新的題材和向新的方法裏去，求得一條新路出來，這便是我們所要走去的。」[六十四]，新的題材如中國文學所受外來文學的影響，俗文學中的變文、諸宮調、彈詞、鼓詞等文體，都是「待整理的，待研究的，待把他們從傳統的灰塵裏扒掘出來的，幾乎所在都是。」不必「還要老退回到古舊的不易有發展的園囿裏去徘徊、留戀著呢?」[六十五]。

在整理國故方面，他也指出必須「有切實的研究，無謂的空疏的言論，可以不說。我們須以誠摯求真的態度，去發見沒有人開發過的文學的舊園地。我們應以採用已公認的文學原理與關於文學批評的有力言論，來研

註六十三　原載《小說月報》第二〇卷第一號，民國十八年一月，本文出自《鄭振鐸文集》第四集，（北京人民文學出版社，一九八五年），頁八十一。

註六十四　《文學》月刊第二卷第六期，民國二十三年六月一日，頁三一二。

註六十五　同前註，頁三一〇。

究中國文學的源流與發展。」「總之，我們整理國故的精神便是：『無徵不信』，以科學的方法，來研究前人未發現的文學園地」[六十六]，即使是過去原有的中國文學研究領域，仍有重新再評估的需要，重新的評估必然少不了新方法的使用，鄭氏這裏所提出新方法，包括在對作品研究時要注意社會因素、經濟因素及時代環境的背景。

（四）如果國家民族遭遇危難之時，首要任務應是全盤的輸入西方的文化，學者須肩負起介紹與研究的責任，以求中國本身的生存與發展：北伐底定之後，外患日益嚴重，日本無端在中國滋事生擾，藉故引發戰事，在危急存亡之秋的當下，他提出要討論文化的問題，必須先解決民族生存的問題，中國民族如欲在此艱難時刻要求得生存，除了「全盤的輸入與容納西方文化之外，簡直沒有第二條路可走。」他在〈我對於《中國本位的文化建設宣言》、對中國文化建設的意見〉一文提出以下的看法：

我以為文化問題固然重要，但中國民族本身如何能生存，卻是更大的問題。日本的爪牙永遠抓住中國，中國便永遠沒有復興的可能。現在的問題是如何使中國能脫出日本的爪牙。所以迫切的問題，不是文化的問題，而是生存的問題。……在中國舊文化裏，永遠找不到出路，譬如國醫國術運動之類，都只是亡國的前一幕的把戲。中國民族的生存必須寄託在新的文化，新的組織上。如何組織民眾，如何使民眾都有自覺的為生存的爭鬥心，是今日的急務，而恢復舊文化卻是死路一條。[六十七]

註[六十六]〈新文學之建設與國故之新研究〉，《小說月報》第十四卷第一號，民國十二年一月，《鄭振鐸文集》（四），（北京人民文學版社，一九八五年六月），頁三五〇。

註[六十七] 鄭振鐸：〈我對於《中國本位的文化建設宣言》、對中國文化建設的意見〉，《文化建設》，民國二十四年；本處轉引自陳福如果整理國故不是戰火連年的中國首當要務，那麼當下最該從事的文化工作又為何？他以為有四種方法，是外患不斷的我國所應實施的文化建設：

> 目前的急務，是：第一、建設巨大的外國文書圖書館。第二、建設各種科學的專門研究院，實驗室。第二、用印行四部什麼，四部什麼的印刷力，來翻印或譯印科學的基本要籍與名著。且慢談所謂「國學」！我再三的說。我們的生路是西方科學，與文化的輸入與追求。我們的工作，是西方科學與文化的介紹與研究。我們不要浪費了有用的工作力[六十八]。

經過了十多年整理國故的工夫，如此又回到了五四新文化運動的論點，政局的擾攘不安，使得國學再度視為進步的阻力，是浪費工作時間的對象。

（五）舊文學當中的可貴部分，鄭振鐸稱之為「遺產」，應當予以有方法的保存：鄭振鐸認為中國舊文學中，有些是士大夫進身之階的「實用文學」有的有的是「純以個人主義或個人的利祿功名的思想為中心的作品」[六十九]，必須在「文學遺產」中找尋值得被討論與揀選作品，而對於被揀選出的文學遺產，他主張要盡力保留，譬如古籍方面，史料、參考圖書、文學名著、文學總集及重要叢書等，應該要大量流通，至於「珍本、孤本，

康：《鄭振鐸論》，（北京商務印書館，一九九一年六月），頁六十一。

註[六十八] 鄭振鐸：〈且慢談所謂「國學」〉，原載《小說月報》第二〇卷第一號，民國十八年一月；本處轉引自《鄭振鐸文集》第四集，（北京人民文學出版社，一九八五年），頁八十一—八十三。

註[六十九] 鄭振鐸：〈中國文學的遺產問題〉，《文學》月刊第二卷第六期，民國二十三年六月一日；本處轉引自《鄭振鐸全集．第五卷》，（河北花山文藝出版社，一九九八年十一月），頁三一六。

印出來只是為了保存的目的，或者，內容有毒，不值得大量流通的，像《金瓶梅詞話》之流，則不妨在印刷者經濟能力之所及，盡量的印些奢侈的版本。」[七十]。此外，在戲曲遺產的態度上，他卻力主過濾不符合反抗封建的作品，刪改過於荒唐及教條的內容，除了象徵性的表演動作值得保存，服裝仍須再考究，務必做到與史實的接近，方顯合理。

以上五點，約為鄭振鐸對於整理中國舊有文化的態度，可見他的論點，與《新青年》雜誌的立場極為接近，也可以說是深受五四新文化運動的影響，因之五四新文化運動的學者對中國固有文化所產生為反對而反對的觀點，以及一面倒地推崇西方戲劇的過度熱情，鄭振鐸自然也就難以避免；新文化運動的學者雖然對舊劇的抨擊砲聲隆隆，但無可否認，這正是中國精英份子第一次集體專注於討論戲曲的何去何從，在否定中卻也完成了不少對舊戲的整理研究，鄭振鐸上述理論如何落實於研究方面，反映出哪些得失優缺，本書將於之後的各章再做討論。

註[七十] 鄭振鐸：〈向翻印「古書」者提議〉，《文學》月刊第二卷第六期，民國二十三年六月一日；本處轉引自《鄭振鐸全集．第六卷》，(河北花山文藝出版社，一九九八年十一月)，頁六四五。

第二章　鄭振鐸生平與戲劇活動之關係

本章論述的重點為鄭振鐸的生平與戲曲活動的關係，由於鄭振鐸在民國十年至二十年間，在上海商務印書館展開其第一份專職編輯工作，並出版諸多戲曲方面的叢書，商務印書館的支持可謂功不可沒，是故本章另立一節，專談鄭氏與上海印書館的關係。抗戰勝利後，鄭振鐸的思想漸趨左傾，以致一九四九年中共建國後，他選擇停留中國大陸，出任中共官方文化部副部長一職，推動許多戲曲改革活動，原本無意仕途的他，竟然會有如此的轉變，其與中共文藝政策淵源的始末，則為本章第三節的內容。

第一節　生平概述

一、初生之始，家道中落

鄭振鐸祖籍為福建省長樂縣首占村，約當光緒二十一年（西元一八九五年）時，其祖父到溫州與在該地當道台的表親當幕友[一]，做一些文書方面的工作，所以舉家自福建遷往溫州[二]。光緒二十四年（一八九八年），鄭

註一　據現今資料顯示，鄭振鐸祖父及父親之姓名均無法得知，故此處從闕。

註二　見陳福康《鄭振鐸年譜》（以下簡稱《年譜》）（上），（北京書目文獻出版社，一九八九年），頁一——十四；陳福康：《鄭振鐸論》（以下簡稱《鄭論》），（北京商務印書館，一九九一年六月），頁十——十四；陳福康：《一代才華——鄭振鐸傳》，（台北業強出版社，民國八十二年五月），頁三——九。

振鐸誕生於溫州市乘涼橋一座叫做「炮丁」的古老宅院[三]，是家中的長子，也是唯一的兒子。二十七年（一九〇一年）大妹鄭綺鏞生，三十一年（一九〇五年），父親帶著家眷離開溫州，到揚州當幕友。隔年（一九〇六年），二妹文英生於揚州。不久，鄭振鐸的父親因病回溫州療養，次年（一九〇七年）病逝。父親在世時，原本即已家道中落，因此往他鄉謀職，此時更趨困難。民國二年（一九一三年），鄭振鐸十六歲，進入浙江第十中學就讀[四]，三年（一九一四年），祖父病故，全家收入就只得靠母親做針線工作及娘家的接濟度日。

雖然家境清苦，但鄭振鐸在中學的這段期間，卻養成了廣泛閱讀中國舊學中有關文論、歷史、戲劇之類書籍的習慣；此外，對於光緒二十九年（一九〇三年）二月，由留日青年於東京創辦的《浙江潮》月刊、光緒三十年（一九〇四年）五月，由張繼所編反清革命刊物《黃帝魂》、及陳獨秀創辦《青年雜誌》（隔年更名為《新青年》）等也有接觸。由於買不起大部頭的書，他向有書的同學借來抄，並將自己省吃儉用的零用錢拿來買一兩本書，開始形成收書的習慣[五]，這些基礎對於他日後從事的文學活動，提供許多眼光及能力。

二、北京求學，眼界大開

浙江十中畢業後，他為了想繼續求學，又必須兼顧家中的經濟狀況，於是聽從北京工作的三叔鄭蓮蕃建議，捨棄了北京的大學文學院系，選擇報考交通部所屬北京鐵路管理學校高等科的招生考試，一來是該校不

註三 《年譜》（上），頁一。

註四 見《年譜》（上），頁十，《鄭論》頁十五；陳福康：《一代才華——鄭振鐸傳》，（台北業強出版社，民國八十二年五月），頁九。

註五 見《年譜》（上），頁十四；《鄭論》，頁十一——十三。

收學費，二是該校畢業生將由政府分發到各鐵路單位任職，不必再找工作，對於貧寒子弟而言，無疑是一大福音。民國七年（一九一八年）一月放榜，鄭振鐸被錄取，於是他從溫州來到北京，寄住在任職外交部僉事的三叔家，開始他的大學生活。

這段時間是鄭振鐸第二個重要關鍵時刻，從民國七年到十年（一九二一年），國內許多大事幾乎均起自北京，首先是民初以來，國故學派與西化派的論爭，兩者均以北京為對壘陣地，各成立社團、發行刊物、撰寫文章，互相抨擊對方，以民國八年（一九一九年）達到最高峰；而後，科學成為文學研究的態度與方法，落實於胡適提出來的「整理國故」運動，北大也是首先響應；再則，五四運動在全中國各地掀起巨大的迴響，北京也是首先發難的城市，鄭振鐸是當時學校代表，除了親身參與運動，以實際行動抗議北洋政府無能，他並仿效當時學生組織刊物、發表言論，並組成學會，團結眾人之力以關心國事，這一系列的活動也成為日後他在一九四九年之前生活的寫照。

再者，他就讀的鐵路管理學校為英文班級，教員多用英文授課，彼時中東鐵路由俄人手中收歸國有，政府為加強國內鐵路人才的俄語能力，於是下令自民國七年（一九一八年）起取消日文，增加俄文的鐘點，這使得鄭振鐸在原有國文的基礎能力及興趣上，又多了兩項外語的能力，尤其英文方面，對鄭振鐸幫助甚大。當時國內翻譯事業正是起步階段，翻譯的書籍在質和量上也不平均，對一個不可能到國外受教育的貧寒子弟而言，吸收新知的方法只有憑藉著學校的上課基礎，再加上自己的不斷充實，才有可能使得外語能力達到可以直接瀏覽原文著作，進而閱讀了許多國外的文學思潮、政治理念及社會觀點的書籍，擴大了自己的知識視野，日後他即以優秀的外語能力翻譯許多國外的小說及戲劇和文學史方面的作品[六]，為國人介紹國外頗負盛名的作家，即肇因於此。

鄭振鐸自中學時即已培養讀書興趣，此時到了北京，他依然四處找尋機會滿足自己的求知慾，由於北京消費更高，他沒有餘錢買書，所以除了想辦法請三叔向任職的外交部借書之外，他並在一所基督教青年會的圖書館，得到一個免費借閱的地方。在那裏，他開始第一次接觸俄國文學與社會學方面的知識[七]，兩者深深影響他日後的思想行動。他在基督教青年會的圖書館與同來閱讀的青年瞿秋白、耿濟之（兩者同為當時北京俄文專修學校學生）、瞿世英、許地山（兩者同為當時北京燕京大學學生）等成為志趣相投的好友[八]，這些朋友在日後的五四運動中也與他同樣成為唸書學校的代表，同時眾人更在年底發起我國第一個新文學團體「文學研究會」，有關此一部份留待本書第三章第二節再做說明。

註六　自晚清以來，介紹西學成為知識份子的時代使命之一，鄭振鐸從民國九年（一九二〇年）至二十五年（一九三六年），翻譯許多外國的小說、戲曲、文學史、詩歌及民間文學，大多由上海商務印書館出版，或發表於其所主編的《小說月報》刊物，有關此一部份詳見本論文第七章《外國戲劇及思潮的介紹》。

註七　「在五四運動的前一年，我常常到北京青年會看書，那個小小的圖書館裡，有七八個玻璃櫥的書，及俄國文學著名的英譯本為最多。青年會的幹事步濟時是一位很和藹而肯幫助人的好人。他介紹給我看些俄國文學的書，在那裏面，有契訶夫的戲曲集和短篇小說集，有安特列夫的戲曲集，托爾斯泰的許多小說等。我對之發生了很大的興趣。這小小的圖書館成了我常去盤桓的地方。」鄭振鐸：〈想起和濟之同在一起的日子〉，轉引自《年譜》（上），頁十八。

註八　見鄭振鐸：〈回憶早年的瞿秋白〉、〈記瞿秋白同志早年的二三事〉兩文，收入《鄭振鐸文集．第三卷》，（北京人民文學出版社，一九八三年九月），頁二九四—三〇四。

三、上海十年，卓然有成

民國十年〈一九二一年〉三月，鄭振鐸二十三歲，自北京鐵路管理學校畢業後，分派至上海西站當練習生，開始實習的日子。實習階段一旦結束，就等著政府正式分發工作。當初他之所以選擇就讀鐵路管理學校，無非是希望獲得一份固定收入的工作，然而北京三年的求學期間，他從創辦刊物、組織學會，到發表文章[九]，已逐漸展露文學方面的才華，相對地對於鐵路的本行即顯得漸行漸遠，因此同年四月，他到上海商務印書館，拜訪同是「文學研究會」上海會友沈雁冰（時任上海商務印書館《小說月報》刊物主編），經沈介紹，旋即放棄實習工作，進入上海商務印書館，擔任《小說月報》編輯[十]，以及創辦由上海商務印書館發行的《兒童世界》周刊。同時亦受邀在上海發行的《時事新報》副刊《學燈》任編輯、並創辦該報另一份副刊《文學旬刊》。這是

註九　第一份刊物為民國八年（一九一九年）六月創刊於浙江省溫州市，由於是年五月四日五四學運爆發，情況一發不可收拾，北京政府教育總長袁希濤建議提早一個月開始放暑假，想借此驅散北京學生的抗議力量，鄭振鐸因而回到故鄉，和陳仲陶等人組織「救國演講周刊社」，創辦《救國演講周刊》，主要報導當地地方政府的違法措失，約發行六、七期，後遭當局所禁止。同年七月，與永嘉各校愛國知識份子七十三人倡議共組「新學會」，該學會並成立《新學報》，鄭振鐸任編輯委員，共出版五期。十一月一日，鄭振鐸在北京與瞿秋白、耿濟之、瞿世英、許地山等創辦《新社會》旬刊，發表〈北京的女傭〉（第一號），八月五日與瞿秋白等人創辦《人道》月刊，出版一期即遭停刊。

註十　「北京鐵路管理學校畢業後，分配在上海南站做鐵路上的練習生，住在一個花園裏，叫我掛鉤。不想幹。正好沈雁冰在商務印書館做《小說月報》的編輯。因我愛好文學，他約我編小學教科書，把文言改為白話。我沒答應，就編兒童讀物《兒童世界》（周刊）。」以上見鄭振鐸：〈最後一次講話〉，原於一九五八年十月八日在北京中國社會科學院文學研究所的一次「學術批判會」上的發言摘錄，本處轉引自《鄭振鐸全集．第三卷》，頁三七六。

他人生中第三個關鍵時期，因為報刊自晚清以來，一直都是發表言論的重要陣地、傳播學理的利器，同時也是凝聚同好共識的媒介，鄭振鐸就是透過刊物的發行，得以參與討論當時最重要的議題，並將他與朋友在北京成立的「文學研究會」的活動帶到上海。

十二年（一九二三年）十月，二十五歲的他與上海商務印書館編譯所所長高夢旦的女兒結婚，此後便一直停留於上海，長達十年。期間以商務編譯所《小說月報》主編（民國十二年一月起）工作為核心，發表戲劇論文，出版戲劇叢書，並開始戲曲古籍的收藏。十六年（一九二六年）五月，鄭氏由於主張的政治理念和當政者不合，曾遠赴法、英、義等國，閱覽各國大圖書館奇書及中國小說、戲曲、俗文學方面的古籍。十七年（一九二八年）九月自歐返國，繼續在上海商務工作，除了從事的活動一如往昔，他又多了一項教書的工作—在回國的次年，他應聘至上海復旦、暨南兩大學中文系兼課，講授中國文學史、小說史等課程，同時也在吳淞的中國公學兼授中國文學史。二十年（一九三一年）七月，他離開了工作十年的商務印書館，應同是「文學研究會」會員郭紹虞之邀，到北平燕京大學擔任文學院院長兼中文系系主任。

四、轉赴北平，擔任教職

鄭振鐸會同意到北平，固然與上海商務高層人士意見不合[十一]，再來也是希望換個工作環境和條件，以便專心從事學術研究，及實踐多年來計劃出版《中國文學史》的著作。次年（一九三二年）十二月，《插圖本中

註十一　詳細情形見鄭振鐸：〈最後一次講話〉，一九五八年十月八日；後收入《鄭振鐸全集・第三卷》，（河北花山文藝出版社，一九九八年十一月），頁三七七；以及陳福康：《鄭振鐸傳》二十四〈工會的抗爭〉，頁二三二—二四一。

國文學史》以四冊問世。同年十月十四日，他以〈從變文到彈詞〉為題，受邀至北京大學演講，二十三年（一九三四年）四月，他收集清人雜劇十三家四十種作品，編訂《清人雜劇二集》，以一函十二冊的方式自費影印刊行。在北平四年來的日子裏，他除了發表文學論文及文藝作品，也創辦或參與新的雜誌發行，並出版學術著作，收藏中國古籍。

二十三年（一九三四年）八月，因為燕京大學發生人事糾葛，派系之間鉤心鬥角，反對他的人集結學生在校園張貼大字報、報刊發表批評他的文章，他雖然做出答辯，但已開始萌生去意，惟因此時正和魯迅合作編印《十竹齋箋譜》，這段時間，他和魯迅來往密切，從魯迅給他的信內容看來，魯迅比較贊成他留在北平，但建議他可以換一個教學環境，離開燕大，所以魯迅曾為他的事情商北平大學女子文理學院院長許壽裳，安插教書一職，但到年底時，確定沒有機會。

二十四年（一九三五年）元月中旬至三月初，他趁著燕大寒假期間到上海，和上海生活書店談妥，出版由他主編的大型文學叢刊《世界文庫》計劃。雖然假期結束開課時，他依然回到學校，但此時轉往上海發展的心意已定。正巧同年四月，因昔日同事、時任上海商務印書館編譯所所長何炳松將出任上海國立暨南大學校長一職，找他商量學校行政人選，希望他一同參與辦學，正符合他要回上海的意願，所以到了六月，他便辭去燕大職務，重新再回到上海。

五、重回上海，暨大任教

在上海暨大五年半（二十四年八月—三十年十二月）的日子裏，鄭振鐸擔任的職務十分繁重，他既是文學院院長兼中文系系主任，又兼多種會議委員，有一段時間還兼職圖書館館長，既負責遴選教授，也要負責學校的招生，在如此繁忙的工作下，他仍然掛念著要提高學校的研究能力，於是到校半年後，他即參與創刊和主編《暨南學報》（二十五年二月創刊，由上海開明書店出版），在臨時兼任暨大圖書館館長期間還創辦《國立暨南大學圖書館館報》（二十六年四月二十四日創刊）。

二十六年（一九三七年）上海局勢日漸緊張，八月十三日，日軍向上海閘北寶山路進犯，因被當地守軍擊退，下午遂進行大規模轟炸，鄭振鐸寄藏於虹口開明書店八十多箱古書，近兩千種，約一萬數千冊均被燒毀[十二]，暨大校舍也被炸毀，暨大遂於十月一日起，暫借蘇州河以南英美等國公共租界內小沙渡路（今西康路）的僑光中學及附近民房作為校舍。十一月十日，日軍在浦東登陸，十二日，除「公共租界」和法國租界外，其它地區均為日軍佔領，「公共租界」和法國租界在此時形同孤島。

二十七年（一九三八年）春，他應聘至未遭日軍淪陷的孤島地區—上海滬光大學附屬夜校，時為「上海社會科學講習所」講授中國文學史。十一月五日，中法劇藝學校以中法聯誼會的名義，成立於上海，他也被邀主講中國戲曲史。授課之餘，他的藏書工作亦未曾間斷，如本年六月，他即在上海中國書店老闆陳乃乾的幫忙，發現了湮沒已久的元明戲曲集《脈望館古今雜劇》，總共六十四冊二百四十二種，其中有一半是湮沒了幾百年的孤本，這一百多種的孤本當中可確定為元人所作的有二十九種，在當時，對於戲曲的研究不啻是一大貢獻。

註[十二]　以上內容見鄭氏所著〈失書記〉一文，原載於民國二十六年（一九三七年）十月三十一日《峰火》第九期，收入《鄭振鐸文集．第三卷》，（北京人民出版社．一九八五年），頁二三二—二三四。

六、上海淪陷，搶救古籍

二十七年（一九三八年）政府宣佈全面抗戰後，江南許多文獻故家，因為生活艱困，紛紛求售古籍，美日等國的圖書館和偽滿、北平等地的書商，皆冀圖收購。鄭振鐸有鑒於此，在二十八年（一九三九年）年底，由他起草，和上海商務印書館董事長張元濟（菊生）、私立光華大學校長張壽鏞（咏霓）以及暨大校長何炳松等共同聯名，向重慶教育部管理中英庚款董事會[十三]等處寫信，內容指陳江南文獻遭劫的危機狀態，希望當局撥款予以搶救。重慶當局決定支持，責成當時中央圖書館籌備處主任蔣復璁先生進行接洽搜購事宜[十四]，蔣先生於多篇文章中，皆憶及此事：

> 民國二十八年冬，我教育部方管理中英庚款董事會，即接獲上海暨南大學校長何炳松、私立光華大學校長張壽鏞等函稱，上海有大量珍貴圖書出售，如我不收購，勢將流入異域。國立中央圖書館在戰爭爆發

註[十三] 中英庚款會成立於民國二十年四月，該會主要工作為將英人退還中國政府的庚子賠款按照支配標準，運用於生產建設事業之投資，與教育部文化事業之補助及提倡，有關教育文化事業，係以借款息金收入為挹注。該會董事長朱家驊、副董事長馬錫爾氏（Sir Robert Caldecott-Marshall）及董事葉恭綽等人皆熱心參與其事。

註[十四] 抗戰時期教育部長陳立夫曾令蔣復璁收購散佚圖書：「密　指令　令國立中央圖書館籌備處主任蔣復璁未列文號密簽呈一件——為呈明以文獻保存同志會名義收購散佚圖書，繕呈辦事細則及香港購書清單，祈核備由。　呈件均悉。查上海情形特殊，託稱文獻保存同志會名義，收購圖書，權准照行。據呈該會辦事細則及香港購書清單，併准備查。附件存。此令。　部長　陳立夫」轉引自蔣復璁口述，黃克武編撰：《蔣復璁口述回憶錄》，（台北中央研究院近代史研究所，民國八十九年五月），頁五十八。

前，承中英庚款董事會撥助建築費法幣百餘萬元，未及動用，因亂遷移。是中英庚款董事長朱家驊先生開示於余，以為長期抗戰，幣值必將貶落，如俟還都建築，則所值無幾，不如以之購置圖書，既足以保存國粹，又使幣盡其用，誠兩利之術。時值教育部長陳立夫先生出巡在外，顧毓琇先生以次長代理部務，亦深韙其議。及立夫先生返部，力贊其事。余奉命至上海，與諸君晤商，收購散佚之珍本圖書[十五]。十四日（按：二十九年一月十四日）到滬，復與當地之關心國故之目錄板本學專家集議搜買辦法，……此事既告一段落，職乃從事調查舊籍散佚之情形，始知舊書之流出國外，不盡由於敵方之掠奪，即美國各大學圖書館及偽滿方面，亦均派有專人在平滬兩地收買，以致淪沒亦眾。居間者大都為北平書賈，先將書籍運至北方，然後轉賣散出。其中珍善之本固多，而普通木刻本被收買者亦不在少，……若不亟為收買，不特珍刊名鈔流入異域，即平常需用之刻本亦將無處可購。[十六]

得到中英庚款董事會、教育部及國立中央圖書館的支持，鄭等人於二十九年（一九四〇年）一月十九日，組成「文獻保存同志會」，成員各有分工[十七]，何炳松（署名「如茂」）曾致函蔣復璁館長，對「文獻保存同志會」

註十五　蔣復璁：〈涉險陷區訪「書」記〉，台北《中央月刊》，第二卷第9期，民國五十九年七月，頁九十二。

註十六　蔣復璁：〈蔣復璁報告赴港滬兩地布置搜購古籍情形簽呈（民國二十九年二月二十七日）〉，（台北《國家圖書館館刊》，民國七十二年四月，新十六卷第一期），頁七十三。

註十七　「文獻保存同志會」的陣容十分堅強。在香港方面，始終由中英庚款會董事葉恭綽負責；在上海方面，主要的成員為張壽鏞、何炳松和鄭振鐸等人，合力推展搜購工作。而當時已遷至貴州安順的故宮博物院古物館館長徐鴻寶，亦曾兩度受邀從後方跋涉至滬港兩地協助工作。

成員的工作，有如下的描述：

慰堂先生：今午奉元電，敬悉一切。此間事實際奔走最力者，當推西諦兄（按：即鄭振鐸）；而版本價格之審定，則詠老（按：即張壽鏞）最稱負責；自森公（按：徐鴻寶[十八]）駕臨後，日夕與西諦兄商討新本，檢點舊藏，逐書經眼蓋章，勞苦功高，同人極為心折。承獎賢勞，唯上述三公足以當之無愧。弟（按：即例炳松）則始終僅負支付款項之責，即此且與詠老共之，確屬無功足錄（按：此為自謙之辭）。[十九]

由以上的信函，可知「文獻保存同志會」成員分工合作的大略情形，鄭振鐸和張壽鏞、何炳松等主要負責搜購工作。

三十年（一九四一年）七月，鄭振鐸有感局勢日益對我不利，於是將搶救的文獻做妥善處理，以兩年的時間，把最珍貴的八十多種古書託徐森玉先生帶至香港，再由香港用飛機運至重慶，其餘三千兩百多部的明刊本、鈔校本等，則以郵寄方式寄至香港中文大學，由當時在港大中文系教書的許地山教授、也是鄭振鐸青年時期的摯友負責收下，然後再請許教授裝箱運至美國[二十]。十一月十四日，美國總統羅斯福下令撤退駐華海軍陸戰隊，

註十八　徐鴻寶，歷任北京大學圖書館長、國立北平圖書館採訪部主任，及故宮古物館館長，同志會有幾份函件，皆提到徐氏來滬幫忙購書情形，參見國家圖書館藏《國立中央圖書館舊案卷》〈上海文獻保存同志會第四號工作報告書〉，民國二十八年八月二十四日及同志會的一些信函。。

註十九　何炳松：〈致蔣慰堂先生函〉，（台北國立中央圖書館《國立中央圖書館館史舊案卷》，編號：二七九），轉引自林清芬：〈國立中央圖書館與「文獻保存同志會」〉，（台北《國家圖書館館刊》，民國八十七年六月，八十七年第一期），頁五。

註二十　該批書在香港運往美國時因日軍偷襲珍珠港，並進軍香港而遭淪陷，被日人運至東京帝國圖書館收藏。抗戰勝利後，顧一

十二月八日，日軍偷襲珍珠港，並進軍上海英法及共同租界區，上海遂全部淪陷，搶救文獻的工作遂告中斷，總計「文獻保存同志會」搶救古籍善本三千八百餘種，其中宋、元版本佔三百多種[二十一]，凡江南藏書家如常熟瞿氏鐵琴銅劍樓、趙氏舊山樓、南潯張氏韞輝齋、劉氏嘉業堂、張氏適園、蘇州潘氏滂喜齋等家的圖書，凡有散出者，大都歸為國有，成績頗為可觀。

上海在全部淪陷前，暨大校長何炳松已開始在福建預設分校，此時欲帶領學生遷往福建，鄭振鐸卻決定留在淪陷區，隱姓埋名的繼續他個人搜求古籍的工作，過了四年多「蟄居」的日子。

七、中共建國，出任公職

抗戰勝利後未久，國共進入內戰時期，他因為支持停戰，在主辦《民主》的刊物上，發表許多停止內戰，盼望國共兩方和談的論調，成為當時所謂的「民主人士」，實際上已是中間偏左的立場。三十八年（一九四九年）二月一日，中共解放軍進駐北平，十六日，他攜長女小箴，在中國共產黨員陳白塵的幫助下，以化名搭乘盛京輪離滬赴港，再從香港轉往北平，正式站出了他的政治立場。

樵先生於東京帝國圖書館參觀，因認出該批書均蓋有中央圖書館藏書章而尋外交途徑索回，目前存放於臺北國家圖書館善本室。以上見蔣復璁等口述，黃克武編撰：《蔣復璁口述回憶錄》，（臺北中央研究院近代史研究所，民國八十九年五月），頁五十九。

註[二十一]　詳細內容參見國家圖書館：〈館史史料選輯．上海文獻保存同志會第一——九號工作報告書〉，（台北《國立中央圖書館館刊》，民國七十九年四月，新十六卷第一期），頁七十三——九十八。

十月一日，中共政權成立後，他以學者身份擔任行政部門的工作，首先為文化部文物局局長，接管上海的文教事業，接著北京中國科學院成立考古研究所，兼任所長，其它比較重要者如文化部副部長（一九五四年六月）、國務院科學規劃委員會委員、考古組組長（一九五七年六月）、中國民間研究會主席（一九五八年七月）等。

然而，儘管行政工作繁忙，這段期間他仍有許多文章發表，以學術論文而言，有〈接受遺產與戲曲改進工作〉、〈整理古書的提議〉、〈中國文學史的分期問題〉、〈論關漢卿的雜劇〉等，及與傅惜華、趙萬里、吳曉鈴等人組成「古本戲曲叢刊編刊委員會」，由他主編一系列的《古本戲曲叢刊》計劃，交由上海商務印書館影印發行，在他生前已出版了四集。一九五七年九月及十一月，應邀赴捷克科學院及蘇聯科學院中國研究所講學，主題為中國小說。一九五八年十月十六日，率領文化代表團訪問阿富汗及阿拉伯聯合共和國，飛機途經楚瓦什蘇維埃自治共和國時，失事炸毀，享年五十九歲。

第二節　與上海商務印書館的互動

鄭振鐸學校畢業之後的第一份工作即從上海商務印書館開始，在上海商務印書館的支持下，他開始編輯戲劇叢書，主編《小說月報》，刊載戲劇論文，更因工作的關係覓得一生的伴侶，與商務的關係可謂匪淺，本節即在討論上海商務何以會給予初出茅廬的鄭振鐸如此深遠的影響？商務本身在當時的出版界地位如何？釐清了這些彼此互動的原因，對於說明鄭振鐸在上海十年的編輯生涯，以及投身戲劇工作的經過，可以得到更進一步的佐證。

一、上海商務印書館首開出版界新風氣之先

商務印書館創辦於光緒二十三年（一八九七年），創始人夏粹芳和鮑咸昌、鮑咸恩兄弟等皆是上海美華書館的西文排字工人，由於排英文者工資較中文為多，故收入頗豐。當時上海英文讀者甚眾，但英文教科書中並無中文注釋，三人靈機一動，便商請中國牧師謝洪賚代為譯注，書名訂為《華美進階》，初版二千本隨即銷售一空，於是大家合資四千元，共組「商務印書館」，開始掛牌營業。

商務印書館早期僅負責印刷的業務，如廣告、簿記、賬冊等，由於鮑氏兄弟有多年技術經驗，故營運不錯，資本也跟著增加，規模隨即擴充，然而出版方面卻因無適當人才主持，只是零零星星接受外來書稿，這些零星書稿經印刷發行，往往不受市場歡迎，致使成本耗去不少，故夏、鮑等人轉而想增招外股，以資應付。

光緒二十四年（一八九八年），戊戌變法失敗，任職刑部主事的張元濟（號菊生，浙江海鹽人，1866-1959）以贊成變法遭受波及，被朝廷革職永不錄用，張遂南下回籍，道經上海，為上海南洋公學聘為漢文總教習，適夏粹芳因南洋公學不時有中文印件委託辦理，因而與張元濟常有接觸，至是乃以投資，並主持編譯相商，光緒二十七年（一九〇一年），張元濟加入該館成為股東，二十八年（一九〇二年），張辭南洋公學，開始專力主持商務印書館編輯工作。

張氏見社會上學習西方的風氣很濃，於是便集結一批具有維新思想的人，為商務印書館編寫傳播新知識的讀物，深受讀者歡迎，從此，商務印書館開始大量編輯出版書籍。張元濟的加入，給該館帶來前瞻性的發展，在張的參與下，商務印書館請知名的學者編纂教科書，並且大量印刷出版，從此一炮打響，至民國七年

（一九一八年），它總共推出各類教科書兩百九十餘種，一批在近代產生影響的西方學術及文藝名著，也都在商務印書館出版，如嚴復的《天演論》、《群己權界論》、《社會通詮》、《法意》等，膾炙人口的《巴黎茶花女遺事》、《黑奴籲天錄》，也是商務印書館率先翻譯出版；此外，它還出版了一批外文工具書，以及大型綜合性雜誌《東方雜誌》（光緒三十年三月創刊），同時包括字典的編印。

出版之餘，商務印書館並以兼負社會教育為己任，設立多屆小學師範講習所、圖書講習所，並成立附屬小學。宣統元年（一九〇九年），館方開辦商業補習學校，學生兩年畢業後，可成為商務的幹部。民國十三年（一九二四年）三月，動工新建涵芬樓大樓，隔年開放大樓內數十萬藏書，更名為東方圖書館，以示與西方並駕其驅、並發揚我國固文化精神之義[二十二]。可知其在新文化運動中，商務以私人出版事業卻對普及教育做出了絕大的貢獻，這當然與主事者開明與進取的作風有關。

商務創立後十四年，辛亥革命爆發，第二年，中華書局成立，中華書局是我國近代第二家大出版企業，它的規模跟商務差不多，編輯、印刷、發行的骨幹，大都是從商務出來的；後來成立的世界書局、大東書局、開明書店，也幾乎沿用商務的經營模式，商務在這方面可謂開近代出版業開風氣之先。

二、館方兼容並蓄，廣納各方人才

據鄭振鐸的好友，也是當年商務印書館的同事葉聖陶回憶，商務印書館對許多學術專著及叢書都兼容並

註[二十二]　以上內容參見王雲五：《商務印書館與新教育年譜》，（臺北臺灣商務印書館，民國六十二年三月），頁一——一九九。

包，廣為流通，以我國最早的兩個學科團體—留美學者的中國科學社和留日學者的中華學藝社為例，兩社都有中堅人物在商務參加工作，兩社的叢書都由商務出版發行。商務在當時成了各方面知識份子匯集的中心，所方尊重專業，編譯所人員最多的時候可以到達三百多位。早期留美回來的任鴻雋、竺可禎、吳致覺、朱經農等先生，留日回來的鄭貞文、周壽昌、李石岑、何公敢諸先生，也都在商務的編譯所工作過。從出版的書籍和雜誌來說，古今中外，文史政哲，理工農醫，音體藝美，無所不包，有極其專門的，也有非常通俗的，不管男女老幼，不管哪行哪業，都可以從商務找到自己需要的喜愛書刊。商務還販賣國外的書刊、各種文具和體育器械，並製造儀器標本和教學用品供應各級學校，甚至攝製影片，內容包括科教片和故事片。業務和服務對象之廣，在當時的社會均是首屈一指[二十三]。

館內員工一秉唯才是用原則，打破過去社會商店僱用自己人的舊習，所以全體職工中由於特殊關係舉荐而來的極少[二十四]。館中主導人物張元濟、高夢旦兩位先生更是以身作則，禮賢各方人才，如當時新文化運動爆發之後，商務印書館即出版了不少有關新文化的書籍，高夢旦先生以自己不懂外國文字，對於新文化的介紹，不免有些隔閡，因此屢屢求賢自代。民國十年（一九二一年）春末夏秋，高氏風塵僕僕地從上海來到北京，專程拜訪在北大任教的胡適，請其出任商務編譯所所長一職，後胡適志趣不合，建議由王雲五出任，高氏與王雲五素昧平生，只因胡適舉薦，即聘請王氏代理自己的工作，然後宣佈退休，分文不取商務所給予的退休俸，高夢

註[二十三] 葉聖陶：〈我和商務印書館〉，《出版史料》第二輯，一九八三年十二月，頁五十一—五十二。

註[二十四] 見曹冰嚴：〈張元濟與商務印書館〉，收入《商務印書館九十年—我和商務印書館》，（北京商務印書館，一九八七年一月），頁三十—三十一。

旦先生於二十五年（一九三六年）七月逝世後，胡適曾撰文紀念，當中有一段描述這份因緣際會的經過：

我特別記載這個故事，因為我覺得這是一件美談。王雲五先生是我的教師，又是我的朋友，我推荐他自代，這並不足奇怪。最難能的是高夢旦先生和館中幾位老輩，他們看重了一個少年書生，就要把他們畢生經營的事業託付給他；後來又聽信這個少年人的幾句話，就把這件重要的事業付託給了一個他們素昧相識的人。這是老成人為一件大事業求付託的人的苦心，是大政治家謀國的風度。這是值得大書深刻，留給後人思念的[二十五]。

商務印書館主其事者所樹立的行事風範，以及館方本身提供的資源及積極與各界交流，讓館內工作者不斷有充實求新的機會，館內同仁也因館方提供住宿而有互相切磋的機會，使得在當時成為對文化事業有理想者嚮往之處。

三、投身商務，因表現優異，成為商務高層女婿

當全國各地紛紛呼應北京大學所掀起的新文化運動，上海商務印書館因有前車之鑑[二十六]，再加上主事者的開明作風，勇於接受新知，所以對於該運動不敢輕忽。民國九年（一九二〇年）十一月，商務印書館經理張元濟、編輯主任高夢旦才來到北京，當時「文學研究會」成員之一的蔣百里和上海商務印書館素有交情，張、高

註[二十五] 胡適：〈高夢旦先生小傳〉，收入《商務印書館九十年──我和商務印書館》，（北京商務印書館，一九八七年一月），頁五十二。

註[二十六] 商務印書館曾在辛亥革命前堅持印刷原先所編印的教科書，民國成立後，原先所編的教科書不能使用，剛剛成立的中華書局卻因已準備好新的教科書而業務扶搖直上，致使業務大受影響，所以當北京發生新文化運動之際，商務印書館也開始密切注意。

兩人主動向蔣百里提出希望結識新文化運動的人物，當時鄭振鐸幫蔣百里負責的教育機構「共學社」編輯叢書[二十七]，蔣便介紹鄭振鐸讓商務兩位高層認識，鄭振鐸所編兩套《共學社叢書》—《俄國戲曲集》及《俄羅斯文學叢書》便在民國十年（一九二一年）一月起由上海商務印書館出版。

鄭振鐸除了因蔣百里的關係，使得編輯叢書的出版和商務合作，他並與耿濟之共同拜訪高夢旦，希望借商務之力出版一個文學雜誌，過程雖然不如理想，但商務答應以《小說月報》的改革作為鄭振鐸等人所謂新文學雜誌的園地，改革的《小說月報》北平方面的稿件由鄭振鐸負責。由於《小說月報》革新號是在短短一個月內由鄭振鐸向北京「文學研究會」同仁邀稿的參與下順利完成[二十八]，鄭振鐸在編輯方面的能力讓商務高層大為賞識，所以在民國十年（一九二一年）四月，鄭振鐸打算放棄鐵路分發的工作，來到商務印書館找沈雁冰長談時，沈趁機向高夢旦推薦鄭進入商務擔任編輯，此時高已任編譯所所長，沈的提議，立即得到了高夢旦先生的答應，高夢旦並破格以高薪加以錄用[二十九]，除了擔任《小說月報》的編輯，還兼其它館裏相關刊物及叢書的編輯。

註[二十七]　梁啟超等人於民國九年（一九二〇年）三月自歐洲返國，決定放棄政治生涯，從事文化教育事業，於是在四月成立「共學社」，並與上海商務印書館簽訂《共學社叢書》出版合同，固定在該該館出書。鄭振鐸在民國九年七月六日曾於北京《晨報》及八日的北京《民國日報・覺悟》發表〈我對於編譯叢書底幾個意見〉一文，引起蔣百里的注意，蔣百里畢業於日本士官學校，此時正陪同梁氏回國不久，在梁啟超的授意下主編《共學社叢書》，爾後鄭振鐸經人介紹，認識蔣百里，蔣就約鄭振鐸等人翻譯俄國小說及戲曲加入這個叢書內容。以上內容轉引自陳福康：《鄭振鐸論》，（北京商務印書館，一九九一年六月），頁四二九。

註[二十八]　有關此一部份，本書將在第三章第二節裏將有較詳細的介紹。

註[二十九]　事見陳福康：《鄭振鐸傳》，（北京十月文藝出版社，一九九四年八月），頁七十八。

商務印書館參與的教育事業非常廣泛，上海的神州女中，也有投資辦理，該館編輯謝六逸當時即擔任神州女校的教務長，鄭振鐸在工作之餘，一來為了充淡內心情感上的空虛，二來也是希望多兼些差賺取費用，所以在工作之餘，經謝氏介紹，在民國十二年（一九二三年）寒假後也到神州女中兼課，執教畢業班，當時高夢旦先生的么女─高君箴小姐，即是鄭振鐸上課班級中的學生，兩人開始互有好感，鄭振鐸便拜託商務同事，也是同鄉的鄭貞文（心南）代為向高夢旦先生提親。同年十月十日，雙方在上海一品香舉行結婚典禮，鄭振鐸從此成為商務高層的女婿。

鄭、高婚事之所以進行如此順利，全拜高夢旦先生觀念開放之賜，高氏本出身福建長樂官宦家族，鄭振鐸卻來自貧寒之家，兩家並非門當戶對之選，但由於高夢旦不為社會成見所囿，又基於愛才的考量，才得以排除雙方門第的差距，無視於親族的反對，高夢旦的賞識，給予鄭振鐸極大的鼓勵與肯定，這也是他之所以踏出校園後，十年來一直堅守於第一份工作崗位的主要緣由。

四、得到商務支持，開始戲劇叢書出版

商務印書館因為擁有涵芬樓珍藏的孤本秘籍，以及上海最大的圖書館─東方圖書館的豐富藏書，替鄭振鐸大量閱讀中外書籍，提供了優良的條件，同時商務破格付給他每個月六十元的高薪及稿酬，也使他有能力可以開始收藏古籍，他對戲曲古籍的收藏，即開始於此，商務對於「文學研究會」出版叢書一項，也給予高度支持，鄭振鐸在商務出版的戲劇及相關書籍如下（下列書籍以出版先後順序排列，中共建國之前的時間以民國註明，中共建國後改以西元註明）：

文學史：

《文學大綱》，民國十六年四月，二十二年八月被收入「大學叢書」再版

《中國文學史》中世紀第三卷上篇，民國十九年五月

《俄國文學史略》，民國二十三年三月，為「文學研究會叢書」之一

以上文學史之書均包括戲劇部份的介紹。

《中國俗文學史》，民國二十七年八月，長沙商務印書館初版

翻譯劇本：

《海鷗》，民國十年四月，為「共學社叢書・俄國戲曲集」第六種，俄國柴霍甫（今譯契訶夫）著，鄭振鐸譯

《春之循環》，民國十年十一月，為「世界文學叢書」第一種，印度太戈爾著，瞿世英譯，鄭振鐸校

《六月》，民國十年四月，為「共學社叢書・俄國戲曲集」第十種，俄國史拉美克著，鄭振鐸譯

《阿那托爾》，民國十一年五月，為「文學研究會創作叢書」之一，鄭振鐸主編，郭紹虞譯，鄭振鐸校

《文學研究會叢書》，鄭振鐸主編，郭紹虞等譯，民國十一年五月至十六年一月。

編輯話劇劇本：

《文學研究會通俗戲劇叢書》，民國十三年一月，鄭振鐸主編

《西施及其他》，顧一樵等著，為鄭振鐸主編「文學研究會創作叢書」之一，民國二十五年三月。

《這不過是春天》，李健吾著，為鄭振鐸主編「文學研究會創作叢書」之一，民國二十六年六月。

編輯戲曲古籍叢書：

《古本戲曲叢刊初集》，一九五四年二月，鄭振鐸為編刊委員之一

《古本戲曲叢刊二集》，一九五五年七月，鄭振鐸為編刊委員之一

《古本戲曲叢刊三集》，一九五七年二月，鄭振鐸為編刊委員之一

《古本戲曲叢刊四集》，一九五七年十月，鄭振鐸為編刊委員之一

可以說沒有商務印書館，就沒有以上這些戲劇書籍問世，商務提供了鄭振鐸從事戲劇工作的第一塊園地，儘管後來鄭振鐸與商務資方鬧得不是很愉快，以致民國二十年（一九三二）他終於離開了工作十年的老東家，到北平發展，此後再也沒有回到商務，但是後來上海陷入孤島時期，他與上海文化界人士組成「文獻保存同志會」，商務也出力不少，鄭振鐸在逝世前主編的《古本戲曲叢刊》大型書籍，也由商務出版，甚至在鄭振鐸一生認識的朋友中，很多都是因緣於商務印書館的同事，或是《小說月報》的投稿者，可見商務給他的影響，的確是十分深遠的。

第三節　和中共文藝政策的淵源始末

「貧窮」與「衰弱」是清末以來中國社會的普遍現象，尤其不平等條約的連續簽訂，民族自信心幾乎淪喪殆盡，各方檢討之聲紛然雜遝，但有效之方依然在不斷摸索之中。之後民國建立，雖然推翻了多年的專制政體，但接著軍閥擁兵自重，戰事頻仍，老百姓的生活還是無法得著改善，中國社會同樣陷入積弱不振；而外國勢力

先是要脅滿清，繼與軍閥勾結，兩者沆瀣一氣，更令人不滿；在內憂與外患的雙重劣勢之下，知識份子紛紛竭其所能介紹許多外國的主義傳入中國，共產主義是其中之一，共產主義強調反對西方帝國主義及所謂的「封建主義」，這對當時有高昂反日本帝國主義侵略情緒、以及延續五四時期反傳統思想的知識分子而言，當然更具有吸引力，這條道路經由俄國的十月革命，遂提供了中國激進的知識份子一條可以仿效的途徑。

一、初至商務迄抗戰爆發前的文人學者

民國十一年（一九二二年）八月，中共於杭州西湖舉行「中央委員會議」，接受共產國際指示，決定寄生於國民黨中，從事「國民革命運動」[三十]，次年（一九二三年）十二月，中共「三大」在廣州召開，繼續強調加入國民黨從事所謂「國民運動」，開始成立刊物及書店，同時也以個人身份滲透進入一般書局，以展開文宣工作[三十一]，沈雁冰進入商務印書館即是一例。鄭振鐸在北京鐵路管理學校求學時期，所認識的好友、接觸的活動中，即已有俄國共產思想。但當時他的「左傾」立場仍不是很明顯，他也不獨偏好俄共的主張，對於他來說，俄共只是眾多理論中的一支[三十二]，這從他除了翻譯、介紹俄國的文學、同時也翻譯、介紹泰戈爾的文

註三十　郭華倫：《中共史論》（一），（台北國立政治大學國際關係研究中心、東亞研究所，民國六十七年六月三版），頁四十五。

註三十一　同前註，頁九十九—一〇〇。

註三十二　如鄭振鐸在一九五八年十月八日於北京中國社會科學院文學研究所的一次「學術批判會」上發言，檢討自己在二〇至三〇年代的思想主張時說道：「我的生活很簡單，由編輯到教書；偶而參加一些運動，也不深入。……我思想上應該很進步，但從著作中可以看出馬克思列寧主義很少。……《中國俗文學史》還自認為是有些進步思想的；但著作中從頭到尾看不出有馬列主義的影響。」「我那時所介紹的『新觀點』，實際上是資產階級的觀點，是違反馬克思主義的。那就是泰納的英國

學可以看出。

泰戈爾是人道主義者，於民國二年（一九一三年）時獲諾貝爾文學獎，為亞洲獲頒此項殊榮的第一人。十三年（一九二四年）泰氏受邀訪華，在中國文化界引起強烈的反響，一時報刊雜誌紛紛報導泰戈爾訪華的消息，以及以泰戈爾為主的文章，鄭振鐸在主編的《小說月報》第十四卷第九、十兩號還特別冠以〈太戈爾專號〉（上）（下），撰寫了〈歡迎太戈爾〉【論叢】、〈太戈爾傳〉【傳記】、〈《吉檀伽利》選譯〉【詩】、〈《愛者之遺贈（太戈爾著）》選譯〉【詩】、〈關於太戈爾研究的四部書〉【紹介】〈《新月集》選譯〉【詩】、〈孩童之道（太戈爾著）〉【詩】（以上第九號）等。

泰氏經上海到北京，他在上海負責接待，泰氏此番來華，曾遭到反對國故派以及左翼人士的猛烈攻擊，左派攻擊泰氏出身貴族以及強調東方文化，對中國的進步無法立即奏效，他們認為，泰戈爾所代表的是印度落後的、不科學的宗教文化，這些都與彼等主張無產階級革命以推翻現有制度相違悖；同時，泰戈爾倡導重精神輕物質的思想，也與當時中國多數知識份子反傳統重視物質文明的傾向背道而馳，在強權即公理的世界

文學史的觀點，強調時代影響。此外還有庸俗進化論的觀點，受英國人莫爾干（Morgan）的『文學進化論』的影響。還受安德路・萊恩（Andrew Lang）的民俗學的影響，認為許多故事是在各國共同的基礎上產生的。……還有佛來塞（Frozer）《金枝》（The Golden Boagh）也影響我。日本廚川白村也曾經對我有影響。在寫詩方面，我也受日本小詩的影響，我還接受了印度泰戈爾的形式。我受過各種派別的影響。」「我不能對我以前寫的東西不負責任。沒有充份利用馬列主義方法。」見鄭振鐸：〈最後一次講話〉，收入《鄭振鐸全集・第三卷》，（河北花山文藝出版社，一九九八年十一月），頁三七八—三八〇。

裡，泰戈爾宣傳的東方文化無非亡國奴哲學；再者，泰戈爾在中國拜訪的人物，如陳三立、溥儀及齊燮之等，都是守舊派及軍閥勢力的代表，往往也成為當時中國青年反對泰戈爾的理由。

左派人士在泰氏北京演講的場所外散發抨擊泰氏的傳單，鼓譟泰氏是封建舊社會的餘毒，以左派及激進知識份子對泰氏如此不滿的反應，對照鄭振鐸對泰氏主張的肯定，可以證明，鄭振鐸除了繼承五四向西方學習的精神，對於東方思想的價值仍然是推崇的；特別是泰氏的人道主義，也與他過去辦過《人道》月刊的理想一致。

民國十四年（一九二五年），上海發生「五．三十慘案」，英人對中國老百姓的無理屠殺，震撼了知識界，許多學者紛紛以文章形式，或斥責英人的粗暴，或陳述事件的始末，他當時在上海，即在發行的《公理日報》及《文學旬刊》裡痛斥英人的兇殘行為。由於國家仍處於分裂局勢，各方勢力仍未整合，不能在這次事件中替國民仗義執言，再加上日寇不斷在中國各地滋事，國人仇外的心理無處申訴，所以共產主義便打著反抗「帝國主義」的號召，借此深入勞工階層，並發動武裝暴動。但是武裝暴動得不到一般人的認同，戰鬥力又不如國民黨的正規軍，因此往往遭遇到失敗，思想滲透又因武裝暴動失敗而顯得旗幟鮮明，成為國民黨撻閥的對象；此時中共在文藝上似乎還未發展出一套成熟的號召，形式上仍以鼓動掌控地區農民及工人，以武裝暴動的方式和當局對抗，而租界當局與國民政府及軍閥等對彼，皆加以武力鎮壓。中共在經屢次失勢之後，遂改以保護弱勢的姿態，轉而爭取知識份子的肯定，以輿論界做為其被逐出國民黨後的思想陣地。

十六年（一九二七年），國民黨在經歷寧漢分裂後決定「清共」，結束了三年多來的「容共」策略，四月十二日，國民黨以武力肅清各地共產黨員及勢力範圍，上海首當其衝，在不敵國民黨的武力鎮壓時，共產黨員及贊同共產主義發動罷工的農民及工人均有所傷亡，傷亡人士復經共產黨人廣為宣傳，使得許多人開始因同情弱者的心態，而對國民黨行動感到不滿；這就是十六年（一九二七年）四月國民黨清黨之後，鄭振鐸會與胡愈之、周予同等人聯名上抗議信給蔡孑民等三位國民黨要人[三十三]。

鄭振鐸反對國民黨「清黨」的舉動，並非是為了共產黨說項，而是他不滿「受三民主義洗禮之軍隊，竟向徒手群眾開槍轟擊，傷斃至百餘人。」指責國民黨「三一八案之段祺瑞衛隊無此橫暴」。由於上海剛完成「清黨」之舉，國民黨重新掌握上海市，鄭振鐸因曾寫抗議「清黨」信件，家人擔心新的執政者對其不利，於是建議他於當年五月走避歐洲。

十七年（一九二八年）九月底，他自歐洲返國，舊識張崧年來到上海，邀集他與李達、以及商務印書館的同事樊仲雲，想在上海組織一個文化團體，當時張崧年與李達已退出共產黨，文化團體的構想原本定義為純文學的活動，此時正好上海中央中共，由於前一年國民黨的「清共」動作，無法公開活動，因之特別成立了一個直屬江蘇省委領導的「文化支部」（即上海閘北區第三街道支部），積極尋求文宣工作的據點，在得知張、鄭等人的計劃後，「正好符合革命事業的需要」[三十四]，便由「文化支部」的書記潘漢年與張、鄭等人接觸，在是年十二月三十日成立「中國著作者協會」，成員為「文學研究會」的人士，再加上「創造社」、「太陽社」的份子。

註三十三　「四月（民國十六年）十四日，在寓所接到好友胡愈之的電話。說是，上海知識界針對這次事件，打算給當時國民黨中所謂『三大知識份子—吳稚暉、蔡元培、李石曾寫一封抗議信。鄭振鐸當即請胡愈之代他在抗議書上簽個名。」陳福康：《鄭振鐸年譜》（上），（北京書目文獻出版社，一九八八年三月），頁一三六。

註三十四　陳福康：《鄭振鐸傳》，（北京十月文藝出版社，一九九四年八月），頁二一〇。

對鄭振鐸而言，成立該會是為了爭取言論與出版的自由，因為該會的宣言明白指出：「我們痛心軍閥的內戰，我們憤慨帝國主義列強的侵略，當此存亡續絕之交，我們益感覺到自己責任之重大。我們是以出賣勞力為生活的，為維持自己的生存，故有改善經濟條件與法律地位之要求；然而同時我們是知識的勞動者，中國文化之發揚與建設，其責任實在我們的兩肩。」[三十五]但在彼時，「創造社」「太陽社」都已成為中共外圍文化工作的一部份，鼓吹「革命文學」，主張文人應該實際參與革命事業，兩社互相唱和，為中共文藝政策的發展造勢；兩方目的不同自不可言喻。但由於左派人士在成立大會大談激烈的言論，引起其他成員的顧忌，這個組織後來便在無形中解散了。

十八年（一九二九年）一月，鄭振鐸回國後首次重掌《小說月報》主編，新闢〈隨筆〉專欄，在前言部份他說：「在〈隨筆〉這個標題之下，我們什麼都談，……有莊言，有諧語，有憤激的號呼，有冷雋的清話，有文藝的隨記，有生活的零感……，總之，什麼都談，只除了政治。像政治這樣熱辣辣的東西，我們實在不適宜去觸到它。」之所以不談政治的原因，他認為「我們的人類很雜，思路當然也未能一致。在這樣的一個總標題之下，我們實不希望於求同。不過，我們卻有一個總趨向。我們是向前走的，不管我們是嬉笑，是怒罵，是嗟嘆，是憤激，是絕望，是歡躍，我們卻是向前走的，向光明走的；看似冷淡，內裏卻是熱烈的，看似灰心，內裏卻未免有些光明在著。」清楚的表達了他超然於黨派、在尋求開放的理念中包容各方意見，但就在半年後，左翼文學青年主編的《語絲》周刊上，發表了署名「學濂」（「學濂」後來也是之後「左翼作家聯盟」的機關刊

註[三十五]　原文未見，轉引同前註，頁二一一。

物《萌芽》的撰稿人）的一篇〈熱辣辣的政治〉，開始針對鄭振鐸的〈隨筆〉前言批評他不談政治「是對於自己底資本主義的生活的滿足，對於中國現狀的滿足，對於什麼都滿足的表示。」指責他的「向前走」、「向光明走」，是「走著資本主義的路」，還說他「不外是一個卑屈的然而樂觀的文學者」[三十六]，文字之間，只見對人身的詆毀，不見文學論爭。

半年多後，十九年（一九三〇年）一月中，上海某家報紙報導了他想辦一個研究俄蘇文學的雜誌，以便對讀者做有系統的介紹，二月一日，左派刊物《萌芽》月刊發表署名「連柱」的一篇〈學術和時髦〉，指責他的舉動是「趕時髦」，是蘇俄文學的「不幸」，並說「希望不要像蒼蠅一樣，將一切乾淨的雪白的東西都弄髒。」[三十七]。此時「太陽社」互為內訌，爭奪左翼文壇的領導權，並因為標榜「革命文學」的口號已經與魯迅打了一陣筆仗，同時也打擊一切立場並不鮮明左傾的人士，因之鄭振鐸與「文學研究會」的其它成員也在被圍剿之內。

十九年（一九三〇年）三月二日，中共於上海成立「中國左翼作家聯盟」（簡稱「左聯」），成員以「創造社」和「太陽社」「創造社」，及魯迅周圍作家為主，「左聯」的成立，不是文藝家個人基於對文藝的熱忱的自由組合，而是一開始就在中共有計劃、有目的之下所安排的。它是一個政治色彩濃厚的半文藝社團，中共基於當時客觀條件無法公開活動，所以利用左翼文藝工作者滲透到文藝社團或組織文藝社團，從事左翼文藝理論的討論和散播，以及對現實政治環境的批評，來爭取讀者的認同與同情，但因為沒有一套的文藝政策和一個統一

註[三十六] 原文未見，轉引自陳福康：《鄭振鐸傳》，（北京十月文藝出版社，一九九四年八月），頁二一三。

註[三十七] 同前註，頁二一五。

的領導系統，致使在這一時期間左翼文藝界內部相繼發生多次的內訌事情[三十八]。

「左聯」的組織行動綱領之一是出版機關雜誌及叢書、小叢書等[三十九]，屬於它的機關刊物有光華書局出版的《萌芽月刊》，民國十九年（一九三〇年）一月創刊，發行五期即遭查禁，第六期改名為《新地》，第七期又改為《文學月報》，由姚蓬子主編；同時間也有現代書局出版的《拓荒者月刊》，第六期改名為《海燕》，由蔣光慈主編；民國二十年（一九三一年）九月，湖風書局出版《北斗月刊》，由丁玲主編；其它尚有《前哨》、《文學導報》、《巴爾底山》、《文學》、《十字街頭》等[四十]，刊物的評論也以不是左派便是敵人的態度而出發。

是年五月十二日，徐志摩因堅持創辦的《新月》月刊立場不涉及政治討論，即引起「左聯」猛烈的批評[四十一]，事情起於上海文壇長期以來早存在黨同伐異的惡象，徐志摩為了化解此一惡習，於是邀請鄭振鐸等人共同發起世界性的組織——「筆會」[四十二]，徐本人並擔任理事之一，為了避免政治干預文學，會章中規定「本會會員不得

註三十八　林宸生：《抗戰時期中共的文藝政策》，（台北國立政治大學歷史研究所碩士論文，民國七十七年七月），頁二〇二。

註三十九　見〈中共左翼作家聯盟的成立報導〉，原載《拓荒者》第一卷第三期，民國十九年三月十日；本處轉引自北京大學、北京師範大學、北京師範學院中文系中國現代文學教研室等合編：《文學運動史料選》第二冊，（上海教育出版社，一九七九年五月），頁一八六——一八七。

註四十　以上見王健民：《中國共產黨史稿》第二冊〈江西時期〉，（台北國立政治大學，民國五十四年），頁一三五。

註四十一　徐志摩早在民國十二年於胡適辦的《努力週報》第五十一期發表〈雜詩，壞詩，假詩，形似詩〉一文，批評了郭沫若的詩句「淚浪滔滔」，由此掀起軒然大波，導至「創造社」與他的關係決裂；此外，他在《語絲》第三期發表翻譯波特萊爾的〈死屍〉，又被魯迅於第五期以〈音樂〉一文給予諷刺挖苦，為之後遭左派攻擊埋下伏筆。

註四十二　「筆會」是一個國際性文學組織，起自一九二一年英國女作家道森．司各特在倫敦發起，原名「P.E.N. Club」，為 Poets（詩人）、Essayists（散文家）、Novelists（小說家）三個詞所組成，而 PEN 又正好是「筆」的意思，很多國家都有國際筆會的

假借本會集會為政治活動或營業性質之宣傳」，同時決定每月聚餐一次，餐費自備，以示此一活動純粹是討論文學，不涉及其它。此舉引起同年五月，屬於「左聯」機關刊物之一的《巴爾底山》刊登一篇署名「戎一」的〈筆社與聚餐〉漫罵，該文抨擊筆會人士是「飯桶集合」、「資本家的走狗」與「鬥爭的武器」，攻擊鄭振鐸撇清政治活動是受僱於資本家的結果，這裏所指的資本家，就是長年贊助「文學研究會」及《小說月報》出版及刊登俄國文學譯作的上海商務印書館，將他說成是「現在統治者的幫手」，即使「把他劃入『中間階級』的一類中去，也是『估量的太高了』」。

同期還有以「狐尾」為名發表的《鈍刀・安全的一份》一文說：「假若我的記憶不曾完全差了的話，我應該記得孫傳芳時代鄭振鐸曾在和一些別的人所起草的保障人權的宣言上署過名。在那個時候，我記得鄭振鐸是提倡血與淚的文學的。其後，鄭振鐸也曾反對過鑽研在國故的圈子裏的人們……」「最近，他公然地說：『我們是在研究室裏，我們是在做我們的工作，而室內卻是安全的。』是的，在大時代的前夜，暴風雨在狂吼著的時候，能躲在安全的研究室者裏，寫些安全的佛曲和彈詞的研究文字，超然於現代的社會鬥爭的漩渦，豈不是比從前提倡血與淚的文學，或起草什麼人權宣言，格外來得聰明了麼？」[四十三]。

文中所指他的一段話，其實是民國十六年（一九二七年）六月《小說月報》第十七卷號外《中國文學研究專號》（上冊）他所發表的第一篇文章〈研究中國文學的新途徑〉最後的內容：「大時代不是一日一夜所能造

分會，此時中國尚未成立。

註[四十三] 原文未見，轉引自陳福康：《鄭振鐸傳》，（北京十月文藝出版社，一九九四年八月），頁二一七—二一八。

成，也不是一手一足之烈所能造成。我們有我們的一分工作，我們不能放棄了我們我們應做的工作。外面是暴風雨雨水如瀑布地由天上傾倒而下，風虎虎地嘯著，如千百的魔鬼在叫號，但我們是在研究室裏，我們是在做我們的工作，而室內卻是安全的！」原文本是勉勵研究者走出新的研究成果，卻被「左聯」作家拿來當做是政治上避不出頭的話題而大做文章。

在攻擊他的同時，他的一些在政治立場上與他同樣維持中立的朋友，也遭到了「左聯」刊物的批判，例如翻譯工作者耿濟之被罵成「中國統治階級走狗學者」、「國民政府委任的反俄主席」，研究學者俞平伯是「忠勇地為自己的階級而努力」，作家夏丏尊被形容為「『遺誤青年』的一只老烏鴉」，換言之，文學作品若是不能反映革命，沒有左傾立場，或是想要避免與政治混為一談，就是「資本家」，是「無產階級革命的敵人」。

二、抗戰開始至結束後的民主運動人士

國民黨北伐一統，戰爭告捷後，此時共產黨正以暴動路線失敗，轉往江西井岡山盤據時，遂改採低調的思想宣傳，以替代昔日的暴動路線，國民政府對於左派思想的文藝宣傳，祇用查禁抓人和自己創作兩套簡單的方法來應付[四十四]，結果在前者愈禁的情形下，反而替禁書做廣告，激起民眾想要一讀的心理；抓人的範圍愈廣，

註[四十四] 民國十八年（一九二九年）一月十日，國民黨中央常務會議通過「宣傳本審查條例」，陸續禁絕以「宣傳共產主義」、「提倡階級鬥爭」的刊物；同年六月，國民黨中央宣傳部召開「全國宣傳會議」，通過了「確立本黨之文藝政策案」，內容強調「一、創造三民主義之文學，二、取締違反三民主義之一切文藝作品。」以上見黃修己：《中國現代文學簡史》，（北京中國青年出版社，一九八四年六月），頁一八七。

有時連非共產黨員也牽扯進入，雖然有效的遏止了檯面上左派勢力的出頭，但左派份子轉入地下化，暗中爭取非黨員的友朋們同情，使大部份的文藝界人士也對政府大表不滿[四十五]；國民政府於同年六月支持「民族主義」文學陣營，本欲以「民族精神和意識」，即「民族主義」來對抗「左聯」的「無產階級」革命文學，卻因流於理論，沒有實際創作[四十六]，反而成為「左聯」反宣傳的目標[四十七]，國府最終仍以政治、軍事圍剿對付。

民國二十年（一九三一年）三月起，國軍開始對共黨江西「蘇維埃政府」進行圍剿，經過三年時間，逼迫共軍在二十三年（一九三四年）十月，不得不放棄長期經營的贛南蘇區基地，開始西向陝北另尋據點，但國軍在剿共期間，也因國內先後發生二十年（一九三一年）九月，東北「九一八」事變，二十一年（一九三二年）

註四十五　蔣夢麟：《談中國新文學運動》，（台北改造出版社，民國四十九年五月），頁十八。

註四十六　民國十九年（一九三〇年）六月，受國民政府支持下欲與「左聯」相抗衡的「民族主義」文學運動，由黃震遐、范爭波、王平陵、葉秋原、傅彥長、李贊華、朱應鵬、邵洵美、汪倜然等人出面發表「中國民族文藝運動」，出版《前鋒周報》、《前鋒月刊》（同年雙十節創刊），提倡「民族主義」文藝運動，對「左聯」的「無產階級」文藝運動採取敵對態度。見劉心皇：《現代中國文學史話》，（台北正中書局，民國六十年八月），頁五一二；李輝英：《中國現代文學史》附錄（二），（香港東亞書局，一九七〇年七月），頁三〇〇。至於它失敗的原因，劉心皇分析為沒有代表性作家、客觀環境尚未成熟、作家和政府溝通不良、沒有堅實的作品、以及沒有基本的作家班底等五點原因，詳見劉心皇書，頁五一五—五一六。

註四十七　如魯迅即在民國二十年十月二十三日上海《文學導報》第一卷第六、七期合刊上署名「晏敖」，發表〈「民族主義」的任務和運命〉，痛批黃震遐的《黃人之血》是「只盡些送喪的任務，永含著戀主的哀愁，需到無產階級革命的風濤怒吼起來，刷洗山河的時候，這才能脫出這沉滯猥劣和腐爛的運命。」以上轉引自《魯迅論爭集》（上卷），（北京中國社會科學社，一九九八年九月），頁七二五。「獨立派」的人士胡秋原也以「藝術非至下」、「中心意識之謬論」、「文藝之起源與民族意識無關」、「牛頭不對馬嘴」、「所謂民族及民族主義」及「理論之墮落」等六段文字，撰文《阿狗文藝論—民族文藝理論之謬誤》，發表於民國二十年十二月二十五日《文化評論》創刊號上。

三月，日人扶持溥儀成立偽「滿洲國」，二十二年（一九三三年）二月，日軍侵佔熱河，外患日益嚴重，使得政治上「安外必先攘內」的訴求在時機上得不到民心的認同，尤其不對日寇的侵略予以還擊，更令全國民眾無法諒解，剿共行動遂告中斷。這三年鄭振鐸人在北平，親身感受到北方局勢艱困，但是親左的立場，仍未十分明顯，其主要活動，還是以研究、撰寫論文、以及講學為重心。

抗戰期間，全國軍民一致對外，他停留在上海淪陷區，與上海文化界人士幫助已遷往重慶的教育部，搜購上海中國古籍，免於淪為日軍及偽滿州國之手，足已說明他一切的活動只問是否對民族國家有無助益，並非有黨派的分別。三十四年（一九四五年）八月十五日，日本天皇宣布投降，鄭振鐸遂於八月十七日寫下《論新中國的建設》，開頭即掩飾不住內心的興奮之情說道：「我們是勝利了！整個世界的和平是實現了！緊接著勝利之後，便是建設工作的開始。」[四十八]，是他的心聲，也是全國知識份子共同的願望。從鴉片戰爭以來，中國連年困於戰禍，無法好好建設，以致於各項表現均遠遠落於他國之後，因此在贏得勝利，擺脫次殖民地的時刻，鄭振鐸認真的提出建設工作的內涵，舉凡農業、交通、金融、商業、文化、軍事、社會事業等，希望能「建設現代的科學的偉大的新的中國！」[四十九]。

同年十月十三日，他與左派人士合作，創辦《民主》周刊，從此開始發表一系列呼籲政府實施民主的論調，如：〈走上民主政治的第一步〉（《民主》第一期，民國三十四年十月十三日），要求政府保障身體、信仰、出版

註[四十八]　鄭振鐸：〈論新中國的建設〉，原寫於民國三十四年八月十七日，刊載於同年九月十、十一日上海《文匯報》；本文轉引自《鄭振鐸全集．第三卷》，（河北花山文藝出版社，一九九八年十一月），頁一二六。

註[四十九]　同前註，頁一二八。

言論等自由，以及尊重司法獨立，取消軍事戒嚴[五十]；〈東南亞洲的動盪與世界和平〉，主張「東南亞洲的動盪與世界和平的前途是分割不開的。根本的解決，必須使東南亞洲的民族，『有自由選擇其政府方式之權，外界絕對不得干涉。』」[五十一]，痛斥第一次大戰以來統治殖民地國家實施的奴化教育與行政制度，以致激起東南亞各殖民國發起的獨立運動。

勝利不久，國民政府由於財政措失不當，宣布法幣一元兌換偽幣二百元，偽幣驟然貶值，致使淪陷區眾多小康之家，於一夕之間破產，商家暗抬市價，物價飆漲，鄭振鐸居住的上海即是其中一例，民心不滿，溢於言表，鄭振鐸在三十四年（一九四五年）十一月三日於《民主》周刊第四期發表〈制止物價高翔的方案〉，訴說政府無法有效控制物價飛騰；第五期的〈人為的漲價與人為的抑價〉（三十四年十一月十日）、《周報》第九期〈對於物價的緊急措失〉（三十四年十一月三日），也都是針對此一主題所發表的一系列言論。同年十一月二十五日，昆明發生反對內戰的學潮，由於當地黨政軍曾以開槍警示，鄭振鐸撰文〈由昆明的學潮說起〉，還引教育部及蔣主席的指示，要求政府當局嚴懲兇手與同情學生；但到了三十五年（一九四六年）元旦，他在上海《大公報》發表〈寒夜有感〉，文末有「統治的人物是那末窮奢極慾的生活著；其餘的一大群的最多數的人物，自薪水階級到賣力氣的人全是受苦的人，兩三個月不知肉味是稀鬆平常的事。」[五十二]，則已明顯對執政者表示不滿。

註[五十] 見《鄭振鐸全集．第三卷》，（河北花山文藝出版社，一九九八年十一月），頁一三一——一三三。

註[五十一] 鄭振鐸：〈東南亞洲的動盪與世界和平〉，寫於民國三十四年十月二十八日，刊載於《民主》第四期，民國三十四年十一月三日；本處轉引同前註，頁一五五。

註[五十二] 轉引同前註，頁一七五。

二月二十三日的〈論官僚資本〉(《民主》第十九期),把政府與民間對立起來,認為目前的官僚體系在與民爭利,根本解決辦法便是要經濟民主化、政治民主化;三月二日〈論民權初步〉反對郵檢、刊物審查制、航空安檢、保甲制、以及公文程式,以為是侵犯人民的自由;三十四至三十五年間,他幾乎每個月都會寫上一兩篇的文章,時而談民主,也論時局,多半都是對政府要求民主、停止國共內戰為訴求,政論性篇章的密集,以致學術性的叢書及論文卻相對的減少很多,他從一個不問政治、不分黨派的讀書人,轉而成為不滿政府處理戰後措施的「民主人士」。三十六年(一九四七年)起他雖然開始撰寫新的研究領域—版畫藝術方面的論文,然思想上親共立場卻日益明顯。

三十七年(一九四八年)十一月,東北完全陷入共軍之手,接著徐蚌會戰國軍失利,十二月平津之役國軍再度失守,華北遂為共產黨所控制。鄭振鐸在三十八年(一九四九年)一月十六日,將藏書賣出一部份做為旅費,接受中共黨員陳白塵的協助,攜長女小箴從上海搭乘「盛京輪」到香港,再從香港換裝改搭懸掛葡萄牙旗的蘇聯貨船抵達山東煙台,從煙台換乘汽車及火車,在三月十八日到北平,投效中共政權;二十二日,參加中共第一屆文藝代表會籌備會,選為籌備委員,又被選為出席世界和平大會文藝界代表,開始了他在中華人民共和國時期的政治生涯。

三、中共政權建立後的官方文化人士

一九四九年十月一日,中共建國,鄭振鐸隨即被委任為文化部文物局局長,中共「中央文化部」,除辦公廳外,設有「社會文化事業管理局」(初名「文物局」,一九五一年改今稱),局長為文藝作家鄭振鐸;「藝術事業管理局」，局長是戲劇作家田漢（初成立時為「藝術局」，局長由副部長周揚兼任）；「電影局」，局長是中共前在延安的電影工作者袁牧之。還有「戲曲改進局」，局長田漢；「對外文化事務聯絡局」，局長是中共文藝人蕭三，以後這兩機構前者裁撤，後者改隸「中央文教委員會」，局長易為戲劇作家洪深。而文藝教育研究機構，有以歐陽予倩、曹禺分任正副院長的「中央戲劇學院」，以梅蘭芳、程硯秋分任正副院長的「中國戲曲研究院」，以馬思聰為院長的「中央音樂學院」，以徐悲鴻為院長的「中央美術學院」，以丁玲、張天翼分任正副院長的「中央文學研究所」等，都歸「中央文化部」直轄[五十三]。

此後他多負責文教工作，如接收上海的文教事業，率領文化藝術代表團至國外訪問，擔任北京大學文學研究所所長，一九五四年更出任文化部副部長，為其一生最高的行政職務。中共主管文藝行政的機關，在中央人民政府及各大行政區都稱為「文化部」，在省、市稱為「文教廳」「文化局」[五十四]，雖然文化不只包括文學藝術，但從其中央「文化部」部長副部長都由文藝作家擔任，以及「文化部」所屬單位大部分是管理文學藝術事業，負責人也都是些文藝工作者等等看來，中共的「文化部」是以主管文學藝術工作為主。

中共「中央宣傳」部長陸定一，在所寫〈新中國的教育和文化〉一文中說：「中央人民政府成立以後，為了加強政府對於文學藝術的領導，設立了一個文化部，這個部的領導者，即是中國最著名的小說家茅盾先

註[五十三] 據上海《大公報》編印的〈一九五二年人民手冊〉，頁一七三—一七四；本處轉引自趙聰：《中共的文藝工作》，（香港友聯出版社，一九五五年九月），頁二十七。

註[五十四] 據王瑤：《中國新文學史稿》下冊，頁四五〇，新文藝出版社

生。」[五十五]。除了茅盾以外，當時擔任副部長的還有周揚以及丁西林，也是兩位作家。按照中共「中央人民政府組織法」（一九四九年九月二十七日中共「人民政協」一屆全國委員會通過）的規定，「政務院」所屬的各部，是受雙重領導的—除歸「政務院」直轄外，還得受「政務院」內一級組織的專業委員會指導。因此，「文化部」和教育、衛生兩部，新聞、出版兩總署和科學院，同歸「文化教育委員會」指導。這一委員會設有「計劃委員會」，等於一個決策機關，從這一委員會的組織及其負責人看，中共控制文學藝術的大權，實際上不在「文化部」而在「文教委員會」。這一制度從一九四九年中共中央政府成立起，一直實行到一九五四年中共頒行「憲法」，成立「國務院」，才告終止。

新的組織是取消了「文化教育委員會」，「文化部」成為國務院的一個組成部分，直接受「國務院」總理的領導，使管轄文藝工作的權力更加集中。新的「文化部」負責人除部長茅盾，副部長丁西林蟬聯外，並增派了錢俊瑞、鄭振鐸、夏衍、陳克寒、張致祥等五位擔任副部長[五十六]，前任另一副部長周揚則調任中共中央宣傳部副部長。

四、一九五八年思想整風遭受批判

由以上的介紹可知，中共「文化部」直屬「國務院」管理，可謂接近權力核心，也可以說是中共當局十分看重鄭振鐸的才華，即使如此，他仍然難逃中共政治整風下的命運。一九五一年，孫瑜編導的《武訓傳》引起

註[五十五]　據漢口《長江日報》編印的〈一九五〇年讀報手冊〉，頁八一八。
註[五十六]　見一九五四年九月三十日及十一月二日《光明日報》。

各界強烈批評，毛澤東的言論把武訓打成向資產階級投降的奴才，從此使得中共文藝討論開始套用政治運動的模式。一九五四年批判學者俞平伯的《紅樓夢研究》，俞平伯是他的老友，一九五三年北京大學文學研究所成立時，他擔任所長，也是他邀請俞進入研究所工作，並建議他可以繼續研究《紅樓夢》，所幸以上兩次事件他都因不久即帶團出國訪問而未涉入；一九五六年中共宣布政治上大鳴大放，文藝學術上百花齊放，許多文人對政黨紛紛提出建言，不料隔年（一九五七年）即有所謂「反右派鬥爭」，他開始應邀參加一些對作家的批判大會，由於在這些批判大會及報章雜誌的索稿上他的態度都趨於溫和，並未隨著中共當局的立場起舞，因此到了一九五八年，高層鬥爭的矛頭便漸漸指向他，此時正是「工農業生產大躍進」的時刻，中共亦要求學者在思想上必須「大躍進」與「大批判」。

同年三月，中共高層官員陳伯達在國務院科學規劃委員會第五次會議上提出「厚今薄古」的口號，六月二日，上海《文匯報》便發表署名王天心的〈選擇影印古書的目的要明確—對《天竺靈簽》、《歷代名人像贊》的意見〉，指責他重印這些古書是「厚古薄今」的傾向；六月七日，北京《光明日報》開闢了一個專門針對他的「評鄭振鐸編的兩種古代版畫」專欄，刊登了署名王琦的〈不應為「古」而影印古書〉，以及署名張若的〈「古」就是好嗎〉等兩文，其實《天竺靈簽》、《歷代名人像贊》這兩本書當時只是在上海古典文學社排印當中，他本人只拿到樣書，並未至市面販售，兩篇文章充份透露出高層點名批判的意味。

九月十四日，北京《光明日報》的「文學遺產」專欄，發表署名「北京大學中文系二年級一班瞿秋白文學會」整整一版〈評鄭振鐸先生的《中國俗文學史》〉，文長一萬二千多字，內容極盡人身詆毀之能事；「北京大學中文系二年級一班瞿秋白文學會」又在人民文學出版社出版的《文學研究與批評專刊》第四輯發表〈鄭振鐸著

《插圖本中國文學史》批判〉、〈《中國俗文學史》批判〉，內容動輒扣上「反動的世界主義」、「為帝國主義的文化侵略服務」的帽子；發動完對他的文章圍剿之後，接下來便是不斷的要求他參加「學術批判會」，接受眾人的「批評」，二十多天內一邊工作一邊參加了四會議，一直到他墜機意外身亡，這場文藝鬥爭的鬧劇才告終止。

鄭振鐸的朋友李健吾在多年之後回憶這段過程時寫道：「記得我們最後一面，你坐在你領導的文學研究所的一間會議室的長桌前面，長桌四周圍聚著十多位新朋舊友，氣氛異常嚴肅，不是討論什麼文學課題，而是批判你的思想。你虛心取識與不識者對你這位開路人的高談讜論。你的劃時代的造詣是《插圖本中國文學史》。偏偏就有一位和你相識的後輩，長篇大論，說你犯了這樣那樣的錯誤。這種違心之言，不材如我，只能將信將疑。還有一位年青同志，據說還要寫文章批判你的《中國俗文學史》。……我只記得這是我們最後一面。當時會散了，我同情地過去和你握手，誰料竟是最後的握手。」[五十七]，李健吾的這段話使我們清楚的看見當時意識型態在學術掛帥的霸權，冰心也在二十年後追悼他的意外身故是「中國文藝界少了一個勇敢直前的戰士」[五十八]，尤其鄭振鐸死後，中國大陸掀起一場史無前例的「文化大革命」，冰心以為：「在四害橫行，道路側目的時期，我常常想到振鐸，還為他的早逝而慶幸！我想，像他這麼一個十分熟悉三十年代上海文藝界情形，而又剛正耿直的人，必然會遇到像老舍或巴金那樣的可悲的命運。」[五十九]。

註[五十七]　李健吾：〈憶西諦〉，《收獲》第四期，一九八一年七月二十五日，頁一四三。
註[五十八]　冰心：〈追念振鐸〉，收入《鄭振鐸》，（香港三聯書店分店，一九八六年九月），頁二四八。
註[五十九]　同前註，頁二四八——二四九。

這樣一位歷經軍閥、帝國主義、日寇、國民政府等輪替主政下的民主鬥士，生前並已囑咐將所藏古籍完全捐獻給國家的學者，古籍竟然是他最嚮往的政權最不能容納他的理由，緬懷過去，不得不為他在這段人生最後的生涯感到無限的惋惜與痛心！

第三章　鄭振鐸參與之戲劇活動

鄭氏對於中國戲劇的看法，多見諸於期刊論文的發表，以及戲曲序跋的撰寫，這兩部份幾乎均刊登於他所編輯的刊物及叢書中，同時這些刊物，又往往由他所參與的文學社團所發行；即便是叢書的編輯，有部份也是文學社團理念下的產物。由於這些文學社團擁有自己的機關刊物，不但可以使得會員的作品優先發表，同時也有了共同發言的園地，因之本章在第二節的部份，即在介紹鄭振鐸所參加過的文學社團，以了解他在這些活動所受的影響及作為；最後陳述他所編輯有關本國及外國戲劇叢書的內容。

第一節　從事戲劇活動之分類

鄭振鐸一生所從事的戲劇活動，共可分為撰寫文章、發起社團、劇本創作、公演觀摩、參加座談會及演講、教授課程、翻譯劇本、收藏曲本以及其它為主，茲按時間先後分別條如下，中共建國之前的時間以民國為主，西元為輔；中共建國之後的時間則以西元為主，民國為輔：

一、撰寫文章

民國九年：（一九三〇年）

九月十七日：

為《甲必丹之女》一書作序，該書為蘇聯普希金原著，安壽頤翻譯，出版年月不詳[一]。

十一月二十五日：

為耿濟之譯俄國托爾斯泰戲劇《黑暗之勢力》作序[二]。

十一月二十七日：

晚七時，在青年會觀看燕京大學女校為募款賑災而演出的新劇《青鳥》（戲單上原作《藍雀》）。當晚十二時，趕寫了一篇《評燕大女校的新劇〈青鳥〉》，後載二十九日、三十日《晨報》第七版。該劇是比利時戲劇家梅德林創作的象徵主義話劇，為最早流傳到中國的話劇[三]。

五月九日：

作論文《現在的戲劇翻譯界》，後載六月三十日《戲劇》月刊第一卷第二期[四]。

六月四日：

晚同沈雁冰、沈澤民一起到英國戲院看上海中西女塾所演的比利時戲劇家梅德林的《青鳥》，與他去年在北京所看的不同，這次是用英語排演的。鄭振鐸看後即作《評中西女塾的〈青鳥〉》，認為演西洋新劇「於中

註[一] 陳福康：《鄭振鐸年譜》（下）〈附錄二〉，頁六五〇。以下凡引用此一資料者，簡稱《年譜》（下）。

註[二] 陳福康：《鄭振鐸年譜》（上），頁四十一。以下凡引用此一資料者，簡稱《年譜》（上）。

註[三] 同前註，頁四十一。

註[四] 《年譜》（上），頁四十七。

國戲劇的改革與創造是極有影響的」。載六月九日、十三日上海《時事新報．學燈》[五]。

七月三十日：

在《戲劇》第一卷第三期上發表重要戲劇論文《光明運動的開始》[六]。

九月二十一日：

為所譯俄國奧斯特洛夫斯泰的劇本《貧非罪》寫序，……該書由許地山校閱，一九二二年三月商務印書館出版，為「俄羅斯文學叢書」之一[七]。

民國十一年（一九二二年）：

三月二十五日：

為郭紹虞譯奧地利劇作家顯尼志勞七幕劇《阿納托爾》作序，……該書由鄭振鐸校對修訂，五月由商務印書館出版[八]。

民國十二年（一九二三年）：

四月十日：

於《小說月報》第十四卷第四期發表〈中國戲曲集〉一文。

註[五]　同前註，四十九。

註[六]　見《鄭振鐸全集．第三卷》，（河北花山文藝出版社，一九九八年十一月），頁四〇四—四一二。

註[七]　同前書，第十五卷，頁三九九—四〇〇。

註[八]　見《鄭振鐸全集．第十五卷》，（河北花山文藝出版社，一九九八年十一月），頁四〇六—四〇九。

五月十二日：

於《文學旬刊》第七十三期發表〈我們的雜記〉四則中〈倍那文德的戲曲集〉。

六月十二日：

於《文學旬刊》第七十六期發表〈我們的雜記〉二則中〈美國雜誌裏的中國劇本〉。

七月十日：

於《小說月報》第十四卷第七期發表〈關於中國戲曲研究的書籍〉，並在張聞天譯西班牙戲劇家倍那文德《熱情之花》後發表附言。

八月七日：

為瞿世英等人譯《太戈爾戲曲集》（一集）作序，後該書於九月由商務印書館出版[九]。

九月十八日：

為熊佛西《青春底悲哀》、侯曜《復活的玫瑰》（以上兩劇均於次年一月由上海商務印書館出版）兩劇作序[十]。

十月二十五日：

為瞿世英等譯《太戈爾戲曲集》（二集）作序，後該書由商務印書館於次年十一月出版[十一]。

註九 《年譜》（上），頁八十八。

註十 《年譜》（上），頁九〇。

註十一 同前註，九十一。

民國十五年（一九二六年）：

十二月五日：

於《文學周報》第二五三期發表〈綴白裘索引〉。

十二日：

於《文學周報》第二五四期連載〈綴白裘索引〉（完）。

民國十六年（一九二七年）：

二月二十七日：

《文學周報》第二五三期發表〈影戲與「舞台」〉。

十一月十日：

於《小說月報》第十八卷第十一期發表〈巴黎國家圖書館中之中國小說與戲曲〉一文。

民國十八年（一九二九年）：

一月十日：

於《小說月報》第二〇卷第一期發表讀書雜記〈關漢卿緋衣夢的發現〉、〈西遊記雜劇〉。

一月十七日：

為所藏吳梅撰寫《奢摩他室曲叢目卷》抄本題跋[十二]。

註[十二] 《年譜》（上），頁一五五。

本月，於《文學周報》第八卷第三期以筆名發表〈沒落中的皮黃戲〉、〈打倒男扮女裝的旦角—打倒旦角的代表人物梅蘭芳〉二文。

二月十日：

於《小說月報》第二〇卷第二期發表〈元刊本琵琶記〉。

民國十九年（一九三〇年）：

一月十日：

於《小說月報》第二十一卷第一期發表〈雜劇的轉變〉。並以筆名「賓芬」連載〈元曲敘錄〉一文。

四月十日：

於《小說月報》第二十一卷第四期發表〈傳奇的繁興（上）〉。

十二月十八日：

為清代《花間九奏雜劇》九種作跋，（後載《清人雜劇初集》第六冊）為《秋聲譜》雜劇三種作跋，（後載《清人雜劇初集》第十冊）[十三]。

十二月：

為所編《清人雜劇初集》作〈例言〉（原署一九三一年十二月作，誤），載《清人雜劇初集》第一冊卷首[十四]。

註[十三] 鄭振鐸撰，吳曉鈴整理：《西諦書跋》，（北京文物出版社，一九九八年十二月），頁五六六—五六七。

註[十四] 同前註，頁五三〇。

民國二十年（一九三一年）：

一月十八日：

為清代《後四聲猿》雜劇作跋，（後載《清人雜劇初集》第七冊）[十五]。

一月二十日：

為清代《續離騷》雜劇四種作跋，（後載入《清人雜劇初集》第二冊）[十六]。

一月二十五日：

為所編《清人雜劇初集》作〈序言〉（後載《北平圖書館館刊》第五卷第二期、《文學季刊》一九三四年四月及該書卷首）[十七]。

為清代《明翠湖亭四韻事》雜劇四種作跋（後載《清人雜劇初集》第五冊）[十八]。

為清代《桃花吟雜劇》一種作跋（後載《清人雜劇初集》第八冊）[十九]。

一月三十日：

為清代《四色石雜劇》四種作跋（後載《清人雜劇初集》第八集）[二十]。

註十五　同前註，

註十六　《年譜》（上），頁一七〇。

註十七　同前註。

註十八　同前註。

註十九　《年譜》（上），頁一七〇。

二月七日：

為清代《續離騷》、《吊琵琶》、《桃花源》、《黑白衛》、《清平調》雜劇五種作跋（後載《清人雜劇初集》第四冊）[二十一]。

二月二十八日：

為清代《臨春閣》、《通天台》雜劇二種作跋（後載《清人雜劇初集》第一冊）[二十二]。

三月二十八日：

為所編《清人雜劇初集》作跋（後載《清人雜劇初集》第十冊）[二十三]。

六月十五日：

於《編集者》第一期發表《鈔本百種傳奇的發現》一文，記敘五月十一日於蘇州所購得之書[二十四]。

八月十日：

於《學生雜誌》月刊第十八卷第一期發表戲劇論文〈元代的雜劇〉[二十五]。

註二十　同前註。

註二十一　同前註，頁一七一。

註二十二　同前註。

註二十三　同前註，頁一七二。

註二十四　見《鄭振鐸全集・第四卷》，（河北花山文藝出版社，一九九八年十一月），頁五八六—五九〇。

註二十五　《年譜》（上），頁一七五。

民國二十一年（一九三二年）：

三月三十日：

於清華大學《文學月刊》第二卷第二期發表〈中國戲曲史料的新損失與新發現〉一文[二十六]。

四月三日：

為明傳奇《博笑記》作跋，載本年五月上海傳真社影印《博笑記》卷末。

四月四日：

為明傳奇《修文記》作跋，載本年五月上海傳真社影印《修文記》卷末。

五月七日：

於《清華周刊》第三十七卷第九、十期合刊發表〈西廂記的本來面目是怎樣的？——雍熙樂府本西廂記〉一文[二十七]。

民國二十二年（一九三三年）：

九月九日：

於上海《申報・自由談》發表〈馬致遠雜劇〉一文[二十八]。

九月二十七日：

註[二十六] 鄭振鐸撰，吳曉鈴整理：《西諦書跋》，（北京文物出版社，一九九八年十二月），頁六〇〇—六〇七。

註[二十七] 同前註，頁五六七—五八〇。

註[二十八] 見《鄭振鐸全集・第三卷》，（河北花山文藝出版社，一九九八年十一月），頁五七九—五八〇。

於天津《大公報．文藝副刊》發表〈跋傳奇十種〉[二十九]。

十月十四日：

於天津《大公報．文藝副刊》發表〈跋《重刻元本題評音釋西廂記》〉[三十]。

民國二十三年（一九三四年）：

四月一日：

於《文學季刊》第一卷第二期發表〈元明以來雜劇總錄〉[三十一]。

五月二十三日：

為將出版《清人雜劇二集》作序[三十二]。

六月一日：

於《文學》第二卷第六期（該期為「中國文學研究專號」）發表〈元明之際的文壇的概觀〉、元代「公案」劇發生的原因及其特質〉、〈三十年來中國文學新資料的發展史略〉，及〈淨與丑〉等文章。

十二月十六日：

於《文學季刊》第一卷第四期發表〈論元人所寫商人士子妓女間的三角戀愛劇〉一文，透過一些「三角

註[二十九]　《年譜》（上），頁一九一。

註[三十]　鄭振鐸撰，吳曉鈴整理：《西諦書跋》，（北京文物出版社，一九九八年十二月），頁五八一—五八三

註[三十一]　見《鄭振鐸全集．第五卷》，（河北花山文藝出版社，一九九八年十一月），頁七四二—七四四。

註[三十二]　同註三十，頁七四二—七四八。

戀愛劇」，從中瞭解元代的政治經濟狀況[三十三]。

十一月十一—十四日：

於《北平晨報》發表清華大學舉辦的「中國文學討論會」的發言，由「野光」記錄。（該討論會由朱自清主持，鄭振鐸本篇的發言內容為探討當時以上海為中心的文言與白話之爭，以及關於大眾語問題的討論。）[三十四]

十二月二十三日：

為張次溪編《清代燕都梨園史料》作序。

民國二十六年（一九三七年）：

五月二十四日：

於《國立暨南大學圖書館館報》第二期發表〈鄒式金雜劇新編跋〉[三十五]。

六月：

於《暨南學報》第二卷第二期發表〈《詞林摘豔》裏的戲劇作家及散曲作家〉，以及附錄一〈《詞林摘豔》引劇目錄及作者姓名索引〉、附錄二〈《盛世新聲》及《詞林摘豔》所載套數首句對照表〉[三十六]。

註[三十三] 鄭振鐸撰，吳曉鈴整理：《西諦書跋》，（北京文物出版社，一九九八年十二月），頁五一一—五三二。

註[三十四] 《年譜》（上），頁二二〇。

註[三十五] 見《鄭振鐸全集・第四卷》，（河北花山文藝出版社，一九九八年十一月），頁七二三—七二八。

註[三十六] 同前註，頁六〇八—六八七。

八月二十四日：

為所編《西諦所藏善本戲曲目錄》作跋。

民國三十年（一九四一年）：

二月二十五日：

為阿英所編《晚清戲曲錄》一書作序，後作者將此書加入晚清小說的資料，更改書名為《晚清戲曲小說目》，於一九五四年八月由上海文藝聯合出版社出版。

民國三十三年（一九四四年）：

七月八日：

為自印《長樂鄭氏滙印傳奇第一集》作序[三十七]。

民國三十四年（一九四五年）：

以「紉秋」為名，為所藏明刊孤本《玉茗堂批評異夢記》作題跋二則[三十八]。

民國三十五年（一九四六年）：

五月二日：

於上海《文滙報·圖書》發表〈集曲偶識〉。（包括一：顧曲齋鐫元劇二種，二、古本校注《西廂記》六

註[三十七] 見《鄭振鐸全集·第六卷》，（河北花山文藝出版社，一九九八年十一月），頁七二八—七二九。

註[三十八] 《年譜》（下），頁三五二。

卷，三、明山陰延閣鐫《北西廂記》五卷，四、明山陰延閣鐫本《四聲猿》不分卷。）[三十九]。

五月九日：

於《文匯報・圖書》續載〈集曲偶識〉。（包括五、鍥重訂出像注釋《拜月亭》題評二卷，六、明武林容與堂鐫李卓吾批評《琵琶記》二卷，七、明金陵富春堂鐫五種曲十二卷，八、明朱墨鐫鼎鐫陳眉公先生批評《繡襦記》[四十]。

五月十六日：

於《文匯報・圖書》續載〈集曲偶識〉。（包括十一、繼志齋重校《錦箋記》二卷，十二、金陵唐氏刻《全像杜麗娘牡丹亭還魂記》四卷，十三、《柳浪館批評玉茗堂還魂記》二卷，十四、玉夏齋傳奇十種十八卷內一種不分卷，十五、懷遠堂批點《燕子箋》二卷。）[四十一]。

十月二十八日：

為所藏明抄本《錄鬼簿》作跋，該書為「研究元明間文學史最重要之未發現史料」。該跋後載於《北平圖書館館刊》及十一月十五日《文藝春秋》第三卷第五期[四十二]。

註[三十九]　《年譜》（下），頁三八一。

註[四十]　同前註，頁三八三。

註[四十一]　同前註，頁三八四。

註[四十二]　見鄭振鐸：《鄭振鐸古典文學論文集》，（上海古籍出版社，一九八四年一月），頁九一二—九一三。

民國三十六年（一九四七年）：

一月十一日：

在上海《大公報》發表政論暨劇評〈和平必定會實現的！〉，評李健吾所作劇本《和平頌》（原名《女人與和平》），指出應「面對著血淋淋的現實」，又指出「最寒冷的嚴冬終於是要過去的。可怕可恨的戰神，絕對不會老在人間作祟的。」「《和平頌》是一個預言吧。然而，這預言不是空言的慰藉，是必定會實現，必定要實現的！」

一九五〇年（民國三十九年）：

十一月二十七日：

於《光明日報》的「全國戲曲工作會議特刊」上發表〈接受遺產與戲曲改進工作〉，提出「有計劃的改進舊劇，穩步的改革其演技，刪改補充其劇本，在今天是有必要的。而舊的劇本，舊的演技，也盡可以為我們接受的遺產。在那麼豐富的遺產，寶貴的人民大眾智慧的結晶，是值得我們用一輩子的力量去發掘，去研究，去接受的。」[四十三]。

一九五四年（民國四十三年）：

二月十一日：

作《古本戲曲叢刊初集・序》[四十四]。

註[四十三] 見《鄭振鐸全集・第六卷》，（河北花山文藝出版社，一九九八年十一月），頁五九四—五九七。

註[四十四] 同前註，頁七五七—七六〇。

三月一日：

於《光明日報》副刊〈文學遺產〉創刊號發表〈影印《古本戲曲叢刊》緣起〉。

一九五六年（民國四十五年）：

六月：

為《蕭伯納戲劇選》作序，該書由陝西省文物管理委員會編輯，次年四月由北京文物出版社出版。

一九五七年（民國四十六年）：

八月：

上海文藝出版社出版、中國戲劇家協會上海分會主編《崑劇觀摩演出紀念文集》刊載一九五〇年十一月二十九日，鄭振鐸在文化俱樂部參加崑劇座談會發表的講話〈有關發揚崑劇的三個問題〉[四十五]。

一九五八年：

四月：

為《關漢卿戲曲集》一書作序，該書後由北京中國戲劇出版社出版。

六月二十八日：

於《中國青年報》發表〈人民的戲劇家關漢卿〉[四十六]。

註[四十五] 見《鄭振鐸全集・第六卷》，（河北花山文藝出版社，一九九八年十一月），頁五九七─六〇一。

註[四十六] 《年譜》（下），頁五八九

六月二十五日：

於《文學研究》第二期上發表〈論關漢卿的雜劇〉。

七月二十八日：

寫〈《劉知遠諸宮調》跋〉，該書於本年八月由北京文物出版社影印出版[四十七]。

十月十六日：

寫〈《古本戲曲叢刊・四集》序[四十八]，該書後於十二月由上海商務印書館影印出版。

二、發起社團

民國十年：（一九二一年）

五月九日：

本月，與沈雁冰、陳大悲、歐陽予倩、汪仲賢、徐半梅、張聿光、柯一岑、陸冰心、沈冰血、滕若渠、熊佛西、張靜廬等共十三人發起組織「民眾戲劇社」，並寫有宣言，於五月三十一日創刊《戲劇》月刊，這是我國新文學運動中第一個戲劇社[四十九]。

註[四十七] 《年譜》（下），頁五九一。

註[四十八] 見《鄭振鐸全集・第六卷》，（河北花山文藝出版社，一九九八年十一月），頁七六六—七六七。

註[四十九] 《年譜》（上），頁四十八；陳荒煤主編：《陳大悲研究資料》，（北京中國戲劇出版社，一九八五年七月），頁十五。

三、劇本創作：

民國十四年（一九二五年）：

十月二十四日：

於《文學周報》第一九六期發表話劇《秋晨》，描寫上海華捕無故壓迫民眾的過程。

民國十五年（一九二六年）：

三月二十八日：

於《文學周報》第二一八期發表獨幕活報劇《春的中國》，反映上海工人學生對「三一八慘案」的憤怒抗議。

四、觀摩公演

民國九年（一九二一年）：

十一月二十七日：

晚七時，在青年會觀看燕京大學女校為募款賑災而演出的新劇《青鳥》（戲單上原作《藍雀》）[五十]。

註[五十] 《年譜》（上），頁四十一。

五、參加座談會及發表演講

民國三十五年（一九三六年）：

五月二十三日：

本日下午，與郭沫若、田漢、許廣平、夏衍等二十五人出席在紅棉樓酒家舉行的「改良評劇座談會」，並發言，提到「京劇班的旦角用男子扮女人，我實在感到討厭，所以我是不看梅蘭芳，寧可看楊小樓的。」[五十一]。

民國三十六年（一九四七年）：

二月十三日：

本日為第四屆戲劇節，出席觀摩演出會，並指出「各種地方戲的集合演出，是最可注意的事，改良地方戲可以從這裏開始」，該文後載二月十七日《新聞報·藝月》「戲劇節專號」。

一九五〇年（民國三十九年）：

十一月二十七日：

文化部主持召開全國戲劇工作會議在北京開幕[五十二]。

一九五四年（民國四十三年）：

三月二十九日：

註[五十一]　《年譜》（下），頁三八四。
註[五十二]　同前註，頁四五五。

在福建某地談京劇問題：一、歷史與歷史劇；二、京劇舞台上如何創造歷史人物；三、今後的傾向和改革。（今存講話提綱）[五十三]。

一九五六年（民國四十五年）：

六月一—十五日：

文化部召開第一次全國戲曲劇目工作會議，提出「破除清規戒律，擴大和豐富傳統戲曲上演劇目。」[五十四]。

十一月二十九日：

上午「九時許，到文化俱樂部，座談崑劇發展問題」（日記），還寫有講稿，主要談關於崑劇的宣傳問題、改編問題、及劇團的組織問題等[五十五]。

一九五八年：

六月二十八日：

中國人民保衛世界和平委員會、中國人民對外文化協會、中國文學藝術界聯合會、中國作家協會、中國戲劇家協會在北京聯合召開「世界文化名人關漢卿創作七百年紀念大會」。鄭振鐸為大會主席團成員。郭沫若主持會議，鄭振鐸做了題為〈中國人民的戲劇家關漢卿〉的報告。同日，鄭振鐸參與主持的「世界文化名人關

註[五十三] 同前註，頁五〇三。

註[五十四] 《年譜》（下），頁五三六。

註[五十五] 同前註，頁五五〇。

漢卿戲劇創作七百年紀念展覽會」在北京故宮博物院開幕[五十六]。

六、教授課程：

民國二十年（一九三一年）：

九月七日：

擔任燕京大學、清華大學合聘教授，每週各授課六小時，擔任中國小說史、戲曲史及比較文學史諸課程[五十七]。

民國二十四年（一九三五年）：

八月十七日：

離開北平，赴上海任暨南大學文學院院長兼中國語文系主任及教授，教授中國文學史和敦煌俗文學等課程[五十八]。

民國二十七年（一九三八年）：

十月六日：

在四馬路（今福州路）健行大學為社會科學講習所同學講授元明文學課[五十九]。

註[五十六]《年譜》（下），頁五八九。

註[五十七]《年譜》（上），頁一七七。鄭爾康編：《鄭振鐸》，（香港三聯書店，一九八六年九月），頁二九二。

註[五十八]同前註，

註[五十九]同前註，頁二七四；鄭爾康前揭書：「春，應聘在社會科學講習所講授中國文學史。該所實際受中共地下黨文委領導，……」，

七、出版古籍：

民國二十一年（一九三二年）：

五月：

上海傳真社影印《博笑記》及《修文記》，分別為「傳奇三種」之一，均為上、下二冊。

民國二十三年（一九三四年）：

九月：

影印《清人雜劇二集》成書發行，該書收集清人雜劇十三家四〇種，由吳梅作序、容庚題簽。

民國二十六年（一九三七年）：

八月：

將所編《西諦所藏善本戲曲目錄》以手寫木刻自印出版，為線裝一冊，內容分為雜劇、傳奇、曲選、曲譜、曲話曲目等。

民國二十七年（一九三八年）：

八月：

所著《中國俗文學史》由長沙商務印書館出版，為「中國文化史叢書」第二集之一。

頁二九八。

北京大學出版組影印出版影照石印出版鄭振鐸與趙萬里、馬廉三人於民國二〇年八月手錄明抄本《錄鬼簿》。

民國二十九年（一九四〇年）：

本年組成「文獻保存同志會」，開始其抗戰時期為國家蒐求保存古書的工作。

民國三十年（一九四一年）：

五月：

與上海商務印書館訂定合同，委託該館出版《孤本元明雜劇》排印本，共線裝三十二冊，內容共收一四四種雜劇劇本，其中一三六本由鄭振鐸自二十七年（一九三八年）所發現的《脈望館鈔校本古今雜劇》中所選出，一九五七年十一月，北京中國戲劇出版社據上海商務印書館原紙重印，改為精裝四冊。

民國三十三年（一九四四年）：

七月二十二日：

自印《長樂鄭氏匯印傳奇第一集》影印本，共二函十二冊，共收明清兩代傳奇共六種。

一九五四年（民國四十三年）：

二月：

主編《古本戲曲叢刊初集》由上海商務印書館影印出版。

一九五五年（民國四十四年）：

七月：

主編《古本戲曲叢刊・二集》由上海商務印書館影印出版。

一九五七年（民國四十六年）：

二月：

主編《古本戲曲叢刊・三集》由上海文學古籍刊行社出版。

一九五八年（民國四十七年）：

十二月：

主編《古本戲曲叢刊・四集》由上海商務印書館影印出版。

八、翻譯劇本：

民國十年（一九二一年）：

四月：

翻譯俄國劇作家柴霍甫（今譯為契訶夫）的劇本《海鷗》，由上海商務印書館出版，為「共學社叢書・俄國戲曲集」第六種。

四月：

翻譯俄國劇作家史拉美克的劇本《六月》，由上海商務印書館出版，為「共學社叢書・俄國戲曲集」第十種。

民國十一年（一九二二年）：

三月：

翻譯俄國劇作家阿史特洛夫斯基的劇本《貧非罪》，由上海商務印書館出版，為「共學社叢書・俄羅斯文學叢書」之一，一九五六年北京作家出版社重新出版。

九、收藏曲本：

民國二十年（一九三一年）：

八月中旬：

趙萬里從北平南下訪書，鄭振鐸遂同他經杭州、紹興，乘大汽車到寧波訪書。在寧波住馬廉家，三人晝夜暢談，鄭振鐸抄錄馬廉有關小說戲曲史料和有關明代版畫刻工姓氏資料等。欲登天一閣，未成，遂訪其他藏書家。於馮孟顓處抄得姚梅伯《今樂府選》全目。於孫祥熊處見到明抄本《玉簪記》、《錄鬼簿》兩書，並將《錄鬼簿》借回，從十六日至十八日與趙萬里、馬廉一起抄錄一遍。鄭振鐸抄錄該書卷下及續編最後部份。該書為研究中國戲曲史的重要資料[六十]。

民國二十一年（一九三二年）：

十一月十九、二十日：

註六十 《年譜》（上），頁一七六。

在燕京大學天和廣一號住所舉辦「《北西廂記》展覽會」，陳列明清刊本王實甫《西廂記》及有關書籍二十七種（其中有六種是借自北平圖書館的），包括明刊本十七種、清刊本九種、近刊本一種，多為坊間不易見之善本[六十一]。

民國二十二年（一九三三年）：

春初：

在北平安東市場某書肆得明刊本孟稱舜編《古今名劇合選》，共五十六種元明戲曲。鄭振鐸在日後〈一九三三年的古籍發現〉一文認為是一九三三年國內所發現最重要的戲曲[六十二]。

民國二十二年：

九月十日：

離開上海返北平。此行在上海尚購得《重刻元本題評音釋西廂記》，認為是所存《西廂記》最早的版本；又得明刻傳奇《西湖記》、《偷桃記》、《錦箋記》、《還帶記》等[六十三]。

民國二十六年（一九三七年）：

四月：

於某書肆主人（汪氏）處得到八冊《鄒式金雜劇新編》八冊。「發現了這部明末遺民們的悲憤的作品，

註[六十一] 同前註，頁一八五。
註[六十二] 《年譜》（上），頁一八八。
註[六十三] 同前註，頁一九三

這部包含近四十種明、清之際的雜劇的集子。這是文學史上的一個重要的發現，劇曲史上的幾篇新頁的補充。」「『新編』最為罕見。不僅王國維寫作《曲錄》時未見到，就是姚燮、黃文暘、焦循他們，也都沒有見到全書過。……我所得到的這一部，插圖及附錄陌花軒雜劇都是全的；只是目錄改動過了。」[六十四]。

民國二十七年（一九三六年）：

五月三十日：

為國家搜購《脈望館抄校本古今雜劇》，共六十四冊，包括抄本、刻本元明雜劇共二四二種，其中一大半是湮沒散失已久的[六十五]。

十、其它：

民國十九年（一九三〇年）：

本年，朋友夏衍翻譯了蘇聯作家高爾基戲劇集（包括《下層》—今譯《夜店》、《太陽兒》、《敵人》三個劇本），由鄭振鐸介紹給商務印書館出版，後排版將竣。「一二八」戰事爆發，書稿被毀[六十六]。

註[六十四] 鄭振鐸：《中國文學研究》（中冊），（香港古文書局，一九七〇年十二月），頁七九一—七九二。

註[六十五] 《年譜》（上），頁二七一—二七二。

註[六十六] 同前註，頁一六八。

第二節　開拓刊載戲劇論文的園地

一、「文學研究會」的成立

民國九年（一九二〇年）十一月，鄭振鐸和瞿秋白、耿濟之等商量組織一個文藝協會[六十七]，並希望出版以灌輸文學常識，介紹世界文學，整理中國舊文學，創造新文學，並發表個人創作的雜誌，但苦無資本，於是想和上海各書局接洽，希望雜誌的編輯權歸己，而由書局負出版之責，「文學研究會」把這段事件的始末刊登在《小說月報》上：

一九二〇年十一月間，本會的幾個發起人，相信文學的重要。想發起出版一個文學雜誌，以灌輸文學常識，介紹世界文學，整理中國舊文學並發表個人的創作。徵求了好些人的同意。但因經濟的關係，不能自己出版雜誌。因想同上海各書局接洽，由我們編輯，歸他們出版。當時商務印書館的經理張菊生君和編輯主任高夢旦君適在京，我們遂同他們商議了一兩次，要他們替我們出版這個雜誌。他們以文學雜誌

註[六十七]　「為了對於文學濃厚的興趣，我們（按：指作者與耿濟之、瞿秋白、瞿世英與許地山）便商量著組織一個文藝協會。第一次開會便借濟之的萬寶蓋胡同的寓所。到會的有蔣百里、周作人、孫伏園、郭紹虞、地山、秋白、菊農、濟之和我，還約上海的沈雁冰，一同是十二個人，共同發表了一篇宣言，這便是文學研究會的開始。」見鄭振鐸：〈想起和濟之同在一處的日子〉，原發表於民國三十六年四月五日《文匯報》；此處轉引自《鄭振鐸文集》（第三卷），（北京人民文學出版社，一九八三年九月），頁二五四。

與《小說月報》性質有些相似，祇答應可以把《小說月報》改組，而沒有允擔任文學雜誌的出版。我們自然不能贊成。當時就有幾個人提議，不如先辦一個文學會，由這個會出版這個雜誌，一來可以基礎更為穩固，二來同各書局也容易接洽。大家都非常的贊成。於是本會遂有發起的動機[六十八]。

鄭振鐸等人與商務印書館雖無法達成共識，但反而因此促成「文學研究會」的提前成立：

十二月四日（按：民國九年），北京的同志又在萬寶蓋耿宅開一個會，討論並通過會章，並推周作人君起草宣言書。宣言書起草竣後，遂以周作人、朱希祖、蔣百里、鄭振鐸、耿濟之、瞿世英、郭紹虞、孫伏園、沈雁冰、葉紹鈞、許地山、王統照十二人名義發起本會。……十二月三十日，在北京的發起人又在萬寶蓋耿宅開一個會。通過加入本會之會員，並議決於一九二〇年正月四日在中央公園來今雨軒開成立會，成立會的秩序，也在這個會裏議定[六十九]。

在該會宣言中，表明以聯絡感情、增進知識及建立著作主會為基礎：

我們發起這個會，有三種意思，要請大家注意。

一，是聯絡感情。本來各種會章章裏，大抵都有這一項；但在現今文學界裏，更有特別注重的必要。中

註[六十八]　見〈文學研究會會務報告．第一次（一）本會發起的經過〉，《小說月報》第十二卷第二號〈附錄〉，民國十年二月十日，頁四—五。

註[六十九]　同註二，頁五。

國向來有「文人相輕」的風氣，因此現在不但新舊兩派不能協和，便是治新文學的人裏面，也恐因了國別派別的主張，難免將來不生界限。所以我們發起本會，希望大家時常聚會，交換意見，可以互相理解，結成一個文學中心的團體。

二，是增進知識。研究一種學問，本不是一個人關了門可以成功的，至於中國的文學研究，在此刻正是開端，更非互相補助，不容易發達。整理舊文學的人，也須應用新的方法，研究新文學的，更是專靠外國的資料；但是一個人的見聞及經濟力總是有限，而且此刻在中國要蒐集外國的書籍，更不是容易的事。所以我們發起本會，希望漸漸造成一個公共的圖書館研究室及出版部，助成個人及國民文學的進步。

三，是建立著作主會的基礎。將文藝當作高興時的游戲或失意時的消遣的時候，現在已經過去了。我們相信文學是一種工作，而且又是於人生很切要的一種工作，治文學的人也當以這事為他終身職業，正同勞農一樣。所以我們發起本會，希望不但成為普通的一個文學會，還是作同業的聯合的基本，謀文學工作的發達與鞏固；這雖然是將來的事，但也是我們的一個重要的希望。

因以上的三個理由，我們所以發起本會，希望同志的人們贊成我們的意思，加入本會，賜以教誨，共策進行，幸甚[七十]。

在「文學研究會」成立之時，會中曾做出兩項決議，第一即是「讀書會」的成立：

註[七十]〈文學研究會宣言〉、〈文學研究會簡章〉，《北京．晨報》，民國九年十二月十三日第五版。（後載《新青年》第八卷第五期，民國十年一月一日，及《小說月報》第十二卷第一期，民國十年一月。）

第二條　本會為便於進行起見，分為右列二部若干組：

甲部　以國別暫分四組（一）中國文學組（二）英國文學組（三）俄國文學組（四）日本文學組

乙部　以文學之種類別分為四組（一）小說組（二）詩歌組（三）戲劇文學組（四）批評文學組

甲部遇必要時得增設組數

第三條　會員至少必須為甲部一組及乙部一組之組員[七十一]

鄭振鐸與朱希祖、蔣百里、許地山等人負責起草讀書會簡章[七十二]，由於會員均須選擇加入，鄭振鐸參加了乙部的小說、戲劇組和批評文學組等組[七十三]。葉聖陶先生在〈略述文學研究會〉一文說道：「其中鄭振鐸是最初的發起人，各方面聯絡接洽，他費力最多，成立會上，他當選為書記幹事，以後一直由他經營會務。」[七十四]，可見他投入之深。後來學校分發他到上海實習，因為他是該會主要的負責人，所以「文學研究會」的活動也就跟著移到上海[七十五]。

註[七十一]　見〈文學研究會會務報告．第一次（一）本會發起的經過〉，《小說月報》第十二卷第二號〈附錄〉，頁四。

註[七十二]　同前註。

註[七十三]　〈文學研究會會務報告〉，《小說月報》第十二卷第六號〈附錄〉，民國十年六月十日，頁一。

註[七十四]　葉聖陶：〈略述文學研究會〉，《文學評論》一九五九年第二期，（北京人民文學出版社，一九五九年四月二十五日），頁三十七。

註[七十五]　郭紹虞：〈「文學研究會」成立時的點滴回憶〉，轉引自陳福康：《鄭振鐸論》，（北京商務印書館，一九九一年六月），頁四〇六。

他在上海終於創辦了「文學研究會」的宣傳刊物——《文學旬刊》，當時尚附於上海《時事新報》發行，同時該會還在民國十二年（一九二三年）十二月十日創辦「文學研究會」會刊《星海》，也由上海商務印書館發行，原擬定繼續出版《歐洲十九世紀的文學》、《創作集》、及《戲劇研究》等共四冊，可惜後三冊並未出刊。儘管如此，「文學研究會」時期所編選的刊物及書籍，在一定程度上推動了外國戲劇的介紹及寫實劇本的創作。由於「文學研究會」最初成立的背景，可以說是因為成員都在北京（沈雁冰例外），彼此原本就有一定的熟識度，大家又都是受過新思潮洗禮的學界人士，並有同鄉、同學、師生、朋友的種種關係，因此一旦有人提議要在文學界有所作為，不僅組織的成立相當迅速[七十六]，就連進行的工作也比較能有成效。茲將「文學研究會」出版有關戲劇的書籍及期刊，介紹如下：

（一）、《文學旬刊》的發行

民國十年（一九二一年）四月初，鄭振鐸到上海，拜訪了《時事新報》的主編張東蓀，張曾擔任過孫中山先生臨時大總統府的秘書，是以梁啟超為首的研究系的重要成員，鄭振鐸在民國八年（一九一九年）十一月一日與瞿秋白創辦的《新社會》旬刊發刊詞便是寄給張東蓀發表在《時事新報》的，而後他與張時常通信，張也把這些信發表在該報的副刊上，在鄭振鐸到上海之前，兩人已有一定的交情。所以當鄭振鐸拜訪他時，他便立邀鄭振鐸進入《時事新報》報社工作，但當時鄭已經答應沈雁冰的推薦，準備要到商務印書館上班，於是張東蓀請他參與《時事新報》副刊《學燈》的編輯，他隨即向報社爭取創辦一份「文學研究會」

註[七十六] 見王玉：《文學研究會與新文學運動》，（台北國立政治大學歷史研究所碩士論文，民國七十一年六月），頁一三九。

的刊物，張一口答應，於是鄭振鐸白天在鐵路實習，晚上便到報館編輯《學燈》，並開始籌備起文學研究會的機關刊物。

四月二十三日，《時事新報》在頭版刊載〈本報特別啟事〉，鄭重地宣告將推出副刊《文學旬刊》的消息[七十七]，五月十日，《文學旬刊》誕生[七十八]，鄭振鐸在第一期發表《宣言》，說明當時的文學界欠缺良好的作品及介紹資訊[七十九]，《文學旬刊》的目的在於「一面努力介紹世界文學到中國，一面努力創造中國的文學，以貢獻於世界的文學界中。」[八十]。由於它兼負著「文學研究會」的宣傳使命，《文學旬刊》的內容，誠如鄭振鐸撰寫的〈體例〉所言，包括討論文學的論文、文學創作、翻譯世界文學名著、評述各國文學家的生平與作品、刊登文學界的消息、及交流意見的園地等等[八十一]，該刊的編輯、發稿，送往報館的校對排樣，經常由鄭振鐸擔任，當每期旬刊出版，報館把添印的若干份送來，大家就聚在一起，一張一張折起來，插進各自寫好的訂閱人姓名地址的

註[七十七] 原文未見，本處轉引自陳福康：《鄭振鐸傳》，（北京十月文藝出版社，一九九四年八月），頁七十六。

註[七十八] 「《文學旬刊》，文學研究會的一個機關刊物，也附在《時事新報》裏開始發行。在第二期的新文學運動裏盡了很大的力。」鄭振鐸：〈《中國新文學大系．文學論爭集》導言〉，收入《鄭振鐸全集．第三卷》，（河北花山文藝出版社，一九九八年十一月），頁五二六。「不久，北平的一部分文學研究會會員也在《晨報》上附刊一種《文學旬刊》，廣州的一部分文學研究會會員也出版一種廣州《文學旬刊》。」轉引同前，頁五三〇。

註[七十九] 「現在雖有一般人努力於創作，努力於介紹，但究竟是非常寂寞而且難聞迴響。不要說創作之林，沒有永久普遍的表現我們最高精神的作品，就是介紹也是取一漏萬，如泰山之一石。」〈文學旬刊．宣言〉，《文學旬刊》第一期，民國十年五月十日。

註[八十] 同前註。

註[八十一] 同前註。

信封裏，然後扎成幾捆，送至郵局寄件[八十二]。

旬刊至十二年七月三〇日第八十一期起，改名為《文學》[八十三]，以周刊性質發行，為第二卷的開始。第一〇〇期時，他寫下〈本刊的回顧與我們今後的希望〉，《文學》雖然仍附於《時事新報》發行，但已可以單獨售賣[八十四]。十二年底，由於工作繁忙，他在一〇二期發表〈鄭振鐸特別啟事〉，將主編責任轉交葉聖陶。民國十四年（一九二五年）五月十日，該刊創刊四周年時，自一七二期始，更名《文學週報》[八十五]，為第三卷開始；此時脫離《時報新報》獨立發行。民國十五年（一九二六年）十一月二十一日第二五一期起，擴充篇幅[八十六]，為第四卷的開始，歸上海開明書店發行。以後大致為每半年出版一卷，至民國十八年（一九二九年）一月一日第三五一期起，為第八卷的開始，改由上海遠東圖書公司發行。同年十一月二十四日第三七六期為第九卷之始[八十七]，至第四八一期停刊。鄭振鐸在該刊發表諸多文章，提出許多文學理論上的看法。

註[八十二] 葉聖陶：〈略述文學研究會〉，《文學評論》一九五九年第二期，（北京人民文學出版社，一九五九年四月二十五日），頁三十八。

註[八十三] 「本刊自這一期改為『周刊』了。這一次的改革，有兩種原因：第一，本刊的特約的撰稿者漸漸加多，外來的稿件也很擁擠，不能不擴充篇幅，以容納這些稿件；第二，有許多稿件及消息，往往帶有時間性，時效一過，便覺得有喪失趣味或價值的地方，把『旬刊』改為『周刊』，則可以減少這種弊端。」〈本刊改革宣言〉，《文學》第八十一期，民國十二年七月三十日，本處轉引自《鄭振鐸全集．第三卷》，（河北花山文藝出版社，一九九八年十一月），頁四四四。

註[八十四] 〈本刊的回顧與我們今後的希望〉，《文學》第一〇〇期，民國十二年十日。此處轉引同前，頁四六五。

註[八十五] 《文學週報》改變原來八開二頁的形式，成為十六開四頁。

註[八十六] 由十六頁四開改為三十二頁三十二開。

註[八十七] 本期又恢復成十六開四頁的版式。

(二)、主編《小說月報》

《小說月報》創刊於清宣統二年(一九一〇年)七月,由上海商務印書館發行,第一任主編是江蘇無錫人王蘊章,一年後王氏有事到南洋,改由江蘇武進的惲樹珏(字鐵樵)繼任,不久惲亦有事他去,王蘊章重執主編之職,直到民國九年年底止[八十八]。民國十年(一九二一年)一月,沈雁冰代王為主編,為《小說月報》的改革起始。

在這之前,月報內容可分為偵探、言情、社會、政治、歷史、科學、譯叢、雜纂、筆記、文苑、新知識、傳奇、改良戲劇等類,文字多以文言為主,主旨也以提供讀者娛樂消遣為目的,據投稿者多為包天笑、周瘦鵑、劉半農、徐枕亞、指嚴、天虛我生、毅漢、桌呆、覺迷等看來,王、惲主筆時期,月報是掌握在上海鴛鴦蝴蝶派作家之手[八十九]。

民國八年(一九一九年)五四新文學運動發難於北京,其中提倡白話文與輸入西學的觀念,隨著愛國運動深中人心,上海是南方重要城市,自然也受影響,月報也開始在第十一卷第一號(民國九年一月)新闢「小說新潮」和「編輯餘談」兩欄,專門登載白話小說、新體詩、翻譯作品及論文,「小說新潮」的編輯為編譯所的沈雁冰。第十號(同年十月)又添加「社說」一欄,作為研究小說之作法、歐美小說界之近聞及關於小說討論的園地[九十],王本來就不是新文學運動中的人物,他所接觸的文友也多是鴛鴦蝴蝶派的作家,在推動新文學的

註八十八　鄭逸梅:〈民國舊派文藝期刊雜話〉,收入魏紹昌編《鴛鴦蝴蝶派研究資料》,(香港三聯書店,一九八〇年),頁二八二—二八三。

註八十九　茅盾:〈關於文學研究會〉,《明報》第四十一期,一九六九年五月。

註九十　見茅盾:〈回憶錄(三)革新《小說月報》的前後〉,《新文學史料》(三),(香港三聯書店,一九七九年五月),頁七十一。

改革裏既無班底，也缺乏明確的目標，於是不僅弄得鴛鴦蝴蝶派的作家心生不滿，覺得地盤有被侵佔之虞；就連支持新文化運動的讀者也覺得刊物腳步速度太慢，跟不上時代，最後王只好求去。

九年（一九一〇年）十一月下旬，商務印書館董事之一、另兼編譯所所長的高夢旦，在王蘊章辭職後起用了編譯所的沈雁冰，沈當時提出兩個條件：一是已買下的鴛鴦蝴蝶派文人的稿子一概不再刊登；二為月報之後的編輯方針不得為館方所約束，均為高所接受，《小說月報》自此正式與過去分道揚鑣，走入了新的局面[九十一]。

既然本來的稿件不用，就必須另外邀稿，由於稿件必須在每期出刊前四十天排定，沈雁冰翻閱第十一卷第十號有王劍三（為王統照的筆名）一篇〈湖中的夜月〉，覺得其風格清新而去信到北京邀稿[九十二]，王當時是北京中國大學英文系的學生，已參加北京「曙光社」，和鄭振鐸同是會員，王將沈之意告訴鄭，鄭於是寄信給沈，邀其參加即將發起的「文學研究會」，希望在上海商務有會員的發表刊物[九十三]，沈在苦於時間緊迫之餘突然得此助力，於是去信說明自已參加入會的意願，月報名稱雖然不能改名，但能提供會員投稿園地，鄭振鐸日後回憶起這一段經過時說道：

過了幾時，上海的同志沈雁冰君來信說，商務印書館請他擔任《小說月報》的編輯，並約大家加入這個社，祇是內容雖可徹底的改革，名稱卻不能改為《文學雜誌》。因為這個事，我們北京的同志於十一月

註[九十一] 茅盾：〈商務印書館編譯所和革新《小說月報》的前後〉，收入《商務印書館九十年——我和商務印書館》，（北京商務印書館，一九八七年一月），頁一八九——一九〇。

註[九十二] 同前註，頁一九〇——一九一。

註[九十三] 同前註，頁一九一。

二十九日借北京大學圖書館主任室開一個會，議決積極的籌備文學會的發起，並推鄭振鐸君起草會章。至於《小說月報》，則以個人名義，答應為他們任撰著之事，並以他為文學雜誌的代用者，暫時不再出版文學雜誌。[九十四]

於是革新號便在鄭振鐸向北京「文學研究會」同仁邀稿的參與下順利完成[九十五]，改革前《小說月報》只能印二

註[九十四] 《小說月報》第十二卷第二號〈附錄〉，民國十年二月十日，頁五。

註[九十五] 《小說月報》第十二卷第一號刊載的稿件如下：一、改革宣言，二、聖書與中國文學（論文．周作人），三、文學與人的關係及中國古來對於文學者身份的誤解（論文．沈雁冰），四、創作：笑（小說．冰心女士）、母（小說．葉聖陶）、命命鳥（小說．許地山）、不幸的人（小說．慕之）、一個確實的消息（小說．潘垂統）、荷瓣（小說．瞿世英）、沉思（小說．王統照），五、譯叢：瘋人日記（小說．【俄】郭克里原著，耿濟之譯）、鄉愁（小說【日】加藤武雄原著，周作人譯）、熊獵（小說．【俄】托爾斯泰原著，孫伏園譯）、農夫（小說．【波蘭】高米里克基原著，王劍三譯）、忍心（小說．【愛爾蘭】夏芝原著，王劍三譯）、新結婚的一對（劇本．【挪威】．般生原著，冬芬譯）、鄰人之愛（劇本．【俄】安得列夫原著，沈澤民譯）、雜譯太戈爾詩（詩．【印度】太戈爾原著，鄭振鐸譯），六、挪威寫實主義前驅般生（論文．沈雁冰），七、書報介紹（六則．鄭振鐸），八、海外文壇消息，九、文藝叢談（五則．振鐸、雁冰），十、附錄（文學研究會宣言、文學研究會會章）；其中冬芬為沈雁冰的筆名，沈澤民及潘垂統在南方，其餘作家當時均在北京，幾乎都是參與「文學研究會」最初發起的會員，正如鄭振鐸自己所言：「革新之議，發動於耿濟之先生和我。我們在蔣百里先生處，遇見了高夢旦先生，說起要出版一個文藝雜誌的事。高先生很贊成。後張菊生先生也來北來，又談了一次話。此事乃定局，由沈雁冰先生負責主編《小說月報》的責任，而我則為他在北平方面集稿。」（見鄭振鐸：《《中國文學論集》．序》，《中國文學論集》，上海開明書店出版，民國二十三年三月。）《小說月報》改革後，實際上已經成為「文學研究會的代用刊物。」（此語出自沈雁冰致文學研究會會員李石岑的信，李當時是上海《時事新報》副刊〈學燈〉的主編，也是商務編輯之一，李將信的內容刊載於民國十年二月三日該刊，本處轉引自陳福康：《鄭振鐸論》，頁四五一。鄭振鐸後來在四月從北京來到上海，經沈雁冰

千冊的銷售量，在改革後的第一期印了五千冊立刻搶購一空，商務印書館的其它分館紛紛來電要求下期多發，一年結束時，已印達一萬冊的數量，其為讀者所歡迎，由此可見。

十二年（一九二三年）一月，鄭振鐸正式接替沈雁冰擔任《小說月報》第十四卷第一期的主編，至第二十二卷停刊為止，這段期間，《小說月報》刊載的戲曲文章共分為中國戲曲分析、外國劇作翻譯、外國劇作家介紹以及作家自行創作的話劇劇本為主，其中中國戲曲的研究論文，幾乎以鄭振鐸的發表為最多，其次是刊載翻譯與介紹外國劇作及劇作家，佔的比例也很高，所翻譯的劇作及作者在世界均有一定的知名度；從投稿的作者看來，不乏當時新劇運動的推動者及文學界傑出的翻譯人才，有許多人更是「文學研究會」的會員。

上海專屬戲劇的刊物，最早是由陳去病，柳亞子所編的《二十世紀大舞台》，但是除了劉豁公主編的《戲劇月刊》維持十年以上（民國十七年六月至二十七年九月），其它如《戲劇》、《南國》都很少固定發行超過五年，作為一份長達十年的刊物，《小說月報》提供了中國關心戲曲理論與劇本創作者可以耕耘的園地，讓廣大的讀者得以藉此打開戲曲方面的視野，是一份極具影響力的刊物。

鄭振鐸推動成立的「文學研究會」是我國第一個新文學團體，因為得到上海商務印書館發行刊物的支持，遂迅速茁壯，由此開始，全國各地相繼成立了不下一百多個文學團體及刊物[九十六]，「文學研究會」也成立了「北京分會」（由原總會改為分會）、「中國新詩社」、「廣州分會」、「寧波分會」，以及「O、M社」等分會，各分會

介紹，進入該刊擔任編輯，七月十七日接替李為主編，至十一年（一九二二年）一月三十一日止。）。

註[九十六] 茅盾：《中國新文學大系》（三）〈小說一集．導言〉，（香港文學研究社，一九六二年），頁五—八。

所出版的刊物則繼續維持該會反對以文學為遊戲的立場，以及「盲目的復古派與無聊的而有毒害社會的劣等通俗文學」[九十七]，「文學研究會」的會員還結合非會員，另辦許多組織與刊物，由於他們的立場和主張與「文學研究會」的創立宗旨並不違背，於是更擴大和加深了「文學研究會」在文壇上的活動層面。

二、發起「民眾戲劇社」

自從《新青年》推動新興的外國劇，以反映現實社會弊端為前題，為衰弊已久的文明戲找尋新的出路，便成為知識份子的共同理念。民國九年（一九二〇年）十月，文明戲的演員汪優遊說服上海新舞台老闆，不惜耗資演出英國蕭伯納的名劇《華倫夫人之職業》，結果賣座奇差，反不如當時流行的「魔術派新戲」《濟顛活佛》來的受歡迎，新的話劇自始即出師不利，沒有人願意再提供場所讓新劇公演。

汪優遊認為資本家唯利是圖，導致新劇無法存活下去，所以呼籲脫離資本家的束縛，召集幾個有志研究戲劇的人，再在各劇團中抽幾個頭腦清醒有舞台經驗的人，仿西洋的 Amateur，東洋的「素人演劇」的方法，組織一個非營業性質的獨立劇團；一方面介紹西洋的戲劇知識，造成高尚的觀劇階級，一方面試演幾種真正有價值的劇本[九十八]。

註[九十七] 見〈北京《文學旬刊》的緣起及主張〉，收入仲源編：〈文學研究會資料〉，《新文學史料》（三），（香港三聯書店分店，一九七九年五月），頁二八七。

註[九十八] 汪優遊：〈營業性質的劇團為什麼不能創造真的戲劇〉，《時事新報．餘載》，民國十年一月二十七日；本處轉引自陳白塵、董健主編《中國現代戲劇史稿》，（北京中國戲劇出版社，一九九〇年五月二刷），頁一〇〇。

而後同樣是文明戲的演員，陳大悲將汪氏「非營業性質」以英文 Amateur 的直譯「愛美劇」所取代，陳氏在北京《晨報副刊》上發表文章，「愛美劇」為知識份子所響應，相繼有劇團的出現。

民國十年（一九二一年）五月，北京「文學研究會」在上海成立分會機關刊物〈文學旬刊〉，附於《時事新報》發行，鄭振鐸任主編。《時事新報》本來就站是在新文化運動的立場，鄭振鐸本人也是新文化運動的支持者，他開始接觸上海文化界人士，自然會與改良新戲的演員們接觸。五月，鄭氏與「文學研究會」成員及文明戲演員等如沈雁冰、熊佛西、柯一岑、及陳大悲、汪優游、歐陽予倩、徐半梅、陸冰心、滕若渠、張聿光、沈冰血及張靜廬等十三人，共同發起組織「民眾戲劇社」，出版該社刊物《戲劇》[九十九]，鼓吹「愛美劇」的實行。

在宣言中，明白的指出「當看戲是消閑的時代，現在已經過去了，戲院在現代社會中確實占著重要的地位，是推動社會使其前進的一個輪子，又是搜尋社會病根的X光鏡；又是一塊正直無私的反射鏡：一國人民程度的高低，也赤裸裸地在這面大鏡子裡反照出來，不得一毫遁形……。」[一百]，目的就在「以戲劇為工具，引導觀眾注意社會問題」[一百零一]。「民眾戲劇社」並出版社刊《戲劇》，借以發表該社主張，即「介紹西洋的學說，並

註[九十九] 該刊物每月發行，創刊於民國十年五月三十一日，出刊至第一卷第六期後因「民眾戲劇社」的解體，陳大悲與蒲伯英改組「新中華戲劇學社」，並將《戲劇》雜誌由上海遷至北京，由北京中華書局發行，至第二卷第四期停刊。見韓日新：〈陳大悲年譜〉，收入陳荒煤主編：《陳大悲研究資料》，（北京中國戲劇出版社，一九八五年七月），頁十七—十八。

註[一百] 〈民眾戲劇社宣言〉，轉引自阿英編：《中國新文學大系（十）史料索引集》，（香港文學研究社，一九六二年），頁一三二—一三五。

註[一百零一] 茅盾：〈回憶錄（四）—複雜而緊張的生活、學習與鬥爭（上）〉，收入《新文學史料》（季刊）（四），（香港三聯書店分店，一九七九年八月），頁一三六。

且想與國人討論」[一百零二]。

該社對中國舊戲採取全面否定的態度，認為舊戲已不合時宜，不能反應當世的社會精神；而流行的「文明戲」對舊戲的改革又只有表面而無實質的創新，「民眾戲劇社」指謫舊戲及文明戲的腐敗，比民初《新青年》的錢玄同、傅斯年等所抨擊的論點更切合實際的情形，對於中國話劇運動的推進，有相當的幫助[一百零三]；至於未來戲劇的發展，「民眾戲劇社」諸君認為必須提供民眾正當的娛樂，加強舞臺技術的鑽研，注意改善劇院建築及後台的管理方式，落實制度化的經營，同時也呼籲伶界同仁必須演出有內容的戲，方能增進戲子在社會上的地位，並強調非職業劇團的重要[一百零四]。

該刊為五四運動以來第一個專門討論「新戲」運動的月刊[一百零五]，鄭振鐸在第一卷第三期發表〈光明運動的開始〉（民國十年七月）一文，即意指「愛美劇」推行的意義。「民眾戲劇社」諸君對戲劇的見解，承襲了《新青年》的精神。之後，北方以北京、南方以上海為中心，全國各地「愛美的」劇團如雨後春筍般不斷的湧現[一百零六]。

註[一百零二] 同註五十二。

註[一百零三] 洪深編選：《中國新文學大系（九）戲劇集・導言》，（上海良友圖書公司，民國二十四年七月），頁二十七。

註[一百零四] 同前註，頁二十七—三十三。

註[一百零五] 茅盾：〈回憶錄〉（四）「複雜而緊張的生活、學習與鬥爭」（上），收入《新文學史料》（季刊）（四），（香港三聯書店，一九七九年五月），頁九；阿英：《中國新文學大系》（十）〈史料索引集〉，（香港文學研究社，一九六二年），頁四六五。

註[一百零六] 韓日新：〈陳大悲年譜〉，出自陳荒煤主編：《陳大悲研究資料》，（北京中國戲劇出版社，一九八五年七月），頁一〇〇。

三、《文學》（月刊）的創立

民國二十年（一九三一年）七月，鄭振鐸應「文學研究會」老友、同時也是北平燕京大學中文系教授郭紹虞之請，北上擔任燕京大學中文系系主任，兼清華大學中文系教授，因家人仍居上海，又因為他在上海生活多年，學術園地及朋友方面都比較熟悉，所以除了燕大寒暑長假之餘，偶爾也時常往返京滬之間。二十二年（一九三三年）一月初，他在上海遭遇「一·二八」事變，日軍侵犯閘北，《小說月報》第二十四卷第一期已付印的稿子全燬於炮火，多年發行的期刊因而宣佈叫停。是年三月，鄭振鐸再度從北平回到上海，與昔日「文學研究會」老友、商務印書館同仁沈雁冰商量創辦一文學刊物，以接續《小說月報》的陣地，經與上海生活書店負責人鄒韜奮洽談出版，遂有《文學》的產生。

四月六日，鄭振鐸與沈雁冰、葉聖陶、郁達夫、陳望道、胡愈之、洪深、傅東華、徐調孚等九人組成編輯委員會，七月一日創刊於上海，由上海生活書店發行，內容「除刊登名家創作，發表文學理論，批評新舊書報，譯載現代名著外，並有對於一般文化現況的批判；同時極力介紹新近作家的處女作，期使本刊逐漸變成未來世代的新園地；又與各國進步的文學刊物常通消息，期能源源供給世界文壇的情報。」[一百零七]，該刊歷時四年餘，至二十六年（一九三七年）十一月始停刊，它也是生活書店發行的第一份文學刊物。

在他主編任內，曾於二十三年（一九三四年）七月，刊物創辦一周年時出版《我與文學》，為「《文學》一

註[一百零七]〈《文學》出版預告〉，民國二十二年五月六日《生活》周刊；本處轉引自陳福康：《鄭振鐸年譜》（下），（北京書目文獻出版社，一九九八年十一月），頁二六二——二六三。

周年紀念特輯」；二十四年（一九三五年）七月，刊物創辦兩周年時出版《文學百題》，作為「《文學》二周年紀念特輯」，後者收入鄭氏戲劇論文有〈中國劇場的變遷是怎樣的？古劇裏面有無「臉譜」和「武打」之類的成份？〉、〈清代宮廷戲發展的情形怎樣？〉共兩篇。二十三年（一九三四年），鄭振鐸在《文學》發表的文章計有第二卷第六號「中國文學研究專號」的〈中國文學研究者向哪裏去〉、〈元明之際文壇概觀〉、〈中國文學的遺產問題〉、及〈淨與丑〉、〈三十年來中國文學新資料的發展史略〉等，以及第三卷第四號〈大眾語文的遺產〉。

四、《文學季刊》的協辦

他在北平燕大教書的第三年，因過往上海復旦一位學生章靳以之邀，共同主編一份大型的文學專刊——《文學季刊》[一百零八]，他還推薦了後輩青年如吳晗、林庚、李長之、李健吾等參與編輯[一百零九]，並列出一百零八位文壇知名之士為特約撰稿人，刊登在該刊的創刊號上，足見刊物氣勢之宏偉。

《文學季刊》於二十三年（一九三四年）元旦正式出刊，第一卷第一期至第三期由北平立達書店出版發行，第一卷第四期至第二卷第四期則改由上海生活書店發行，二十四年（一九三五年）十二月十六日停刊，共出八

註[一百零八]　章靳以是鄭振鐸在上海復旦大學教書時商科部的學生，因為投稿《小說月報》而得到他的鼓勵，並得到他的幫助，發表過一些作品。民國二十二年章至北平，經由朋友輾轉介紹，一家書店想請章編一個大型文學刊物，章以自己經歷能力尚淺，便邀請鄭振鐸共同主編，事見章靳以：〈和振鐸相處的日子〉，《人民文學》第十二期，一九五八年十二月，頁一〇五—一〇六。

註[一百零九]　見吳晗：〈憶西諦先生〉，《圖書館》一九六一年第三期，一九六一年九月三十日，頁一；李健吾：〈憶西諦〉，《收獲》第四期，一九八一年七月二十五日，頁一四四。

期。鄭振鐸在該刊發表的戲劇論文有第一卷第二期〈元明以來雜劇總錄〉、第四期〈論元人所寫商人、士子、妓女間三角戀愛劇〉，透過一些「三角戀愛劇」，從中瞭解元代的政治經濟狀況。

五、參與《暨南學報》創刊

民國二十四年（一九三五年）八月，鄭振鐸從北平回到上海，出任該校文學院院長兼中國語文學系主任及教授，講授中國文學史和敦煌俗文學等課。在此之前，暨大並無任何舉足輕重的學術刊物，在他到校的第二年二月，即參與《暨南學報》的創刊，擔任編輯委員會成員之一，該刊並由上海開明書店發行。他在第一卷第二號發表〈盛世新編及詞林摘豔〉，第二卷第二號發表〈詞林摘豔裏的劇本及散曲作家〉，在這兩篇論文裏，他勾勒出未來繼續研究的方向乃是要針對《雍熙樂府》完成考證和訂誤的工夫，因為唯有這三部曲集解決後，所有明朝萬曆以後的曲集問題便可迎刃而解，同時這三部曲集也可以為作為研究元明時期社會民生的最佳佐證。

六、發起《國立暨南大學圖書館館報》

民國二十六年（一九三六年），鄭振鐸在暨大任教的學校圖書館主任辭職，館務暫由鄭振鐸兼代。鄭振鐸在代理期間，於同年四月二十四日領導《國立暨南大學圖書館館報》創刊，並在第二期發表戲劇論文〈鄒式金雜劇新編跋〉。

七、組織「文獻保存同志會」

民國二十六年（一九三七年）八月十三日，日軍侵略上海，發動淞滬之役，十一月，日軍佔領上海，租界成為孤島，上海成為孤島後，不少地方故家舊族收藏的古籍圖書以及文獻，多遭敵騎洗劫；同時北方書賈也紛紛南下收購，轉運北方牟利，當時美國路透社甚至報導，將來研究中國史學與哲學者，將不往北平而至華盛頓[一百一十]。在各方對中國古籍虎視眈眈的情況之下，他於二十九年（一九四〇年）初與友人組成「文獻保存同志會」，擬定「辦事細則」，開始從事文獻保存工作，成績頗為可觀（詳見本書第三章第一節）。

抗戰勝利之後，鄭振鐸在上海《大公報》「文獻」版以〈求書日錄〉為名，發表他在抗戰期間為北平圖書館購致《脈望館鈔校本古今雜劇》及為中央圖書館祕密收購善本的經過，他在文中談起這一段的往事時寫道：

> 我要把這保全民族文獻的一部分擔子挑在自己的肩上，一息尚存，決不放下。我做了許多別人認以為傻的傻事。但我不灰心，不畏難的做著，默默地躲藏的做著。我在躲藏裏所做的事，也許要比公開的訪求者更多更重要。……我是那麼頑強而自信的做著這事。整整的四個年頭，天天過著這樣的生活。這緊張的生活使我忘記了危險，忘記了威脅，忘記了敵人的魔手的巨影時時有罩籠下來的可能。為了保全這些費盡心力搜羅訪求而來的民族文獻，又有四個年頭，我東躲西避著，離開了家，蟄居在友人們的家裏，慶吊不問，與世人幾乎不相往來。我絕早的起來，自己生火，自己燒水，燒飯，起初是吃著罐頭食物，

註[一百一十]　「（路透社七日華盛頓電）國會著名圖書館東方組主任赫墨爾頓稱：『極可珍貴之中國古書，從戰火中保全者，現紛紛運入美國。中國藏書家將其世藏珍本，以賤價售之，半為避免被日人掠去，半為維持其難民生活。……無論中國如何，然寄託於文字中之中國靈魂，將安然保全於美國，故中國局勢，將與羅馬陷落致歐洲發生四百年黑暗時代之情形相似』，渠預料將來研究中國史學與哲學者，將不往北平而至華盛頓，以求深造。」以上轉引自鄭振鐸〈《劫中得書續記》．序〉，收入《鄭振鐸全集．第六卷》，（河北花山文藝出版社，一九九八年十一月），頁八四三—八四四。

後來，買不起了，只好自己買菜來燒。在四年裏，我養成了一個人的獨立生活的能力，學會了生火，燒飯，做菜的能力。假如有人問我：你這許多年躲避在上海究竟做了些什麼事？我可以不含糊的回答他說：為了搶救並保存若干民族文獻工作，沒有人來做，我只好來做，而且做來並不含糊。我盡了我的一分力，我也得到了這一分力的成果。在頭四年裏，以我的力量和熱忱吸引住南北的書賈們，救全了北自山西、平津，南至廣東，西至漢口的許多古書與文獻。沒有一部重要的東西曾逃過我的注意。我所必須求得的，我都能得到。那時，偽滿的人在購書，敵人在購書，陳群、梁鴻志在購書，但我所要的東西決不會跑到他們那裏去。我所揀剩下來的，他們才可以有機會揀選[一百一十一]。

民國七十五年（一九八六年），國立中央圖書館特藏組曾編輯《國立中央圖書館特藏選錄》，其中不少精品即是當年上海文人志士辛苦搜購所得，而鄭振鐸等人為國家保存豐富的文化遺產，他們的努力，將永遠為世人所紀念。

八、《文藝復興》（月刊）的發行

抗日戰爭勝利以後，鄭振鐸邀李健吾一同主編《文藝復興》，屬月刊性質。該刊李健吾負責創作部份，鄭振鐸負責中國古今文學的研究，由上海出版公司發行。三十五年（一九四六年）一月十日創刊，三十六年

註[一百一十一] 鄭振鐸：〈求書日錄．序〉，收入《鄭振鐸全集．第十七卷》，（河北花山文藝出版社，一九九八年十一月），頁一三二—一三三。

（一九四七年）十一月停刊，三十七年九月十日至三十八年八月五日又陸續出版三本《中國文學研究專號》。

九、發起「古本戲曲叢刊委員會」

一九五三年，鄭振鐸與吳曉鈴、趙萬里、傅惜華等人組成「古本戲曲叢刊委員會」，預定編印十幾冊中國古籍，由鄭振鐸擔任主編，生前只印出三集，各集出版時間分別為一九五三年八月初集出版，由上海商務印書館印刷；一九五四年九月，二集由上海商務印書館印刷，一九五五年七月出版；三集於一九五五年十月交由上海商務印書館印刷，一九五七年二月由文學古籍出版社出版；四集於一九五七年十月交由上海商務印書館印刷，次年十二月出版。

第三節　本國及外國劇本叢書之編印

一、編輯《共學社叢書》

民國九年（一九二〇年），蔣百里邀鄭振鐸翻譯並編輯俄國戲劇叢書，完成《俄國戲曲集》及《俄羅斯文學叢書》。《俄國戲曲集》一套十集內容共有賀啟明譯果戈里《巡按》、耿濟之譯奧斯特洛夫斯基《雷雨》、屠格涅夫《村中之月》、鄭振鐸譯柴霍甫（今譯為契訶夫）《海鷗》、耿濟之譯托爾斯泰《黑暗之勢力》、沈穎譯托爾斯泰《教育之果》、耿式之譯契訶夫《伊凡諾夫》、《萬尼亞叔父》、《櫻桃園》、及鄭振鐸譯史拉美克的《六月》等劇。

中說道：

《俄國戲曲集》自十年（一九二一年）一月至四月由上海商務印書館出版，鄭振鐸於《俄國戲曲集・序言》

自一六九二年波隆斯基的《浪子》出現後，到了現在，俄國文學界裏出現了許許多多的著名的戲劇作品，有普遍的和永久的價值的約有四十餘種。我們於此四十餘種之中選出……十種，編為這個《俄國戲曲集》。然而現在所選的十幾種劇本，雖不能說是完備，卻也可以由此略窺見俄國的戲曲的一個大概；多方面的，性質不同的劇本，也差不多都有一個代表在這集裏。如喜劇可以用《巡按》及《教育之果》代表它；悲劇可以用《黑暗之勢力》及《海鷗》等劇代表它，農民的戲曲及宗教的戲曲，純藝術的戲曲，也都各有代表在裏邊；俄國的各方面的黑暗悲慘的情況，也大概可以由此見其一般[一百一十二]。

《俄羅斯文學叢書》於十年（一九二一年）二月至十二年一月陸續出版，共八種內容，包括俄羅斯小說、戲劇的代表作[一百一十三]，鄭振鐸翻譯的是奧斯特洛夫斯基的《貧非罪》劇本，後附有作者《奧斯特洛夫斯基傳》，上述俄國戲曲各方面的代表之作，首次得以中文面目問世，「文學研究會」的會員們可謂居功匪淺。

註[一百一十二] 原文未見，本處轉引自陳福康：《鄭振鐸論》，（北京商務印書館，一九九一年六月），頁四三〇。

註[一百一十三] 除鄭振鐸的譯作外，其他為瞿秋白、耿濟之合譯的《托爾斯泰短篇小說集》，耿濟之譯屠格涅夫《父與子》，安壽頤譯普希金的《甲比丹之女》，耿濟之譯托爾斯泰的《復活》，沈穎譯屠格涅夫的《前夜》，柯一岑譯奧斯特洛夫斯基的《罪與愁》，及耿濟之、耿勉之合譯的《柴霍甫短篇小說集》。

二、出版《文學研究會叢書》

為了達成「文學研究會」「灌輸文學常識，介紹世界文學」的宗旨，鄭振鐸在籌備「文學研究會」時即有出版叢書的計畫，十年（一九二一年）三月，鄭振鐸自北京南下上海實習，臨行前，他與北京「文學研究會」的成員召開的臨時會上報告了叢書已得到上海商務印書館的同意。五月下旬，鄭振鐸在上海擔任編輯之一的《時事新報》副刊《學燈》、《小說月報》、及《民國日報》副刊〈覺悟〉、《東方雜誌》等刊登一系列有關《文學研究會叢書》出版的訊息[一百一十四]，在〈文學研究會叢書緣起〉，他指出出版叢書的目的如下：

> 我們在文學研究會的名義底下，出版這個叢書，就是一方面想打破這種對於文學的謬誤與輕視的因襲的見解。一方面想介紹世界文學的文學，創造中國的新文學。以謀我們與人們全體的最高精神與情緒的流通。[一百一十五]

由於本著打破傳統對文學的謬誤與輕視的因襲見解，介紹世界的文學，進而創造中國的新文學，《文學研究會

註一百一十四　〈《文學研究會叢書》緣起〉一文刊登於民國十年五月二十五日的《民國日報．覺悟》、二十七日《時事新報．學燈》、六月十日《東方雜誌》第十八卷第十一期；〈《文學研究會叢書》編例〉刊登於五月二十六日《民國日報．覺悟》、二十八日《時事新報．學燈》、六月十日《東方雜誌》第十八卷第十一期、八月十日《小說月報》第十二卷第八期；〈《文學研究會叢書》目錄〉刊登於五月二十七日《民國日報．覺悟》、二十八日《時事新報．學燈》，並改題目為〈《文學研究會叢書》出版預告〉、六月十日《東方雜誌》第十八卷第十一期，及八月十日《小說月報》第十二卷第八期。

註一百一十五　鄭振鐸：〈文學研究會叢書緣起〉，《東方雜誌》第十八卷第十一號，民國十年六月十日，頁一二七—一二八。

叢書》預計出版的叢書幾乎取材於近代的作品，而以小說戲曲為重[一百一十六]，今將《文學研究會叢書》出版的八十幾種叢書中，屬於戲劇的部份羅列如下：

書名	原著	譯者	出版時間
阿那托爾	（奧地利）顯尼志勞	郭紹虞	民國十一年五月
史特林堡戲劇集	史特林堡	張毓桂	民國十一年六月
泰戈爾戲曲集	（印度）泰戈爾	瞿世英	民國十二年九月第一冊
狗的跳舞	（俄）安特列夫	張聞天	民國十二年十二月
梅脫靈戲曲集	（比利時）梅脫靈	湯澄波	民國十二年十二月
織工	（德）霍德邊	陳家騶	民國十三年三月
人之一生	（俄）安特列夫	耿濟之	民國十三年四月再版
春之循環	（印度）泰戈爾	瞿世英、鄭振鐸	民國十三年五月
瑪加爾及其失去的天使（五幕劇）	（英）瓊司	張志澄	民國十四年一月
木馬	（法）雷里（法）安端	李青涯	民國十四年四月
倍那文德戲曲集	（西班牙）倍那文德	沈雁冰、張聞天	民國十四年五月
慳吝人	（法）莫里哀	高真常	民國十五年六月再版
三姐妹	（俄）柴霍甫	曹靖華	民國十六年一月

註一百一十六 「第九條　本叢書於文學作品之譯述，偏重小說與戲劇」，見〈文學研究會叢書編例〉，《東方雜誌》第十八卷第十一號，民國十年六月十日，頁一二九。

設立通信圖書館、刊行會報和編輯叢書本來是文學研究會的三項「事業」，但是原本成立的讀書會預定每月開會一次，爾後卻未落實[一百一十七]；有關圖書館和會報的問題，也沒有結果[一百一十八]，在這四項工作中，以編輯叢書最有成效，不但持之以恆，並且就質與量而言，也相當可觀。

三、主編《文學研究會通俗戲曲叢書》

文明戲及時事新戲衰敗的致命傷，就是劇本的欠缺，所以儘管演出曾極盛一時，但終將隨著時間的流逝而遭淘汰，因之有識之士在倡導戲劇觀念的現代化時，把廢除幕表制、建立劇本制、以及提高戲劇的文學性等作為改良戲劇的第一要務[一百一十九]，如五四運動之前，傅斯年已於《新青年》上大聲疾呼劇本的重要，他指出「十年以前，已經有新劇的萌芽；到現在被人摧殘，設法振作，最大的原因，正為沒有劇本文學，作個先導。所以編製劇本，是現在刻不容緩的事業。」[一百二十]；歐陽予倩也認為「劇本文學為中國從來所無，故須為根本的創

註[一百一十七] 詳情見茅盾：〈回憶錄〉（三）「革新《小說月報》的前後」，收入《新文學史料》（季刊）（三），（香港三聯書店香港分店，一九七九年五月），頁七十四。

註[一百一十八] 關於圖書館問題，在文學研究會開正式成立會時曾經議決「以基金未募得，暫緩組織。」而會報問題雖曾議決「每年出版四冊，材料取給讀書會及本會各種記事」可是讀書會既是不了了之，會報自然也無法刊行。以上見王玉：《文學研究會與新文學運動》，（台北國立政治大學歷史研究所碩士論文，民國七十一年六月），頁二一八。

註[一百一十九] 陳白塵、董健：《中國現代戲劇史稿》，（北京中國戲劇出版社，一九八九年七月），頁一一一。

註[一百二十] 傅斯年：〈再論戲劇改良〉，《新青年》第五卷第四號，民國七年十月二日，頁三六〇。

設。」[一百二十一]。劇本的欠缺既是改革舊戲不成功的主因，鄭振鐸站在支持「愛美劇」的立場，當然極力贊助劇作家的創作，在《文學研究會通俗戲曲叢書》的序言中，他說明為了支持「愛美劇」的發展，因此編選一些通俗的劇本，以期能收廣為流傳之效：

> 現在提倡戲劇的人很多，學生的愛美的劇團也一天天的發達起來。但劇本的產生，則似乎不能與他們的需要相應。到處都感著劇本饑荒的痛苦。到處都在試編各種劇本，而其結果，則成功者極少。……所以在現在的時候，通俗的比較成功的劇本，實有傳播的必要。我們印行這個通俗戲劇叢書的主要原因，即在於此[一百二十二]。

本書屬於《文學研究會叢書》系統之一，十三年（一九二四年）一月由上海商務印書館出版，鄭振鐸主編，已知共出九種，其中第一種為熊佛西的《青春底悲哀》[一百二十三]，把愛情中新舊思想之爭與社會新舊變化加以結合，反映出青年男女追求人格獨立與個性解放；第二種為侯曜的《復活的玫瑰》[一百二十四]，旨在批判傳統道德，歌頌愛情自由；第三種侯曜《山河淚》（民國十五年一月），通過朝鮮民族的亡國之痛，表現愛國的主題；第四種徐公美《歧途》[一百二十五]（十五年五月），提醒青年男女勿為追求愛情自由而誤入「歧途」，陷入種種不當的誘惑之

註[一百二十一] 歐陽予倩：〈附錄一　予之戲劇改良觀〉，《新青年》第五卷第四號，民國七年十月二日，頁三四二。

註[一百二十二] 原文未見，本處轉引自陳福康：《鄭振鐸傳》，（北京十月文藝出版社，一九九四年八月），頁四三五。

註[一百二十三] 另外尚收有《新聞記者》、《新人的生活》及《這是誰的錯》三劇。

註[一百二十四] 另外尚收有《刀痕》及《可憐閨裏月》兩劇。

註[一百二十五] 另外尚收有《飛》及《父權之下》兩劇。

中；第五種為侯曜的《棄婦》（十五年七月再版），鞭撻社會中喜新厭舊，玩弄女性的不道德行為，揭示愛情生活中豐富複雜的社會內容；從劇作內容看來，所選大多屬於反抗傳統、追求愛情、呼籲愛國團結為主，這些主題也是此一時期話劇創作的特色，同時該叢書也是我國現代文學史上第一套新的劇本叢書。

四、主編《文學研究會創作叢書》

同為《文學研究會叢書》系統之一，分兩次出書，首次時間為二十五年（一九三六年）三月，由上海商務印書館出版，收入顧一樵等人的戲劇集《西施及其他》，另有巴金、葉聖陶、沈從文、張天翼、朱自清、李廣田、蕭乾等人的短篇小說集、及何其芳的詩集。第二次為民國二十六年（一九三七年）六月，收入的類別有短篇小說、戲劇、散文集、雜著及論文集。戲劇的作品選入的是李健吾《這不過是春天》。

五、負責《美國文學叢書》的編輯

抗日戰爭期間，當時美國駐華大使館文化參事費正清（J. K. Fairbank）醞釀提出叢書計畫，抗戰結束，費正清調至上海美國新聞總處擔任處長，正式向鄭振鐸提出編譯該叢書的建議，經文化協會上海分會討論通過，鄭振鐸為中國方面的計畫主持人。民國三十五年（一九四六年）六月，費氏回國，遂由鄭振鐸全權負責，他組成了上海、北平兩個編輯委員會[一百二十六]，以長篇小說、中篇小說、短篇小說、散文、詩歌、戲劇等六部份介紹

註[一百二十六] 上海的編輯委員有鄭振鐸、夏衍、錢鍾書、馮亦代、黃佐臨、李健吾、王辛笛、徐遲等；北京方面的委員有馬彥祥、焦菊隱及朱葆光等。原書未見，以上資料轉引自陳福康：《鄭振鐸傳》，（北京十月文藝出版社，一九九四年八月），頁四四八。

美國文學。三十八年三月，晨光公司第一次出版該叢書十七種十九冊，其後八月份再補出第二批。戲劇的部份收有荒蕪（朱葆光）譯《悲悼》、石華父（陳麟瑞）譯《傳記》、袁俊（張駿祥）譯《林肯在依利諾州》、洪深譯《人生一世》等。

第四章　鄭振鐸論著中有關戲劇部份之述評

本章為敘述鄭振鐸出版的文學史方面的論著，由於鄭氏並無戲劇專著出版，但在他所完成的三部文學史書籍中，包含著一些對戲劇內容的介紹，鄭氏尤其看重文學史籍，認為文學史可以給予文學鑑賞者及文學研究者指引優秀作品的指標，有了文學史的參考，許多從事翻譯者與讀者可以避免虛耗時間在次級作品上[一]，本章即在討論這三部文學史著作中有關戲曲部份的優缺得失，以明瞭鄭振鐸當時的觀點。

第一節　《文學大綱》的出版

一、寫作動機

自從組織「文學研究會」以來，鄭振鐸一直努力建立世界的文學觀，他認為研究學問不能閉關自守，因此希望學者能夠打破中國自古以來「文人相輕」的習氣，彼此意見交流，創辦《文學旬刊》的目的之一，就是為了要將世界文學介紹到中國來。鄭振鐸主張文學是沒有國界的，因此他認為出版一部敘述世界文學的書籍是非常有必要的，所以他從學校畢業後即開始搜集中外文學史一類的書籍，共有一百多部[二]，但這些文學史之類的書，如法國著名的批評家法格（Emile　Faguet）所著《文學入門》（Initination into Literature），由高敦（Sir H.

註一　鄭振鐸：〈各國「文學史」介紹〉，《小說月報》第十六卷第一號，民國十四年一月十日，頁一。

註二　同前註。

Gordon）英譯，書中除第一章敘及古印度，第二章敘述希伯來之外，其餘十九章皆敘述歐洲各國的文學，波斯、中國、日本、埃及等東方諸國的文學均未提及，明顯地偏重於歐洲文學。

另外，法國洛里依（Freerie Loliee）所著《比較文學史》（A Short History of Comparative Literature），由波李（M. D. Power）英譯，英國倫敦的霍特與史托夫頓（Hodder and Stoughton）公司出版，此書為敘述簡明的中國通史，範圍涵蓋最早的時代到十九世紀，仍然也以歐洲文學為重；李卻孫（Willian La Riehardson）奧文（Jesse M. Owen）合著的《世界文學》（Literature of the World：An Introductory Study），由美國波斯頓的琪尼公司（Ginn and Company）出版，本書也僅以歐洲文學為主[三]；而且即使是提倡世界文學觀的外國學者莫爾頓，他的世界文學觀出發點中仍然只以一國為中心，而且敘述詳盡的取捨也失之主觀。他在民國十年（一九二一年）一月革新後的《小說月報》中的〈文藝叢談〉（四）針對這種情形便感嘆說：「文學的統一——綜合——的研究，卻沒有什麼人從事過。……莫爾頓的《世界文學》極力主張文學之統一的研究，其識見實不可謂不卓；但是他所謂『世界文學觀』卻仍是以一國為本位，來觀察其他各國的文學。與他有關的詳細敘述，與他沒有影響的就置之不問。仍不是徹底的辦法。咳！『世界文學』！幾時才得出現？但是——我們卻不可不勉勵！」。

兩年後，他讀到由倫敦的佐治・紐奈斯公司陸續定期出版的英國劇作家約翰・特林瓦透（J. Drinkwater）的《文學大綱》（The Outline of Literature）與威廉・俄彭的《藝術大綱》兩書時，便有意聯合商務印書館的編輯同事沈雁冰、胡愈之、謝六逸、費鴻年等共同翻譯，他並將這項工作計畫於同年四月份《小說月報》與《文

註[三]　以上同前註。

學旬刊》上先行批露，但後來他發現該書幾乎以英美文學為中心，對於中國文學的部份隻字未提，預定的翻譯即未展開。

十二年六月起，鄭振鐸決定自行編撰《文學大綱》，於十三年（一九二四年）一月開始於《小說月報》上連載，至十六年（一九二七年）一月止，為期三年多，其中尚有些補充章節發表於《一般》刊物，完成後，於二十年（一九二一年）四月由上海商務印書館發行三版，列入《大學叢書》中；一九八六年，上海書店又影印重版。

二、內容特色與缺失處

本書打破朝代分法，以世紀為分章段落的區隔，戲曲的部份為第十七章〈中國戲曲的第一期〉，敘述從春秋至民初傳奇的發展；二十四章〈中國戲曲的第二期〉，敘述明代傳奇及雜劇的發展；二十九章〈十八世紀的中國文學〉，敘述清代戲曲的變化；四十四章〈十九世紀的中國文學〉，敘述的是晚清戲曲的發展；因為書名為「大綱」，所以內容多半為提綱挈領式的介紹，篇幅內容著重於劇作家與作品的分析，對於各個朝代戲曲發展的歷史背景則敘述較少。

在評論劇作內容時，他也不時力圖廓清歷來的附會說法，例如第十七章〈中國戲曲的第一期〉鄭振鐸談到明傳奇《琵琶記》，提出有人以為高明創作該劇是為了友人王四，由於王四登第之後遺棄糟糠妻而另娶太師不花之女，故藉此劇以諷刺之。該說以琵琶兩字為四王，影射王四之名；元人叫牛曰不花，故稱之為牛太師，鄭振鐸駁斥這種說法為「穿鑿附會」「絕不足信」，「高明此劇原是依據於自宋時即流傳於民間的蔡中郎故事的，與什麼王四，及不花太師，都是毫無關係的。」[四]；又，說明了《荊釵記》的劇情之後，他引述其本事源於民間，《甌江逸志》以為是宋時史浩門客造作以誣王十朋及孫汝權，因為十朋為御史，首彈丞相史浩，其事實受汝權的慫恿，所以利用這個故事以誣蔑十朋及他人，鄭振鐸反駁說：

這個傳說亦不大可信。汝權在此故事中固被寫成一個很壞的小人，然十朋卻仍然是被寫成一個很貞堅（？堅貞）的好人，造作故事以孅人的，似不會反把他寫得很好的。大約民間流傳的，都是喜以歷史中著名的人，牽強附會的把他們的故事安置上去的。至於這種故事之與真實的歷史相符合與否，他們是不管的。所以造作《荊釵記》的故事以孅誣王十朋孫汝權之說，可以說是全無根據的。像這類的錯誤的解釋，在中國文學上是時時會遇到的。我們應該徹底的掃清它們。[五]

按：今據《小說考證》中所引《甌江逸志》原文云：「王十朋，字龜齡，梅溪樂清人，年四十七，魁天下……為御史，首彈丞相史浩，乞專用張浚，上為出浩帥紹興，又上疏，言舜去四凶，未嘗使之為十二牧，其忠義蹇諤如此，今世俗所傳荊釵記，因梅谿劾史浩八罪，孫汝權實慫恿之，史氏切齒，遂令門客作此傳以孅之。蓋玉蓮乃梅谿之女，孫乃梅同榜進士也，史浩故謬其說耳。……大約傳奇中如此假託附會者極多，不足深究耳。」[六]，其中「孫乃梅同榜進士也」，然檢《溫州府志》，王十朋榜並無其名，故有「傳奇中如此假託附會者極多」

註四　見鄭振鐸：《世界文學大綱》（中冊）第十七章〈中國戲曲的第一期〉，（台北書林書店，未註明年代），頁一三三——一三四。

註五　同前註，頁一三三。

註六　見蔣瑞藻：《小說考證》，（上海商務印書館，民國二十四年），頁二——三。

的結論，清人施閏章在《矩齋雜記》中也說：「傳奇《荊釵記》醜詆孫汝權，按汝權宋名進士，有文集，尚氣誼，王梅溪先生好友也。梅溪劾史浩八罪，汝權慫恿之，史氏切齒，故入傳奇，謬其事以誣之。溫州周天錫字懋寵嘗辨其誣，見《竹懶新書》。」[七]

《竹懶新書》今未見傳本，故無從得知周天錫所辨誣之事的內容，施氏言孫汝權為宋名進士，且有文集於世，惜今尚未有宋代進士題名錄可以檢閱，惟據《宋史》卷二百零六〈藝文志〉及《宋人傳記資料索引》均無孫汝權之名；且王梅溪劾史浩，孫汝權居旁慫恿，何以史氏僅醜詆孫氏一人而對王十朋加以褒揚？此即鄭振鐸在書中所言「造作故事以譏人的，似不會反把他寫得很好的」，鄭振鐸破除舊說的用心在介紹其他文學作品亦時時可見[八]，而有證據才能下結論的立場，也是新文學運動以來研究學者的共識。

然而本書既強調掃除舊說，樹立可依據的論點，則對於舊說不能成立的理由，以及新的論點的正確性應有簡單說明的必要；即使礙於篇幅，不能一一加以註出，也可以在每章之後的參考書目裏，列出近人相關的考證文章，否則三言兩語輕輕帶過，對於推翻舊說的說服力則其實有限。

又，鄭振鐸在敘述中國戲曲的部份側重於劇作家與作品之間的分析，實則後者的份量遠勝於前者，因之對於劇作的介紹與品評，便形成本書戲曲部份的重點，其中內容說明的比例遠較褒貶評價來的多，殊為可惜，假

註[七] 施閏章：《矩齋雜記》，《叢書集成新編》卷十九，（台北新文豐出版社，民國八十年），頁一七三。

註[八] 例如在第七章〈中國的精華——詩經與楚辭〉，認為舊說分詩三百作品為風、雅、頌三類十分混亂，前人對詩經作品的詮釋有的過於牽強附會；第十三章〈中世紀的中國詩人〉（上）也呼籲要掃除有些杜詩註釋者對於杜詩詩歌每每附會憂時懷君的論調。

若他能將短短三兩句的心得表達的更為完整，相信該書在戲曲部份的價值將有資料與創見的兩重意義。

鄭振鐸對於劇作的肯定與否，大多就其所呈現的思想與曲文方面論述，甚少提及有關排場音律見解，而就劇作的思想來說，如以大團圓為結局，或是加入宗教意味的情節，多半予以批判；如以悲劇落幕，或角色設定掙脫歷史附會的色彩，則往往給予肯定，如敘及元代關漢卿的《竇娥冤》一劇，說「中國的悲劇本來極少，這一劇可算是所有悲劇中之最偉大的。」[九]；評白樸的《梧桐雨》時寫道：「《梧桐雨》是一篇極高超的悲劇；無數的中國悲劇，其結果總是止於團圓或報仇，即關漢卿的《竇娥冤》，馬致遠的《漢宮秋》也是大團圓，大快人心的結束。無數的說唐明皇、楊貴妃的故事文字，它的結果也是止於虛構的大團圓，如陳鴻的《長恨歌傳》就有葉法善的傳語，洪昇的《長生殿》，就以天上的重圓，結束全劇。全失卻了悲劇的意境，只是仁甫這劇則是完美的劇，是以唐明皇於楊貴妃死後的悲嘆聲中結束。」[十]。

在明傳奇《焚香記》部份，以為是襲自宋金院本王魁桂英的故事，但「這劇則力翻原案，改為大團圓的局面。以為王魁並不負桂英，其中搆陷桂英的是奸人金壘，後冥司對案，桂英還陽，復得與魁偕老，這種翻案的作品，頗減少了悲劇的崇高的趣味。」[十一]，說顧彩改寫孔尚任《桃花扇》為《南桃花扇》，使生旦當場團圓，是「把全劇的新雋可愛的風度，一變而為陳腐，真可謂點金成鐵。」[十二]。

註[九]　同註四，頁一〇七。

註[十]　同前註，頁一一一—一一二。

註[十一]　同前註，頁二八八。

註[十二]　同前註，頁三九四。

其它如明傳奇《旗亭記》、《南陽樂》等均屬此類；而蔣士銓的《四弦秋》，寫的是白居易琵琶行的故事，琵琶行自元代起，即廣為劇作家選為創作題材，但是鄭振鐸認為無論是元代的馬致遠的《青衫淚》、或是明朝顧大典的《青衫記》，都將彈琵琶的商人婦安排為白居易的舊識，兩人因事離散，後不意相遇，終於團圓，他批評這種做法為「畫蛇添足」，認為破壞了白居易原作的藝術氣氛，而蔣士銓此劇「以樂天聽商婦彈琵琶，致引起自己的傷心為全劇的骨架」因此「完全洗滌這種生旦團圓的惡習」[十三]，其實此劇最可取者實為曲文方面，曾師永義以為「四折各自獨立，其間毫無血脈可言，白傳與琵琶女分成兩頭馬車，如果不是第四折江頭一會，就毫無意義可言了。……劇中卻也沒什麼照映的地方。假如清容能減為一折短劇，專寫秋江夜月，紅顏青衫，琵琶聲裏寄懷寫怨，用力既勤，筆墨鍛鍊，豈不更見佳境。」[十四]，可見鄭氏在品評劇作時一味非議大團圓的劇作的立場。

早在王國維撰寫〈紅樓夢評論〉時，即對中國許多小說、戲曲的「大團圓」結構表示遺憾，認為那種「始於悲者終於歡，始於離者終於合，始於困者終於亨」的俗套，在中國戲曲中十分普遍，爾後胡適也在《新青年》中撰文批評中國「大團圓」式的戲劇，無法引人反省，贊揚西方悲劇能「發生各種思力深沈，意味深長，感人最烈，發人深省的文學。」，主張援引西方戲劇的剪裁手法，產生新時代的新劇，鄭振鐸反對「大團圓」、「補恨」的觀點，以上兩者的影響頗深，假若能在思想要求之餘，也能就其它藝術技巧一併分析，或許能得著更為

註十三　同前註，頁四〇二。

註十四　見曾永義：〈清代雜劇概論〉，原載《國立編譯館館刊》第三卷第三期；後收入《中國古典戲劇論集》，（臺北聯經出版事業公司，民國七十五年二月第五次印刷），頁一五六。

全面的心得。

至於對宗教劇情的反對，可見於他對清代黃憲清《帝女花》一劇的批評，他以該劇敘述明末喪亂，頗盡纏綿悲惻之致；如果劇情能在第十九齣〈殯玉〉的部份結束，則不失為一部很好的悲劇，但是「他卻再加上了一齣〈散花〉，以最通俗的佛教觀念為結束，未免枉用了好題材。」[十五]，對於該劇關目的安排，曾師也以為該劇第一齣以佛貶天女與金童下凡，最後一齣又以天女、金童復歸仙界做為全劇的收煞，把劇情的推展，完全繫之於上天的決定，而以「思想之陳腐，實不足深論」批評之，認為該劇除了結局落入「劇場惡套」，其他各齣處理仍然失當，如「過於遷就史實，缺少點染、潤色的工夫，以至關目平板，無起伏波浪之妙，兼以劇場惡套，陳陳相因，把一部可以寫得很成功的歷史悲劇，終落得一個庸俗、固陋的收煞，使本劇不論在文學的、或是戲曲的藝術成就上，大為減色。」[十六]，可見韻珊此劇在結構上的確不盡理想，角色的分配，則勞逸不均，音律也偶有「韻雜」的缺失，但是曲文則見其功力，賓白亦曉暢傳神，這或許就是鄭振鐸所謂「綺膩清俊之風韻有餘」的地方吧！

註十五　見鄭振鐸：《世界文學大綱》（下冊）第四十四章〈十九世紀的中國文學〉，（台北書林書店，未註明年代），頁三一二—三一三。

註十六　見曾永義：〈黃韻珊的帝女花〉，原載《現代學苑》第六卷第十一期，後收入《中國古典戲劇論集》，（臺北聯經出版社，民國七十五年二月第五次印行），頁二八八。

三、意義與價值

《文學大綱》是鄭振鐸第一部有關文學史方面的撰寫，它可說是我國第一部將中外文學並列的著作，前後總共花費大約四年時間，由於是初次的嘗試，書中有些資料必須加以更正，例如第二十四章〈中國戲曲的第二期〉敘述明朝屠隆的《修文記》內容，鄭振鐸沿襲《曲海總目提要》之說，以為是敘述唐朝李賀事，《修文記》本來傳本就極為罕見，當時他尚未收得該書，因之以訛傳訛，爾後在撰寫《插圖本中國文學史》時因已得見《修文記》一劇，遂加以修正。此外，對於中國戲曲的介紹，內容的敘述也比作品的評價佔較多篇幅，同時對於戲曲發展與政治歷史的變遷，則僅見各章之首的簡短說明，未見更深入的分析，這一點似乎與他在該書的敘言所要達成的目的仍有些差距。

但本書是鄭振鐸離開學校所完成的第一部文學史專著，時間包括遠古至當代，國家兼賅中國、希臘、羅馬、波斯、印度、阿拉伯、英、法、德、俄、波蘭、荷蘭、比利時、愛爾蘭、美國、日本等各國，全套約八十萬字，中國文學的部份即佔二十萬字，雖然有友朋的協助，例如有關日本文學的部份出自謝六逸之手，第四冊的校對與年表四的整理，則有賴徐調孚的幫忙，但大部份仍出自他本人的整理，可以說極為不易。

當時各國的出版界，此類的著作寥寥無幾；即便有少數幾本，也仍以西方文學為主，在提到中國文學的部份僅僅只是幾頁帶過，因此深諳日本文學的謝六逸就說：「日本的文藝界較中國先走了數十年，到現在還尋不出一部某某編著的世界文學史，足見這是一種不容易的事業。振鐸費了四年的工夫，編成此書，他的毅力與勤勞，實在使懶於提筆的人自慚，就這部書的『量』來說，讀者對於振鐸的努力，都不能不驚異。」「能提筆寫

《文學大綱》的人，不只振鐸一個。可惜有的人沒有振鐸那樣有恒肯寫，有的是自命不凡，只知指責他人而不知自責，卻又想當中國文藝界的權威者；因此不惜用一點含有權謀術數的批評以壓倒他人。結果出版界裏仍只有振鐸的一部《文學大綱》，眼看著他抽版稅。」[十七]本書後來成為不少文學史研究者的參考資料，之後譚正璧在民國二十四年撰寫《新編中國文學史》時，本書即是其中最主要的參考書籍。

第二節　編著《插圖本中國文學史》

鄭振鐸在《文學大綱》出版不久，即有繼續撰寫《中國文學史》的計劃，民國十七年（一九二八年）十月，他從歐洲回到上海，除仍在商務印書館擔任職務，並應復旦大學等校之聘，講授中國文學史的課程，十八年（一九二九年）三月，他開始在《小說月報》連載《中國文學史》中世卷第三篇，至該年年底，總共發表五章，最後經過他的修訂，於十九年（一九三〇年）五月上海商務印書館出版，書名定為《中國文學史》（中世卷第三篇上）。十八年十二月份《小說月報》刊登一則〈小說月報第二十一卷內容預告〉說道：「中國文學史正在草創之期，特別是近代史，幾乎是涉筆無人。近代史的史料也正層出不窮，搜訪未已。鄭君本其現在所能得到的史料，加以整理，寫為《中國文學史近代卷》，其第一篇自明嘉靖至崇禎業已積有成稿，特再加校正，先行在本報發表。」顯示他已準備好往下完成近世卷的構想，但是隔年一月《小說月報》刊登了鄭振鐸的〈雜劇的轉變〉，

註[十七]　見謝六逸：〈關於文學大綱〉，《文學周報》第二八四期，民國十六年十月二日，頁二六三——二六四。

與四月份〈傳奇的繁興〉（上）兩文後，鄭振鐸即因各種事務的纏身而未再續發表。

二十年（一九三一年）九月，他應郭紹虞之請，到北平燕京大學擔任中文系主任，在繁忙的教學工作中一邊搜集材料，一邊撰寫他計劃中的文學史，本節所要介紹的鄭振鐸第二部文學史論著《插圖本中國文學史》就是在這樣的情況下完成的。

一、寫作動機：──不滿以往文學史之作

本書於二十一年（一九三二年）十二月由北平樸社出版，共四冊。原書擬作三卷八十二章，後以六十章成書。一九五七年十二月北京作家出版社再版時，鄭振鐸再補入第六十一至六十四的四章，同時作出若干修訂，該書並收插圖一七四幅。據其〈自序〉所言，寫作的動機，是因不滿當世文學史之作不夠完備，而「發願要寫一部比較的足以表現出中國文學整個真實的面目與進展的歷史的重要原因。」[十八]。當世文學史諸作的不夠完備，鄭氏在該書的〈自序〉及〈例言〉中不斷提及，總共可歸納為以下幾點：

（一）敘述的範圍不夠周全

1. 文學史與學術史的觀念混淆不清

在新文學運動之前，已有林傳甲、王夢曾、朱希祖等舊學出身的學者撰寫中國文學史，但是這些著作有的仿自日本學者的著作，如最早的林傳甲《中國文學史》，光緒三十年（一九〇四年）出版，凡文字、聲韻、訓

註[十八] 見鄭振鐸：〈《插圖本中國文學史》．自序〉，原寫於民國二十一年六月四日；本處轉引自《鄭振鐸全集．第八卷》，（河北花山文藝出版社，一九九八年十一月），頁二。

詁、修辭等均包含在內，類似國學概論、文學史及文學概論的綜合體；有的直接譯自日人原著，如民國三年（一九一四年）王燦譯自日人古城貞吉的《中國五千年文學史》，內容包括經、史、子、集、詩、詞、雜文等範圍，對於戲劇、小說則未列入。

四年（一九一五年），曾毅所編《中國文學史》雖然已論及小說、戲曲，但全書一百一十五章中僅佔四章，份量太輕；而史學、哲學、訓詁、八股文卻有專篇紀錄，曾氏在該書〈凡例〉中說明「文學之變遷升降，常與其時代精神相表裏。學術為文學之根柢，思想為文學之源泉，政治為文學之滋補品。本篇於此三者，皆力加闡發，使閱者得知盛衰變遷之所由。」雖已論及時代、環境、作品三者有互為影響之關係，但在取捨比重上失當；且突出宋代為我國學術的代表，亦顯得過於主觀。謝無量的《中國大文學史》（民國七年十月上海中華書局出版）也有類似的問題；其他如朱希祖的《中國文學史要略》、王夢曾、張之純、葛祖蘭等三人各自成書的《中國文學史》，內容則失之太淺，不具代表性。

2.戲劇、小說的資料不夠完全

以上著作均以淺近文言文書寫，新文學運動之後，對文學觀念的銳變，再加以民國十年（一九二一年）秋天起，全國小學教課書一律改用白話文，全國報紙亦相繼隨之改用白話，爾後出版的文學史諸作，在文字上也改文言為白話，敘述的範圍也自過去學術史的領域，逐漸廓清其非文學的部份，同時也加入了對小說、戲曲的論述，但仍有一些問題存在，如：凌獨見《國語文學史》及周群玉《白話文學史大綱》，對於文學觀念的瞭解較前人大有進步，編著文學史的方法也較現代化，但是著者對於中國文學多未深刻研究，以致編著時多草率成之，錯誤甚多；趙景深的《中國文學小史》（民國十七年上海光華書局出版）、胡小石《中國文學史》（民國十九年上海文人出版社出版）、鄭賓于《中國文學流變史》，對於民間文學的發展並未談及；胡適的《白話文學史》（民國十七年上海新月出版社）只完成上卷唐朝元稹、白居易的部份；胡雲翼《中國文學史》（民國二十一年四月北新書局出版），對於戲曲的介紹則稍嫌簡略，是故鄭振鐸自民國十年起，即發願要寫出一部資料較新、範圍較全面的中國文學史著作，其理在此。

（二）因襲舊說

鄭振鐸在本書〈例言〉中曾說道，過去的文學史大部份抄襲日人的著作，在敘述時將中國文學史分為上古、中古、近古以及近代四個時期，每期以朝代為各階段的劃分，如曾毅《中國文學史》、謝無量《中國大文學史》等均是；另一種如顧實《中國文學史大綱》、王燦翻譯的《中國五千年文學史》、胡雲翼《中國文學史》等，則按朝代先後講述，大約每朝一章，理由是中國文學與政治有著密不可分的關係，各種文體的發展都是因為得到政治的厚援，文學盛衰變遷的關係，都可以從政治的時代背景尋求解釋。此外，趙景深的《中國文學小史》原以作家先後為各章內容，後於編寫《中國文學史新編》時則改分為古代、宋元、明清三編，每編之內再按時代先後羅列代表文學，顯然也是受了上述第一類分期法的影響。對於跨代影響的文學活動，上述兩種分法有都所受限，文學並不是可以一分為二的對象，因之他在《插圖本中國文學史》中即有不同的分期觀點。

二、該書戲曲部份之內容

（一）新資料的加入

鄭振鐸離開上海之際，上海《文藝新聞》雜誌等即曾報導「鄭振鐸赴燕大授課，並搜集中國文學史材料」

的消息，可見本書有關新資料的加入，相較於過去其他中國文學史方面的著作來的豐富。書中運用五章的內容，將近二分之一以上的篇幅介紹變文、鼓子詞、諸宮調、寶卷及子弟書等，第一次肯定了民間文學在中國文學發展中的作用和地位，《插圖本中國文學史》敘述戲劇的部份計有：第十三章〈中世紀文學鳥瞰〉、第四十章〈戲文的起來〉、第四十六章〈雜劇的鼎盛〉、第四十七章〈戲文的進展〉、第五十二章〈明初的戲曲作家們〉、第五十六章〈近代作家鳥瞰〉、第五十七章〈崑腔的起來〉、第五十八章〈沈璟與湯顯祖〉、第五十九章〈南雜劇的出現〉、第六十四章〈阮大鋮與李玉〉等十章。他並將戲曲與變文、小說等並稱為中國文學中「最崇高的三大成就」，這是一大創見，從未有人這樣說過，從而也就成為本書最顯著的特點之一。作者在此書〈例言〉中說：「本書所包羅的材料，大約總有三分之一以上是他書所未述及的：像唐、五代的變文，宋、元的戲文與諸宮調，元、明的講史與散曲，明、清的短劇與民歌，以及寶卷、彈詞、鼓詞等等皆是。」[十九]一個人能刷新三分之一以上的文學史面目，的確是十分了不起的貢獻！[二十]

關於「諸宮調」，作者曾發表數萬言的考證文章，並首度寫入文學史中；再如，《永樂大典戲文三種》是民國九年（一九二〇年）葉公綽先生自英國倫敦一古玩書肆中購回，鄭振鐸隨即將其寫入了文學史的內容，並且作了詳盡的論述，這一點也是之前文學史諸作所欠缺的地方。

註[十九] 見鄭振鐸：〈插圖本中國文學史・例言〉，民國二十一年五月二十二日，本處轉引自《鄭振鐸全集・第八卷》，（河北花山文藝出版社，一九九八年十一月），頁二。

註[二十] 以上內容見陳福康：《鄭振鐸論》，（北京商務印書館，一九九一年六月），頁五七九。

（二）提出己見

因為有新資料的加入，鄭振鐸在本書中對一些文學作品的看法提出與前人不同的意見，例如明代屠隆的《修文記》，由於傳本罕見，在《古人傳奇總目》、《曲海總目提要》兩書中即以誤記為敘述唐朝李賀之事；影響所及，在本書之前其他文學史的撰者介紹屠氏時，大多僅止於《彩毫記》及《曇花記》兩部劇作；或雖有提及《修文記》者，也是沿襲舊說，以訛傳訛[二十一]；鄭振鐸自己在編著《文學大綱》時，對於《修文記》的說明也還未加以更正[二十二]，想是彼時尚未收得該劇本的緣故；在寫本書之時，《修文記》已購得，鄭振鐸在本書第五十七章〈崑腔的起來〉敘及屠隆的部份時即說明《修文記》是說的是蒙曜一家修道成仙之事，屠隆筆下的蒙曜，就是自己的化身，這部劇作把家人及友仇，皆寫入戲中，可謂一部「幻想的自敘傳」[二十三]。

另外，對於湯顯祖的四夢之一的《南柯記》，鄭振鐸認為此劇事蹟雖據唐人李公佐《南柯太守傳》，但內容強調的並非如一般人所說的卑視蟻都的富貴，乃是一個「情」字；而《邯鄲記》一劇，一般人認為情調與《南柯記》相類似，鄭振鐸卻認為，此劇表達的乃是對現實的不滿。與之前的《文學大綱》相比，他在《插圖本中國文學史》中對於劇作的品評比前者來得深入。

註二十一　如青木正兒著、王吉廬譯：《中國近世戲曲史》（上冊）中說道：「《修文記》，余雖未獲見，然《傳奇彙考》曰：『《修文記》……所記蓋李賀之事也。上帝命賀作《新宮記》，兼纂凝虛殿樂章，故以《修文記》為名，』蓋亦為神仙之事也。」，（臺北臺灣商務印書館，民國七十一年十月臺十版），頁二一〇。

註二十二　見《世界文學大綱》第二十四章〈中國戲曲的第二期〉（中冊），（台北書林書局據香港文學出版社一九五七年版影印本，民國七十二年四月），頁二八三。

註二十三　以上詳見《鄭振鐸全集．第九卷》，（河北花山文藝出版社，一九九八年十一月），頁三六〇——三六一。

（三）將中國文學與外國文學加以比較

本書認為元曲《包待制智賺灰闌記》的故事情節與《舊約聖經》中所羅門王判斷二婦爭子的故事屬於同一類型，中國的故事可能受外來影響。書中還指出元雜劇《殺狗勸夫》、明初傳奇《殺狗記》等，與中世紀故事書《羅馬人的行跡》中一個殺豬的故事同屬於同一類型；認為有關中山狼的故事與雜劇，是與世界民間傳說流行最廣的負恩禽獸系列屬於同一類型；再如評論明人沈鯨的劇作《分鞋記》，指出其故事本自《輟耕錄》，為漢人擄為奴婢的故事，假設作者寫的再好一些，則可與《黑奴籲天錄》的劇本相提並論。

（四）注重時代、作家與環境互為影響的關係

1. 打破以政治變遷為歷史分期的依據

本書根據中國文學的發展趨勢，參考西方文學史的分期，分為古代、中世及近代三期，中世文學開始於東晉，即佛教文學開始大量輸入中國之時；近代文學開始於明朝嘉靖年間，即崑曲產生和長篇小說發達之時，每期之中又分為若干發展階段，而在具體分章論述時，往往著眼於一個文學運動、一種文體、或是一個文學流派的興衰起落為重點。

鄭振鐸在書寫《文學大綱》時，由於中國文學的部份是與外國文學合併敘述，所以在時間的分期上未能充份地顧及中國文學本身發展的特點。在《插圖本中國文學史》著手之前，他曾在十九年（一九三〇年）四月二十二日完成修訂一篇〈中國文學史草目〉[二十四]，似以此作《插圖本中國文學史》的綱要，在〈中國文學史草目〉

註[二十四] 陳福康教授在北京圖書館特藏組鄭振鐸遺稿中發現，本處資料轉引自陳福康：《鄭振鐸論》，（北京商務印書館，一九九一

中，鄭振鐸原擬將上古至民國八年（一九一九年）五四運動前夕的中國文學發展，分為「古代卷」、「中世卷」及「近代卷」三卷，上古至西晉末年為古代卷範圍，其中再分三篇，每篇各一冊；從東晉初到明朝正德年間為中世卷，其中再分四篇，每篇各二冊；明嘉靖初至民國八年五四運動為近世卷，其中再分為三篇，每篇三冊，後兩篇各二冊，全書共十篇一百章，擬分十八冊出版。

今據實際出版的《插圖本中國文學史》看來，內容已有所調整，不僅是礙於時間的關係，《插圖本中國文學史》只寫到明末清初即告結束；同時對於時間的分期，也較擬定〈中國文學史草目〉時稍作改變，即三大卷仍照舊，惟各卷的分篇有所不同；如「古代文學」原先從上古至秦統一中國為一篇，今則以春秋、戰國之交分為兩階段，目的就是為了要突顯戰國時期散文發達的特色[二十五]；中世紀文學原先從唐開元至明嘉靖以前，以唐末、南宋末年等兩個時段分為三篇，今則以南、北宋之交改為二段[二十六]，為的就是要突顯出唐開元到北宋末葉變文的的影響、南宋初年到明正德末年散曲、戲劇的興起；近代文學原以明清之交分為兩篇，今則以明朝萬曆年間至清雍正末年為分界點，再分為三個階段[二十七]，目的是為了要突顯戲劇、小說的發展變化。

註[二十五] 見鄭振鐸：《插圖本中國文學史・第一章　古代文學鳥瞰》，收入《鄭振鐸全集・第八卷》，（河北花山文藝出版社，一九九八年十一月），頁十五。

註[二十六] 見鄭振鐸：《插圖本中國文學史・第十三章　中世文學鳥瞰》，轉引同前，頁一六〇—一六一。

註[二十七] 見鄭振鐸：《插圖本中國文學史・第五十六章　近代文學鳥瞰》，收入《鄭振鐸全集・第九卷》，（河北花山文藝出版社，一九九八年十一月），頁三四二—三四四。

本書在敘述古代、中世、近代三大階段文學之前，都先以一章的鳥瞰，類似導言性質，詳細說明各代文學分期的理由，既顧及代表作品，亦兼賅大環境的變化因素，相較於過去文學史諸作對文學的分期觀點，本書是一項突破。

2. 大量採用珍貴的插圖

以科學方法整理中國文學，是鄭振鐸在整理國故中堅持的立場，是故「無徵不信」、講求拿出證據來，便成了他研究學術的態度，鄭振鐸在本書中安排了一七四幅插圖，把這些人物及事件內容呈現在大眾面前，其用意除了想提高讀者閱讀的興趣，更重要的是借助這些珍貴的插圖，除了企圖還原各個時代真實社會生活的情態，並印證書中的文字敘述[二十八]，這是他生平第一次的嘗試，也是本書的一大特色；大部份圖像以宋以來書籍中所附的木版畫為主，其次亦及於寫本，有關戲劇的部份共計四十八幅，不少取自他本人所藏，大部份均為孤本。

3. 注重時代、環境與作品之關係

鄭振鐸寫作本書時，深受法國泰納（Hippolyte Adolphe Taine,1829-1893，鄭振鐸在書中譯為太痕）《英國文學史》的觀點，及美國學者莫爾干（Morgan 1849-1924）文學進化論的影響[二十九]。泰納《英國文學史》的觀

註[二十八] 見鄭振鐸：〈《插圖本中國文學史．例言》〉，原寫於民國二十一年五月二十二日；本處轉引自《鄭振鐸全集．第八卷》，（河北花山文藝出版社，一九九八年十一月），頁二—三。

註[二十九] 「我那時所介紹的『新觀點』，……就是泰納的英國文學史的觀點，強調時代影響。………受英國人莫爾干（M0rgan）的『文學進化論』的影響。」見鄭振鐸：〈最後一次講話〉，原為一九五八年十月八日在北京中國社會科學院文學研究所的一

點，即在強調種族、環境和時代對於文學的影響，泰納所謂的種族，指的是族類人種的特性（人的先天、生理的、遺傳的因素）；環境則是種族生活於其間的自然環境（地理、氣候）和社會環境；時代指的是種族文化傳統在一定階段或時期的情形，包括政治、哲學、宗教、藝術、社會心理等，他認為文學上根本取決於這三者，種族是「內部主源」，環境是「外部壓力」，時代則是「後天動量」[三十]；泰納主要從社會狀況來分析文學，他關注文學的進化過程，且崇尚實證，比起游談無根的主觀臆說，泰納的方法首次賦予文學研究以科學的意義，其理論和批評實踐為文學研究建立了可操作的模式。

泰納這些理論正是五四新文學運動以來，學者主張以科學方法整理國故的奉行原則，鄭振鐸在《插圖本文學史》一書〈緒論〉中也贊同人是社會的動物，無法遺世而獨立，因之「文學史的主要目的，便在於將這個人類最崇高的創造物文學在某一個環境、時代、人種之下的一切變異與進展表示出來」[三十一]，基於以上理由，本書在論及文學運動或文體的興衰起落時，均企圖從這些方面尋找緣由，例如對於元雜劇發達的解釋，除了繼承金代文學的基礎，同時亦因元代取消科考，漢人地位低下，以及蒙古帝國之建立，城市經濟發達的結果所造成。

又，在分析明代屠隆時，他認為屠隆代表了明朝隆慶、萬曆年間「思想荒唐凌亂的時代」，由於此一時期升平稍久，人習苟安，社會經濟比較富裕，以致於「言大而誇的文人學士們盡有投靠到一般社會，以賣文為活

次「學術批判會」上發言的摘錄，標題為編者所加；本處轉引自《鄭振鐸全集．第三卷》，（河北花山文藝出版社，一九九八年十一月），頁三七九。

註[三十] 以上詳見泰納原著、傅雷譯：《藝術哲學．第四編》，北京人民文學出版社，一九六二年。

註[三十一] 見鄭振鐸：〈《插圖本中國文學史》．緒論〉，《鄭振鐸全集．第八卷》，（河北花山文藝出版社，一九九八年十一月），頁六。

的可能」，當這些賣文的文人生活漸漸優渥之後，便開始流於享樂空想的追求，於是方士式的三教合一與長生不老的思想，就形成當時的特色，屠隆的《修文記》、《曇花記》兩劇，以及鄭之珍《目連救母行孝戲文》、汪廷訥的《長生記》、《同昇記》等都是在上述這種大環境之下的戲劇產物。

4. 運用比較文學的理論

本書常運用英國民俗學者安德路・萊恩（Andrew Lang）提出的比較文學理論，如元雜劇《包待制智賺灰闌記》，鄭振鐸認為它與西方《舊約聖經》中所羅門王判斷二婦徵子的故事十分類似[三十二]；另外，他還提出元劇蕭德祥所撰寫的《楊氏女殺狗勸夫》，以及明五大傳奇之一《殺狗記》，兩者與歐洲中世紀的故事書《羅馬人的行跡》中一個殺豬故事題材相同，鄭氏陳述兩類內容，推論「像這樣相同的故事，確有轉徙、輸入的可能，但也有可能是偶然的相同。」[三十三]；明雜劇康海的《東郭先生誤救中山狼》，與馬中錫《中山狼傳》，與韓國及南斯拉夫的民間故事相似，為「世界民間傳說裏流行最廣的負恩的禽獸系之一型」的故事。

本書每章最後並附參考書目，提供讀者研究指引，之所以列出，乃是因為他基於「每件專門學問的參考書目的列示，乃是今日很需要的東西」同時也希望借此以提供「讀者作更進一步的探討之需」[三十四]，這一點也是

註[三十二] 見《鄭振鐸全集・第九卷　插圖本中國文學史》，第四十六章〈雜劇的鼎盛〉，（河北花山文藝出版社，一九九八年十一月），頁一八六—一八七。

註[三十三] 同前註，頁一九五。

註[三十四] 鄭振鐸：〈《插圖本中國文學史》・例言〉，原寫於民國二十二年五月二十二日；本處轉引自《鄭振鐸全集・第八卷》，（河北花山文藝出版社，一九九八年十一月），頁三。

當時其它文學史著作所沒有的特點。

三、內容有待商榷之處

（一）戲劇產生係由外來之說

影響是比較文學的類型之一，鄭振鐸認為中國的小說、戲曲、彈詞、鼓詞，都受到印度文學的影響，這是中國文化第一次受到外來文化的影響，也是最大的一次，在《插圖本中國文學史》第二卷〈中世文學鳥瞰〉中，他認為「這一段的文學的過程是最為偉大，最為繁頤的。……這個時代，卻是印度文學和中國文學結婚的時代。在這一千二百餘年間，幾乎沒有一個時代曾和印度的一切完全絕緣過。」[三十五]，第四十章〈戲文的起來〉，他始終堅持傳奇的體例與組織，完全是由印度輸入的，一反過去大家對傳奇的觀念是由雜劇轉變而來。印度戲曲之所以輸入中國，方式則由商賈自水路而來，他並提出戲文與印度劇的五點相同之處以證明之。

此外，他又提到，中國文化第二次受到外來文化的影響則是清代後期，對象是西歐諸國，此時新的戲曲及小說型式的傳入，對傳統的小說戲曲又產生了更多的刺激與挑戰，以上論點忽略了戲劇在形成的過程中，小戲與大戲所起的影響，鄭振鐸本人到了晚年也承認本書「過份強調了印度的影響」[三十六]，上述有關戲劇起源「外來說」的誤解，本書將在第五章第二節中另有說明。

註[三十五] 鄭振鐸：《鄭振鐸全集・第八卷　插圖本中國文學史》，（河北花山文藝出版社，一九九八年十一月），頁一五九。

註[三十六] 見鄭振鐸：〈最後一次講話〉，原為一九五八年十月八日在北京中國社會科學院文學研究所的一次「學術批判會」上發言的摘錄，標題為編者所加；本處轉引自《鄭振鐸全集・第三卷》，（河北花山文藝出版社，一九九八年十一月），頁三八〇。

（二）以關漢卿為雜劇創作第一人，失之主觀

雜劇的形成，是建立在眾多基礎之上，劇本的產生，當然也不可能僅僅創始於一人，鄭振鐸卻在本書第四十六章〈雜劇的鼎盛〉中提出關漢卿是創作雜劇的人物，鄭氏的論點主要依據《錄鬼簿》及《太和正音譜》的意見。元末鍾嗣成的《錄鬼簿》，將關漢卿置於「前輩已死名公才人有所編傳奇行於世者」五十六人中第一地位；明初《太和正音譜》之評曲，於關漢卿則云：「觀其詞語，乃可上可下之才；蓋所以取者，初為雜劇之始，故卓以前列。」與《錄鬼簿》意見相同。

該說至民初王國維先生在《宋元戲曲考》已持保留態度，王氏認為在關漢卿的時代，雜劇作家業已輩出，因之推論元雜劇的成熟與盛行，是有諸多人參與的結果，不獨得力關漢卿個人的能力[三十七]。在鄭著《插圖本中國文學史》之後，趙景深《中國文學史新編》亦附議關氏為雜劇創作第一人。其實元雜劇中有相當程度的劇作者仍無法得知，關漢卿是否真是創作元劇者並不能輕易下結論，但是以關漢卿現今劇作的藝術成就，說他是元劇集大成或代表作家，則是無庸置疑的。

四、後人評價

民國二十二年（一九三三年）三月，日本學者長澤規矩也在日本「書志學社」的《書志學》第一卷第三期

註[三十七] 「《正音譜》雖云漢卿為雜劇之始，然漢卿同時，雜劇家業已輩出，此未必由新體流行之速，抑由元劇之創作諸家亦各有所盡力也。」見王國維：〈宋元戲曲考〉，收入《王國維戲曲論文集》，（台北里仁書局，民國八十九年七月初版二刷），頁九十二。

「新刊批評」欄評介鄭振鐸《插圖本中國文學史》，認為此書引用材料既新且富，又不墨守舊說，不像王國維那樣拘於儒家之見，而是突破了傳統的舊套[三十八]；二十四年（一九三五年），《人間世》雜誌第二十二期發起徵求讀者推選中國現代五十年來百部佳作，後趙景深、陸侃如、馮沅君、周一鴻、夏丏尊、王伯祥、葉聖陶、章錫琛、徐調孚等人均推選了鄭振鐸的《插圖本中國文學史》，他們指出：「以前的文學史只注意正統的文學。這書於變文、戲劇和寶卷，敘述最詳，是最大的特點。附了許多的插圖，在中國文學史中還是創舉。量的方面，也推第一」[三十九]。

儘管這部著作在文化大革命前夕，由於沒有完全充份引用馬克思主義的觀點而遭到批判，鄭振鐸也在「整風」會議上承認「著作中充滿了封建的資產階級半殖民地的知識份子的著作」，對於本書戲曲的部份在自我檢討時說「認為唱戲的人在舞臺上穿的厚底靴和戴的面具也是希臘悲劇的影響」[四十]「在印度，對印度戲劇有兩種看法：一種認為印度戲劇是本土產生的；一派認為是希臘來的。我當時認為印度受希臘影響，中國受印度影響，結果還是中國受希臘影響。這是不對的。我過分強調了印度影響，甚至把說書的信木也說成是印度的東西。」[四十一]「我在說明元代戲曲發展的原因時，原來臧晉叔有一個看法是元代以曲取士，我反對這論點。我從元代經

註[三十八] 本處轉引自陳福康：《鄭振鐸年譜》（上），（北京書目文獻社，一九九八年三月），頁一八九。

註[三十九] 同前註，頁二二九。

註[四十] 鄭振鐸：〈最後一次講話〉，原為一九五八年十月八日在北京中國社會科學院文學研究所的一次「學術批判會」上發言的摘錄，標題為編者所加；本處轉引自《鄭振鐸全集・第三卷》，（河北花山文藝出版社，一九九八年十一月），頁三七九。

註[四十一] 同前註，頁三八〇。

濟發達，農民生活改善來解釋，說農民可以出錢看戲。我認為蒙古人進中國後，保留了能書會畫有勞動技術的人，原來的統治者被打倒了，交通發達，商業繁榮。但我忽略了元代統治者不久就和原來的統治者地主是勾結的。」[四十二]，曹道衡等人更於接下來的《文學研究》發表〈評鄭振鐸的《插圖本中國文學史》〉，以該書用「資產階級唯心主義的觀點」及「胡適派的實用主義的文學觀點」，大肆批判[四十三]，但該文也承認「《插圖本文學史》的材料的豐富，在過去的中國文學史著作中，是頗有特色的。書內有關文學的史料、著作，搜集很多。這對於研究文學的人，也是有幫助的。」[四十四]，卻是抽離意識型態論調之餘，對該書最中肯的評價。

第三節　《中國俗文學史》的完成

一、寫作動機

本書於民國二十七年（一九三八年）八月，由長沙商務印書館出版，是鄭振鐸從事俗文學工作十多年來集大成的著作，當時中國已經陷於戰火瀰漫的氣氛中，他基於政局的不安定，多年收藏的俗文學文籍常毀於炮火，為了不讓這批難得的資料蕩然無存，故有此書的問世。本書包括了《插圖本中國文學史》原本欲納入的明清短

註[四十二]　同前註。

註[四十三]　見曹道衡、徐陵云、喬象鍾、、蔣荷生，鄧紹基等：〈評鄭振鐸先生的《插圖本中國文學史》〉，《文學研究》第三期增刊，一九五八年十月二十五日，頁十九—三十三。

註[四十四]　同前註，頁十九。

劇與民歌、彈詞、鼓詞等，並在第一章有系統的論述了俗文學的理論，諸如俗文學的定義、範圍、特質、分類、消長及演變，以及以自己的親身經驗提出俗文學研究的困境，分辨了俗文學與正統文學的區隔，並且陳述了俗文學歷史的發展。

二、該書戲曲部份之內容

本書對於戲劇並未單獨列章討論，全書在目錄下已明言「除小說戲曲外」，但在第一章〈何謂「俗文學」〉中第三部份對於俗文學分類時，把戲劇中的戲文、雜劇以及地方戲列為俗文學的範疇，他認為戲劇屬於俗文學範疇，因之在第一章有關俗文學理論的看法，也可以代表他對於戲文、雜劇及地方戲的觀點。

三、主要論點及有待商榷處

鄭振鐸在本書第一章將中國俗文學的範圍界定為五大類，戲劇歸屬於其中第三部份，他認為俗文學來自民間，是許多無名人士的集體創作，並且以口傳廣為流布；因為來自民間，所以文字較為粗糙；俗文學的內容常常蘊涵豐富的想像力，且易於吸收新的體材；以戲曲為例，即是印度的戲曲在中世紀傳入中國本土，最初流行於浙江永嘉，因之有了後來所謂的「永嘉雜劇」或戲文；俗文學因為素來不為學士大夫所留意，但卻是許多正統文體的源頭，因之「俗文學」不僅是中國文學史的主要成份，也是中國文學史的中心。

鄭振鐸以十多年治學成績，完成第一部俗文學的專著，其拉抬俗文學地位的用心，以及書中若干珍貴資料的搜集論述，自然誠屬不易；但由於當時俗文學的研究尚在起步階段，經過時間的演進，有許多的理論觀念在今日看來仍有再商榷的必要，例如元雜劇的藝術地位已被後世學者所肯定，再列入俗文學中恐怕未必適合；又，他仍然過於強調印度文學對於中國戲曲的影響，此外，其它部份茲論述如下：

（一）分類觀念的自相矛盾：

在敘述「戲曲」的部份時鄭振鐸說道：「戲曲本是比小說更複雜，更難寫的一個文體。但很奇怪，在中國，戲曲的出產，竟比小說要多到數十倍。」[四十五]，他認為戲文是三種當中產生最早的一種，純粹是受了印度戲曲的影響，雜劇又受戲文的影響，同時戲文本身也是地方戲的一種。他在「戲文」的介紹時提出清代宮廷戲屬於戲文的概念，如：

> 最初，有《趙貞女蔡二郎》及《王魁負桂英》等。到了明代中葉，崑山腔產生以後，戲文（那時名為傳奇）更大量的出現於世。直到了清末，還有人在寫作（按：指戲文），這一類的戲曲，篇幅大抵較為冗長。（初期的戲文較短）每本總在二十齣以上，篇幅最巨的，有到二百多齣的。（像乾隆時代的宮廷戲，如《勸善金科》、《蓮花寶筏》（按：應是《昇平寶筏》）、《鼎峙春秋》等）最普通的篇幅是從三十齣到五十齣，約為二冊[四十六]。

註[四十五]　鄭振鐸：《中國俗文學史．第一章　何謂「俗文學」》，（臺北臺灣商務印書館，民國八十八年四月臺一版第十刷），頁八；對於這一點，我個人以為是戲曲雖然牽涉到音樂性的問題，但是因為它的欣賞人口可以包括識字與非識字的人群，比起小說僅憑字面的閱讀，自然會有更多的市場。

註[四十六]　同前註。

但在分析民間文學升格為士大夫文學的過程時，他卻又說，由於文人採取民間文學的素材，加入自己的創作內容，而後晉升為朝庭欣賞的皇室文學之後，原先民間文學的特質便在這樣不斷的轉換過程中逐漸喪失，以致於成為正統文學的一部份，那麼，之前所謂清代乾隆時期製作的許多宮廷戲，究竟在他來說是屬於正統文學還是俗文學？鄭振鐸對這方面的解釋似乎又顯得有些前後矛盾，無法自圓其說了。

文學形式的演進，是曲線式的、多面向的，絕對不是直線的、單面向的；在一個定點時期內，她可能群峰並峙，各領風騷，而縱向地看，她會形成一條類似爬坡一般的曲線，逐漸爬升以臻高峰，而後再逐漸下歸平淡。吾人如只見到爬升或下降的部份，即加以評論，都不過是片面、部分而非整體[四十七]；大陸民間文學研究的學者趙景深先生也認為：

> 對民間文學的光輝價值固需重視，卻不一定要強調它是「正宗」或「主流」。二者之間，並不存在揚此抑彼的對立關係；相反地，倘若從這兩種文學作用於社會的影響和彼此間的關係來看，倒是相輔相成的。[四十八]本來，在整個的文學發展史上，民間文學與正統文學之間的關係，是相反而相成的。民間文學雖然經常被宮廷中以及官府中的士大夫、知識分子、文人、學士之流所鄙視，認為「不能登大雅之堂」，但是，民間文學中的許多積極因素，如嶄新的形式，大膽的描寫，深入的技巧，堅實的內容等，卻常常向正統

註[四十七] 以上見黃志民：〈試論俗文學的階段發展〉，收入《政大文史哲論集》，（台北國立政治大學文理學院，民國八十一年六月），頁六十五。

註[四十八] 趙景深：《中國民間文學論文選．上冊》，（上海文藝出版社，一九八二年十月二刷），頁二九七；轉引同前，頁一八五。

文學灌輸了新生命，使得正統文學能夠隨著歷史的發展，不斷地有所創新、有所改進；而正統文學在自己的創新與改進中間，也常常使得民間文學的作者獲得了借鏡、吸收了經驗、提高了能力、擴大了眼界，因而把民間文學的內容與形式，向前推進。[四十九]

俗文學與士大夫文學兩者之間應是互為影響而非主從的關係，因為主從為上下的對立，影響卻是同處於平等的地位，我們今日如果以過去士大夫對俗文學的態度來對待昔日的雅文學，不僅失去客觀的立場，同時也無法獲得真正的結論。

（二）兩極化評價的主觀及籠統

鄭振鐸認為文人學士的文學往往來自於民間，俗文學是他們創作的淵藪，當俗文學經過文人學士的重新包裝後，雖然為它爭取了文學上的一席之地，相對地也就失去了原有的特色，於是新的俗文學便起取而代之；譚達先的《中國民間文學概論》和三〇年代鄭振鐸的結論是相同的[五十]，尤其鄭氏強調文人學士對俗文學的觀點，更存在著從負面到利用的心態。

俗文學經過文人學士的如此「榨取」，原本特色也就喪失殆盡，這種說法，所注意到的只是在單一領域中

註[四十九]　趙景深：《從民間來到民間去》，頁一〇六，（台北河洛出版社，民國六十七年六月），頁一〇六；轉引同前註黃文頁一八五—一八六。

註[五十]　「一切文學都起源於民間。……在古代社會裡，富有生命力的民間文學一旦被上層士大夫作獵奇式的欣賞，使之脫離民間的土壤，成為有閑者的點綴品時，它的這種生命力就會衰竭，新的民間文學又代之而起，給作家文學以新的哺養。」以上見譚達先：《中國民間文學概論》，（臺北木鐸出版社，民國七十二年九月），頁二五〇。

所受到來自另一領域的影響，是否可以據以建立起全面的結論，其實仍有待商榷。由於文人學士與勞力者使用表情達意的方式，本來各有所不同，勞力者的口頭語言創作往往存在著不易保存的變易性，如果不是借由雅文學的作家掌握的文字工具，對於俗文學作品保存進行加工創造，也許我們今日無法得見許多古代純粹依賴口耳相傳的俗文學作品，雅、俗文學在文學發展史上各有其重要的意義與地位，彼此之間又互相交流影響，共同構成中國文學生生不息的結晶，任意割裂其中的價值，都不能呈現中國文學的真正精神。

（三）忽略市民階級與民間藝人所產生的影響

勞心與勞力兩種人群由於生活型態與經驗的不同，其思惟體系及對事物的價值觀自然各異。在古代，壁壘分明的兩種生活圈子，文學藝術上的交流反而是以政治力的介入為主因；茲以漢代為例，古籍中即已記載帝王命樂府官署採集民間歌謠的工作[五十一]，一方面保存了資料，一方面也造成重視民間歌謠的風氣[五十二]，更重要的是這些流行於各地民間的俗文學形式，得以向雅文學的領域移動，引起士大夫文人的注意，進而運用其形式從事創作。建安文人在五言詩方面的傑出成就，明顯地是受到民歌的影響，利用在民間已經成熟的五言形式進行

註五十一 《禮記・王制》：「天子五年一巡守，……命大師陳詩，以觀民風。」（臺北藝文印書館，十三經注疏本），頁二二六；《漢書・藝文志・六藝略・詩類小序》：「古有采詩之官，王者所以觀風俗，知得失，自考正也。」（臺北藝文印書館，二十五史本—漢書補注），頁八七八；《漢書・藝文志・六藝略・詩賦略序》：「自孝武立樂府而采歌謠，於是有代、趙之謳，秦、楚之風，皆感於哀樂，緣事而發。亦可以觀風俗，知厚薄云。」（臺北藝文印書館，二十五史本—漢書補注），頁九〇三。

註五十二 余冠英《樂府詩選・前言》：「單就這個制度說是值得稱許的。一則當時的民歌因此纔有寫定的機會，纔有廣泛流傳和長遠保存的可能。二者因此構成漢朝重視歌謠的傳統，使此後三百年間的歌謠存錄了不少。這在文學史上是大有關係的事。」（臺北華正書局，民國七十八年八月），頁二。

創作，這和樂府官署所進行的工作，不無關連[五十三]。

況且，在民間文學被文人學士所採用之前，除了鄭氏所說的「有勇氣的文人學士們採取這種新鮮的新文體作為自己創作的型式」的因素之外[五十四]，我們也不可忽視「市民階級」、「民間藝人」在二者之間所起的作用，介於勞心與勞力之間的藝人，隨著中、晚唐以來經濟社會的變動—市民社會的興起，在宋代大量出現，並且持續地在宋以降的文學歷史中扮演著相當重要的角色。他們是職業或半職業表演者，以表演作為營生的主要方法或副業。他們有的在固定場所表演，有的「衝州撞府」地跑碼頭，地區以城市為主，也旁及鄉村。他們大多出身貧窮，境遇相當程度和基層人民相近—起碼是城市的基層；另一方面又有較多機會接近勞心者，他們稍稍識字或全不識字，教育水準都不高，其創作或表演，大多以口頭為之；大多數情況以師徒相傳、口耳授受的方式傳承技藝。具有這些特徵的藝人，往往在鄉、城交流和俗、雅互動扮演著橋樑的角色[五十五]。

他們的興起，固然是出自於謀生的動機，也代表隨著時間的演進，生活的越趨複雜，社會各階層的互動再也不是如早期般的楚河漢界，可以斷然二分的。鄭振鐸先生在談到雅俗文學的互為影響時，往往忽略了這些介

註五十三　見黃志民：〈試論俗文學的階段發展〉，收入《政大文史哲論集》，（台北國立政治大學文理學院，民國八十一年六月），頁六十八。

註五十四　如郭茂倩：《樂府詩集》卷八十一〈近代曲辭．竹枝〉：「《竹枝》本出於巴、渝。唐貞元中，劉禹錫在沅、湘，以俚歌鄙陋，乃依騷人《九歌》作《竹枝》新辭九章，教里中兒歌之，由是盛於貞元、元和之間。」文中所舉劉禹錫的創作方式即是其例，見郭茂倩：《樂府詩集．第二冊》，（臺北里仁書局，民國六十九年十二月），頁一一四〇。

註五十五　黃志民：〈試論俗文學的階段發展〉，收入《政大文史哲論集》，（台北國立政治大學文理學院，民國八十一年六月），頁六十三—六十四。

於文人學士與勞力群體之間俗文學的推動者；同時，早期雅俗文學之間的接觸，政治力量的主導，也是開啟後代文人詩歌創作的因素之一。

本書雖然存在著一些有待商榷的論點，但它畢竟是我國俗文學第一本專著，對於有關這方面領域的後續研究不無引導作用；一九四九年中共建國之後，大陸作家出版社和上海書店都曾將本書再版，臺灣商務印書館也出至第十刷，陳福康先生更以此書可與王國維《宋元戲曲史》、魯迅《中國小說史略》鼎足而三，珠聯璧合，喻之為「研究中國文學史必讀之典籍」[五十六]，其在今日的學術價值，由此可見。

註[五十六] 陳福康：《鄭振鐸論》，（北京商務印書館，一九九一年六月），頁六〇六。

第五章　鄭振鐸戲劇論點之分析

第一節　戲劇論文的觀點

本章重點旨在討論鄭振鐸對於中國戲曲理論的主張，由於鄭氏對於中國戲曲的看法，多見諸於期刊論文的發表，以及戲曲序跋的撰寫，是故本章前兩節，先歸納並分析其所發表之戲劇論文的觀點，最後一節乃針對鄭氏所撰寫之曲跋作一探討。鄭氏發表的戲曲單篇論文，總計三十二篇，發表的地方幾乎都是他所主編的刊物，如最早從北京初到上海主編《時事新報·學燈》、《文學旬刊》，而後與上海推動「愛美劇」的人士主辦《戲劇》月刊，民國十二年（一九二三年）接手主編的《小說月報》、以及任上海暨大文學院院長時創辦的《國立暨南大學圖書館館報》；此外，還有一些篇章是發表於上海《大公報·文藝副刊》及《暨南學報》，總共提出三大方向，一是對舊戲的不滿，其次為綜論古代戲曲的研究成果，第三是對戲曲遺產的態度，茲分別論述如下：

一、對舊戲的看法：

（一）批評結構失當

民國十年（一九二一年）七月，鄭振鐸首先在他與「民眾戲劇社」的朋友共同創辦的《戲劇》月刊中抨擊中國舊劇的失當，他從思想和藝術兩方面，開宗明義的宣判舊戲已失去其現有的價值，因為在思想上，舊戲無非是「誨淫」、「誨盜」，內容總「開始於『才子佳人』，而結局於『榮封團圓』」、主角不是「色情迷」，就是充滿著「帝王夢」與「封爵慾」，和現今生活相距太遠；同時舊戲在藝術方面又常常落入一定的老套模式，比如：「曲本的形式是最死板不過的。在《元曲選》倒沒有十分固定的形式。……到了以後，就不然了。凡做曲本的，開首必定是一個楔子。楔子中必定有一個人出來，把戲中事略唱一遍，又必定臺後有人，問道，他們還不太清楚，請唱者再說一遍，唱者又念了四句七言詩，包括劇中情節，然後退場。以後，就是第一折，第二折了。而第一折必是小生折，是小生出來演唱的。第二折必是正旦折，是正旦出來演唱的。牡丹亭是如此，燕子箋也是如此排列，桃花扇也是如此排列。陳陳相因，一點變化也沒有。」「不惟劇本的格式如此，就是其中情節也是如此」，鄭氏宣告舊戲沒有存在於現代的價值，而當時的興起的「新劇」，同樣離不開「才子佳人」、「誨盜」、「誨淫」，充斥迷信思想，內容復古，了無新意，已流於「墮落」，因此正式樹立起反對舊劇的旗幟。

（二）以愛美劇改革中國舊戲

中國舊戲在鄭振鐸的眼中既然缺點重重，如何加以改革才能挽救危機？他呼應五四新文化運動所引進的西方寫實主義話劇，以「愛美劇」的型式加以推廣。五四新文化運動以留學生及新興的知識份子為主導，他們引進外國資訊，以之檢驗傳統的文化經驗，寫實主義及業餘劇團的觀念遂為國人所知[一]。

註[一] 在五四運動之前，魯迅在《文化偏至論》（一九〇七年）曾提到易卜生，介紹易氏的思想，並提到他的劇本《國民公敵》。民國三年（一九一四年），陸鏡若在《俳優雜誌》第一期撰寫的〈易卜生之劇〉一文開始介紹易卜生的戲劇作品，著名的文名戲團「春柳社」也在本年公演易卜生的《玩偶之家》。次年，陳獨秀在〈歐洲文藝史譚〉一文稱易卜生是「以劇稱名於世界」的「作劇名家」，但均未引起廣泛注意。（以上內容轉引自孫慶升：《中國現代戲劇思潮史》，（北京大學出版社，一九九四年十二月），頁二〇三）由於只是學者單篇論著的發表，當時文名戲的缺失還未十分明顯，新的戲劇仍在嘗試發

爾後在《新青年》雜誌帶動之下，闡述易卜生戲劇思想及作品的文章不斷出現，但是易卜生的寫實主義之風與當時中國舊劇及文明戲都相距甚遠，是以傅斯年在《新青年》第五卷第四號提出以改良戲成為舊劇過渡到新戲的橋樑，但未說明技術層面上如何達成。

十年（一九二一年）一月，話劇演員汪仲賢在上海《時事新報》標舉改革舊戲與改良中國觀眾的欣賞水準，當借由非營利組織劇團的形成方有可能，汪氏當時的意見如下：

> 脫離資本家的束縛，召集幾個有志研究戲劇的人，再在各劇團中抽幾個頭腦稍清有舞台經驗的人，仿西洋的Amateur，東洋的素人演劇的法子，組織一個非營業性質的獨立劇團，一方面介紹西洋戲劇知識，造成高尚的觀劇階級；一方面試演幾種真正有價值的劇本[二]。

鄭振鐸與汪仲賢同為「文學研究會」成員，又共同組織「民眾戲劇社」，因之他也大力鼓吹「愛美劇」的實行，他在《戲劇》第一卷第三期以〈光明運動的開始〉比喻提倡「組織愛美劇團」的前景，並進一步具體的說明「愛美的劇團組織」成員的對象、「愛美劇」適合公演的地點、公演的方式及「愛美劇」的內容，同時認為「愛美的劇團組織」應負有廓清時代醜惡黑暗的責任。

展方向中，以戲劇書寫社會時弊的重要性尚未形成普遍共識，因之遠不如新文化運動時《新青年》雜誌撰文諸君的影響力。

註二　本文原發表於民國十年一月二十六、二十七日上海《時事新報・餘載》；本處轉引自陳白塵、董健主編《中國現代戲劇史稿》，（北京中國戲劇出版社，一九九〇年五月二刷），頁一〇〇。

（三）臉譜是蠻性的象徵

鄭振鐸認為舊劇中的臉譜是「蠻性的象徵」，這一觀點從民國二十四年（一九三五年）提出後，一直到一九五三年他仍然堅持此說，認為：「畫臉譜是原始社會中的一種習慣，在戰國吳越時代，不僅畫臉，而且還要『紋身』，在外國如非洲紅印第安人，也畫臉譜得很厲害，這是原始社會野蠻的表現；……因此，今日畫的古裏古怪的臉譜我認為是蠻性的復現。」[三]，並推翻蘭陵王的面具作為臉譜起源說的不可信，是因為「那時候根本還沒有戲曲的一種東西」，他認為臉譜的起源雖不可考，但在清朝以前，戲台人物的臉部化妝仍以粉墨為主，隨著場面複雜、演員眾多的清代宮廷劇的產生，才有紅臉、藍臉、黑臉、金色臉應運而生，理由是為了「易於辨別劇中人計，不能不抹上點顏色。」可知臉譜盛行的時代是在乾隆以後。

（四）對武戲的批評

鄭振鐸認為舊劇中「武劇」的出現是「賣藝者的侵入劇場的結果。」，「武旦戲多以耍花槍為能」，「武丑戲都表現其能上數丈之台，能跳數丈之牆為能。」他提出中國戲劇中武戲純粹以技藝取勝，類似馬戲團中的雜耍，不屬於現代劇場。但戲子的訓練卻往往是最為辛苦，且不合人道的。「武打」程式的規律性讓人視戰爭為兒戲，無法反映戰爭生離死別的慘境。

註[三] 鄭振鐸〈中國古典文學中的戲曲傳統〉，原寫於一九五三年十月二十九日；本處轉引自《鄭振鐸全集．第六卷》，（河北花山文藝出版社，一九九八年十一月），頁三七六——三七七。

（五）乾旦訓練違反人性

鄭振鐸以為舊戲中有「種種非人、不合理的東西」，「男扮女裝」即是其一。「男扮女裝」的出現是矯揉造作、虛偽的殘忍藝術，「男扮女裝」的戲子是「舊社會犧牲的可憐蟲」，必須要將他們從「暗無天日的苦海中解放出來」。

二、整理古代戲曲的心得

除了對舊戲的抨擊，鄭振鐸的戲曲論文中還包涵許多他個人對古代戲曲的研究心得，如：

（一）提出與前代及當時學者不同的論點

1. 對北劇中「楔子」的討論

民國十六年（一九二七年）十二月三十日，鄭振鐸以歸納的方法，考察北劇中楔子使用的情形，在英國倫敦寫下〈論北劇的楔子〉一文，不同意歷來學界對「楔子」的三種解釋，就是一、和南劇中的「楔子」互混，二、和小說中的「楔子」互混，以及三、受《西廂箋疑》中「餘情難入四折者」說法，以為「北劇的楔子與劇中的『折』是打成一片，凝結成一塊，分不開的。」[四]，鄭振鐸說「到了明代中葉，作者之使用楔子者乃漸見減少，且竟至於漸見消滅。……北劇的一切嚴格的規律，原已早為許多作家所忽視，所破壞。楔子當然也跟許

註[四]　鄭振鐸：〈論北劇的楔子〉，收入《鄭振鐸全集．第四卷》，（河北花山文藝出版社，一九九八年十一月），頁五五五。

多別的東西而同在淘汰之列，同成為過去的遺物了。」[五]，「楔子」居劇首或連接各折的作用遂完全廢棄了。

鄭振鐸再從結構、演唱身段與特色三方面分析「楔子」與「折」的不同，即就結構而言，楔子大部份用的是仙呂賞花時與仙呂端正好。「楔子」因不用長套，故唱者未能抒情。各「折」的唱者只限正末或正旦，而「楔子」不在此限。同時由「楔子」在北劇中的位置，大約有句首及句中的情形，得到一個結論：「據此，可知北劇作家對於楔子的使用是很自由的，幾乎全劇中無論什麼地方都可以安置一個楔子，只要他認定這個地方有安置一個楔子的必要。同時，一劇還可以安置兩個楔子，而這兩個楔子的位置也是可以隨作家的意思而佈置的，或在一折間，一在劇首；或兩個皆在劇首。」

全文最後以交代全劇的關鍵人物及劇情、次要人物的出場，推動劇情的走向、劇情的開端，主角已上場，但其內容既未暗伏下文，亦不居全劇的關鍵、劇情內容自成段落或與前後平行發展、及劇情有所變化時等五種現象，歸納出「楔子」在元雜劇中的使用情形，全文以《元人百種曲》、日本學者鹽谷溫所著《支那文學概論》、周亮工《書影》、《西廂箋疑》、《京本通俗小說》、《醒世恆言》等參考書籍，將《元人百種曲》中包含楔子的七十二種劇本，參校《盛明雜劇初集》、《雜劇十段錦》及《西廂五劇》等加以分析歸納，得出種種結論。

2. 認為王伯良、陳眉公等諸氏的推論有誤，並主張淩初成《西廂記》為古本不可信

民國二十一年（一九三二年）五月，鄭振鐸在北平清華大學教授戲曲課程，在《清華周刊》第三十七卷第六期，發表〈西廂記的本來的面目是怎樣的？——雍熙樂府本西廂記題記〉，文中指出王伯良、陳眉公等諸氏刊

註五　同註七，頁五五二。

行《西廂記》以其為古本之失，凌初成古本《西廂記》不可信，並企圖勾勒出《西廂記》原本的面目，以及舉出雍熙樂府本《西廂記》的優點。

3. 更正孟稱舜在《古今名劇合選》的意見

民國二十二年（一九三三年），鄭振鐸在北平安東市場所購得明人孟稱舜所編《古今名劇合選》，因為該書為「各家書目皆不載」，所以他將《古今名劇合選》目錄抄錄下來，以供元明戲曲的研究者參考，並比對了明人臧晉叔的《元曲選》，前者只較後者多收數本而已，所以對孟稱舜在本書中自稱「收錄超過明人臧晉叔的《元曲選》」的誇大之辭加以駁斥。

4. 說明趙景深對馬致遠雜劇的誤解

趙景深先生在上海《申報・自由談》發表文章，舉出馬致遠四首小令以為是馬氏《孟浩然踏雪尋梅》等四劇的胚胎；同時，趙景深依循王國維《曲錄》的觀點，以為《孟浩然踏雪尋梅》是馬氏作品。鄭振鐸以為，趙景深第一個理由沒有確切的證據，他說：「我以為研究一個作家的作品，除明白的知道其作品產生的確實年月者外，便很難決定某篇是某作的胚胎，或某作是由某文某詩發展而成的；更不能因為小令簡短，便硬指他們必為雜劇的胚胎。我們只能說，馬氏這些小令在思想上和他的雜劇是同樣的——當然出於同一位作家之手下的東西，思想自不會相差得很遠的。」[六]

註[六]　鄭振鐸：〈馬致遠雜劇〉，原發表於民國二十二年九月九日上海《申報・自由談》；本處轉引自《鄭振鐸全集・第六卷》，（河

其次，他以《錄鬼簿》、《太和正音譜》均未記載馬致遠寫作該劇的記錄，趙景深此說襲自王國維，王國維則根據明人息機子所編的《古今雜劇選》之說，其實《孟浩然踏雪尋梅》為明人周憲王朱有燉的作品，見吳梅《奢摩他室曲叢》所收，該書已由商務印書館刊印出版。

（二）以社會文化史的角度看待古代戲曲發展

文學作品固然有其獨立的個性，但在將其置入歷史演進的過程中時，它必須引用某種價值標準，才能分出敘述的層次，並突顯作品的個性。當人們價值觀發生變化，與傳統的看法發生牴觸時，往往會重新審視過去整個的文學遺產[七]，鄭振鐸就是在這樣的情形下投入中國文學的研究，起初他強調的研究精神大多是呼籲國人重視新出土的素材，在方法上要運用科學的歸納法，以累積論證的來由，同時研究者還要有國際觀的視野，不能自外於世界的脈動之外。到了民國二十三年（一九三四年），他在自辦的《文學》刊物上發表了〈中國文學研究者向哪裏去〉，對於一向認為新題材必須要用新方法的這一點，提出了除了歸納法之外，還有進一步建議，那就是注意作品產生的時代與環境因素；換言之，即是要看重文學作品與社會的關係。在這一期的《文學》園地，他另外還發表四篇論文，分別從政治、經濟等社會因素分析元明戲曲的盛行、元代公案劇的產生、以及元雜劇中商人、士子、妓女之間三角戀愛的關係，反派人物所反映出社會的惡勢力集團。

在〈元代「公案」劇發生的原因及其特質〉一文，他舉出周密《癸辛雜識・別集》「照曠閣本」所載祖杰

北花山文藝出版社，一九九八年十一月），頁五七九。

註七　劉苑如：〈鄭振鐸《插圖本中國文學史》〉，《中國文哲研究通訊》第三卷第二期，民國八十二年六月，頁八十二。

一則內容，以祖杰欺壓良民終於伏法，「旁觀不平唯恐其漏網也，乃撰為戲文以廣其事。後眾言難掩，遂斃之於獄。」[八]，認為元雜劇中公案劇所以產生「不僅僅為給故事的娛悅於聽眾而已，不僅僅是報告一段驚人的新聞給聽眾而已，其中實孕育著很深刻的當代的社會的不平與黑暗的現狀的暴露。」[九]。因此，冤屈不得昭雪的結局，是元代公案劇的特色。在這樣的社會環境下，便出現了元劇中各種形像特殊的角色，如糊塗的官府，橫暴的吏目，賢官張鼎，以及鬼神與英雄等。

〈元明之際文壇概觀〉一文，從政治的觀點提出，元明之際是中國歷史上一個大變動的時代，由於外族的入侵，漢民族的地位遭受到嚴重的打擊，科舉的被廢，在民族的壓迫、仕路的閉塞，文人失意之餘，遂形成這一期的文學特色—消極、玩世、享樂的情緒，戲劇也不例外，比如「涵虛子著太和正音譜，分元人雜劇為十二科，而首二科便是「神仙道化」，與「隱居樂道」。而陳摶高臥（馬致遠）、黃粱夢（馬致遠）、岳陽樓（馬致遠）、竹葉舟（范子安）、鐵拐李（岳伯川）、度柳翠（無名氏），乃至七里灘子陵垂釣（宮大用）諸劇，在元劇中也成了很重要的一支大派。」其次，從經濟方面分析，戲曲之所以在元明之際大盛之因，是由於蒙古西征，帶來了商品交易的繁榮，經濟的進步，使得民眾有消費的能力，文人基於上述政治的壓迫，著眼於生活的考量，於是加入平民的社會中，寫作劇本，演說故事，及著作歌詞，並舉北方的大都及南方杭州為例，兩者皆為戲曲重鎮。民間娛樂及民間文藝因此擁有突破的發展機會，也是我國文學史上第一次走出古典文學領域的成就。

註[八] 鄭振鐸：〈元代『公案劇』產生的原因及其特質〉，《文學》第二卷第六期「中國文學研究專號」，民國二十三年六月一日；本處轉引自《鄭振鐸全集・第四卷》，（河北花山文藝出版社，一九九八年十一月），頁四九二。

註[九] 同前註。

鄭振鐸再次從影響論的觀點，為元代戲曲蓬勃而起的現象做出詮釋。他提出蒙古西征，原是窮兵黷武的心態，卻豐富了戲曲活躍的條件，同時陸路交通的順暢，造成了波斯、西域、印度諸國與中國的文化互動；元人政權不重視漢文化，本是歷來史家認為是其政權短促的致命傷，但文化上的偏見恰巧又給予俗文學發達的生機，讓戲曲脫離民間口傳的隨興表演，在質和量上都有全面的提升。

在〈論元人所寫商人、士子、妓女間的三角戀愛劇〉一文中，他首先舉出元代雜劇中有關這一類型的劇種，然後歸納出這些描寫相同情節的故事運用的形式大概有哪些情形，由此可以看出元代士子的社會地位低落，商人的勢力抬頭，商人的角色以茶商及鹽商最具代表性。

經濟狀況除了影響男女戀愛的關係，對於一直存在的惡勢力的人物，在社會的變化中有無不同？鄭振鐸又再選擇了淨與丑這兩個舞台上最早出現在參軍戲的角色，以他們各自在舞台上的發展，從南戲到明傳奇一路的變化，發表〈淨與丑〉一文，他將淨所扮演的角色歸納為「草頭皇帝」，丑為「狗頭軍師」，對自古至今，社會黑暗勢力的結合做出嚴厲的抨擊。

（三）提出中國戲曲受印度影響之說

強調文學要有世界觀的論點，是鄭振鐸自「文學研究會」以來的態度，民國二十一年（一九三二年）十二月，他在撰寫《插圖本中國文學史》的第四十章〈戲文的起來〉，詳細交代了他的看法[十]，鄭振鐸認為中國南

註[十]　以下內容參見鄭振鐸：《插圖本中國文學史（二）‧第四十章　戲文的起來》，收入《鄭振鐸全集‧第九卷》，（河北花山文藝出版社，一九九八年十一月），頁八十七—九十六。

方與印度南方的水路，是古代商旅運送貨物的路線，他以玄奘在《大唐西域記》記載戒日王命人演奏「秦王破陣樂」的樂曲，推論該樂曲應是由商旅由中印海上而傳入的，文化的交流是互相的，中國商人可以將樂曲傳入印度，印度的戲曲及其演劇的技術也可以透過中國商人帶回，所以最初戲曲輸入中國的動機，可能是做為禱神、酬神之用。

除了交通路線的途徑，鄭振鐸再從傳奇及戲文的組織「與印度戲曲逼肖之處」，分三點論證確由印度傳入；印度戲曲以歌曲、說白、科段三元素組成，角色有男、女主角、幫閒人物、男主角的僕人、及女主角的僕人等，在開場之前必有一段「前文」，結尾時也有尾詩，人物因高低層級的不同，而有使用典雅及土白語之別，這些都與我國戲曲的特徵十分吻合；最後，他以現存最早戲文《趙貞女蔡二郎》、《王魁負桂英》為例，說明兩劇與印度戲劇家卡里台莎（Kalidasa）的劇作《梭康特娸》（Sukantala）故事相同；同時《永樂大典》中《陳巡檢妻遇白猿精》一劇與印度史詩《拉馬耶那》（Ramayna）有一部相類似，而《拉馬耶那》的故事卻是印度戲曲家們所最喜歡採用的題材，來推論二者之間定必定有所關聯，他用以上諸說證明中國戲曲確實是自印度，至於是否仍能成立，下一節將有進一步地分析。

（四）掌握研究所需的文獻資料

由於經年搜集藏書，因之他時時關切研究資料的狀況，反映在論文篇章中，往往可以讀到他對於文獻資料的見解，提供給研究者寶貴的線索，大約分為以下幾方面：

1. 善本的收藏

民國二十二年（一九三三年）十二月十日，他在〈記一九三三年間的古籍發現〉一文，就記錄了自己在北平安東市場所新購得明人孟稱舜所編《古今名劇合選》，另外還敘述了自藏的善本書目資料：

(1) 明人孟稱舜所編《古今名劇合選》的特別處：

> 今年春初，在北平安東市場某書肆，得孟稱舜氏所編《古今名劇合選》，全書凡五十六種，完全不缺，殆為藏選外，最富之曲選矣。（王孝慈先生亦藏有此書，然殘佚頗多）當時逐鹿者頗有其人，然終歸我有。今年所發見的戲曲，當以此書為最重要。此書各家書目皆不載，僅祁氏《藏書樓書目》有《柳枝集》、《酹江集》之名，然亦未詳其目[十一]。

該書所附作者自創的四本雜劇《眼兒媚》、《桃源三訪》、《花前一笑》、《殘唐再創》未見他書收錄；鄭振鐸認為每劇之端，所附的評語，往往可以成為學者論述戲曲史的資料。他並把《古今名劇合選》目錄抄錄下來，以供元明戲曲的研究者參考。

(2) 他自己於本年的收藏，則有《重刻元本題評音釋西廂記》、《新編全相點板西湖記》、《新刻出相音釋點板東方朔偷桃記》、《新刊重訂出相附釋標注裴度香山還帶記》、及《傳奇十種》，以上諸書幾乎都是國內唯一的版本。

2. 新資料的發現

由於「小說戲曲，更是國內諸圖書館不注意的東西，所以要靠幾個國內圖書館來研究中國的小說戲曲，結果只有失望。」鄭振鐸「深感到得書之不易」，所以在民國十六年（一九二七年）決意歐行時，「便立願要閱讀

註[十一]　鄭振鐸：〈記一九三三年間的古籍發現〉，原文寫於民國二十二年十二月十日；本處轉引自《鄭振鐸全集・第五集》，（河北花山文藝出版社，一九九八年十一月），頁四五七。

各國大圖書館中所有的中國古書，尤其是小說與戲曲。」[十二]；在〈巴黎國家圖書館中之小說與戲曲〉一文中，鄭振鐸分別指出其該館曲藏的特色如：

(1)《韓朋十義記》：其特殊處在於「就其曲白之淺顯易曉之點觀之，當為古傳奇，或流傳於當時民間之劇本，未經文人學士潤色過者。」[十三]。

其後，他更搜得明萬曆年間金陵富春堂刻本，於民國二十三年（一九三四年）收入自印《長樂鄭氏匯印傳奇第一卷》，一九五四年二月《古本戲曲叢刊・初集》亦據之影印[十四]。

(2)《虎口餘生記》：「即《鐵冠圖》，敘明末李張的起義者，遺民外史著。翻刊袖珍本。此書為舞台上所常演唱者，然亦僅《步戰》、《別母》、《守門》、《刺賊》等十出左右耳。全書凡四十四出。……凡明清之際的作家們對於這次農民大起義，都是站在地主們的立場上而予以否定的，作者此戲亦不殊於這個觀點。」[十五]。

(3)《西江祝嘏》：凡四種，這些劇本的特別處在於1．甚少流傳；2．撰寫絕佳，全篇妙語甚多，所以希望國外能有人將其列印出來。

二十一年（一九三二年）一月初，鄭振鐸趁北平燕京大學寒假期間返滬，二十八日遭遇日軍侵略上海閘北，

註十二　以上引文均見於鄭振鐸：〈巴黎國家圖書館中之國小說與戲曲〉，原載《小說月報》第十八卷第十一期，民國十六年十一月十日；本處轉引自《鄭振鐸全集・第五卷》，（河北花山文藝出版社，一九九八年十一月），頁四一五。

註十三　同前註，頁四四四。

註十四　郭英德：《明清傳奇綜錄》，（河北教育出版社，一九九七年七月），頁一二九。

註十五　同前註，頁四四五。

「這次襲擊的結果，涵芬樓（東方圖書館）是整個的化為灰燼了。隨之而被焚的是藏在涵芬樓擬編入《奢摩他室曲叢》裏的瞿庵先生的許多重要的戲曲。吳與周氏的書庫所藏，也在這一役裏喪失殆盡。」[十六]，他在回到北平之後，寫下〈中國戲曲史資料的新損失與新發現〉，記錄了在這次「一・二八淞滬事變」中被燬於戰火的涵芬樓、吳瞿安先生、以及上海周氏言言齋等善本戲曲，同時也註明本年所新發現「比較值得介紹」的九種善本戲曲，在九種書目裏，有明萬曆年間繼志齋刻本《旗亭記》，本劇作者鄭之文現存作品絕少流傳，本劇的發現對於鄭之文的研究又多了一條線索。

屬於舊鈔本洪昇的《四嬋娟》，則在去年（二十年）編選影印的《清人雜劇初集》時尚未得見；清人徐以室、鈕少雅兩人合編的鈔本《南九宮正始》殘卷，則是當時國內僅存的本子，在存世的六卷內收有不少罕見的元人傳奇殘文約六七十種，可說是極為珍貴；明人凌濛初纂輯的《南音三籟》原刊本，則是「談曲者迄未之一遇」的重要資料；清人姚燮的《今樂考證》原刊本，去年鄭振鐸在寧波即已發現，但因書商索價太高而失之交臂，幸賴他的好友馬隅卿代為購得，總算能有一讀的機會。

在〈記一九三三年間的古籍發現〉[十七]中，也有關於當時北平圖書館館藏及朋友所藏的善本，有關北圖書館館藏的戲曲善本記錄有：

註[十六] 鄭振鐸：〈中國戲曲史資料的新損失與新發現〉，收入《痀僂集》，上海生活書店（"創作文庫"第十集），民國二十三年十二月；本處轉引自《鄭振鐸全集・第四卷》，（河北花山文藝出版社，一九九八年十一月），頁六〇三。

註[十七] 鄭振鐸：〈一九三三年間的古籍發現〉，原文寫於民國二十二年十二月十日；本處轉引自《鄭振鐸全集・第五卷》，（河北花山文藝出版社，一九九八年十一月），頁四五三—四八五。以下引文出處均同，僅注出頁數。

(1) 梁辰漁《浣紗記》：時間為明萬曆刊本，而非李卓吾評本，刻得頗古拙。

(2) 張鳳翼《紅拂記》：為李卓吾評本。

(3) 《洛神廟傳奇》。

按：《洛神廟傳奇》未見他書著錄，鄭振鐸所提及北平圖書館所藏為現今唯一版本，該本屬清康熙間刻本，署「青要山樵編次」、「煙波釣徒批點」，首載署「笠澤漁長題」及「西河易道人題」的序，及署有「康熙已卯七月既望青要山樵自述」之自序。

(4) 《新鐫出像點板纏頭百練二集》：「亦一部未之前聞的明季曲選。」（頁四六八）

(5) 《永報堂集》中《奇酸記》、《歲星記》二本傳奇：此為朱逖先生讓歸北平圖書館之善本，鄭振鐸的友人任中敏先生嘗訪求李斗所作《艾塘樂府》而不得，不易竟於北圖所獲，可知此書在市面上極為罕見。

按：李斗，號艾塘，別署畫舫中人，著有《永報堂集》，收《防風館詩》、《艾塘樂府》、《揚州畫舫錄》及《奇酸記》、《歲星記》二本傳奇，其中《奇酸記》、《歲星記》均未見於諸書著錄，今俱存北京圖書館，為清嘉慶年間刻本，是朱先生當年所捐贈。

關於北平朋友的善本戲曲收藏則有：

(1) 傅惜華：

富春堂刊本《南西廂記》（即所謂李日華本）：此本「凡為李氏增入的諸折，皆注明『新增』二字，可證《百川書志》所云：翟時佩作二十八折，餘為李日華新增之說。是日華並不竊時佩也。」（頁四六九）

《元曲備考》：「可與沈自晉的《南詞新譜》，徐子室、鈕少雅的《南九宮正始》同為重要的研究『南戲』

的資料，其中錄寒山子作特多（寒山子及心其），自是他處所不見者。」（頁四六九）

(2) 杜穎陶：《音韻須知》（後附《問奇一覽》）—傳本罕見。

清初朱素臣、李書云所編之《音韻須知》（後附《問奇一覽》）亦為曲學的要籍，而傳本殊罕見。今年春，杜穎陶先生於安東市場的舊書攤上無意得之。（頁四六九）

二十三年（一九三四年），鄭振鐸在《文學》第二卷第六號，發表〈三十年來中國文學新資料發現記〉一文，不同於以往的僅以一年為限，他將一九〇〇年至一九三三年之間，俗文學地位逐漸興起之後國內陸續出現的重要資料匯整，分為十二個段落向讀者介紹，其中第九部份是元明戲曲的新資料統計，計有雜劇、戲文、傳奇等三種範疇，對於私家刻書、公家所藏、以及彼此特色，均有詳細說明。

3. 敘錄的撰寫

他繼續將《元曲選》中的作品逐一寫下敘錄，以〈元曲敘錄〉為題，自十九年（一九三〇年）一月起，連載於自辦的《小說月報》第二十一卷第一號至第二十二卷第十號止，長達一年。各劇每折先說明大要，其次羅列登場人物，然後將主角所唱的曲牌依次排開，最後附上該劇的題目與正名，對於想研究元雜劇的讀者而言，除了提供一份理想的參考資料；就他本人來說，也奠下紮實的學術基礎[十八]。

註十八　鄭振鐸除戲劇之外，在彈詞、佛曲方面，也都是先從敘錄的方式著手，如十六年（一九二七年）六月，《小說月報》第十七卷號外《中國文學研究號》就刊載了兩篇他為自己藏書撰寫的敘錄，分別為〈西諦所藏彈詞目錄〉與〈佛曲敘錄〉，兩篇文章都是在各自領域中首次發表敘錄者。

敘錄的完成，能夠幫助研究者對於資料的掌握，因為熟悉資料既可沉澱出個人見解，不致人云亦云、失之主觀；也是下一步進行深入討論的依據，因之在二十三年（一九三四年）六月一日《文學》（月刊）第二卷第六期「中國文學研究專號」上，他以之前的研究基礎，分別再從社會、經濟、人際關係與政治環境等角度提出〈論元人所寫商人、士子、妓女間三角戀愛劇〉、〈元代「公案」劇發生的原因及其特質〉、及〈淨與丑〉等一系列有關元雜劇的單篇論文，各篇均長達一萬字以上，他這種精神，印證了日後他在〈研究中國文學的新途徑〉一文開頭所強調研究者的態度，必須「原原本本的仔仔細細的考察與觀照不可」及「研究者卻不能隨隨便便的說話；他要先經過嚴密的考察與研究，才能下一個定論，才能有一個意見。」[十九]，這些態度也是他一生從事學術耕耘的最佳寫照。

4.書籍的介紹

由於戲劇歷來地位不高，研究的風氣在民初仍不十分興盛，是故鄭振鐸從開始接掌《小說月報》伊始，有鑑於「劇本及戲曲集一類的書，流傳下來的很不多。」[二十]，即撰文〈中國的戲曲集〉，列舉出戲曲選集有1．《元人百種曲》2．《元人雜劇選》3．《盛明雜劇》4．《古名家雜劇》5．《新續古名家雜劇》6．《雜劇新編》7．《雜劇十段錦》8．《六十種曲》9．《納書楹曲譜》10．《綴白裘》11．《暖紅室彙刻傳奇》12．《賜書台彙訂曲

註[十九] 鄭振鐸：〈研究中國文學的新途徑〉，《文學》〈中國文學研究專號〉，民國二十二年；本處轉引自《鄭振鐸全集．第五卷》，（河北花山文藝出版社，一九九八年十一月），頁二八四—二八五。

註[二十] 鄭振鐸：〈中國的戲曲集〉，《小說月報》第十四卷第一號，民國十二年一月；本處轉引自《鄭振鐸全集．第六卷》，（河北花山文藝出版社，一九九八年十一月），頁三九〇。

譜》，各書均列出時代、編者，以供後續從事研究之用，這是他第一次開列戲曲工具書的發端，但對各本書的特色並沒有很詳細的說明。

同年七月，他接續前文的觀點，再次寫下〈關於中國戲曲研究的書籍〉一文，刊登於《小說月報》第十四卷第七號，該文又列舉三十本書，作為提供研究中國戲劇史和想研究中國文學史的人參考，然而對各書的特色及優缺點的分析，仍然付之闕如；四年之後，他在《小說月報》第十七卷號外《中國文學研究號》發表〈中國戲曲的選本〉，開始對所列出的戲曲選集有進一步的優缺點述評，鄭振鐸除了將選集做表格的陳列，他並以個人心得為歷來一向不被重視的戲曲選集提出三點價值，即是：一是保存了不少已經散佚或傳本絕少的雜劇傳奇；其次，從這些當時流行的折子戲記錄，可以得知近三百年戲曲人口的好惡趨向；最後，在大套戲曲叢書出現之前，選集節省了研究者汰無存菁的時間與精力，這三點的看法，可說歸功於他費工夫整理的成果。

（五）戲曲研究者所應具備的態度

民國二十年（一九三一年），鄭振鐸在〈插圖本中國文學史．緒論〉，即已強調要把文學中所應敘述的純文學的範圍擴大；二十二年（一九三三年），在〈研究中國文學的新途徑〉一文更勾勒出戲劇研究可以發展的方向與前景，認為「應該有不少關於每一種文體之研究的著作。例如關於戲曲，至少要有一部戲劇史，一部戲劇概論，一部演劇史，一部中國舞臺之構造與聽眾，一部傳奇的研究，一部皮黃戲之沿革與歌者，一部崑曲興衰史，一部臉譜及衣飾之變遷等等；這些著作也都是不能以很小的卷帙裝載之的。」同時研究者還須具備「歸納的考察」與「進化的觀念」，才能得到正確的結論[二十一]。

註[二十一]　以上見鄭振鐸：〈研究中國文學的新途徑〉，《文學》〈中國文學研究專號〉，民國二十二年；本處轉引自鄭振鐸：《中國文學

三、對戲曲遺產的態度：

（一）民國九年至對日抗戰結束前

在抗戰結束之前，鄭振鐸對大眾文學的遺產立場可以分為兩方面，對於過往的戲曲作品，他以研究者及保存者的角度，視之為中國文學中的瑰寶，因為一直不為雅文學所看重，所以呼籲學者要以從瓦堆中揀拾珠玉的心情，來投入戲曲的研究行列，但對現存的傳統戲曲，則持全面否定的態度，認為傳統舊戲不適合環境所需，娛樂的動機不該是戲曲創作的訴求，舊戲在開啟民智上全無功效。

（二）對日抗戰結束後至一九四九年間

對日抗戰結束之後，三十五年（一九四六年）他又發表〈再論民間文藝〉、〈民間文藝的再認識問題〉兩文，修正了過去的觀點，以往認為改良主義的大眾文學是不可能成功的論調，至此已全盤推翻，對於「民間戲劇或地方戲的改革事業」，則強調應具體落實在對舊戲既有的表演方式上進行內容的改動，至於改動的標準是什麼？則未見進一步的說明。

（三）一九四九年之後

建國之初中共民族意識增高，再加上外有戰爭，內有改革的不同聲浪，一方面必須凝聚國人一致對外的力量，二方面中共高層決心推行全面共產主義以掃除異端，並針對不同階層、不同對象，以文藝工作者予以思想

研究》（下冊），（香港古文書局，一九七〇年十二月），頁一一四七。

改造，他以學者身份受邀出任文化部文物局局長、副部長，在文化的推動上自然也受中共中央當時決策的影響，出現了改進遺產等態度。

一九四九年七月至十九日，中共第一次「中華全國文學藝術工作者代表大會」（以下簡稱「文代會」）在北京召開，周恩來在政治報告中提及改造舊文藝的問題，他說：「凡是在群眾中有基礎的文藝，都應當重視它的改造。這種改造，首先和主要的是內容的改造，但是伴隨這種內容的改造而來的，對於形式也必須有適當的與逐步的改造，然後才能達到內容與形式的和諧統一。」[二十二]；一九五〇年七月，中共文化部組織成立「文化部戲曲改進委員會」，鄭振鐸是四十三位委員之一，委員的任務在於（一）、審定戲曲改進局所提出的修改與改編的劇本；（二）、對戲曲改進工作的計劃、政策及有關事項向中共中央文化部提出建議。關於戲曲劇目的審定標準為「下列情形的劇目應加以修改，對其少數嚴重者應予以停演：（一）宣揚麻醉與恐嚇人民封建奴隸道德與迷信者；（二）宣傳淫毒奸殺者；（三）有醜化和侮辱勞動人民的語言和動作者等。同時，還指出在審定中應對迷信與神話、戀愛與淫亂嚴格加以區別。」[二十三]，自該年七月至一九五二年三月，先後共有京劇二十六齣被停演或經修正才可演出[二十四]；同年十一月二十七日，他在《光明日報》上發表〈接收遺產與戲曲改進工作〉，以有計劃的改進舊劇，穩步的改革其演技，刪改補充舊劇做為工作的落實，刪改的方向要朝著反抗封建的立場著手。

註[二十二] 北京市藝術研究所、上海藝術研究所組織編著：《中國京劇史》（下卷・第一分冊），（北京中國戲劇出版社，一九九九年九月），頁一五一九。

註[二十三] 同前註，頁一五二二。

註[二十四] 同前註，頁一五三一。

一九四九年七月二日及一九五三年九月，中共兩屆文代會中，都一致認為批判繼承文學遺產是當前文學藝術事業的重要任務之一；同年十月二十一日，《人民日報》刊登他寫的〈為做好古典文學的普及工作而努力〉，指出古典文學要從下列三方面做好普及的工作，其中第一點就是強調在思想上，必須運用馬克思列寧主義和毛澤東思想[二十五]；二、研究者須注意作品作者背後的經濟基礎，時代影響、以及社會矛盾，標榜偉大的古典作家或是偉大的古典文學作品，必定是「對當時的社會矛盾有極端銳敏感覺並敢於揭露這些矛盾而加以生動的描寫的。」[二十六]，他稱符合以上這些原則的作品為「現實主義的作品」，「不管它是用何種形式呈現，其主要的一點就在敢於揭發、暴露乃至反抗、打擊當時的統治階級的黑暗與殘酷，也就是描寫當時的深刻的社會矛盾的。」[二十七]；三、在做法上要搜集與普及並重，對於古典文學尚未被發現的領域，要大量地加以收藏，對於最流行或新發現的古典文學作品，則必須從事普及，方法就是做好注釋的工作。

從其中，也可看出，過去他反對戲劇成為御用文人歌功頌德的作品，現在卻以向社會主義看齊，同意對舊戲進行思想洗禮不得不然的立場。

從以上的分析，我以為他在期刊上發表的這些論點至少有下列三點貢獻：

第一：就一位學術研究者而言，最重要的就是要努力搜集一手的資料，才能據以下正確的判斷。從他在論

註[二十五] 「都必須是在馬克思列寧主義、毛澤東思想的光輝照耀之下才能做得好，做得成功的。故古典文學研究者，首先必須刻苦用功的學習馬克思列寧主義和毛澤東思想。否則，一切研究便都要走彎路甚至誤入歧途的。」同前註，頁六十八。

註[二十六] 同前註，頁六十六。

註[二十七] 同前註。

文中所介紹的善本古籍，範圍包括個人、他人、公家、甚至國外所藏等，足見他在這方面長久累積的經驗與人脈，較一般的學者更善於把握研究資訊。正因為他是出於教學、研究的動機，不是為收藏而收藏；並且也希望以此鼓勵當時研究的學者。從他所撰寫的曲藏跋文中，即知有許多都是最早的刻本、鈔本或罕見的本子，十分彌足珍貴，本書第六章，對此將有詳細的分析。

其次，他從文化史的角度看待中國戲曲的發展，對於對於個別主題、母題、以及神話人物做追溯探源，並且對不同時代作家（包括無名氏作者）如何利用同一個主題或母題來抒發積愫以及反映時代，做深入的探討，類似今日的主題學研究[二十八]。民間傳說在庶民之間往往有驚人的發展，而且這些有名佚名作家的意向，常常利用俗文學中的故事來「暢其胸中也」。因此，我們不只可從其對故事的處理來了解其心態，亦可經由這些不斷孳長的故事來管窺各時代的真面貌，鄭振鐸除了說明主題人物的演變過程，還能把作品與時代對看，甚至據以窺測其中作者的心意，避免了只考證故事源流卻不及其它的缺失；同時還借助於剖析分解故事的途徑，進而揣測作者的用意，充分表現出這方面洞見知微的能力。

最後他能從不斷出土的資料及國外引進的研究方法，提出自己的看法，例如：許多人以為古代戲曲選集無甚研究價值，他以七部戲曲選集的羅列排比，用歸納法的精神，得出雜劇皮黃在三百多年，就已經保存了許多地方聲腔及他處不可見的曲文，向忽略選集的同好提出反證；以及對楔子的重新定義，推翻了歷來認為楔子是南戲中的「家門」「副末開場」、小說中的「楔子」、以及《西廂箋疑》中「餘情難入」的誤解。學術研究除了

註二十八　陳鵬翔：〈主題學研究與中國文學〉，收入《主題學研究論文集》，（臺北三民書局，民國七十二年十一月），頁五。

要掌握資料，擁有深厚的學術根柢，還要具備對研究主題的思辨能力，研究者必須觀念要釐清，理論要分明，方法要落實，如果沒有獨立思考的能力，便不能發現問題，有新的突破，鄭振鐸在材料的基礎上更新前人的研究心得，我以為這是他在戲曲論文所呈現的第三點貢獻！

第二節　戲劇論點的缺失

鄭振鐸的戲劇論點，也有不乏一些今日看來失之於主觀偏差的意見，茲將其歸納為以下幾點，並分別論述之：

一、臉譜是蠻性象徵的偏見

（一）有關「塗面」的記載

臉譜的來源為何？它的意義，是否如鄭振鐸所言，是一種「蠻性的象徵」？據現存資料顯示，唐人已有塗面扮戲之說，如唐人段安節《樂府雜錄》鼓架部記「缽頭」記蘇中郎「今為戲者，著緋、戴帽、面正赤，蓋狀其醉也。」王國維在《古劇腳色考》中認為是最早記載塗面的資料，不過「面正赤」究竟是塗面化妝，還是以面具來表現，則無定論；另一則宋人孫光憲《北夢瑣言》卷十八記載後唐莊宗李存勗「自為俳優，名曰『李天下』，雜於塗粉優雜之間。」則是塗面無疑。《太平廣記》中兩則唐朝文人的記載也有表演塗面的情形，一是孟郊〈弦歌行〉云：「驅儺擊鼓吹長笛，瘦鬼染面惟齒白。」及溫庭筠〈乾撰子〉：「墨塗其面，著碧衫子，作神，舞一曲慢趨而出。」因此至少在唐代，已有塗面化妝的風氣。而從以上文獻記錄看來，塗面用之於表演，似乎都為了反映現實，增加對觀眾的說服性，與變性的表現，淵源不大。

（二）有關「面具」的記載

至於面具的記錄，最早見於《漢書．禮樂志》：「朝賀，置酒為樂，有常從像人四人，秦倡像人員三人。」，「像人」孟康注解為：「若今戲魚蝦獅子者也」，韋昭的解釋是：「著假面者也」。另外，《周禮》卷三十一〈方相氏〉：「方相氏掌蒙熊皮，黃金四目，玄衣朱裳，執戈揚盾，帥百隸以索室敺疫。」《疏》云：「時難四時，作方相氏以難卻凶惡。」鄭玄注為方相氏是儺祭的主持者，他蒙著熊皮，戴著畫有四隻眼睛的面具，一手執戈，一手揚盾，上著玄衣，下著朱服，帶領百隸於冬季舉行盛大的「國儺」，旨在「驚敺疫癘之鬼」。王國維《古劇腳色考》考證其似為面具之始。

《後漢書．禮儀志》亦謂：「先臘一日大儺，謂之逐疫。其儀禮選黃門子弟年十歲以上、十二以下百二十人為侲子，皆赤幘皁製執大兆鼓。方相氏掌蒙熊皮，黃金四目，玄衣朱裳，執戈揚盾。十二獸有衣毛角中黃門行之兕，從僕射將之，以逐惡鬼於禁中。」可見面具最早為先民用以驅逐不祥物的道具；到了唐代，儺禮雖已銳變為華麗的歲時節慶，但據宋人孟元老的《東京夢華錄》卷七〈駕登寶津樓觀諸軍呈百戲〉一則文字，記錄了宋徽宗時一清明大寒時間士庶同觀百戲的活動看來[二十九]，面具仍以扮演神鬼動物為多，在元雜劇中，戴面具角色的仍是鬼怪、神明與加官類，地方戲的「變臉」，因為戴面具的角色本身臉上也著妝，之所以再戴面具，

註[二十九] 見孟元老：《東京夢華錄》，（臺北臺灣商務印書館，民國七十一年八月臺二版），頁一三九—一四〇。

不過是借用過去百戲中神鬼戴臉子的效果，以達到威對嚇方的作用，與古代祭典習俗相關。

（三）對鄭氏臉譜說法的辯駁

以上兩者均與「釁性的象徵」無甚關聯，鄭振鐸以為臉譜的產生與古代社會「文面」有關，「文面」的作用，大概有自我裝飾、社會地位象徵、宗教儀式、驅邪、及兼具治療與醫療等意義，戲劇中的臉譜中主要傳達給觀眾的訊息有寓褒貶、辨忠奸、示年齡、示血親、以及示身份等，它的功能可以幫助觀眾了解人物特徵、引起觀眾注意、增加戲劇的趣味，並且能夠深刻演員的表情[三十]，兩者並不相近，所以臉譜是否與古代文面習俗相關，以目前現有的資料還並不能得到充分的證明，此其一。

鄭振鐸說清以前的戲曲角色只用粉墨二色，紅臉、藍臉、黑臉、金色臉是從清代宮廷戲才開始；事實上，山西趙城廣勝寺明應王殿元泰定元年（一三二一年）的元雜劇壁畫上，左起第二人，似扮演某副將等「正末」角色，就是塗粉紅臉[三十一]，由於它是目前研究元雜劇演出面貌的唯一形象資料，因此其它的塗面情形只得自劇本中找尋線索；以關羽為例，元雜劇《關大王獨赴單刀會》第三折，黃文描述關羽「髯長一尺八，面如掙棗紅。」

註[三十] 參見鄭黛瓊《中國戲劇之淨腳研究》，（中國文化大學藝術研究所碩士論文，民國七十七年六月），頁二二二—二二三；王元富：《國劇藝術輯論》十六〈國劇的臉譜〉，（臺北黎明文化事業股份有限公司，民國七十六年五月再版），頁一二五—一二六；張庚、蓋叫天：《戲曲藝術美學論文集》十二〈戲曲人物造型論〉，（臺北丹青圖書有限公司，民國七十六年十一月），頁二六五—二八五。

註[三十一] 據周貽白：〈元代壁畫中的元雜劇演出形式〉，《文物》一九五九年第十期，頁四十五；張庚、郭漢城：《中國戲曲通史》（1），（臺北丹青圖書公司，民國七十六年八月），頁一—三七八—一—三七九。

《諸葛亮博望燒屯》中諸葛亮形容關羽「生的高聳聳俊鶯鼻，長挽挽握蠶眉，紅馥馥雙臉胭脂般赤，黑真真三柳美髯垂。」所以關羽在元代舞台上應已揉紅臉；其次《劉關張桃園三結義》中屠戶的道白有：「俺哥哥（指張飛）便臉黑」；《都孔目風雨還牢末》中搽旦說李逵是「面皮黑色」，《黑旋風雙獻功》中宋江也說李逵：「恰便似那煙薰的子路，墨染的金剛」；《尉遲恭單鞭奪槊》中徐茂公描述尉遲恭：「若非真武臨凡世，便應黑煞下天台」，從這些曲文似乎又說明了張飛、李逵、尉遲恭等在台上應是黑面；此外，由明至清初弋陽腔及平劇的「馬武」造型，也是由藍三塊瓦到花三塊瓦，最後變成藍色碎臉[三十二]，可見明代也有藍臉化妝，因此紅臉、藍臉、黑臉等是從清代宮廷戲才開始一說不可信。

不過，現今戲劇臉譜的複雜確實是從清代開始，清代皇室對待戲劇的態度，與前代相較，有兩點明顯不同：一是建立專門管理宮中演戲的機構；二是徵召民間藝人臨時入宮承應演戲，使得宮中戲與民間戲互相交流，彼此影響，因此清代宮廷戲，對於清代地方戲在北京的興盛，以及京劇的形成與成熟，幫助甚大[三十三]，許多新創的臉譜相應而生，表現演員在這方面精益求精的態度，為開創自己的表演風格走出前人的規範，得著許多好評，將戲劇表演推向更高的藝術境界。

註[三十二]　鄭黛瓊：《中國戲劇之淨腳研究》第四章〈淨腳的表演藝術〉二、臉譜的意義及功能，（中國文化大學藝術研究所碩士論文，民國七十七年六月），附圖二十二。

註[三十三]　馬少波等主編：《中國京劇史》（上卷）第七章第二節〈清代宮廷戲劇在京劇形成與成熟中的作用〉，（北京中國戲劇出版社，一九九〇年一月），頁二一〇。

二、「愛美劇」容易陷入藝術與教育的兩難

誠如鄭振鐸所言，「愛美劇」適合學生組成及在學校公演，當時它很快在各級學校取得迴響。然而雖然這種純粹業餘的戲劇團體，對從事戲劇運動的推展有其一定的貢獻；「愛美劇」固然能擺脫商業行為的操控，發展具有藝術價值的新戲，但是它的優點也是它的致命傷，「愛美劇」的成員因為基於興趣使然，束縛較少，往往組織鬆散；不靠資本家的支持則在演出方面易受限於經費的考量；業餘的演員不如專業的成員擁有較為豐富的經驗，因為謀生的壓力，有時適足以成為成員全心全意投入的動力；「愛美劇」由於承擔了教育民眾的重任，所以內容上又不能過於純藝術，也使得它在立意及操作面上陷入了一種矛盾[三十四]。

「愛美劇」的發起者也領悟到「職業的」的劇團不一定等同於「營利的」劇團，「職業的」的劇團應比「愛美劇」的劇團在藝術鑽研上，可以投注更多的精力[三十五]；況且，「愛美劇」發展的終極目標是培養高素質的觀眾群，並轉而要求職業劇的水準，「愛美劇」只是提升職業劇的過渡手段而已，是故在戲劇界人士的奔走下，日後紛紛以成立戲劇學校，培養專門的戲劇人才[三十六]。

註[三十四] 李孝悌：〈民初的戲劇改良論〉，《中央研究院近代史研究所集刊》第二十二期下，（台北中央研究院近代史研究所，民國八十二年六月），頁三〇一。

註[三十五] 「在開創期間，愛美的戲劇可以做養成職業的戲劇人才底的階梯，在演進期間，愛美的戲劇可以做為職業的戲劇底輔助或匡正；畢竟戲劇界的主力軍，還是要職業的而不是愛美的。」「職業的戲劇，和營利的戲劇有個精神上的大區別，就是前者以求藝術上的專精為目的，後者以求物質上的收獲為主目的。」以上見蒲伯英：〈我主張要提倡職業的戲劇〉，《戲劇》第一卷第五期，民國十年九月。

註[三十六] 民國十一年（一九二二年）十一月，蒲伯英與陳大悲在北京創辦人藝戲劇專門學校（簡稱「人藝劇專」），民國十四年（一

自「春柳社」首開風氣之後，愛美劇均起了承先啟後的作用[三十七]，它的優點在掃除文明戲演出時的種種弊端，落實了五四以來對舊劇改革的期望[三十八]，然而也因為太過於強調與社會脈動的關聯，三〇年代抗戰以後，一直無法擺脫「為政治服務」的陰影，淪為政黨宣傳的工具，不僅喪失原有的立意與精神，也阻礙了戲劇藝術往其它方向發展的可能性。

三、對武打戲意見的再商榷

中國戲曲是以音樂、戲劇、舞蹈三者融合的藝術，在長期的過程中，不斷地吸收民間的歌舞雜技的表演使舞台能推陳出新。「武戲」究竟何時加入正式的戲劇情節，無法確切得知，漢代東海黃公及角牴戲，應為武戲的前身，元雜劇裏表現兩軍對陣的戰鬥場面，常以「調陣子」的舞蹈程式搬演，「調陣子」即來源於角牴百戲的傳統。至於武術雜技用於戲劇表演，早在北宋時即已開始，到了金元時期，這種短打武戲的表演又有了進一步的發展，把武術雜技與塑造形象結合起來，並在表演藝術中形成了專門的一科——「綠林雜劇」，或稱為「脫

九二五年）五月，余上沅、趙太侔與聞一多共同商請教育部把已停辦的北京美術專門學校恢復為北京國立藝術專門學院（簡稱「北京藝專」），同時增設戲劇系，這是我國第一所國立的戲劇教育機構；在南方則有歐陽予倩擔任所長的廣東戲劇研究所（民國十八年二月—民國二十年七月），民國十六年（一九二七年），田漢在上海創辦「南國社」，並創辦「南國藝術學院」。

註[三十七] 丁洪哲：〈愛美劇運的形成及其影響〉，《淡江大學中文學報》第三期，民國八十五年十二月，頁十。

註[三十八] 如廢除舊劇行之多年男串女角的風氣，開創男女合演之例，不同的劇本上演時有不同的佈景，化妝、服裝務必要求接近真實生活等等。

膊雜劇」[三十九]。

但真正的大武生、武老生、武花臉、刀馬旦的戲，則是從弋陽腔、徽調、秦腔、漢調中逐漸發展起來，清代皮簧各行均強調翻跌對打的角色，如生行除分化為武生及文武老生，旦行的刀馬旦及武旦，淨行中的武淨，丑角中的武丑及武丑旦等，武戲成分因此大為增加，均以翻跌對打等身手取勝，大多有飛槍舞刀的「打出手」，因重視技藝，道白唱腔則往往忽略，所以鄭振鐸說他們「以耍花槍為能」。文戲演員靠嗓音、做工獲得觀眾滿堂彩，武戲演員則以技藝展現個人功夫，自然抓住機會，在表演時往往身手功夫上大作文章，有時不免流於出風頭、耍噱頭，只顧強調個人風采，卻忽略了戲劇的真實性，名伶蓋叫天也有同樣的感受[四十]。

但這些都是過火的表現，並不表示武戲的安排是全無意義的；以《盜雁翎甲》為例，時遷是名盜賊，由丑角飾，在〈盜甲〉一齣中，場上擺「兩張半」高台，丑角時遷必須以大頂將腳勾住第二張桌腿，懸身翻到第二張桌上，再起一把大頂，用腳勾住上面的椅子，翻身而上，將甲盜得，接著用嘴叼著包袱，兩腳叉入椅背，飄身落在第二張桌上，再踹著桌腿，仰身翻下，設計這一連串的動作，便是要將盜賊輕如乳燕、巧似狐狸的形影

註三十九 《青樓集》所載著名藝人中，就有國玉第、天賜秀及其女天然秀美、賜恩深、平陽奴等，並稱天賜秀「足雖小，而步武甚壯」；稱賜恩深「謂之『邦老趙家』。」屬於專門的短打武戲，有《劉千病打獨角牛》一劇，武打表演就佔有極其重要的地位。所謂「綠林雜劇」，就是以扮演綠林豪傑等民間武打故事的武功戲，在舞台上表現鉞刀趕棒、扑跌廝打的武門場面。崑曲中也有所謂的武打戲，如《林沖夜奔》、《三岔口》、《擋馬》等。

註四十 見蓋叫天口述，彭兆棨記錄整理：〈平劇武打的美〉，收入張庚、蓋叫天：《戲曲美學論文集》，（臺北丹青圖書有限公司，民國七十六年十一月三版），頁二四〇——二五五。

傳達給台下的觀眾，如此，時遷「捷賊」的形象也就具有說服力。鄭振鐸以「馬戲團中的雜耍」來比喻武戲，確有失當之處，因為戲劇雖在表現生活，但終究是表演，不論一舉一動，都得講究美，武戲開打自然也不例外，拳起棒落，刀來槍往，無處不講究美。比如舞台上用武器開打時，一般常用馬步，不亂抬腿，而是像滑冰樣移步。這樣，步步不離台板，才能既快又穩，既剛又柔；既包含生活中的武術訓練，又和真實生活有一定的區隔。

又如兩人開打時甲邁乙頭，乙低身下腰閃過，表現的正是乙的低身下腰身段；乙下腰後再轉向前「探海」一刺，受刺的甲方用手輕輕一帶，觀眾看到的是乙下腰後俯身蹺腿的工夫[四十一]，中國戲劇集舞蹈、音樂與故事三者而成，其理在此。鄭振鐸否定「武丑」及「武旦」戲的理由，是認為它們不能啟迪民眾新思想、也無法反映社會現況，純粹只停留在技藝的層次，不能視為藝術的呈現。

民國以後，外患依然存在，尤以日本對中國的挑釁不斷，各地慘案頻傳，鄭振鐸因身處當時的環境，所以對傳統戲曲所呈現的戰爭場面有「易使人視武戲為兒戲」，及「把生死的決戰是那樣的『規律化』」的評語，無非希望戲劇能再發揮它不斷地吸收新的藝術手段，把中國軍民在外侮的壓迫下所面臨的慘境做深入的描述，以喚起國人共同抵禦敵人的危機意識，從出發點來說，是承繼了晚清梁啟超等借戲劇以勸世，及民初話劇寫實風潮的影響。

至於鄭振鐸提到「『武打』在『人道』上是說不過的！訓練『武打』的演員時，其所受的苦痛，是不忍出諸口的。」指的應是中國過去社會戲子學制的不合理情形：

註[四十一] 同前註，頁二四〇—二五五。

舊社會進科班學戲是挺嚴格的，要經過考試，看看長相和身材；正式錄取了，還要由家長與科班簽一個字據，並要找一個保人。家長要在字據少按手印，字據上規定坐科學戲多少時間，像我是七年，滿師後要幫師一年也就是義務唱戲一年；學生入科要遵守科班一切規定，不許中途退學，還要在字據上寫上「打死無論」這一條。[四十二]

坐科期滿以後，如留班深造，或離班應聘，全憑學生自己志願。將孩子送入戲班學藝，科班訓練期間吃住一切由班主負責，由於日後學生必須以義務演戲回饋班主，從將本求利的觀點，班主無不希望收的學生個個是塊料子，將來才能為班裏樹立口碑，爭取觀眾，所以往往以壓迫方法硬逼學生苦練，乃至送進班的學生必須簽下「打死無論」的契約。在「不打不成材」的原則下，教師是一切的權威，學生們只有服從，買賣制度的學藝生涯雖然造就了許多名角，也產生許多悲劇的犧牲者[四十三]，梨園真是適者生存，不適者淘汰的地方，因之唯有艱韌性格的人才能繼續走在這條路上。放眼望去，今日所記載的一些戲劇演員的資料，但是從另一個觀點來說，在這一行表現的出色的演員們，他們大多一致肯定苦練是日後成名的關鍵，因為，即使自民國以來，新制的戲曲學校成立，開始注重學生在知識方面的傳授，但就以北平的中華戲曲專科學校為例，術科教學仍繼續沿用過去學徒科班的苦練方式[四十四]，顯見此法仍有其不可替代的必要性。例如該校第一屆畢業學生宋德珠——之後亦為

註[四十二] 高盛麟：〈藝無止境〉，收入中國人民政治協商會議北京市委員會文史資料委員會編：《京劇談往錄四編》，（北京出版社，一九九八年四月二版），頁六。

註[四十三] 同前註。

註[四十四] 顧正秋（資料提供）、季季（整理撰寫）：《休戀逝水——顧正秋回憶錄》，（台北時報文化出版公司，民國八十六年十月），頁

「四小名旦」之一[四十五]，他回憶當時上術科課的經驗也是苦不堪言，然而後來他畢業後到哈爾濱登台，表演至中途戲院子電燈壞了，院方只得點起幾枝蠟燭，但即使是湊著微黃的光線，宋德珠和其他台上成員互相「打出手」時卻沒有一絲差誤，獲得了觀眾熱烈的喝采聲[四十六]。再者，以京劇大師梅蘭芳先生為例，他一直肯定舊日訓練的紮實，是他日後得以屹立於舞台的最重要原因：

> 我練蹻工的時候，常常會腳上起泡，當時頗以為苦。覺得我的教師，不應該把這種嚴厲的課程，加到一個十幾歲的小孩子身上。在這種強執行的狀態之下，心中未免有些反感。但是到了今天，我已是將近六十歲的人，還能夠演醉酒、穆柯寨、虹霓關一類的刀馬旦的戲，就不能不想到當年教師對我嚴格執行這種基本訓練的好處。[四十七]

尤其戲曲演員轉行不易，他們謀生全靠日後登台賣藝，如果做學生時不練就一身絕活，往往沒有退路可言，這

七十五；及京市藝術研究所、上海藝術研究所組織編著：《中國京劇史》（中卷）第十九章〈京劇藝術進入鼎盛時期〉，（北京中國戲劇出版社，一九九八年四月修訂版），頁六五五。

註四十五　按：宋德珠，原名宋寶祿，號穎之，祖籍天津，民國七年（一九一八年）生於北平，畢業於北平中華戲曲學校第一屆，以演武旦、刀馬旦為主，兼演青衣花旦。他武功堅實，扮相俏麗，動作靈巧，身手輕捷，具英俊氣勢，形成美、媚、脆、銳的獨特表演風格，與李世芳、張君秋、毛世來等並稱為「四小名旦」，一九八四年七月十八日病逝於北京。以上見北京市藝術研究所、上海藝術研究所組織編著：《中國京劇史》（中卷）第三十三章〈旦行演員〉，（北京中國戲劇出版社，一九九八年三月修訂版），頁一三三九—一三四二。

註四十六　郭晉秀：《文學創作》，（台北縣采風出版社，民國七十九年八月），頁六十五。

註四十七　梅蘭芳述、許姬傳記：《舞臺生涯》（上），（臺北里仁書局，民國六十八年十二月），頁二十二。

就是無論過去的科班及現代的戲曲學校都堅持嚴格訓練的理由。從前科班時代的嚴苛往往卻造就了日後戲曲史上著名的伶人，他們開創派別，另立角色，樹立了戲曲藝術歷久不衰的表演精華，就是因為有深厚的底子，才能薪火相傳，為人所紀念。

四、「乾旦」違反人性說是忽略藝術表現

「男扮女裝」的風氣遠自漢代即有記載[四十八]，《魏書．齊王芳紀》引司馬師廢帝奏云，即有郭懷、袁信等男優作「妖婦」妝扮，唐朝崔令欽《教坊記》記錄南北朝民間小戲「踏謠娘」，該戲角色有丈夫、太太及眾人，其中扮演太太者「丈夫著婦人衣」為明顯的男角扮之，《樂府雜錄》〈俳優條〉、無名氏《玉泉子真錄》中或謂「弄假婦人」、或謂「數僮衣婦人衣」，都可見係男扮女妝。

由於早期女性拋頭露面，走江湖賣藝，多有不易，因此，在南宋戲文、雜劇及戲班裏都已有「男扮女裝」的情形，如周密《武林舊事》卷四〈雜劇三甲〉所記「劉景長一甲八人」中有「裝旦孫子貴」一人，據耐得翁《都城紀勝》〈瓦舍眾伎條〉、陶宗儀《輟耕錄》卷二十五〈院本名目條〉的解釋，宋雜劇、金院本每一甲通常有五人，「裝旦」或「裝孤」是臨時加入，不屬正色，所以「裝旦孫子貴」應為男扮女裝無疑。南戲男扮旦角之例見於《永樂大典南戲三種》〈張協狀元〉一劇：

註[四十八] 雖然焦循《劇說》卷一引楊用修語云：「漢郊祀志優人為假飾伎女，蓋後世裝旦之始也；然未必如後世雜劇、戲文之為，緣其時郊祀皆奏樂章，未有歌曲耳。」然今查《漢書．郊祀志》，並無優人為假飾伎女之事。

（旦）奴家是婦人。

（淨）婦人如何不扎腳。

（末）你須看他上面。

元雜劇中似乎沒有男扮女裝的記載，到了清朝，政府嚴禁女子演戲[四十九]，戲班不再收女弟子，所有角色均由男子扮演，「男扮女裝」遂大行其道。再加上清政府嚴禁官員狎妓，因此許多不肖的公務員即以觀戲為名，邀男旦陪客以避人耳目，以致引發出一些低俗的社會風氣，這是男旦歷來最為人詬病之處，也就是俗稱「私寓」及「相公」的由來：

> 相公（引者按：習稱相姑）堂子，又稱私寓。從前的三慶、四喜等戲班，在乾隆年間由南方到北平後，都備有公共寓所，本界人稱「大下處」又名「公寓」。其中好角掙錢多，嫌公寓中住著飲食起居一種不方便，自己另租一所房子居住，這便名曰「私寓」。「私寓」又名「私坊」，主人自己也要收幾個徒弟，一則傳授自己的藝術，二則將來也可靠其養家。私寓徒弟，待遇較優，戲界子弟多樂入，所以挑選較嚴，總是挑美麗的小孩，至少也要五官端正。小孩已經美麗，衣服裝飾又都入時，所以許多人都願意認識他

註[四十九] 《欽定吏部處分則例》卷四十五〈刑雜犯〉「嚴禁秧歌婦女及女戲遊唱」云：「民間婦女中有一等秧歌腳墮民婆及土妓流娼女戲遊唱之人，無論在京在外，該地方官務盡驅回籍。若有不肖之徒，將此等婦女容留在家者，有職人員革職，照律擬罪。其平時失察，窩留此等婦女之地方官，照買良為娼，不行查拏例，罰俸一年。」清孫丹書定例成案合鈔卷二十五〈犯姦〉有云：「雖禁止女戲，今戲女有坐車進城遊唱者，名雖戲女，乃於妓女相同，不肖官員人等迷戀，以致罄其產業，亦未可定，應禁止進城；如違進城被獲者，照妓女進城例處分。」

們，以為他們來往很有趣味。從前正式的官員，謹慎的文人，大多數都不與唱戲的人來往。與他們相熟者，旗人中只有內務府人員，漢人中只有經丞、書辦，再則就是不規矩的大員子弟，所謂闊少爺者是也。他們想得到私寓徒弟歡心，當然極力恭維，便以「相公」呼之。會試舉子樂與相公往來，自明朝即已如此，清乾隆以後更甚。此從其時前後數十年中所出關於相公著作便可知其大概[五十]。

但並非所有男旦都如此，以民初梅蘭芳先生為例，不僅藝術表演已屬一代國寶的地位，閒暇時更結交藝術同好，以收藏及專供繪畫自娛，可謂潔身自好；鄭振鐸批評他的做表唱工自然是出自一偏之見，「乾旦」的產生有其時代背景，「旦角」一門藝術造詣，至今仍以民初四大名旦無人能出其右，後來坤伶師事的對象也都是當年的男性演員，可知鄭振鐸當時撰文的立場純粹是為了反對舊戲而反對，他在當時刊物上，也曾針對舊戲泰斗為攻詰的對象，目的不過是希望扭轉人們揚棄舊戲，接受新戲，進而達到吸收新知，提升國民思想及素質為目的。

五、對「楔子」性質的有待補充

鄭振鐸對「楔子」的看法，認為它是「北劇本身結構上很重要的一個技術」「與劇中的『折』是打成一片，凝結成一塊，分不開的。」[五十一]是有道理的，曾師永義即以《元刊雜劇三十種》、明宣德間金陵積德堂原刻本

註[五十]　以上見北京市藝術研究所、上海藝術研究所組織編著：《中國京劇史》（上卷）第七章〈促使京劇成熟的歷史諸因素〉，（北京中國戲劇出版社，一九九八年三月修訂版），頁二四三。

註[五十一]　鄭振鐸：〈論北劇的楔子〉，原寫於民國十六年十二月；本處轉引自《鄭振鐸全集．第四卷》，（河北花山文藝出版社，一九

劉兗《金童玉女嬌紅記》、宣德、正統間周藩原刻本朱有燉的《誠齊雜劇》等所收集的劇本皆全劇銜接不分，而常見的「一折」字樣，都是代表劇中的一個小段落，也認為最初的雜劇應是首尾銜接，四折及楔子都是不分開的，只是全劇中必須包括四套曲子而已，分折的開始可能起自明代正統、弘治之際[五十二]。既然最初是不分折，「楔子」的內容當然包括在整個劇情中，是一氣呵成的。

其次，鄭振鐸說「楔子」「在本文中，其地位與正則的『折』是無所差別的」[五十三]，所敘述的情節，以及所包括的內容「不僅不是餘情，有時且為全劇的關鍵，全劇的頂點，全劇的主腦，至少也是全劇中不可缺少的一段情事。」[五十四]，除此之外，他對「楔子」何以安置於全劇的次序不統一，也僅以元人彈性自由運用作為解釋，事實上，「楔子」因為只用一兩支曲，篇幅畢竟不長，雖然如鄭振鐸所歸納，「楔子」的情節與正文息息相關，但多半僅居於伏筆的階段，或主角尚未正式上場，或雖上場而劇情尚未發展至關鍵，所以曾師認為「在首折之前的楔子即『引場』，在折與折之間的楔子即『過場』。」[五十五]。

現今元劇中「楔子」置於劇首者為最多，曾師以為是宋金雜劇院本「豔段」（即衝撞引首）在形式上的遺

九八年十一月），頁五五六。

註[五十二] 曾永義：〈元雜劇分折的問題〉，收入《說戲曲》，（臺北聯經出版社，民國七十二年五月三版），頁七十三—七十四。

註[五十三] 鄭振鐸：〈論北劇的楔子〉，原寫於民國十六年十二月；本處轉引自《鄭振鐸全集．第四卷》，（河北花山文藝出版社，一九九八年十一月），頁五五五。

註[五十四] 同前註。

註[五十五] 曾永義：〈元雜劇體製規律的淵源與形成．六、楔子〉，原載於《臺大中文學報》第三期；後收入《參軍戲與元雜劇》，（臺北聯經出版社，民國八十一年四月），頁二〇九。

留，兩者同樣都具有開首導引的作用，但是豔段為獨立的個體，楔子卻與四折劇情相關，因之是取豔段的形式與作用，而在內容上做進一步地發展；對於折與折之間的「楔子」，則是劇首「楔子」擴充其效能而產生的變化運用[五十六]。

六、戲曲起源印度說的不可信

近代最早談中國戲曲的起源者為晚清的劉師培，他在清光緒三十三年（一九〇七年）於《國粹學報》第二十九期和三十四期，先後發表〈舞法起於祀神考〉和〈原戲〉兩文，〈舞法起於祀神考〉謂：「巫，祝也；女能事無形以舞降神者也，象人兩包舞形。」後者謂「戲為小道，然發源甚古，暇稽史籍，歌舞並言，歌以傳聲，舞以象容，歌舞本於詩，故詩歌以節舞，以歌傳聲，以舞象容。」認為巫為歌舞的起源。民國二年（一九一三年），王國維出版《宋元戲曲考》，也以「歌舞之興，其始於古之巫乎？……蓋後世戲劇之萌芽，已有存焉者矣。」[五十七]，說法近於劉氏。

鄭振鐸以為「戲文的起來，其時代較雜劇為早，其來歷較雜劇的來歷為單純。」因此如果能夠追溯的出戲文的由來，對於中國戲曲的起源，就有了進一步的答案，他以為王國維的《宋元戲曲史》並未將這一部份說明清楚，在他的許多著作中，他都堅持中國戲曲的起源是自印度傳入，因為南戲之前的「蘭陵王」、「參軍戲」、「角觝戲」、「踏謠娘」等都不算是真正的戲曲，也不是真正戲曲的來源。

註[五十六] 同前註，頁二一〇—二一一。

註[五十七] 王國維：《宋元戲曲史》，（臺北臺灣商務印書館，民國七十五年二月臺七版），頁一。

民國七十四年（一九八五年）唐文標在所著《中國古代戲劇史之初稿》附錄一〈中國戲劇的起源問題〉中反對鄭氏所持的立場[五十八]，唐先生認為鄭振鐸在《插圖本中國文學史》中所說的歌曲、說白、科段三元素是所有韻文劇都必然具備的特色，不獨為印度劇所特有；其次，南戲中的「副末開場」或「家門始末」，起源於宋代歌隊或舞隊被勾臺上場時的「致語」。唐先生從《古劇說彙》及《宦門子弟錯立身》曲文中，提出是古代勾欄的一種宣傳和留客方法，尤其是有唱後付錢的這種規則存在。戲文中的「下場詩」在中國古代文章中即已有；而中國傳統的戲劇中，本來早就存在著主角以及「插科使砌」的配角人物，不一定是自印度輸入的戲劇方式。

鄭振鐸以印度戲劇《梭康特拉》（或譯為《沙恭達羅》）的輸入，中國才有《趙貞女蔡二郎》、《王魁負桂英》，乃至於《張協狀元》這一類「癡心女子負心漢」的故事，在題材的巧合上找出「外來說」的證據，唐先生也以為「這種始亂終棄的士人故事，本是很普通的現象。糟糠之妻不下堂，原來是很古的人類歷史，那個地方沒有呢？宋雜劇就有《王魁三鄉題》（武林舊事），本身見張邦畿的《侍兒小名錄拾遺》。說遠一點，唐代『霍小玉』同一類型故事，如蔡中郎、朱買臣、陳世美等史實上很多的傳奇故事，不是它的另一化身嗎？」，唐先生又以《梭康特拉》的內容是「說一個貴族得志後，拒絕了原來的戀人——一個民間淨修人女兒，後來又追悔的故事。在某點說來，卻更像《源氏物語》的一些段落。」，唐先生各自舉出一些例證反對鄭振鐸中國戲曲源自印度之說的看法，表示鄭先生的意見「是歷史的必然發展，不是因果。」。

註[五十八] 唐文標：《中國古代戲劇史初探》〈附錄一　中國戲劇的起源問題〉中第二部分〈中國戲劇從外國輸入說〉，（臺北聯經出版社，民國七十四年二版），頁二一六——二一八。

一九九三年，中國大陸學者鄭傳寅先生在所著《中國戲曲文化概論》第一章〈海納百川─戲曲文化的多元血統〉，歸納出戲曲起源四種說法，其中第三種即是「導源於古印度之梵劇說」[五十九]，他以中國古籍所載，戲文出現之前，未有「連臺本戲」的出現，以及本世紀在新疆出土的佛教梵劇的翻譯劇本，但與梵劇原貌相距甚遠（因為譯本刪去了原作的唱詞、曲調和登場人物，有的將原作中的唱詞改成對話），因此認為「西域是溝通印度與中原的文化通道，離印度本土不遠，梵劇『輸入』西域尚且發生如此大的變化，假定它當時或稍後果真傳入中原，恐怕與梵劇的本來面目會相距更加遙遠。」[六十]，鄭先生最後的結論如下：

戲曲的誕生地主要在山西、河北、河南和浙江等地，而不是西域。戲曲誕生之前，這些地區並未見梵劇的演出，至少目前還沒有可靠的材料證明這一點。當時比較常見的祇是包括印度樂舞在內的來自西域的一些歌舞，其中可能有梵劇的一些劇曲，但似沒有完整的梵劇劇目上演。戲曲誕生之時，不僅梵劇早已衰亡，因引進梵劇而興起的我國新疆一帶的「西域戲劇」也早已消歇。這些情況說明，戲曲的創生與梵劇的輸入會有一些關係，戲曲確實從印度表演藝術中汲取過營養，但二者之間的關係不是一個衍生另一個的親緣關係。把戲曲視為梵劇的子孫，是沒有太充足的理由的。[六十一]

鄭振鐸之以如此堅持「外來說」，在今日看來，都還需更多的線索才能成立，譬如：不承認戲文之前的各

註[五十九] 鄭傳寅：《中國戲曲文化概論》，（臺北縣志一出版社，民國八十四年四月），頁十五─二十一。

註[六十] 同前註，頁二十一。

註[六十一] 同前註。

種小戲是中國戲曲的源頭之一，將如何解釋百戲、假面、武打等內容在文獻小戲與日後雜劇傳奇前後均出現的原因？假定印度戲劇果真「輸入」中國，造成中國戲曲成熟關鍵性的影響，其間六朝至唐的各種文獻，何以均未見諸記錄？因之曾師永義在〈也談戲曲的淵源、形成與發展〉一文談及他對戲曲源生的看法，對於歷來學者提出的戲曲源頭論爭一一加以批駁，在「外來說」的部份認為：「不能僅憑某些相似的現象就斷定中國戲曲來自印度梵劇，這就好像老虎和人都會飲食，但人類的祖先絕不會是老虎一樣。就藝術之模倣而立論者，最多也只是向傀儡影戲或真人學習動作舉止作為表演之憑依而已，其距離戲曲尚遠，更無由從中產生戲曲。」[六十二]。

「外來說」的看法既然不能成立，那麼中國戲曲的源頭究竟為何？曾師以四點作為論斷中國戲曲源頭的基本認識，即一、凡合乎「演員合歌舞以代言演故事」的前提為「小戲」，「小戲」屬於戲曲的雛型，亦為戲曲的源頭；二、「小戲」的成立，必以一二元素為主要，由此而結合或吸納其他元素而形成合乎上述命義的藝術有機體；三、「小戲」的主要因素可以因時因地而不同，因此「小戲」可以多源發生，可以異地而生，可以異地而起，其藝術特色因而有別。四、如果要論斷中國戲曲之「源頭」始於何時，止能姑以文獻首見而合乎「小戲」命義為依據。因此我國宋代以前的見於文獻的「小戲」，成於戰國時代的《九歌・山鬼》，在宗教祭祀場合中以巫覡之歌舞為基礎；成於西漢武帝時的《東海黃公》在御前百戲競奏中以藝人雜技為基礎，成於後趙之「參軍戲」在宮廷君王娛樂中以俳優說為基礎，成於北齊之《踏謠娘》在鄉土群眾歡笑中以歌舞為基礎，這樣的「小戲」，才是戲曲的源頭，如以文獻出現之早晚為論據，則楚辭《九歌》或《九歌》中之《山鬼》，應當是中國戲

註[六十二] 曾永義：〈也談戲曲的淵源、形成與發展〉，《臺大中文學報》第十二期，二〇〇〇年五月，頁三九四。

曲的第一個雛型。

七、以意識型態品評舊戲，是政治領導藝術的做法

王國維先生在《宋元戲曲史》說道：「元劇最佳之處，不在其思想結構，而在其文章。其文章之妙，亦一言以蔽之，曰：有意境而已矣。」[六十三]，認為我國古代戲曲最大特質在情感而非思想。即以取材而論，古代戲曲取材多圍繞著歷史故事與傳說的範疇，劇作家極少憑空創作；甚至同一故事，作而又作，不惜重翻舊案，蹈襲前人[六十四]，因此顯得內容狹礙，今日看來，有些確實無法引起觀眾的共鳴。鄭振鐸在民國十年（一九二一年）時即已展開對於舊戲思想的撻伐，他以「色情迷」「帝王夢」及「封爵慾」，抨擊舊戲作者是「借古人的事，以獻媚於觀者，讀者。」但真正的現代戲劇精神應該以何為標準？卻未明言。

抗戰時期，他提出的「舊瓶裝新酒」的理論，對於所要裝的「新酒」內容，也只是「該以大眾能夠了解，而且能夠給他們以新鮮的趣味為前提。」[六十五]，定義仍不十分明確。直到一九四九年之後，在中共政策發展的大環境下，他在推動古典文學研究及戲曲改革上才有了清楚的立場，身為中共官員，「古為今用」的觀點自然

註六十三 王國維：《宋元戲曲史》，（臺北臺灣商務印書館，民國七十五年二月臺七版），頁一二五。
註六十四 曾永義：〈中國古典戲劇的特質〉，原載《中外文學》第四卷第四期，後收入《中國古典戲劇論集》，（臺北聯經出版社，民國七十五年二月五版），頁三十七。
註六十五 鄭振鐸：〈大眾文學與為大眾的文學〉，原寫於民國二十二年十一月三十日；本處轉引自《鄭振鐸全集・第五集》，（河北花山文藝出版社，一九九八年十一月），頁二一二。

是他必須遵行的原則，但是這種「勉為其難」的「古為今用」，在今日看來實在存在著許多問題，以政治思想領導藝術發展，如一九五九年山東大學古典文學教研組發表〈古典文學研究中的庸俗社會學的傾向〉一文，批評這種自一九五〇年來運用「庸俗社會學」的四種表現[六十六]，氾濫於古典文學的研究領域，造成把文學視為一定階級利益的表現，或解釋為經濟直接影響的結果；要在古代文學上勉為其難地貫徹「厚今薄古」的精神，必然出現兩種偏向：一是對古代作家作品加大批判的力度，貶低其價值，削減其影響；二是把古代文學的研究和現實鬥爭牽強地聯繫起來，中國大陸的學者在今日檢討起這一段政治領導文化的階段，曾經下過如此結論：

> 這十幾年（按：指二十世紀五〇年代到六〇年代初期），在傳承表演藝術的工作中，當然也不無缺憾。由於各項政治運動頻仍，藝術領域裏也不平靜，對戲曲文化的評估和一些藝術問題的研討，往往受到「左」的影響，強調劇目的政治內容，因而有些含有獨特表演技藝的劇目，由於這種或那種原因而不能學、演。……於是存在於這些戲中的表演技藝也隨之而湮沒無傳[六十七]。

可見意識型態只要定為一尊，對中國戲曲的戕害即造成許多無可彌補的損失。

註[六十六]　文中提及的四種表現，分別為：（一）單純用社會經濟的發展來解釋文學發展的原因，（二）、片面以是否「反映現實」作為評價文學作品的標準，抹殺作品的思想意識和美學意義；（三）認為文學作品中的典型形象，必須是階級的典型；（四）把古代作品的積極意義，只侷限在愛國主義，反壓迫、反封建。該文原發表於《山東大學學報》一九五九年第三期；本處轉引自潘樹廣、黃鎮偉、包禮祥等著：《古代文學研究導論—理論與方法的思考》，（安徽文藝出版社，一九九八年六月），頁八十八。

註[六十七]　同前註，頁一七三一—一七三二。

八、「淨」與「丑」角色探討過於主觀

鄭振鐸在民國二十三年（一九三四年）寫下〈淨與丑〉一文，內容論述了淨丑兩個角色從參軍戲以至明傳奇一路的變化發展，從該文第一部份「題前話」即可知作者此文借題發揮，影射時事的心態，他也承認這種比附是一種「閒話」，因為「壓不住一肚子的氣」的結果，如果撇開這些「題外話」不說，淨腳到了明代，走入三條表演路線，一是繼承宋元南戲中淨腳的特色，扮演著插科打諢的閒雜人物，如「小孫屠」扮幫閒、媒婆、朱令史、王婆等，通常與「末」與「丑」為一對；第二為繼承元雜劇淨行奸邪一面的特質，而予以強化，這一類的人物在劇中的地位，自明朝中葉以來，便越來越重要，如「連環記」裏的董卓、「八義記」中的屠岸賈、「鳴鳳記」中的嚴嵩、「一捧雪」中的嚴世蕃、「精忠記」的秦檜及兀朮、「雙鳳齊鳴記」中的韓侂胄、「武侯七勝記」中的孟獲、「高文舉珍珠記」中的溫丞相、「袁文正還魂記」中的曹皇親等，這些劇中出現的反派人物，則屬於鄭振鐸在文中所列舉的「淨」「丑」互相狼狽為奸的情形。

但是明傳奇中淨腳也扮演性格豪放或勇猛剛毅的正面人物，屬於雜劇中「末」或「外」兩種角色的強化，如尉遲敬德、焦贊、虯髯客、包公等，也漸歸入淨行[六十八]，可見在明傳奇中，「淨」除了負面的人物也有正面形象的代表，鄭振鐸談明傳奇時只片面地提及「淨」「丑」在劇中扮演反面人物的情形，有以偏蓋全之嫌。

註[六十八] 以上詳見曾永義：〈中國古典戲劇腳色概說〉，原載《國立編譯館館刊》第六卷第一期，後收入《說俗文學》，（臺北聯經出版社，民國七十三年十二月第二次印行），頁二七四—二七七；王安祈：《明代傳奇之劇場及其藝術》第四章〈腳色與人物造型〉，（臺北臺灣學生書局，民國七十五年六月），頁二三一—二四〇。

第三節　戲曲序跋的撰寫

戲曲序跋為戲曲論文的一大主體，其中所反映的理論內涵，與戲曲發展的脈絡淵源，都是我們可以考索原作者思想觀念的依據，本節將針對鄭振鐸所寫過的戲曲序跋，先就類別加以區分，再剖析其中的論點得失，以呈現鄭振鐸戲曲序跋的意義與價值！

一、戲曲序跋的分類

鄭振鐸所寫的戲曲序跋，對象包括三類，一是自己所收藏的古籍，其次為替他人戲曲著作寫序，最後則為他所出版的戲曲古籍叢書，三類序跋依次內容如下：

（一）為自藏古籍所寫的序跋

在《西諦書跋》卷七「雜劇傳奇」類所收集的鄭振鐸所寫的序跋計有以下諸篇：

1.元、明雜劇總集者

《古今雜劇》存二百四十二種二百四十二卷（原題：《跋脈望館鈔校本古今雜劇》

《古雜劇》存二種二卷，（明）王驥德編，明萬曆間顧曲齋刊本

2.清代雜劇總集

《雜劇新編》存三十三種三十三卷附《陌花軒》雜劇一卷，（清）鄒式金編，清康熙元年壬寅刊本

3.元代雜劇別集

新刊關目《詐妮子調風月》雜劇一卷，（元）關漢卿撰，鄭振鐸校，民國二十四年乙巳上海生活書店刊，《世界文庫》第七冊擺印本

《元本出相北西廂記》雜劇二卷，（元）王德信撰，題（明）王世貞、李贄評，明萬曆三十八年庚戌起鳳館刊本

《李卓吾先生批點西廂記真本》雜劇一卷，（元）王德信撰，（明）李贄評，明崇禎十三年庚辰天章閣刊本

《新校注古本西廂記》雜劇六卷，（元）王德信撰，（明）王驥德校訂，明萬曆四十二年甲寅山陰朱氏香雪居刊本

《北西廂記》雜劇，（元）王德信，明崇禎間山陰李氏延閣刊本

《硃訂西廂記》雜劇二卷，（元）王德信撰，（明）孫鑛評點，明天啟、崇禎間硃墨套印本

《新刻魏仲雪先生批點西廂記》雜劇二卷，（元）王德信撰，（明）魏浣初評，（明）李裔蕃註，明崇禎間陳長卿校刊本

《增編會真記》雜錄四卷，（明）顧秀緯輯，明隆慶間眾芳書齋刊本

《會真記圖》不分卷，（明）陳洪綬繪，（明）項南洲刊，民國十四年乙丑海寧陳氏景印本

4.明代雜劇別集

《楊東來先生批點西遊記》，（明）楊訥撰，日本昭和三年戊辰鹽谷氏據明萬曆四十二年甲寅刊本擺印

《四聲猿》雜劇四卷，（明）徐渭撰（明）袁宏道評，明崇禎間錢塘鍾氏刊本

《四聲猿》雜劇殘存二種二卷，（明）徐渭撰，明末山陰李氏延閣刊本

5. 清代雜劇別集

《龍舟會》雜劇一卷四折，（清）王夫之撰，民國二十三年甲戌長樂鄭氏景印，清同治四年乙丑湘鄉曾氏刊本

《孔方兄》雜劇一卷、《賈閬仙》雜劇一卷、《十三娘》雜劇一卷、《狗咬呂洞賓》雜劇一卷，（清）葉承宗撰，民國二十三年甲戌長樂鄭氏景印清順治十五年戊戌葉氏友聲堂刊《濼函》本

《坦菴詞曲》，（清）徐石麒撰，民國二十三年甲戌長樂鄭氏景印清順治間南湖亭書院刊本

《臨春閣》雜劇一卷、《通天臺》雜劇一卷，（清）吳偉業撰，民國二十三年甲戌長樂鄭氏景印清初振古齋刊本

《風流塚》雜劇一卷，（清）鄒式金撰，民國二十三年甲戌長樂鄭氏景印清康熙元年壬寅刊《雜劇新編》本

《空堂話》雜劇一卷，（清）鄒兌金撰，民國二十三年甲戌長樂鄭氏景印清康熙元年壬寅刊《雜劇新編》本

《醉畫圖》雜劇一卷、《訴琵琶》雜劇一卷、《續訴琵琶》雜劇一卷、《鏡花亭》雜劇一卷，（清）廖燕撰，民國二十三年甲戌長樂鄭氏景印清鈔本《柴舟別集》本

《西堂樂府》五種五卷，（清）尤侗撰，民國二十年辛未長樂鄭氏景印清康熙五年丙午刊本

《明翠湖亭四韻事》雜劇四種四卷，（清）裘璉撰，民國二十年辛未長樂鄭氏景印清康熙十年辛未絳雲居刊本

《痦堂樂府》五種六卷，（清）黃兆森撰，清康熙五十五年丙甲刊本

《續離騷》雜劇四種不分卷，（清）嵇永仁撰，民國二十年辛未長樂鄭氏景印清康熙間葭秋堂刊本

《續離騷》雜劇四種四卷，（清）張韜撰，民國二十年辛未長樂鄭氏景印清康熙間大雲樓刊本

《四名家傳奇摘齣》四種四卷，（清）車江英撰，民國二十三年甲戌辰長樂鄭氏景印清雍正十三年乙卯刊本

《桃花吟》雜劇一卷，（清）曹錫黼撰，民國二十三年甲戌辰長樂鄭氏景印清乾隆二十三年戊寅頤情閣刊本

《四色石》雜劇四種四卷，（清）曹錫黼撰，民國二十年辛未長樂鄭氏景印清乾隆二十三年戊寅頤情閣刊本

《花間九奏》雜劇九種九卷，（清）石蘊玉撰，民國二十年辛未長樂鄭氏景印清乾隆間吳縣石氏花韻菴刊本

《後四聲猿》雜劇四種四卷，（清）桂馥撰，民國二十年辛未長樂鄭氏景印清道光二十九年已酉宣城李氏味塵軒活字本

《溫經樓遊戲翰墨》雜劇三種三卷，（清）孔廣林撰，民國二十三年甲戌辰長樂鄭氏景印清乾隆、嘉慶間闕里孔氏手稿本

《古柏堂十四種曲》十六卷，（清）唐英撰，清嘉慶間刊本

《喬影》雜劇一卷，（清）吳藻撰，民國二十三年甲戌辰長樂鄭氏景印清道光五年乙酉萊山吳載功刊本

《玉田春水軒》雜齣九種九卷，（清）張聲玠撰，民國二十三年甲戌辰長樂鄭氏景印清道光二十四年甲辰賜錦樓刊本

《北涇草堂外集》雜劇三種三卷，（清）陳棟撰，民國二十三年甲戌辰長樂鄭氏景印清道光三年癸未周之琦劍南室刊本

《秋聲譜》雜劇三種三卷，（清）嚴廷中撰，民國二十年辛未長樂鄭氏景印清咸豐四年甲寅海昌周氏刊本

《陶然亭》雜劇一卷，（清）許名崙撰，清稿本

《卷石夢》雜劇一卷，（清）許名崙撰，清稿本

《盂蘭夢》雜劇一卷，（清）嚴保庸撰，清道光十九年已亥刊《珊景雜識》本

6.明代傳奇總集

《新刊音註出像韓朋十義記》傳奇二卷，（明）佚名撰，（明）羅祐音註，明萬曆間金陵唐氏富春堂刊本

《新刊出像音註何文秀玉釵記》傳奇二卷，題（明）心一山人撰，刊本同前

《新刊音註出像齊世子灌園記》傳奇二卷，（明）張鳳翼撰，刊本同前

《新刊出像音註商駱三元記》傳奇二卷，（明）佚名撰，刊本同前

《新刻出像音註蘇英皇后鸚鵡記》傳奇二卷，（明）佚名撰，刊本同前

以上為富春堂刊傳奇五種

《李卓吾評傳傳奇》五種十卷，（明）李贄撰，明萬曆刊本

《喜逢春》傳奇二卷，（明）清嘯生撰，明崇禎間刊本

《十錯認春燈謎》傳奇二卷，（明）阮大鋮撰，明崇禎間刊本

《鴛鴦棒》傳奇二卷，（明）范文若撰，明崇禎間刊本

《望湖亭》傳奇二卷，（明）沈自晉撰，明崇禎間刊本

《荷花蕩》傳奇二卷，（明）馬佶人撰，明崇禎間刊本

《花筵賺》傳奇二卷，（明）范文若撰，明崇禎間錢塘高氏山水鄰刊本

《長命縷》傳奇二卷，（明）梅鼎祚撰，明崇禎間刊本
《金印合縱記》傳奇二卷，（明）高一葦撰，明崇禎間錢塘高氏山水鄰刊本
《鳳求凰》傳奇二卷，（明）陳玉蟾撰，明崇禎間刊本
《四大癡》傳奇四集，（明）李逢時撰，明崇禎間錢塘高氏山水鄰刊本
以上為十種傳奇

7.元代傳奇別集

《元本出相南琵琶記》傳奇三卷、釋義一卷，（元）高明撰，（明）羅懋登釋，明萬曆間起鳳館刊本
《重刊河間長君校本琵琶記》傳奇四卷，（元）高明撰，明萬曆二十六年戊戌陳大來刊本
《琵琶記》傳奇四卷，（元）高明撰，明天啟間吳興凌氏即空觀刊朱墨本
《新刻魏仲雪先生批點琵琶記》傳奇二卷，（元）高明撰，明魏浣初評，明末刊本
《周羽教子尋親記》傳奇二卷，（明）王錂撰，民國二十五年丙午上海生活書店版《世界文庫》第十一冊擺印本
《殺狗記》傳奇二卷，（元）佚名撰，（明）馮夢龍訂，民國二十五年丙午上海生活書店版《世界文庫》第九冊擺印本
《李卓吾先生批評幽閨記》傳奇二卷，（元）施惠撰，（明）李贄評，明萬曆間容與堂刊本
《新刊重訂出相附釋標註月亭記》傳奇二卷，（元）施惠撰，明萬曆十七年乙丑繡谷唐氏世德堂刊
《趙氏孤兒記》傳奇二卷，（元）佚名撰，劉師儀校，民國二十四年乙巳上海生活書店版《世界文庫》第

七冊擺印本

《刻李九我先生批點破窯記》傳奇二卷，（元）佚名撰，（明）李九我評，明萬曆間書林陳氏共詹氏合刊本

8. 明代傳奇別集

《重校投筆記》傳奇四卷，（明）佚明撰，明萬曆間羅懋登釋義本

《李卓吾先生批評浣紗記》傳奇二卷，（明）梁辰漁撰，（明）李贄評，明萬曆刊本

《繡襦記》傳奇四卷，（明）徐霖撰，明刊朱墨套印本

《鼎鐫陳眉公先生批評繡襦記》傳奇二卷，（明）徐霖撰，題（明）陳繼儒評，明萬曆間師儉堂刊本

《新刻博笑記》傳奇二卷，（明）沈璟撰，明天啟三年癸亥茗柯生刊本

《新刻全像杜麗娘牡丹亭還魂記》傳奇四卷，（明）湯顯祖撰，明萬曆間金陵唐氏文林閣刊本

《牡丹亭還魂記》傳奇二卷，（明）湯顯祖撰，明萬曆刊本

《清暉閣批點玉茗堂還魂記》傳奇二卷，（明）湯顯祖撰，明末歙縣朱元鎮著壇刊本

《柳浪館批評玉茗堂還魂記》傳奇二卷，（明）湯顯祖撰，（明）袁令昭譯，明末蒲水齋刊本

《南柯夢》傳奇二卷，（明）湯顯祖撰，明萬曆刊本

《修文記》傳奇二卷，（明）屠隆撰，（明）范汝穀校，明刊本

《新鐫女貞觀重會玉簪記》傳奇二卷，（明）高濂撰，明萬曆間歙西黃德時還雅齋刊本

《新刻趙狀元三錯認紅梨記》傳奇二卷，（明）徐復祚撰，（明）范律之校，明萬曆間海陽范氏刊本

《醉鄉記》傳奇二卷，（明）孫鍾齡撰，明崇禎三年庚午白雪樓刊本

《東郭記》傳奇，（明）孫鍾齡撰，明萬曆四十六年戊午白雪樓刊本

《懷遠堂批點燕子箋》傳奇二卷，（明）阮大鋮撰，明末刊本

《詠懷堂十錯認春燈謎記》傳奇二卷，（明）阮大鋮撰，明崇禎間吳門毛恒刊本

《鴛鴦棒》傳奇二卷，（明）范文若撰，明末刊、清初芥子園印《博山堂三種曲》本

《玉茗堂批評異夢記》傳奇二卷，（明）王元壽撰，明萬曆四十六年戊午刊本

《新鐫全像藍橋玉杵記》傳奇二卷，題（明）雲水道人撰，明萬曆三十四年丙午浣月軒刊本

《重校錦箋記》傳奇二卷，（明）周履靖撰，明萬曆三十六年戊申金陵陳氏繼志齋刊本

《芙蓉影》傳奇二卷，題（明）西泠長撰，明崇禎刊本

9. 清代傳奇別集

《一笠菴新編第七種傳奇眉山秀》傳奇二卷，（清）李玉撰，清順治十一年甲午刊本

《一笠菴彙編清忠譜》傳奇二卷，（清）李玉撰，清順治間金閶樹滋堂刊本

《胭脂雪》傳奇存一卷，（清）盛際時撰，清內府四色鈔本

《秋虎邱》傳奇存一卷，（清）王鑨撰，清康熙十五年丙辰刊本

《宣和譜》傳奇二卷，題（清）介石逸叟撰，清康熙間刊本

《昭代簫韶》存十七卷，（清）王廷章撰，清嘉慶十八年癸酉內府刊朱墨本

《全福記》傳奇二卷，（清）王筠撰，清乾隆四十四年已亥槐慶堂刊本

《錄鬼簿》二卷、《錄鬼簿續編》一卷，（元）鍾繼先撰，明藍格鈔本

（二）替他人著作所寫的序跋

〈《清代燕都梨園史料》•序〉，一九三四年十二月二十三日作，《清代燕都梨園史料》為張次溪著，民國二十三年北平邃雅齋書店出版，

〈《晚清戲曲小說目》•序〉，民國三十年二月二十五日作，《晚清戲曲小說目》為阿英著，上海文藝聯合出版社，一九五四年八月出版

〈《關漢卿戲曲集》•代序〉，《關漢卿戲曲集》由北京中國戲劇出版社，一九五八年四月

（三）為自己出版古籍作序

《清人雜劇初集》，民國二十年一月編選影印

《清人雜劇二集》四十種，民國二十三年甲戌長樂鄭氏景印本

《六十種曲一百二十卷》，（明）毛晉編，民國二十四年乙亥開明書店攡印本

《長樂鄭氏彙印傳奇第一集》六種十二卷，鄭振鐸編，民國二十三年甲戌年長樂鄭氏景印本

《古本戲曲叢刊初集》，上海商務印書館，一九五四年二月出版

《古本戲曲叢刊二集》，上海商務印書館，一九五五年七月出版

《古本戲曲叢刊三集》，上海文學古籍刊行社，一九五七年二月出版

《古本戲曲叢刊四集》，上海商務印書館，一九五八年十二月出版

三類當中，以他為自藏的古本戲曲所寫的序跋為數最多，亦最具代性，舉凡曲本的內容、版本的價值，以及劇作家撰寫的動機，每每可以一窺全貌，茲將其序跋內容所呈現的價值分點敘述如下。

二、戲曲序跋所反映的內容

（一）訂正原書的缺失

《修文記》，屠隆撰。隆，字長卿，又字緯真，號赤水，鄞縣人。官至禮部主事。為俞顯卿師所攻訐，罷歸。隆所作，於《修文》外，尚有《曇花》、《彩毫》二記，而《修文記》則傳本至為罕見。蔣瑞藻《小說考證》引《花朝生筆記》謂：《修文》係李長吉事，大誤。蓋緣未見原書也。《修文》為隆晚年作，所敘皆隆夫婦、子女修仙事，實一部自敘傳也。而以其女得道為仙，修文天上，為全傳之骨幹。鬱藍生《曲品》謂：「赤水晚修仙，為黠者所弄。文人入魔，信以為實，故作《修文記》[六十九]。

按：鄭振鐸在上述跋文中指出蔣瑞藻《小說考證》中對《修文記》一劇的本事解釋錯誤，他懷疑蔣未見《修文記》一劇之故，事實上如鄭振鐸所言，屠隆一生著有戲曲《彩毫記》、《曇花記》及《修文記》三種，前兩部均見於《六十種曲本》，唯《修文記》傳本極罕見，連日人青木正兒所著《中國近世戲曲史》，在對屠隆作品的介紹，亦以其傳本稀少為由，獨缺《修文記》的記載[七十]。上述鄭振鐸引明呂天成的《曲品》謂《修文記》已有著錄，然暖紅室刊本之《曲品》，原無「故作《修文記》」句，北京清華大學所藏清乾隆五十六年楊志鴻鈔本《曲

註六十九　鄭振鐸撰、吳曉鈴編：《西諦書跋》，（北京文物出版社，一九九八年十二月），頁六一四。本節各篇跋文均引自該書，故僅注明頁數，不再另註出處。

註七十　（日）青木正兒著、王吉盧譯：《中國近世戲曲史》（上冊），（臺北臺灣商務印書館，民國七十一年十月臺四版），頁二〇六。

品》，也沒有「故作《修文記》」句七十一，確定有記錄者為清人所編《曲海總目提要》，在卷七《修文記》的部份謂：「《修文記》明屠隆撰，所記蓋李賀事也。上帝命賀作《新宮記》，兼纂凝虛殿樂章，故以《修文記》為名。」近人蔣瑞藻之誤記，可能沿襲自《曲海總目提要》。

該劇實為敘述固陵人蒙曜合家入道之事，劇中無一人為李長吉。鄭振鐸以《曲海總目提要》據《樂府考略》與《傳奇匯考》的殘本整理時間看來，《修文記》可能於乾隆以前即已漸不流傳，二十一年（一九三二年）五月，鄭振鐸以所藏交由上海傳真社影印為《傳奇三種》之一，分成上、下兩冊；一九五四年二月，《古本戲曲叢刊初集》又據此影印，凡二卷四十八齣。

（二）敘述原書的重要性

鄭振鐸在搜集元明雜劇方面最重要的貢獻，就是民國二十七年（一九三八年）五月，為北平圖書館在上海購得明代趙清常所校對的《脈望館鈔校本古今雜劇》，原書應為七十二冊，現存六十四冊，其中收藏元明雜劇二百四十二種，包括元明大家之作以及兩朝佚名作家的歷史劇和神仙劇多種，一半以上為孤本，他所購得的這批書籍轟動了當時的戲曲界和藝文界，這批二百四十二本元明雜劇的發現，「不僅在中國文學史上增添了許多本的名著，不僅在中國戲劇史上是一個奇蹟，一個極重要的消息，一個變更了研究傳統觀念的起點，而且在中國歷史、社會史、經濟史、文化史上也是一個最可驚人的整批重要資料的加入。」該批曲本的價值共可分為以下幾種：

註七十一　吳曉鈴：〈《修文記傳奇二卷・謹案》〉，收入《西諦書跋》（上），（北京文物出版社，一九九八年十二月），頁六一五。

1、元人雜劇部份：歷來研究元曲者，《元曲選》都是必須參考的典籍，但《脈望館鈔校本古今雜劇》卻保存了比《元曲選》更多的珍本，鄭振鐸為《脈望館鈔校本古今雜劇》所寫的書跋也是所有其他跋文中篇幅最長者，他在該書跋文中不厭其詳地指出其重要性，並分析其藝術特色，在現存六十四冊裏以第一類的元人雜劇最為重要，其中有二十九種曲本為人間孤本，如：關漢卿的《五侯宴》、《哭存孝》、《裴度還帶》、《陳母教子》四種；費唐陳臣的《貶黃州》；王實甫的《破窯記》；白仁甫的《東牆記》；高文秀的《澠池會》、《襄陽會》；鄭德輝的《伊尹耕莘》、《智勇定齊》、《三戰呂布》；李文蔚的《圯橋進履》、《蔣神靈應》；史九敬先的《莊周蝴蝶夢》；秦簡夫的《翦髮待賓》；鄭廷玉的《金鳳釵》；朱凱的《黃鶴樓》；劉唐卿的《蔡順奉母》；以及無名氏的《雲窗夢》、《劉弘嫁婢》等；這批曲本提供了研究戲曲者極為珍貴的資料。

同時，《脈望館鈔校本古今雜劇》中元人雜劇的作品，也有許多是臧晉叔的《元曲選》、以及其他選本中「異文」的本子，其重要實不下於「孤本」的被發現，如：元劇《敬德不服老》今僅見《金貂記》附刊本，而闕佚甚多，得此本足以補正不少；關漢卿《關大王單刀會》，元刊本殘佚曲文不少，賴此，得以讀得暢順；《好酒趙元遇上皇》，也足以幫助我們了解元刊本的情節不少，這一部分，佔了全書的少半的，可以說是全書裏最可驚人的部分。

2、明雜劇共有三十五種（第二十五冊至第三十冊）有許多是罕見的本子，如丹邱先生《沖漠子獨步大羅天》及《卓文君私奔相如》；黃元吉《呂洞賓三度城南柳》；楊慎《宴清都作洞天玄記》；桑紹良《獨樂園司馬入相》等諸人之作；賈仲名的《桃柳昇仙夢》也是首次發現之作，以上均為鈔本，又如《司馬相如題橋記》，也不見諸於《雜劇十段錦》的選錄。

3、《脈望館鈔校本古今雜劇》有五十六種無名氏所撰寫的歷史故事劇（第三十二冊至第四十八冊），時間從春秋至宋代，除了《隋何賺風魔蒯通》、《司馬相如題橋記》、《孝義士趙禮讓肥》、《小尉遲將鬥將將鞭認父》、《飛虎峪存孝打虎》之外，其餘均未諸於各本選錄，這些歷史雜劇對於研究小說史戲曲史者有極大的幫助，借此可以瞭解歷史故事在元明之際遞嬗變化的痕跡，這些劇本還可與《三國演義》、《隋唐演義》以及《水滸傳等小說的各種本子互相參證比較。

又；第四類共十五種（第一八四冊至一九八冊），實際上應為十四種（因《王閏香夜月四春堂》即《緋衣夢》），全部為鈔本，內容大多為「社會」和「戀愛」劇，鄭振鐸認為這些作品寫得好的不少，像《海門張仲村樂堂》、《徐伯株貧富興衰記》和《蘇九淫奔記》、《風月南牢記》等，鄭振鐸認為他們即使「和張國賓、關漢卿諸作較之，也不見得有『駑下』之感」。

除了以上這套曲籍的發現，另外《重刻元本題評音釋《西廂記》雜劇》二卷，鄭振鐸認為是《西廂記》目前現存最早的刊本，該本卷首「末」色所唱的《西江月》「放意談天論地，怡情博古通今」的開場，乃是任何刊本《西廂記》所沒有的。每齣之末，附有「釋義」與「字音」。下卷之末，附有《鶯鶯下棋》、《園林午夢記》、《西廂別調》、《打破西廂八嘲》、《閨怨蟾宮》、《蒲東崔張珠玉詩集》、《八詠詩》、《錢塘夢》、《秋波一轉論》以及「國學生」撰的《鬆金釧減玉肌論》。《西廂》附錄之富，此書當為第一。

他並以附圖及字體，考訂該書刊印年代，認為最遲應不在萬曆初元之後，此書之珍貴，亦在於此。

（三）指陳原書的缺點

上述《脈望館鈔校本古今雜劇》雖然是戲曲史上重要的發現，但並不表示二百四十二種二百四十九卷的古劇都是上乘之作，鄭振鐸指出其中第五類「仙釋劇」「故事陳陳相因」；第六類六種水滸傳的雜劇，及第七類「教坊編演」的十八種劇，「幾乎無一劇不是很討厭的頌揚劇」，都無甚佳作，所以是《脈望館鈔校本古今雜劇》中最為駑下的劇本（頁四八九—四九一）。

又如石蘊玉的《花間九奏》雜劇九種，被鄭振鐸批評為「以儒生寫作雜劇，其不能出色行當也固宜。」：

《花間九奏》雜劇九種：《伏生授經》、《羅敷採桑》、《桃葉渡江》、《桃源漁父》、《梅妃作賦》、《樂天開閣》、《賈島祭詩》、《琴操參禪》、《對山救友》，胥為純粹之文人劇。其所抒寫，亦益近於傳記而少所出。蓋雜劇至此，已悉為案頭之清供，而不復見之紅氍毹上矣。九作之中，惟《桃源漁父》、《梅妃作賦》二劇，題材略見超脫，曲白間有雋語；其他胥落庸腐，無生動之意。以儒生寫作雜劇，其不能出色行當也固宜。（《花間九奏》雜劇九種九卷，頁五六七）

按：石蘊玉，字執如，號琢堂，又號花韻庵主人，亦稱獨學老人，生於乾隆二十一年（一七五六年），卒於道光十七年（一八三七年），年八十二。乾隆五十五年（一七九〇年）中一甲一名進士，授翰林院修撰。歷官四川重慶府知府，山東按察使，後因事被革職，遂引疾歸。主講蘇州紫陽書院二十餘年，嘗修《蘇州府志》，為世所重。生平所作雜劇惟《花間九奏》雜劇九種，由於本身並不是專事作曲者，因之戲曲中不該犯的忌諱，如韻部不可混用及相混，石氏均不能免。此外各劇新意不多，大多依事敷演，用語亦平淡庸露，鄭振鐸對他的評語可謂說中其要害處。

（四）鄭氏個人的推論

在鄭振鐸所寫的戲曲跋文中，除了記錄各本特殊處，他也針對古籍有疑問的地方提出個人的見解，譬如楊東來先生批評《西遊記》六卷的出現，使他確定了之前撰文的推論。又，葉堂曾提及有一折《西遊》，因不存在於目前發現的《西遊記》有關劇本中，因而推論是當時伶人改動之作：

> 此劇中的好幾折，曾被選入於《納書楹》中。我們雖然疑心這些零折與吳昌齡的此劇有些關係，卻未能即決定其為吳劇中的文字。今則此劇出版，已證明我們的猜忖是不錯的。大約在《納書楹》編者葉堂的時候，此劇尚是容易得到的。葉堂所說「俗增」的一折《西遊》，考之此劇亦未之有；則此劇在當時演唱時，必曾為伶人們所增刪過。（楊東來先生批評《西遊記》六卷，頁五四五）

按：鄭振鐸曾於民國十六年（一九二七年）六月，於《小說月報》第十七卷號外發表〈中國戲曲的選本〉，曾以《納書楹曲譜》、《綴白裘》、《審音鑑古錄》、《六也曲譜》、《集成曲譜》五書，以原劇名為綱，列舉其所選各劇中之各齣名於表，《納書楹曲譜》所收關於《西遊記雜劇》有《撇子》、《認子》、《胖姑》、《伏虎》、《揭缽》、《女還》、《女國》、《定心》、《餞行》等，之後，在所舉各劇的作者及所知的版本部份，鄭振鐸認為《西遊記》「元吳昌齡著，敘唐玄奘至西方取經事，原本似久佚，但近日日本又發現一本，未知是否即吳昌齡所著。」[七十二]，

註[七十二] 鄭振鐸：〈中國戲曲的選本〉，《小說月報》第十七卷號外，民國十六年六月十日；本處轉引自《鄭振鐸全集・第六卷》，（一九九八年十一月），頁四〇三、四一四。

當時此劇仍藏於日本內閣文庫，鄭氏並未得見；次年（一九二八年），日人鹽谷溫氏以斯文會名義刊印[七十三]，鄭振鐸隨即撰文發表於《小說月報》[七十四]，《西遊記雜劇》應為明人楊景賢之作，鄭振鐸此處言吳昌齡，誤。《納書楹曲譜》所收《撇子》為《西遊記雜劇》第一卷第二折，《認子》，為第一卷第三折，《胖姑》為第二卷第二折，《伏虎》為第三卷第三折，《揭鉢》為第三卷第四折，《女還》為第四卷第三折，《女國》為第五卷第一折，《借扇》為第五卷第二折，《定心》為第六卷第一折，《餞行》為第六卷第三折。

也有以附圖的風格，被他評斷為伶工腳本者：

富春堂傳奇都附圖甚富，古樸可喜，有民間通俗畫意，殆以其為伶工腳本歟！（《新刊音註出像韓朋十義記》二卷、《新刊出像音註何文秀玉釵記》傳奇二卷、《新刊音註出像齊世子灌園記》傳奇二卷、《新刻出像音註商輅三元記》傳奇二卷、《新刻出像音註蘇英皇后鸚鵡記》傳奇二卷，頁五七九）

附圖的徽式刻風，往往也為沒有留下署名的刻工留下線索：

《紅梨記》有兩種不同的明本：此本通常題徐陽初撰；此則題由水月撰，當必有所據。圖絕精，雖無署名，與萬曆刻《牡丹亭》的插圖的氣韻正同，當必為歙黃氏諸昆仲所刻也。（新刻《趙狀元三錯認紅梨

註[七十三] 見吳曉鈴：〈楊東來先生批評西遊記六卷・謹案〉，收入鄭振鐸撰、吳曉鈴：《西諦書跋》，（北京文物出版社，一九九八年十二月），頁五四五。

註[七十四] 爾後鄭振鐸於民國二十四年（一九三五年）據以刊入《世界文庫》第一冊，一九五四年二月，鄭振鐸主編《古本戲曲叢刊，初集》則據斯文會本影印收入，以上同前註。

記》傳奇二記，頁六一七）

許多的全帙古籍，往往不知刊印者為誰，鄭振鐸據書中標題及訂證者的字樣，考證刊刻者的身份及該書的原貌，如：

> 右《喜逢春》以下傳奇十種，共二函。題葉上寫著：「十種傳奇」，並有「李笠翁先生閱」數字。孔德學校所藏殘本，其中第一冊的題葉上，聞也有《玉夏齋傳奇十種》的總名。但這十種實在不是一部叢書，特別其中《鳳求凰》一種，版式和他種完全不同，似更非同處、同時所刊者。我意，所謂「李笠翁先生閱」、所謂「玉夏齋」，似都是後來加上去的。《花筵賺》和《四大癡》的標題上俱有「山水鄰新鐫」字樣；又，《花筵賺》和《金印記》均有「西湖一葦」或「高一葦」「訂證」字樣；則此若干傳奇當並為山水鄰所刊者，而高一葦則當為山水鄰的主者。山水鄰彙刊傳奇，或不只此若干種，或僅為此九種，今俱不可知。或當無「總名」。後人購得其版片，以「九」為奇數，不便，故遂加上《鳳求凰》一種，合稱《十種傳奇》。此種推測，當無甚大錯。故今所見的《十種傳奇》類皆是後印模糊者。若得初印本，當不會有《十種傳奇》之名。北平圖書館有此書二部，印本尤劣；孔德所藏，也不見勝，且為殘本；余昔曾得暖紅室舊藏《荷花蕩》、《金印記》二種，珍為奇秘。吳瞿安氏處也未有全本，則此書之罕見可知。（乾隆《禁書目錄》著錄）。今於來薰閣得此，頗稱欣幸。當為民國二十一年間所得古籍中較好的一部書。（《西諦題跋．喜逢春傳奇十種》，頁五八二—五八三）

再如他據書中附圖，考訂《柳浪館批評《玉茗堂還魂記》》傳奇二卷的評者：

初未知柳浪館主人為誰人，袁中郎集中時有詠柳浪館詩，意即中郎所評歟？然未聞中郎嘗評《四夢》也。疑莫能決。後再閱上卷附圖，於「雨過有人耕綠野，牛背斜陽閃暮鴉」一幅有「勾吳袁鳧公題」數字，乃恍然知柳浪館是劍嘯閣主人之托名也。鳧公於明季評曲不少，有所謂「玉茗堂評」《錦箋》、《紅梅》諸記者，亦出其手。啟、禎間，吳郡鐫書之風至盛，殆可奪建安、金陵之席矣。鳧公與馮墨憨倡導誘掖之功不鮮也。（《柳浪館批評《玉茗堂還魂記》》傳奇二卷，頁六一二）

又；他從《跋脈望館鈔校本古今雜劇》現存的一百七十三種鈔本中註明「于小穀本」的部分，知道山東除李開先（中麓）、孔氏之外，還有于家也是收藏戲曲者。他考訂趙琦美為何會有「于小穀本」，是因為他與趙當時同住北京，官「中書舍人」，兩人出身相同，所以于小穀的藏本就經趙琦美的轉鈔而大顯于世，共計八十一本。（《古今雜劇》存二百四十二種二百四十二卷（原題：跋脈望館鈔校本古今雜劇），頁四九三—四九七）同時，他在趙琦美的這套藏書跋文中發現了四則董其昌的文章，因而懷疑是否趙書在流傳到錢謙益手之前，曾經董其昌之手：

在這裏，我們發現了董其昌（自署思翁）的四則跋文：

細按是篇與元人鄭德輝筆意相同。其勿以為無名氏作也。思翁。（《百花亭》跋）

崇禎紀元二月之望，偕友南下。舟次無眠，讀此消夜，頗得卷中之味。（《孟母三移》跋）

是集余於內府閱過，乃係元人鄭德輝筆。今則直置鄭下。（《斧劈老君堂》跋）

此種雜劇，不堪入目。當效楚人一炬為快。（《慶賀元宵節》跋）

這是一個謎。似乎在崇禎元年左右，這戲劇集曾經落在董其昌手裏過。這時，距離清常之死已近五年。讀《孟母三移》跋，似董氏曾攜此書「南下」。到底他是借了清常的，還是借之牧齋的，還是他自己所獲得的，實是一個謎。難道是由他家再傳到牧齋手中的麼？（同前，頁五〇二—五〇三）

又；他從刻本的刻印次數比對，得出或有後人偽作的推論：

此五種傳奇為：《浣紗記》、《金印記》、《繡襦記》、《香囊記》及《鳴鳳記》。其中《金印》、《鳴鳳》、《香囊》三記尤罕見。圖版精良，觸手若新。《浣紗記》尚有《三刻五種傳奇總評》，甚關重要。初刻或為荊、劉、拜、殺及《琵琶》，二刻當為《幽閨》、《玉合》、《繡襦》、《紅拂》、《明珠》。合之，凡十五種。《荊釵記》尚有傳本。劉、拜、殺則不可得而見矣。頗疑李卓吾祇評《琵琶》、《玉合》、《紅拂》數種。其後初刻、二刻、三刻云云，皆為葉晝所偽作，故合刻數種，殆皆為翻印本，不細校，不知原刻之精美也。

（《李卓吾評傳奇五種十卷》，頁五八〇）

（五）作品藝術分析：

鄭振鐸曾在〈光明運動的開始〉一文批評舊劇無非是充滿「封爵慾」與「帝王夢」，內容不過是才子佳人，在後花園相會，既沒有思想，也沒有藝術可言，他在期刊論文所發表討論舊劇的文章，多從社會、經濟方面的角度切入，極少有藝術方面的賞析，因此在藏書跋文裏，他對某些舊劇的肯定，倒可以視之為評鑒標準，綜觀鄭氏說法，他多半以劇作家是否有親身經歷，來做為作品肯定的原則，如他認為吳偉業以親身遭遇化為劇中情節，是其劇作《通天臺雜劇一卷》感動讀者的最大原因；至於尤侗雜劇五種五卷，內容包括《讀離騷》、《弔琵琶》、《桃花源》、《黑白衛》、《清平調》等，鄭振鐸特別肯定他在其曲文上的表現：

> 侗之數作，於題材上皆故作滑稽。若洞庭君之遣白龍化身漁父，迎接屈原為水仙；若以陶淵明為入桃源仙去；若敘李白之中狀元等等，並皆出於常人之意外。惟黑白衛、弔琵琶二劇之結構，較為嚴肅耳。然就曲文觀之，則侗誠不愧才子，其使事之典雅，運語俊逸，行文之楚楚動人，在在令讀者神爽，斯類超脫之神筆，蓋未嘗為拘律、守文者所夢見也。(《西堂樂府五種五卷》，頁五五四)

其實尤侗雜劇的主題，大部份是耳熟能詳的史事，包括沉江的屈原、出塞的昭君、隱居的陶潛，以及浪漫的李白，唯有《黑白衛》中的聶隱娘，是唐人小說中的虛構俠義人物。尤侗根據這些人的生平事跡、軼聞傳言，以及文學作品中的蛛絲馬跡加以貫串，所以情節得以不落俗套，鄭振鐸說尤侗在這些題材上「故作滑稽」「皆出於常人之意外」，其實正是尤侗之別有用心之處。如《讀離騷》加入杜撰的屈原為洞庭水仙、洞庭君遣白龍化作漁父、楚襄王悔悟等情節，乃是想藉同樣在政治上不得志的古人屈原以發洩自己遭降職的牢愁，所以他刻意抬高屈原的身價，使之死後成仙；而又能感悟君王，重用其弟子宋玉，也是尤侗對當世的順治皇帝仍寄予無限的期望。

其次，歷來撰寫陶淵明劇者，如許時泉的《武陵春》、葉憲祖的《桃花源》，重心旨在敘述桃源仙境，未及淵明本人事蹟，尤侗《桃花源》第四折安排淵明入桃源洞仙去，並加入其本人生平事件，的確不落俗套。《清平調》一折短劇，改變李白從未登科的事實作為全劇題材，其用意不過在借此平撫自己未登科之憾。鄭振鐸以「使事之典雅，運語俊逸」稱讚尤侗劇作，茲舉《黑白衛》第四折女尼稱許聶隱娘功勞及詢問其夫磨鏡郎時，聶隱娘的唱詞為例：

【鬥鵪鶉】再休提即墨田單，荊州劉表，都不過酒後蛇足，雪中雁爪，有則有玉鏡臺前舊鵲巢，難道分不開水米交。（白）今日隱娘願隨師父，皈依佛法。（唱）但早得白社薰修，抵多少黃粱夢覺。

此曲幾乎句句用典，但因屬戲曲典故，又能充分融入句中；又如《讀離騷》第一折鄭詹尹的白口襲自《卜居》一文，原文是：

夫尺有所短，寸有所長，物有所不足，智有所不明，數有所不逮，神有所不通，用君之心，行君之意，龜策誠不能知事。

《讀離騷》的賓白則為：

大夫差矣，夫尺有所短，寸有所長，物有所不足，知有所不明，數有所不逮，神有所不通，我的卜筮只好辨吉兇、明禍福，如君所言，用君之心，行君之意，就是周文王六十四變，不能定其是非，宋元君七十二鑽，也難判其休咎，豈我所得知乎？大夫請回，不必再占，我且休矣。[75]

後者在轉折、結尾及銜接其他說話的地方都作了適度的調整，使之更宜於說話人的口吻，因之吳梅在《中國戲曲概論》也說「曲至西堂，又別具一變相，其運筆之奧而勁也，使事之典而巧也，下語之豔而油油動人也，置

註[75] 詳見沈惠如：《尤侗西堂樂府研究》，（東吳大學中國文學研究所碩士論文，民國七十六年四月），頁四〇—四十一。

之案頭，竟可作一部異書讀。」[七十六]，可見其才大如海，筆力雄肆之妙！

清代雜劇到了雍乾時期，風格又為之一變，此時離南明滅亡已有一段時間，戲曲題材漸無初期時國破家亡之慨，如以早卒文人曹錫黼而言，因早歲得第，仕宦順利，雖然死時年僅二十九，鄭振鐸指出他所譜劇作多半特色為「從容爾雅」，有一些題材是過去的劇作家所從未寫過的，如《張雀網》及《寓同谷》等，是很好的嘗試，鄭振鐸對桂馥的《後四聲猿》劇作亦推崇備至，認為「風格之遒勁，辭藻之絢麗，蓋高出自號才士名流之作遠甚。」。

對於嚴廷中的《秋聲譜》則有以下的評價：

> 三劇情文雖胥為團圓之結局，而紙背上卻隱隱透露出淒涼來，誠哉！其為《秋聲譜》也。《洛城殿無雙豔福》嘲罵試官、舉子，頗為峻切，狀元得第，公主翻案，佳人才子，豔福無雙，失意人偏好作得意語，蓋舉子之常態也。劇中才女應試一節，似有所本，並其情態亦類襲李松石《鏡花緣》說部。《武則天風流案卷》一劇，則大類湯若士《還魂記》傳奇中《冥判》一齣。《沈媚娘秋窗情話》一劇，再三致慨於美人之遲暮而結之以「多謝西川貴公子，肯持紅燭賞殘花」云云，作者於此，慨嘆自深。（《秋聲譜》雜劇三種三卷），頁五七四）

這是因為嚴廷中雖然文名馳海內，然一生不見用於世，他在道光十九年（一八三九年）歸故里今是園，作《秋

註[七十六] 吳梅：《中國戲曲概論》（卷下），（台北學海出版社，民國六十八年十月），頁十。

聲譜》的自序中寫道：「故山歸後，忽忽寡歡，斜日在門，遠風生水；秋聲從落葉中來，如怨竹哀絲，助人悽惻。秋以聲為譜，我且以秋為譜。若賞音無人，則歌與寒蟲古樹聽之。道光乙亥八月，秋槎居士記於今是園之梅月三生室。」[七十七]，流露在劇中的，便是自己挫折失意的人生寫照。

他認為屠隆的《修文記》雖極逞仙佛神魔情節，但亦不失於豐富之想像力：

此記設想荒誕，文辭酸庸，錯綜仙佛，雜糅人鬼，僕僕求仙，自信得道，而妻子女婿，一門並種善因，皆得超拔，快意抒情，真類譫語。明代混合三教，妄意求真之徒不少。赤水殆入魔尤深者。然在戲曲史上，類此之自敘傳，赤水實為始作俑者，其影響殊大。清代之《醉高歌》、《寫心雜劇》等作，並皆成其餘風。元、明戲文，每苦質直。此記逞其想像，上碧落，下黃泉，仙福鬼趣，各窮其境，亦殊有別趣。《仇鬼》一齣中之任伯嚭，即訐赤水之俞顯卿了。《遇師》一齣中之完初道人，孫君，即吳人孫榮祖也，生平友讎，亦已並入記中矣。（《修文記》傳奇二卷，頁六一四）

按：《修文記》為敘述固陵人蒙曜合家入道之事，該劇宗教意味甚濃，鄭振鐸以為是為屠隆「自敘傳」，因「生平友讎，亦已並入記中矣。」考《修文記》一劇事無所本，純屬杜撰，劇中作者以此劇自寓的痕跡處處可見，如第一齣「賞花」，屠隆於蒙曜自述身世時寫道：「曾為縣令，卓有神明之聲；再官省郎，雅著寅清之譽。倏爾被讒去國，幼安皂帽；飄然入道還家，賀監黃冠。願為廉吏，不持劉寵一錢；命里合窮，依舊相如四壁。」正

註七十七　轉引自蔡毅編著：《中國古典戲曲序跋彙編》（二），（濟南齊魯書社，一九八九年），頁一一一二。

與他自身經歷相契合。再以鄭振鐸在跋文中所舉的第十齣「仇鬼」而言，寫黑陰司主審理任伯嚭誣陷蒙曜一案，云任伯嚭「生前與蒙有仇，無計害他，誰想反害自己，兩敗去官。」然則屠隆作此劇，意在為己洗雪冤屈。

又劇中所敘蒙曜合家修道入仙，亦與屠隆一家情況相符[七十八]，屠隆劇作常有此種現象，如《彩毫記》譜自李白傳，以唐玄宗與楊貴妃事配之，《曲品》下〈劇說〉四謂此劇「作者以李白自況也」；《曇花記》未據他本，但《顧曲雜言》、《曲海總目提要》卷七、錢謙益《列朝詩集》丁六均載，該劇中曇花為影涉屠隆卜居寧波南門日月湖邊之娑羅樹，為作者自寓成道修仙之事，因之鄭振鐸的跋語，所論甚是。

惟《醉高歌》是清康熙時張雍敬所撰，計三本十二折。張雍敬字簡庵，號風雅主人，秀水人，生平待考，因頗喜《西廂記》，又愛金聖嘆評點西廂，故是劇之寫作、體例、關目俱仿《西廂記》，實為《西廂記》體之雜劇，且自為評點；又《醉高歌》一劇事本《金鶯兒傳》，敘山東僉憲賈伯堅與名姝金鶯兒的一段情事，鄭振鐸以為是受屠隆《修文記》「自敘傳」之餘風，似不可信。

（六）交待得書之始末

《脈望館鈔校本古今雜劇》跋文中，他詳細的敘述了這部「國寶」終為國家所有的艱辛[七十九]；再如金陵富春堂唐氏鐫有傳奇百種，在民國二十一年（一九三二年）之前，鄭振鐸「每向南北書肆詢訪，均無所得」，後因書商主動出售而得五種，因之被視為珍寶（《新刊音註出像韓朋十義記》傳奇二卷《新刊出像音註何文秀玉

註七十八 以上參見郭英德：《明清傳奇綜錄》（上冊），（石家莊河北教育出版社，一九九七年），頁一五六—一五八。

註七十九 鄭振鐸：〈古今雜劇存二百四十二種二百四十二卷（原題：跋脈望館鈔校本古今雜劇）〉，收入《西諦書跋》（下），（北京文物出版社，一九九八年十二月），頁四五六—四六二。

敘記》傳奇二卷、《新刊音註出像齊世子灌園記》傳奇二卷、《新刊出像音註商輅三元記》傳奇二卷、《新刻出像音註蘇英皇后鸚鵡記》傳奇二卷，頁五七七）。

又：《新鐫女貞觀重會玉簪記》傳奇二卷，鄭振鐸曾於三十年前與友朋同至寧波訪書，在藏書家孫祥熊處得見，當時孫氏僅允借而不讓；十多年後，孫氏卒，藏書盡散，杭賈赴鄞購得該書，但當時鄭振鐸困於生計，無力收藏；一直要到他去逝的前半年，該書才終於為他所有，在《新鐫女貞觀重會玉簪記》傳奇的跋文裏，他記下了此一過程。

明藍格鈔本《錄鬼簿》，是元明間文學史重要的資料，當時鄭振鐸於朋友處所得見，因礙於對方無法割愛，於是他和幾位同樣愛好古籍的友人不眠不休抄了一夜，然後將如此難得資料交由北大影印。多年之後，原先藏書的友人因過逝，家人將藏書售出，鄭氏不惜借債購得。

（七）自陳編書之動機

民國二十年（一九三一年）三月，鄭振鐸影印了《清人雜劇初集》，為「西諦所刊雜劇傳奇第一種」，共一函十冊，他在序文中說明刊印《清人雜劇初集》的目的在於：一、劇曲的討論，為時最晚，因之得書十分困難；二是劇集間的流通作品，大多偏重時代較早的本子，很少人注意到清朝的劇作，但是清劇中有許多可以從內容中瞭解時代的精神，所以決定刊行，以讓學界人士「施妍媸之評判，究世運之升沉」，亦「一快事也」（《清人雜劇初集》四十種，鄭振鐸編，民國二十年辛未長樂鄭氏景印本，頁五三〇）。

三十三年（一九四四年），鄭振鐸整理、影印了《長樂鄭氏彙印傳奇第一集》，共二函十二冊，收傳奇六種，鄭振鐸在序言中說明了他的動機，乃是因為暖紅室所刊印的劇本秘冊不多，吳瞿安先生的《奢摩他室曲叢》二集所收的本子也僅限於嵇永仁二種、沈賓漁四種、吳炳五種，瞿安先生本欲續出三集，但不幸毀於戰火，於是他在朋友的資助下，有了這部影印文集的問世（《長樂鄭氏彙印傳奇第一集六種十二卷》，頁五八六—五八七）。

又如《六十種曲》，原稱《繡刻演劇》，作帙六套，套十種；每套之首均由編者毛晉冠以弁語。其書原有明崇禎間常熟毛氏汲古閣原刊本及清道光二十五年乙巳（一八四五）坊肆補刻本。補刻本亥豕魯魚，觸目皆是，刷印既繁，模糊自易；而編序又改為地支十二集，集五種，盡失原刊楷範，幾不堪卒讀。開明書店攞印本所據底本雖為補刻本，然其有初印本之見存者，大都詳為校訂，較為可讀。鄭振鐸先生與門生吳曉鈴先生盡力搜求初印本，鄭振鐸獲五十九種，吳曉鈴則多出《琵琶》一種，終於擁有全帙；於是兩人發願校訂，不惟訛奪是正，編序亦復原刊之舊，先後於一九五五年及一九五八年由北京文學古籍刊行社及中華書局行世[八十]。

（八）對作者的評語：

鄭振鐸的戲曲序跋中有許多是針對劇作家的評語，譬如他認為石蘊玉雖為清代衛道人士，但卻寫出《花間九奏》雜劇一種，殊是異事，沈起鳳創作的傳奇就是因為他的關係才得以刊行的[八十一]；他並推崇桂馥創作的《後四聲猿雜劇》，覺得他不但是位經師，也是詩人，所以雜劇作品中處處機趣橫生，辭藻絢麗：

> 馥雖號經師，亦為詩人，《後四聲猿》四劇，無一劇不富於詩趣，風格之遒勁，辭藻之絢麗，蓋高出自號才士名流之作遠甚。似此雋永之短劇，不僅近代所少有，即求之元、明諸大家亦不易二三遇也。（《後

註[八十] 以上見吳曉鈴：《六十種曲一百二十卷．案語》，《西諦書跋》，（北京文物出版社，一九九八年十二月），頁五八五。

註[八十一] 鄭振鐸：〈《花間九奏雜劇》九種九卷〉，收入《西諦書跋》（下），（北京文物出版社，一九九八年十二月），頁五六七。

四聲猿雜劇》四種四卷，頁五六八）

馥寫此四劇時，年近七十，然於《放楊枝》、《題園壁》二劇，遣詞述意，纏綿悱惻，若不勝情；婉妮多姿，蓋有過於少年作家，老詩人固猶未能忘情耶！（同前，頁五六九）

又；吳藻，字蘋香，號玉岑子，錢塘人，生平著有《花影簾詞》及《飲酒讀騷圖》，鄭振鐸以其「身世不諧」，所以撰寫劇本，多抒發其生平不遇之嘆，尤其《飲酒讀騷圖》借劇中女子之口唱出，益發顯得幽怨感人：

《飲酒讀騷圖》類《空堂話》，亦以劇中人的口吻訴作者自己的心懷。「無奈身世不諧，竟似閉樊籠之病鶴。」乃至描成小影，改作男裝，對之玩閱，藉消憤懣。女子的幽愁，蓋尤過於文士的牢騷也。（《喬影雜劇一卷》，頁五七一）

清代窮愁文人陳棟，字浦雲，會稽人，生平多病，屢困省試，卒賫志以歿，著有雜劇三本，《苧蘿夢》寫西施下凡，於苧蘿村浣紗石畔，遇見書生王軟（吳王夫差的後身），以了前緣事，而以東郭女遇郭凝素事為結；《紫姑神》寫魏子胥妻曹氏，虐待阿紫事，阿紫死後，曹氏還將她埋在糞窖旁邊，孤魂慘淡，日夕悲啼，乃遇東華帝君封他為紫姑神，巡視人間。她見一妒婦虐妾，乃殺之；《維楊夢》寫杜牧遊楊州，甚為牛增孺所禮待，但他卻無意於作幕客，夜夜出遊，牛公遣武士於暗中護之，朱衣使者卻來指化他，使他於夢中歷盡幕途惡況。他遂碎硯擲筆，去而求官。後果為分都御史過增孺，增孺贈以他所眷妓紫雲。鄭振鐸說此三劇「雋妙無渣滓」，因為陳棟本身即長久有志難伸，所以發之為劇，訴說苦況時，自有他親身遭遇於其中，較有說服力[八十二]。

註[八十二]　鄭振鐸：〈《北涇草堂外集雜劇》三種三卷．跋〉，收入《西諦書跋》（下），（北京文物出版社，一九九八年十二月），頁

此外尚有對孫鍾鈴《醉鄉記》的跋語，可以看出他對作者的推崇及時事的感慨。孫鍾齡，字仁孺，號峨眉子，別署白雪樓主人、白雪道人，鄭氏稱其劇作在眾多相似的本事裏卻「匠心獨運，才高難及耳」，然仁孺一生事跡不傳，所撰傳奇有《東郭記》、《醉鄉記》二種，合刻為《白雪樓二種曲》。《東郭記》以《孟子・離婁下》「齊人有一妻一妾」一章為經，以《孟子・滕文公下》陳仲子事為緯，雜取《孟子》若干人物事跡而成篇，敘述戰國齊人儒生窮愁潦倒，與友人淳于髡、王驩三人相約求取富貴功名，淳、王二人以旁門左道，皆先為權貴人士，儒生則堅持以正義途徑，最後終因功封為上大夫，賜號東郭君。《醉鄉記》以絕世才子烏有先生，與毛穎、陳玄、羅文、褚先生四友，同往會試，因五窮鬼作祟而落第，後幾經波折，終於金榜題名，兩劇都帶有「借他人酒杯，澆胸中塊壘」之感，鄭振鐸認為這位有才華卻沒沒無名的前輩作家，是明代「科舉誤人」的結果，造成社會「庸者登庸，而才人見棄」，明帝國之所以滅亡，也是如此惡性循環的下場。

（九）說明戲曲史資料

鄭振鐸在《清人雜劇初集》的序言中，曾提及清代雜劇的演變：

> 純正之文人劇，其完成當在清代。三百年間之劇本，無不力求超脫凡蹊，屏絕俚鄙。故失之雅，失之弱，容或有之。若失之鄙野，則可免譏矣。考清劇之進展，蓋有四期：順康之際，實為始盛。吳偉業、徐石麒、尤侗、嵇永仁、張韜、裘璉、洪昇、萬樹諸家，高才碩學，詞華雋秀。所作務崇雅正，卓然大方。梅村通天臺之悲壯沉鬱，臨春閣之疏放冷豔，尤堪弁冕群倫。西堂之離騷、琵琶，坦庵之花錢、浮施、

五七二—五七三。

權六之霸亭，薊州，留山之續騷，般玉之湖亭，並屬謹嚴之品，為後人開闢荊荒，導之正途。雍、乾之際，可謂全盛。桂馥、蔣士詮、楊潮觀、曹錫黼、崔應階、王文治、厲鶚、吳城，各有名篇，傳誦海內。心餘、笠翁、未谷，尤稱大家，可謂三傑。心餘祝嘏，以枯索之題材，成豐妍之新著。苟非奇才，何克臻此。笠湖吟風閣三十二劇，靡不雋永可喜。相傳演唱罷宴一劇時，某大吏感焉，為之輟席。而偷桃之語妙天下，錢神廟之憤懣激昂，求之前賢，實罕其匹，未谷後四聲猿，亦曠世悲劇，絕妙好辭。如斯短劇，關、徐、馬、沈之履迹，蓋未嘗曾經涉也。蝸寄未道，然麵缸笑諸作，謔而不虐，易俗為雅，厥功亦偉。短劇完成，應屬此時。風格辭采以及聲律，並臻絕頂，為元、明所弗逮。降及嘉咸，流風未泯。然豪氣漸見消殺，當為次盛之期。……下逮同、光，則為衰落之期。黃燮清、楊恩壽、許善長、張薊雲、陳烺、袁醰、徐鄂、范元亨、劉清韻諸家，所作雖多，合律蓋寡。

他的分期理論，曾師永義提出三點不同意見，第一：黃燮清、范元亨應歸入道咸期時期；第二：短劇明清之際已極盛行，其完成之時，實不必降至雍乾之世；第三：道咸以後足以名家的作者，已經寥寥可數，所謂次盛時期，恐與實際情形不符。曾師以為，清代雜劇，當以順康之間最盛，彼時劇作家雖在曲律上容有可議之處，但文辭則並臻雋美；雍乾之世，除楊潮觀作劇至三十二種之多，其他如心餘、未谷之流，實不能和梅村、西堂相提並論。道咸以後，則只是流風餘韻而已；鄭氏之論容或有修正之處，但對於清代雜劇之演進情勢，以及清代雜劇力求走出前人窠臼，致使內容雅致雋逸，他的看法確不失之中肯[八十三]。

註[八十三] 曾師永義：〈清代雜劇概論〉，收入《中國古典戲劇論集》，（臺北聯經出版社，民國七十五年二月五版），頁一二〇。

第六章　鄭振鐸收集整理曲籍的貢獻

鄭振鐸所最為人稱道的，是他自民國十年起的藏書，他曾經說過他不是為了藏書而藏書，而是因有研究的需求，在他所有的藏書中，又以小說、戲曲的比例為最高。這一批的藏書，幾經戰火的洗禮，在上海全部淪陷最艱困的時刻，無以維生，必須被迫售書時，他都還堅持不到最後不賣的原則，可見他珍視的程度。本章第一節，即在討論鄭振鐸藏書的動機以及特色。第二節敘述其叢書編輯的內容與重要性，同時探討他在戲曲古籍刊印的工作成果，並總結其貢獻與價值！

第一節　鄭振鐸對戲曲古籍的收藏

鄭振鐸先生在一九五八年十月飛機失事後，家屬即秉承他生前心願，將其全部藏書捐贈政府，中共文化部根據家屬意見，指定北京圖書館負責接收。鄭氏藏書，包括中文、外文共計一七二二四部，九四四四一冊份。這些藏書以戲曲、小說和版畫方面收藏非常豐富，他在《清代文集目錄》序文中說：「收書始於詞曲、小說及書目，繼而致力於版畫，遂廣羅凡有插圖之書，最後乃動博取清代文集之念。」[一]，罕見的善本書籍也大部份集中於此[二]。

註[一]　鄭振鐸：〈清代文集目錄・序〉，原寫於民國三十三年八月九日；本處轉引自《鄭振鐸全集・第六卷》，（河北花山文藝出版社，一九九八年十一月），頁九四〇。

註[二]　朱家濂、王樹偉：〈《西諦藏書》概述〉，《圖書館》季刊，一九六一年第三期，一九六一年九月三十日，頁十。

因為藏本的豐富，所以當時他在北平燕京大學及清華大學教書，曾將自藏的曲籍為中國文學系同學舉辦了一個中國古典戲曲書籍展覽會。從事藏書四十年，我們從他的文章中可以歸為以下幾種動機：

一、收書動機

（一）以研究為主

鄭振鐸搜訪書籍的範圍頗為廣泛，從中國大陸的上海，遠至國外的巴黎、倫敦、愛丁堡等，凡遇有價值的書籍，必定竭盡全力收得，但是他不是以「奇貨可居」的心態出發，完全是出自研究學術的必要，他曾經說道收藏的原則：

> 大抵余之收書，不尚古本、善本，唯以應用與稀見為主。孤罕之本，雖零縑斷簡亦收之。通行刊本，反多不取[三]。
>
> 我不是一個藏書家。我從來沒有想到為藏書而藏書。我之所以收藏一些古書，完全是為了自己的研究方便和手頭所需的。有時，連類而及，未免旁騖；也有時，興之所及，便熱中於某一類的書的搜集。總之，是為了自己當時的和將來的研究工作和研究計劃所需的。因之，常常有「人棄我取」之舉。[四]。
>
> 譬如二十年前，在中國書店見到一部明刊藍印本《清明集》和一部道光刊本《小四夢》，價各百金，我

註[三]　鄭振鐸《劫中得書記・序》，（台北木鐸出版社，民國七十一年五月），頁二。
註[四]　鄭振鐸：《劫中得書記・新序》，（台北木鐸出版社，民國七十一年五月），頁二。

那時候傾囊只有此數，那末，還是購《小四夢》吧。因為我弄中國戲曲史，《小四夢》是必收之書[五]。

雖然民國以來，大小公共圖書館、研究機關、學校、專業部門圖書館日益增多，從事學術研究學者可以依賴各式各樣的圖書館進行工作，但是他基於「用圖書館的書，總覺得不大痛快，一來不能圈圈點點，塗塗抹抹，或者折角劃線做記號；二來不能及時使用，『急中風遇到慢郎中』，碰巧那部書由別人借走了，就只好等待著，還有其他等等原因。寧可自己去買。」[六]，況且「在三十多年前，除了少數人之外，誰還注意到小說、戲曲的書呢？這一類『不登大雅之堂』的古書，在圖書館裏是不大有的。我不得不自己去搜訪」[七]，所以他總是不辭辛勞的訪書備用，從而養成一生的習慣。

（二）不願古人精魄遭火焚

在抗戰時期，由於生活艱困，且日人對國人家中藏書列為禁忌，許多書商竟將店中未售完之書籍，全付論斤稱兩，賣予紙商充作廢紙，鄭振鐸看到這種情形，在力勸書商無效之後，雖然當時他也是生活窘困，但為了保存書籍，仍以數月之糧全數購下：

> 收集故紙廢書之風，發端於數載之前，至去歲而大盛，至今春而益烈，殆春夏之交，則臻於全盛之境矣。初僅收及廢報及期刊，作為所謂還魂紙之原料。繼則漸殃及所謂違礙書，終則無書不收，無書不可投入

註[五]　鄭振鐸：〈十七、售書記〉，收入《鄭振鐸文集》第三卷，（北京人民出版社，一九八五年），頁一五七。

註[六]　鄭振鐸：《劫中得書記・新序》，（台北木鐸出版社，民國七十一年五月），頁三—四。

註[七]　同註三。

紙商之大熔爐中矣。……肆主人如急於求售，與其售之於難遇難求之購書者，誠不如貶值些許，售之於紙商之為愈也。商人重利，利之所在，趨之若鶩。豈有蠅蚋嗅得腥羶而不飛集者！於是古書之論值，除善本、孤本外，必以紙張之輕重黃白為別。輕者黃者廉，而重者白者昂，其為何等書則不問也。其不能即售者，則即舉而付之紙商，其為何等書則不問也。其書之可留應留與否則亦不問也。嘗過市，有中國書店舊存古書七十餘札，凡五千餘本，正欲招紙商來稱斤去。予嘗見其目，多普通古書，且都為有用者，若江刻《五十唐人小集》，《兩浙輶軒錄》、《楊升庵全集》，《十國春秋》，《水道提綱》，《藝海珠塵》等書，都凡七八百種。此類書胥付之於大熔爐中，誠可謂喪心病狂之至者矣。肆主人云：如欲留，則應立即決定，便可不至使之成為廢紙矣。予力勸其留售，肆主人不願也。曰：至多留下二十許種市上好銷者，餘皆無用。並且指且言曰：某也不能銷，某也無人顧問，不如論斤稱出之得利多而速也。予喟然無言。至他肆屢以此數十札書為言，力勸其收下。彼輩皆不願，皆以不值得，不易售為言。自晨至午，無成議，而某肆主急於星火，必欲速售去。予乃毅然曰：歸予得之可也！遂以六千金付之，而救得此七八百種書。時予實窘困甚，僅足此數，竟以一家十口之數月糧，作此一救書之豪舉，事後，每自詫少年豪氣未衰也。屬有天幸，數日後，有友復濟以數千金，乃得免於室人交謫，乃得免於不舉火[八]。

可知除了研究之餘，也有一部分的藏書，雖是普通古籍，但卻甚為有用，為搶救免於戰火焚毀，也在他的搜集行列之中。

註八　鄭振鐸：〈，廢紙，劫〉，收入《鄭振鐸文集．第三卷》，（北京人民出版社，一九八五年），頁一五三——一五四。

二、收書內容

他如此煞費苦心，遍訪書肆，窮盡四十年之力精神，收得的古籍，在雜劇與傳奇方面，據當時北京圖書館趙萬里先生所編《西諦書目》，共計如下：

一、雜劇：

元曲選 存九十一種九十一卷　明　臧懋循編　明萬曆刊本七十六冊

元曲選 存五種五卷　明　臧懋循編　明萬曆刊本　一冊　有圖

元曲選　存圖　明　臧懋循編　明萬曆刊本　一冊

西遊記雜劇五種五卷　蓮勺盧抄本　一冊

　通天河　一卷

　盤絲洞　一卷

　車遲國　一卷

　無底洞　一卷

　西天竺　一卷

清人雜劇四種四卷　蓮勺盧抄本　一冊

　沈家園　一卷

　落花夢　一卷

　碧血花　一卷

　香桃骨　一卷

元本出相北西廂傳奇　二卷　元　王德信撰　明刊本　二冊有圖

西廂記傳奇　元　王德信撰　明刊本　二冊　有圖

西廂記傳奇　元　王德信撰　明刊本　二冊

重刻訂正元本批點畫意北西廂五卷　元　王德信撰　明刊本　四冊　有圖

重刻訂正元本批點畫意北西廂　存二卷　元　王德信撰　明刊本二冊　存卷四至五　有圖

新刻徐文長公參訂西廂記　二卷　元　王德信撰　會真記　一卷　唐　元稹撰　蒲東詩一卷　錢塘夢　一卷　園林午夢記一卷　明刊本　二冊

田水月山房北西廂藏本五卷　元　王德信撰　明徐渭批訂　明刊本　二冊

新訂徐文長先生批點音釋北西廂二卷　元　王德信撰　明徐渭評　會真記　一卷　唐　元稹撰　附錄蒲東詩一卷　明末刊本一冊　有圖

李卓吾先生批點西廂記真本　二卷　元　王德信撰　明李贄評明崇禎刊本　二冊

李卓吾批點西廂記真本　存一卷　元　王德信撰　明李贄評　明刊本　一冊　存卷上　有圖

新校注古本西廂記　六卷　元　王德信撰　明　王驥德校注　明萬曆四十二年刊本　八冊　有圖

西廂記　五卷　元　王德信撰　明　凌濛初評刊朱墨套印本　四冊　有圖

西廂記　五卷　元　王德信撰　清毛甡參釋　清刊本　六冊

西廂記不分卷　元　王德信撰　清吳蘭修重訂　清刊本　四冊　有圖

董刊子集西廂大成　存二卷　清刊本　一冊　存卷二至三

貫華堂繪像第六才子西廂　八卷　元　王德信撰　清　金人瑞評　醉心編　一卷　清　范濱撰　清　康熙刊本　十冊

貫華堂繪像第六才子西廂　八卷　元　王德信撰　清　金人瑞評　清刊本　十二冊　有圖

貫華堂繪像第六才子西廂　八卷　元　王德信撰　清　金人瑞評　清三亦齋刊本　八冊

貫華堂繪像第六才子西廂　八卷　元　王德信撰　清　金人瑞評　西廂文　一卷　清刊本　八冊　有圖

貫華堂繪像第六才子西廂　六卷　元　王德信撰　清　金人瑞評　清刊本　六冊

箋註繪像第六才子釋解　八卷　元　王德信撰　清　金人瑞評　清康熙郁郁堂刊本　六冊　有圖

北西廂　五卷　元　王德信撰　明延閣主人訂　明末刊本　四冊　有圖

北西廂　五卷　元　王德信撰　明延閣主人訂　明末刊本　一冊　有圖

詳校元本西廂記　二卷　元　王德信撰　清封岳刊本　二冊

箋註繪像第六才子釋解　八卷　元　王德信撰　清　金人瑞評　清致和堂刊本　六冊　有圖

懷永堂繪像第六才子書　八卷　元　王德信撰　清　金人瑞評　清懷永堂刊本　六冊　有圖

舟山堂繪像第六才子書　八卷　元　王德信撰　清　金人瑞評　清刊本　六冊　有圖

如是山房增訂金批西廂　四卷　首一卷末一卷　元　王德信撰　清　金人瑞評　清光緒二年如是山房刊朱墨套印本　六冊

雅趣藏書　不分卷　清錢書撰　清朱墨套印本　一冊　有圖

雅趣藏書　不分卷　清錢書撰、清朱墨套印本　二冊　有圖

西廂詩　二卷　題嘉慶刊本　二冊

洞天玄記　一卷　明　楊慎撰　抄本　一冊

徐文長四聲猿　四卷　明　徐渭撰　明刊本　一冊　有圖

徐文長四聲猿　四卷　明　徐渭撰　袁宏道評　明刊本　一冊

徐文長四聲猿　四卷　明　徐渭撰　袁宏道評　明刊本　一冊

有圖
徐文長四聲猿　四卷　明　徐渭撰　袁宏道評　清立達堂刊本
一冊　有圖
四聲猿　四卷　明　徐渭撰　澂道人評　明刊本　一冊
四聲猿　存二卷　明　徐渭撰　明末延閣刊本　一冊　存替父
從征、辭鳳得凰
大雅堂雜劇　四卷　明　汪道昆撰　四聲猿　四卷　明　徐
渭撰　明刊本　一冊　有圖
不伏老　一卷　明　馮惟敏撰　題栩菴居士評　明刊本盛明雜
劇本　一冊　有圖
兩紗　二卷附一卷　明來集之撰　明末燈語齋刊本　二冊　有圖
龍舟會雜劇　一卷　明　王夫之撰　清同治四年湘鄉曾氏刊本
一冊
坦菴詞曲六種　九卷　明　徐石麒撰　清初南湖享書堂刊本
二冊
坦菴詞曲六種　九卷　明　徐石麒撰　清初南湖享書堂刊本
一冊
鴛鴦夢　一卷　明　葉小紈撰　附盂蘭夢　一卷　清　嚴保
庸撰　清抄本　一冊
通天臺　一卷　臨春閣　一卷　清　吳偉業撰　清刊本　一冊
祭皋陶　一卷　清　宋琬撰　清康熙刊本　一冊
西堂樂府六種　七卷　清　尤侗撰　清康熙刊本　三冊
明翠湖亭四韻事　四卷　清　裘璉撰　清康熙刊本　一冊
痦堂樂府五種　六卷　清　黃兆森撰　清康熙刊本　二冊
鬱輪袍　一卷　清　黃兆森撰　清康熙刊痦堂樂府本　一冊
鬱輪袍　一卷　清　黃兆森撰　清康熙刊痦堂樂府本　一冊
鬱輪袍　一卷　夢揚州　一卷　清　黃兆森撰　清康熙刊痦堂
樂府本　一冊
夢揚州　一卷　清　黃兆森撰　清康熙刊痦堂樂府本　一冊
續離騷　四卷　清　嵇永仁撰　清刊本　一冊
續四聲猿　清　張韜撰　清刊本　一冊
煙花債傳奇　一卷　清　崔應階撰　清　乾隆刊本　一冊
煙花債傳奇　一卷　清　崔應階撰　清　乾隆刊本　一冊
情中幻傳奇　一卷　清　崔應階撰　清　乾隆刊本　一冊
桃花吟　一卷　四色石　一卷　清　曹石黼撰　清乾隆頤情閣
刊本　一冊
吟風閣　四卷　譜二卷　清　楊潮觀撰　清乾隆二十九年恰好
處刊本　八冊
吟風閣　四卷　譜二卷　清　楊潮觀撰　清乾隆二十九年恰好
處刊本　四冊
群仙祝壽　一卷　清　吳城、厲鶚撰　清抄本　一冊　即迎鑾
新曲之一種
西江祝嘏　四種四卷　清　蔣士銓撰　清乾隆刊本　四冊
西江祝嘏　四種四卷　清　蔣士銓撰　清乾隆刊本　二冊

花間九奏　九卷　清　石韞玉撰　清　乾隆刊本　一冊
後四聲猿　四卷　清　桂馥撰　清道光活字印本　一冊
寫心雜劇　十六種十六卷　清　徐爔撰　清乾隆夢生堂刊本
二冊　有圖
寫心雜劇　十八種十八卷　清　徐爔撰　清抄本　二冊　有圖
温經樓雜劇　三種三卷　清　孔廣林撰　蓮勺廬抄本　一冊
古柏堂十五種曲　存十四種十六卷　清　唐英撰　清嘉慶刊本
九冊　西諦跋
喬影　一卷　清　吳藻撰　清刊本　一卷
缾笙館修簫譜　四卷　清　舒位撰　清道光十三年汪氏振綺堂
刊本　一冊　有圖
藤花主人填詞　四種四卷　清　梁廷枏撰　清道光刊本　一冊
玉田春水軒雜齣　九卷　清　張聲玠撰　清刊本　一冊
六觀樓北曲　六種六卷　清　許鴻磐撰　清同治十三年刊本
六冊
桃花聖解盦樂府　二卷　清　李慈銘撰　崇實齋刊本　一冊
醉高歌傳奇　不分卷　題風雅主人撰　清靈雀軒刊本　四冊
西廂後傳　四卷　題梅菴逸叟撰　清　袁枚評　蓮勺廬抄本
一冊
紅樓夢散套　十六套　題荊山石民撰　清嘉慶蟾波閣刊本　四
冊　有圖
紅樓夢散套　十六套　題荊山石民撰　清光緒八年刊本　四冊
有圖
靈媧石　一卷　題玉泉樵子撰　清光緒十一年碧聲吟館刊本
一冊
行圍得瑞獻舞稱觴　一卷　清抄本　一冊
夜看春秋　一卷　清抄本　一冊
太平班雜劇　五卷　清抄本　六冊
九蓮燈　一卷　一冊
煖香樓雜劇　一卷　吳梅撰　刊本　一冊
湘真閣曲本　一卷　吳梅撰　石印本　一冊

二、傳奇：

繡刻演劇　存五十八種一百十六卷　明　毛晉編　明末毛氏汲
古閣刊本　五十九冊
墨憨齋新曲　十種二十卷　明　馮夢龍編　清乾隆五十七年刊
本　十冊
十種傳奇　二十三卷　明末刊本　二十四冊
李卓吾先生批評幽閨記　二卷　元　施惠撰　明　李贄評　明
容與堂刊本　二冊　有圖
鼎鐫幽閨記　二卷　元　施惠撰　明　陳繼儒評　明書林蕭騰
鴻刊本　二冊　有圖
鼎鐫幽閨記　二卷　元　施惠撰　明　陳繼儒評　明書林蕭騰
鴻刊本　二冊　有圖
新刊重訂出相附釋標註拜月亭記　二卷　元　施惠撰　明萬曆

十七年世德堂刊本　二冊　有圖

琵琶記　三卷　元　高明撰　釋義　一卷　明　羅懋登撰　明刊本　二冊　有圖

重校琵琶記　四卷　元　高明撰　明萬曆刊本　四冊　有圖　西諦跋

琵琶記　四卷　元　高明撰　明淩濛初朱墨套印本　四冊　有圖

新刻巾箱蔡伯喈琵琶記　存一卷　元　高明撰　影明抄本　一冊　存卷下

新刻魏仲雪先生批點琵琶記　二卷　元　高明撰　明魏浣初評

李卓吾先生批點琵琶記　二卷　元　高明撰　明李贄評　明容與堂刊本　四冊　有圖

繪風亭評第七才子書琵琶記　六卷　元　高明撰　清毛宗崗評　清映秀堂刊本　八冊　有圖

新刻原本王狀元荊釵記　二卷　明　朱權撰　影明抄本　二冊

古本荊釵記　二冊　明　朱權撰　明刊本　四冊　有圖

李卓吾批評古本荊釵記　存一卷　明　朱權撰　李贄評　明刊本　一冊　存卷上　有圖

白蛇記傳奇　二卷　明　鄭國軒撰　蓮勺廬抄本　一冊

舉鼎記傳奇　二卷　明　邱濬撰　抄本　一冊

舉鼎記傳奇　二卷　明　邱濬撰　蓮勺廬抄本　一冊

重校蘇季子金印記　二卷　明　蘇復之撰　明刊本　二冊　有圖

重校金印記　明　蘇復之撰　明刊本　二冊　有圖

連環記傳奇　二卷　明　王濟撰　抄本　二冊

連環記傳奇　二卷　明　王濟撰　蓮勺廬抄本　一冊

連環記　不分卷　明　王濟撰　抄本　一冊

坐隱先生精訂納錦郎傳奇　一卷　太平樂事　一卷　明　陳鐸撰　明萬曆三十九年汪氏環翠堂刊陳大聲樂府全集本　一冊

新刻出像音註張許雙忠記　二卷　明　姚茂良撰　明富春堂刊本　二冊　有圖

躍鯉記傳奇　二卷　明　陳羆齋撰　蓮勺廬抄本　一冊

新刻吳越春秋樂府　存一卷　明　梁辰魚撰　明刊本　一冊　存卷下　有圖

怡雲閣浣紗記　二卷　明　梁辰魚撰　明刊本　一冊　存卷下　有圖

繡襦記　四卷　明　徐霖撰　明刊朱墨套印本　四冊　有圖

鼎鐫繡襦記　二卷　明　徐霖撰　陳繼儒評　明書林蕭騰鴻刊本　一冊　有圖

重校雙魚記　二卷　明　沈璟撰　蓮勺廬抄本　一冊

桃符記傳奇　二卷　明　沈璟撰　蓮勺廬抄本　一冊

一種情傳奇　二卷　明　沈璟撰　蓮勺廬抄本　一冊

新刻牡丹亭還魂記　四卷　明　湯顯祖撰　明金陵唐氏刊本　四冊　有圖

牡丹亭還魂記　二卷　明　湯顯祖撰　明萬曆刊本　二冊　有圖

牡丹亭還魂記　二卷　明　湯顯祖撰　明萬曆刊本　三冊　有圖

牡丹亭還魂記　二卷　明　湯顯祖撰　明刊本　四冊

批點牡丹亭記　存一卷　明　湯顯祖撰　袁宏道批　明末蒲水齋刊本　二冊　存卷上　有圖

清暉閣批點玉茗堂還魂記　二卷　明　湯顯祖撰　明末著壇刊本　四冊　西諦跋

吳吳山三婦牡丹亭還魂記　二卷　明　湯顯祖撰　清　陳同、錢宜、談則評點　清刊本　二冊

新刻出像點板音註李十郎紫簫記　存二卷　明　湯顯祖撰　明富春堂刊本　二冊　存卷三至四

新刻出像點板音註李十郎紫簫記　存二卷　明　湯顯祖撰　攝影本　一冊　存卷一至二

南柯夢　二卷　明　湯顯祖撰　明刊本　二冊

湯義仍先生南柯夢記　二卷　邯鄲夢記　二卷　明　湯顯祖撰　明末刊本　四冊

邯鄲夢傳奇　四卷　明　湯顯祖撰　清刊本　二冊

南西廂記　二卷　明　李日華撰　明刊本　二冊

玉茗堂批評紅梅記　二卷　明　周朝俊撰　湯顯祖評　明刊本　二冊　有圖

新鐫紅拂記　存一卷　明　張鳳翼撰　明玩虎軒刊本　一冊　存卷下　有圖

紅拂記　存一卷　明　張鳳翼撰　明刊朱墨套印本　一冊　存卷一　有圖

虎符記傳奇　一卷　明　張鳳翼撰　蓮勺廬刊本　一冊

曇花記　二卷　明　屠隆撰　明武林天繪樓刊本　四冊

曇花記　存二卷　明　屠隆撰　臧懋循評　明刊朱墨套印本　一冊　存卷一至二

重訂天書記　二卷　明　汪廷訥撰　蓮勺廬抄本　一冊

三祝記傳奇　二卷　明　汪廷訥撰　蓮勺廬抄本　一冊

蕉帕記　二卷　明　單本撰　清抄本　二冊

新刻全像易鞋記　二卷　明　沈鯨撰　明刊本　二冊　有圖

易鞋記傳奇　二卷　明　沈鯨撰　蓮勺廬抄本　一冊

新鐫女貞耑重會玉簪記　二卷　明　高濂撰　明刊本　二冊　有圖　西諦跋

新鐫徽本圖像音釋崔探花合襟桃花記　存一卷　明　金懷玉撰　明末刊本　一冊　存卷下　有圖　西諦跋

新刻趙狀元三錯認紅梨記　二卷　明　徐復祚撰　明刊本　二冊　有圖

紅梨記　二卷　明　徐復祚撰　清環翠山房刊本　二冊

新編出相點板宵光記　存一卷　明　徐復祚撰　明　唐振吾刊本　一冊　存卷上

宵光劍　二卷　明　徐復祚撰　清抄本　一冊

墨憨齋重訂量江記　二卷　明　余聿雲撰　清刊本　二冊

新刻出相音註勸善目蓮救母行孝戲文　三卷　明鄭之文撰　清種福堂刊本　六冊　有圖

靈犀佩傳奇　二卷　明許自昌撰　抄本　一冊
分金記傳奇　二卷　明　葉良表撰　蓮勺盧抄本　一冊
分金記傳奇　二卷　明　葉良表撰　蓮勺盧抄本　一冊
櫻桃記　二卷　明史槃撰　抄本　一冊
雲臺記傳奇　二卷　明　薄俊卿撰　蓮勺盧抄本　一冊
遍地錦傳奇　二卷　明　姚子翼撰　蓮勺盧抄本　一冊
元宵鬧傳奇　二卷　明　李素甫撰　抄本　一冊
元宵鬧傳奇　二卷　明　李素甫撰　蓮勺盧抄本　一冊
青虹嘯傳奇　二卷　明　鄒玉卿撰　抄本　一冊
青虹嘯傳奇　二卷　明　鄒玉卿撰　蓮勺盧抄本　一冊
醉鄉記　二卷　明　孫仁儒撰　明崇禎刊本　四冊
東郭記　二卷　明　孫仁儒撰　明崇禎刊本　四冊　西諦跋
東郭記　二卷　明　孫仁儒撰　清道光刊本　二冊
墨憨齋新訂精忠旗傳奇　二卷　明　李梅實撰　清刊本　二冊
綰春園傳奇　二卷　明　沈嵊撰　蓮勺盧抄本　一冊
張玉娘閨房三清鸚鵡墓貞文記　二卷　明　孟稱舜撰　蓮勺盧抄本　二冊
望湖亭傳奇　二卷　明　沈自晉撰　蓮勺盧抄本　一冊
新鍥樂府人氏生八珠環記　二卷　明　鄧志謨撰　玉芝齋抄本二冊
鳳頭鞋記　二卷　明　鄧志謨撰　玉芝齋抄本　二冊
並頭花記　二卷　明　鄧志謨撰　玉芝齋抄本　二冊
瑪瑙簪記　二卷　明　鄧志謨撰　玉芝齋抄本　二冊
荷花蕩　二卷　明　馬佶人撰　清初刊本　一冊　有圖
天馬媒　二卷　明　劉方撰　暖紅室刊彙刻傳奇藍印本　二冊有圖　西諦跋
懷遠堂批點燕子箋　二卷　明　阮大鋮撰　明末刊本　二冊
雪韻堂批點燕子箋記　二卷　明　阮大鋮撰　明末刊本　二冊有圖
詠懷堂新編十錯認春燈謎記　二卷　明　阮大鋮撰　明末刊本四冊　有圖
詠懷堂新編十錯認春燈謎記　二卷　明　阮大鋮撰　明末刊本一冊
詠懷堂新編勘蝴蝶雙金榜記　存一卷　明　阮大鋮撰　明末刊本　一冊　存卷下
鴛鴦棒　二卷　明　范文若撰　明末刊清初芥子園印博山堂三種曲本　二冊
竹葉舟傳奇　二卷　明　畢魏撰　抄本　一冊
竹葉舟傳奇　二卷　明　畢魏撰　蓮勺盧抄本　一冊
三報恩傳奇　二卷　明　畢魏撰　蓮勺盧抄本　一冊
景園記傳奇　二卷　明　王元壽撰　蓮勺盧抄本　一冊
景園記傳奇　二卷　明　王元壽撰　抄本　一冊
新刻出像音註何文秀玉釵記　四卷　題心一山人撰　明富春堂刊本　四冊　有圖

評點鳳求凰　二卷　題澹慧居士撰　明末刊本　一冊
白兔記　二卷　蓮勺廬抄本　一冊
黃孝子傳奇　二卷　抄本　二冊
節孝記傳奇　二卷　蓮勺廬抄本　一冊
刻李九我先生批評破窯記　二卷　明　李九我評　明書林陳含初刊本　四冊　有圖
金貂記　二卷　蓮勺廬抄本　二冊
飲流齋校訂金貂記　二卷　蓮勺廬抄本　一冊
東窗記　二卷　蓮勺廬抄本　一冊
新刻全像古城記　二卷　明刊本　一冊　有圖
新刻出像音註蘇英皇后鸚鵡記　二卷　明富春堂刊本　二冊　有圖
薛仁貴跨海征東白袍記　二卷　蓮勺廬抄本　一冊
新刻張子房赤松記　二卷　蓮勺廬抄本　一冊
全像註釋四美記　二卷　明刊本　二冊
玉茗堂批評異夢記　二卷　明刊本　四冊　有圖　西諦跋
吐絨記　二卷　抄本　一冊
羅衫記傳奇　二卷　蓮勺廬抄本　一冊
羅衫記傳奇　二卷　抄本　一冊
倒浣紗傳奇　二卷　蓮勺廬抄本　一冊
倒浣紗傳奇　二卷　抄本　一冊
金花記傳奇　二卷　蓮勺廬抄本　一冊
金花記傳奇　二卷　抄本　一冊
四友記　二卷　清抄本　四冊
四友記傳奇　二卷　蓮勺廬抄本　二冊
昇仙記　二卷　蓮勺廬抄本　一冊
胭脂記傳奇　二卷　蓮勺廬抄本　一冊
風流配傳奇　二卷　蓮勺廬抄本　一冊
釵釧記傳奇　二卷　蓮勺廬抄本　一冊
秣陵春傳奇　二卷　清　吳偉業撰　清刊本　二冊
秣陵春傳奇　二卷　清　吳偉業撰　清刊本　三冊
一笠菴四種曲　八卷　清李玉撰　清　乾隆五十九年寶研齋刊本　八冊
一笠菴新編一捧雪傳奇　二卷　清　李玉撰　明末刊本　四冊　有圖
一笠菴新編占花魁傳奇　存一卷　清　李玉撰　清初刊本　一冊　存卷上　有圖
一笠菴新編占花魁傳奇　二卷　清　李玉撰　清刊本　二冊
一笠菴新編第七種傳奇眉山秀　二卷　清　李玉撰　清初刊本　一冊
女才子記傳奇　一卷　清　李玉撰　一九一七年中華書局鉛印本　一冊
一笠菴新編兩鬚眉傳奇　二卷　清　李玉撰　清順治刊本　二冊　有圖

太平錢　二卷　清　李玉撰
一笠菴彙編清忠譜傳奇　二卷　清　李玉撰　抄本　二冊
意中人傳奇　二卷　題清李玉撰　蓮勺廬抄本　一冊
英雄概傳奇　二卷　清　葉秩斐撰　蓮勺廬抄本　一冊
英雄概傳奇　二卷　清　葉秩斐撰　抄本　一冊
乾坤嘯　不分卷　清　朱佐朝撰　清抄本　一冊
豔雲亭傳奇　二卷　清　朱佐朝撰　蓮勺廬抄本　一冊
幻緣箱傳奇　二卷　清　邱園撰　蓮勺廬抄本　一冊
一合相傳奇　二卷　清　邱園撰　蓮勺廬抄本　二冊
未央天傳奇　二卷　清　朱榷撰　蓮勺廬抄本　一冊
聚寶盆傳奇　二卷　清　朱榷撰　蓮勺廬抄本　一冊
十五貫傳奇　二卷　清　朱榷撰　蓮勺廬抄本　二冊
翡翠園傳奇　二卷　清　朱榷撰　蓮勺廬抄本　一冊
笠翁十種曲　二十卷　清　李漁撰　清大文堂刊本　二十冊
笠翁傳奇　十種存十九種　清　李漁撰　清刊翼聖堂印本　十九冊　有圖
意中緣傳奇　二卷　清　李漁撰　清刊本　四冊　有圖
鳳求凰傳奇　二卷　清　李漁撰　清刊本　二冊
玉搔頭傳奇　存一卷　清　李漁撰　清初刊本　一冊　存卷上有圖
巧團圓傳奇　二卷　清　李漁撰　清康熙刊本　四冊　有圖
巧團圓傳奇　二卷　清　李漁撰　清康熙刊本　二冊　有圖
慎鸞交傳奇　二卷　清　李漁撰　清刊本　四冊
偷甲記　二卷　清　范希哲撰　清初刊本　四冊
偷甲記　二卷　清　范希哲撰　清初刊本　二冊
雙瑞記　二卷　清　范希哲撰　清初刊本　二冊
魚籃記　二卷　清　范希哲撰　清初刊本　二冊
四元記　二卷　清　范希哲撰　清初刊本　二冊
十醋記傳奇　二卷　清　范希哲撰　蓮勺廬抄本　二冊
玉鴛鴦　二卷　清　周坦綸撰　蓮勺廬抄本　一冊
醉菩提傳奇　二卷　清　張大復撰　抄本　一冊
醉菩提傳奇　二卷　清　張大復撰　蓮勺廬抄本　一冊
重重喜傳奇　二卷　清　張大復撰　蓮勺廬抄本　一冊
重重喜傳奇　二卷　清　張大復撰　抄本　一冊
吉祥兆傳奇　二卷　清　蓮勺廬抄本　一冊
紫瓊瑤　二卷　清　張大復撰　清抄本　一冊
胭脂雪　存一卷　清　盛際時撰　清內府四色抄本　二冊　存卷下
人中龍傳奇　二卷　清　盛際時撰　蓮勺廬抄本　一冊
人中龍傳奇　二卷　清　盛際時撰　抄本　一冊
稱心人傳奇　二卷　清　陳二白撰　蓮勺廬抄本　一冊
金瓶梅　二卷　清　鄭小白撰　清抄本　二冊
香草吟傳奇　二卷　清　徐士俊撰　清初刊曲波園傳奇二種本二冊

載花舲傳奇　二卷　清　徐士俊傳　清初刊曲波園傳奇二種本　一冊

載花舲傳奇　存一卷　清　徐士俊撰　清初刊曲波園傳奇二種本　一冊　存卷上　有圖

楊忠愍蚺蛇膽表忠記　二卷　清　丁耀亢撰　清同治十一年刊本　二冊

秋虎邱傳奇　存一卷　清　王鑨撰　清康熙刊本　一冊　存卷上　西諦跋

陰陽判傳奇　存一卷　清　查慎行撰　清刊本　一冊　存卷上　有圖

陰陽判傳奇　二卷　清　查慎行撰　鉛印本　一冊

陰陽判傳奇　二卷　清　查慎行撰　蓮勺廬抄本　一冊

新編磨塵鑑第四種　二卷　清　紐格撰　抄本　一冊

擁雙豔　三種六卷　清　萬樹撰　清康熙粲花別墅刊本　六冊

擁雙豔　三種六卷　清　萬樹撰　清康熙粲花別墅刊本　六冊

容居堂　三種曲六卷　清　周稚廉撰　清書帶草堂刊本　十二冊　有圖

後一捧雪　二卷　清　胡雪蟹撰　清天樞閣刊本　四冊

桃花扇傳奇　二卷　清　孔尚任撰　清康熙刊本　四冊

桃花扇傳奇　二卷　清　孔尚任撰　清康熙刊本　六冊

桃花扇傳奇　二卷　清　孔尚任撰　清康熙刊本　二冊

桃花扇傳奇　二卷　清　孔尚任撰　清刊本　六冊

桃花扇傳奇　四卷　清　孔尚任撰　清道光十三年刊本　四冊

桃花扇傳奇不分卷　清　孔尚任撰　清光緒三十一年新民叢報鉛印本　二冊

長生殿傳奇　二卷　清　洪昇撰　清康熙稗畦草堂刊本　六冊

長生殿傳奇　二卷　清　洪昇撰　清刊本　四冊　有圖

長生殿傳奇　二卷　清　洪昇撰　清刊本　二冊

長生殿傳奇　存二卷　清　洪昇撰　清刊本　二冊　存卷上之下、卷下之下

忠孝福傳奇　二卷　清　黃兆森撰　清刊本　二冊

楊州夢傳奇　二卷　清　岳端撰　蓮勺廬抄本　一冊

楊州夢傳奇　二卷　清　嵇永仁撰　清同治十一年刊本　二冊

拜樓　一卷　清　王墅撰　清康熙四十八年研露齋刊本　一冊

拜針樓傳奇　一卷　清　王墅撰　清貴德堂刊本　二冊

御爐香　二卷　清　李漫翁撰　清抄本　四冊

勸金科　二十卷　清　張照等撰　清內府五色套印本　二十冊

昇平寶筏　不分卷　清　張照撰　蓮勺廬抄本　四冊

昇平寶筏　存一卷　清張照撰　抄本　一冊　卷數經剜改，存卷不明

昭代蕭韶　存十七卷　清　王廷章、范聞賢等撰　清嘉慶十八年內府刊朱墨套印本　二十二冊　存卷一之上至卷七之上、卷八之下至卷九之下、卷十之下　西諦跋

五鹿塊傳奇　二卷　清　許廷錄撰　清抄本　一冊

芝龕記　六卷　清　董榕撰　清光緒十五年刊本　六冊
玉燕堂四種曲　八卷　清　張堅撰　清刊本　十冊
太平府玉鉤十三種　十三卷　清　吳可堂撰　清刊本　十一冊
雙仙記傳奇　二卷　清　崔應陪撰　清乾隆刊本　二冊
旗亭記　二卷　清　盧見曾撰　清乾隆二十四年盧氏雅雨堂刊本　四冊
旗亭記　二卷　清　盧見曾撰　清乾隆二十四年盧氏雅雨堂刊本　二冊
玉尺樓傳奇　二卷　清　盧見曾撰　清刊本　二冊
惺齋新曲　六種十二卷　清　夏綸撰　清乾隆十八年世光堂刊本　十二冊
採樵圖傳奇　一卷　采石磯傳奇　一卷　廬山會傳奇　蔣士詮撰清乾隆刊本　二冊
紅雪樓九種曲十二卷　清　蔣士詮撰　清乾隆刊本　十二冊
蒟生曲四種五卷　清　蔣士詮撰　清刊本　八冊
　冬青樹　一卷
　容谷香傳奇　二卷
　第二碑　一卷
　採樵圖傳奇　一卷
雷峰塔傳奇　四卷　清　方成培重訂　清刊本　四冊
雷峰傳奇　存一卷　清　方成培重訂　清刊本　一冊　存卷一
乞食圖　二卷　清　錢惟喬撰　清乾隆小林棲刊本　二冊
鸚鵡媒　二卷　清　錢惟喬撰　清刊本　四冊
石記傳奇　四卷　清　黃振撰　清柴灣村舍刊本　四冊　有圖
魚水緣傳奇　二卷　清　周書撰　清乾隆刊本　二冊
魚水緣　二卷　清　周書撰　清刊本　二冊
錦香亭　三卷　清石琰撰　清清素堂刊本　一冊
介山記　二卷　清宋廷魁撰　清乾隆刊本　四冊
據梧軒玉環緣傳奇　二卷　清　周昂撰　清刊本　二冊
鴛鏡傳奇　一卷　清　傅玉書撰　清光緒二十一年刊本　二冊
玉劍緣傳奇　二卷　清　李本宣撰　清刊本　二冊
鬥雞籤傳奇　二卷　清　孔廣林撰　蓮勺廬抄本　一冊
沈艸賓四種曲八卷　清　沈起鳳撰　清古香林刊本　八冊
　報恩緣　二卷
　才人福　二卷
　文星榜　二卷
　伏虎韜　二卷
報恩緣　二卷　清　沈起鳳撰　清古香林刊本沈艸賓漁四種曲本　二冊
伏虎韜　二卷　清　沈起鳳撰　清古香林刊本沈艸賓漁四種曲本　二冊
雨花臺傳奇　二卷　清　徐昆撰　清乾隆貯書樓刊本　二卷
碧天霞奇　存一卷　清　徐昆撰　清乾隆刊本　一冊　存卷上
全福記　二卷　清　王筠撰　清槐慶堂刊本　二冊

鸚鵡夢記　存一卷　清　趙開夏撰　清刊本　一冊　存卷下
鏡光緣傳奇　二卷　清　徐爔撰　清乾隆刊本　二冊
新西廂　二卷　清　張錦撰　清乾隆刊本　二冊
賢堂芙蓉樓傳奇　二卷　清　張衢撰　清咸豐元年刊本　二冊
玉節記傳奇　二卷　清　張衢撰　清咸豐元年刊本　二冊
異方便淨土傳燈歸元鏡三祖實錄　二卷　清　釋智達撰　清刊
本　二冊
異方便淨土傳燈歸元鏡三祖實錄　二卷　清　釋智達撰　清光
緒揚州藏經院刊本　一冊　有圖
鶴歸來傳奇　二卷　清　瞿頡撰　清湖北官書處刊本　二冊
有圖
秋水堂雙翠圓傳奇　二卷　清　夏秉衡撰　蓮勺廬抄本　二冊
回春夢傳奇　二卷　清　顧森撰　清道光三十年三鱣堂刊本
二冊
烏闌誓傳奇　二卷　清　潘炤撰　清嘉慶小百尺樓刊本　三冊
有圖
蘭桂仙傳奇　二卷　清　左潢撰　曲譜二卷　清　沈起鳳撰
清嘉慶七年至八年藤花書舫刊本　六冊　有圖
桂花塔　二卷　清　左潢撰　清嘉慶十七年天香館刊本　二冊
玉獅堂傳　十種十五卷　清　陳烺撰　清光緒十七年刊本　十冊
紫霞巾傳奇　二卷　清　陳烺撰　清嘉慶刊本　二冊
花月痕傳奇　二卷　清　陳烺撰　清嘉慶十三年刊本　四冊
遊仙夢傳奇　二卷　清　劉熙堂撰　清嘉慶刊本　一冊
紅樓夢傳奇　二卷　清　萬玉卿撰　蓮勺廬刊本　一冊
紅樓夢傳奇　八卷　清　陳鍾麟撰　清刊本　八冊
雁停樓　不分卷　清　羅梅江撰　清紅雨綠雪樓抄本　二冊
三星圓　初集二集二卷三集二卷四集二卷　清　王懋昭撰　清
嘉慶十五年刊本　十六冊
不垂楊傳奇　一卷　清　汪應培撰　紀貞詩存一卷　清光緒十
八年益清堂楊氏刊本　一冊
六如亭傳奇　二卷　清　張九鉞撰　清道光賜錦樓刊本　四冊
六如亭傳奇　二卷　清　張九鉞撰　清道光賜錦樓刊本　六冊
影梅菴傳奇　二卷　清　彭劍南撰　清道光刊茗雪山房二種曲
本　二冊
春草堂黃河遠傳奇　二卷　清　謝坤撰　清道光十年春草堂刊
本　二冊
丹桂傳　二卷　清　江義田撰　清道光十年彩筆堂刊本　四冊
有圖
繪圖後西廂記　四卷　清　蔣恩瀛撰　清道光活字印本　一冊
青燈淚傳奇　二卷　清　蔣恩瀛撰　清光緒刊本　二冊
合浦珠傳奇　二卷　清　程瀚撰　清道光十六年刊本　二冊
新製探驪記　二卷　清　徐祥元撰　清鏡亭書屋刊本　二冊
紫荊花傳奇　二卷　清　李文瀚撰　清道光二十二年味蔗軒刊
本　二冊

胭脂寫傳奇　二卷　清　李文瀚撰　清道光刊本　二冊
銀漢槎傳奇　二卷　清　李文瀚撰　清道光二十五年風笛樓刊本　二冊
鳳飛樓奇　二卷　清　李文瀚撰　清道光二十七年刊本　二冊
倚晴樓七種曲十二卷　清　黃燮清撰　清刊本　十六冊
鴛鴦鏡　一卷　清　黃燮清撰　清道光刊本　一冊
凌波影　一卷　清　黃燮清撰　清刊本　一冊
帝女花傳奇　一卷　清　黃燮清撰　清光緒三十二年商務印書館鉛印本　一冊
東海記　一卷　清　王曦撰　清道光宛鄰書屋刊本　二冊
禱河冰譜　二卷　清　羅小隱撰　清道光刊本　二冊
小蓬萊閣傳奇　十種十卷　清　劉清韻撰　清光緒二十六年藻文石印本　六冊
芙蓉碣傳奇　二卷　清　張雲驤撰　清光緒刊本　一冊
暗香樓樂府　三種三卷　清　鄭由熙撰　清光緒十六年暗香樓刊本　四冊
麻灘驛傳　一卷　清　楊恩壽撰　清光緒楊氏坦園刊本　一冊
姽嫿封傳奇　一卷　桃花源　一卷　桂枝香　一卷　清　楊恩壽撰　清光緒楊氏坦園刊本　一冊
再來傳奇　一卷　清　楊恩壽撰　清光緒楊氏坦園刊本　一冊
理靈坡傳奇　一卷　清　楊恩壽撰　清光緒楊氏坦園刊本　一冊
儒酸福傳奇　二卷　清　魏熙元撰　清光緒十年玉玲瓏館刊本　二冊
紅樓夢傳奇　二卷　清　仲雲澗撰　清同治十二年友于堂刊本六冊
梅花夢　二卷　清　張道撰　清光緒二十年刊本　四冊
桃花源傳奇　一卷　懶閒天籟　一卷　清　劉龍灿撰　清刊本一冊
生佛碑傳奇　一卷　清　陳學震撰　清同治刊本　一冊
雙旌忠節記　二卷　清　陸繼輅撰　清光緒六年刊本　二冊
洞庭緣傳奇　一卷　清　陸繼輅撰　清光緒六年刊本　一冊
後緹縈南曲　一卷　清　汪宗沂撰　夏嘉穀評　清光緒十一年泰州夏氏刊本　一冊
梨花雪　一卷　清　徐鄂撰　清光緒十三年大同書局石印誦荻齋第二種曲本　二冊　有圖
白頭新　一卷　清　徐鄂撰　清光緒十三年大同書局石印誦荻齋第二種曲本　一冊
鏡重圓傳奇　二卷　清　陳祖昭撰　抄本　一冊
武陵春傳奇　一卷　清　陳時泌撰　清光緒鉛印本　一冊
春坡夢傳奇　不分卷　清光緒刊本　一冊
坤靈扇傳奇　不分卷　清　黃其恕撰　清抄本　二冊
滄桑豔　二卷　丁傳靖撰　清光緒三十四年刊本　二冊　有圖
瓊花夢傳奇　二卷　題雷岸居士撰　蓮勺盧抄本　一冊
廣寒香傳奇　存一卷　題蒼山子撰　清刊本　一冊　存卷上

有圖

海烈婦傳奇　存一卷　　題餘不鄉後人撰　清道光梅花菴刊本一冊　存卷上

迎天榜傳奇　二卷　　題愈園主人撰　蓮勺廬抄本　一冊

香雪新編耆英會記　二卷　題畫川逸叟撰　清道光刊本　二冊

富貴神仙　二卷　題影園灌者撰　清乾隆刊本　一冊

富貴神仙　二卷　題影園灌者撰　清乾隆刊本　二冊

漁村記傳奇　二卷　題妙有山人撰　清咸豐五年石門山房刊本四冊

桂香雲影樂府　一卷　題秋綠詞人撰　清刊本　二冊

百寶箱傳奇　三卷　題梅窗主人撰　清光緒二十年袖海山房石印本　四冊

晉春秋傳奇　二卷　題看雲主人撰　清刊本　二冊

續牡丹亭傳奇　二卷　題靜菴撰　蓮勺廬抄本　一冊

補天石傳奇　八卷　題鍊情子撰　清刊本　八冊

紅樓夢傳奇　二卷　題紅豆村樵撰　清嘉慶四年綠雲紅雨山房刊本　六冊

一江風傳奇　一卷　題蛾術齋主人撰　清抄本　二冊

奇酸記傳奇　四卷　題畫舫中人撰　清刊本　二冊　有圖

青溪笑傳奇　二卷　題蓉鷗漫叟撰　清刊本　二冊

雙鴛祠傳奇　一卷　題覽岱菴木石老人撰　清刊本　一冊

酬紅記　一卷　題野航撰　清刊本　一冊

夢中緣　四卷　題邯鄲夢醒老人撰　清光緒刊本　四冊

錯中錯　二卷　題瀛海勉癡子撰　清道光九年懷清堂刊本　四冊

虎口餘生傳奇　存三卷　題遺民外史撰　清刊本　三冊　存卷一至三

皇華記　存一卷　題裳華之子撰　清刊本　二冊　存卷上

椿軒五種曲十一卷　題椿軒居士撰　清咸豐五年尚友堂刊本八冊

點金丹　二卷　題西冷詞客撰　清刊本　六冊

義貞記傳奇　二卷　題郁州山人撰　清光緒五年文奎堂刊本二冊

鴛鴦劍傳奇　一卷　題夢道人撰　清布鼓軒抄本　二冊

返魂香傳奇　四卷　題香雪道人撰　清光緒二十二年申報館鉛印本　四冊

味蘭遺簃傳奇　二種二卷　題醉筠外史撰　味蘭簃刊本　四冊

警黃鐘傳奇　一卷　題祈黃樓主人撰　清光緒三十二年新民報社鉛印本　一冊

風洞山傳奇　一卷　題呆道人撰　清光緒三十二年小說林鉛印本　一冊

六月霜　一卷　題嬴宗季女撰　清光緒三十三年鉛印本　一冊

紅樓真夢傳奇　一卷　題孑菴撰　蟫廬製譜　石印本　一冊

月令承應　三卷　九九大慶　一卷　鼎峙春秋　一卷　蓮勺廬抄本　一冊

清代內廷承應戲　不分卷　清抄本　二冊
萬古情　一卷　清初刊本　一冊
遺真記　不分卷　清乾隆愜心堂刊本　二冊
出師表　二卷　清抄本　二冊
百子圖傳奇　二卷　蓮勺廬抄本　一冊
潛龍佩傳奇　二卷　蓮勺廬抄本　一冊
玉梅亭傳奇　二卷　蓮勺廬抄本　一冊
慶有餘傳奇　二卷　蓮勺廬抄本　一冊
金蘭誼傳奇　二卷　蓮勺廬抄本　一冊
錦繡旗傳奇　二卷　蓮勺廬抄本　一冊
落金扇傳奇　二卷　蓮勺廬抄本　一冊
摘星樓傳奇　一卷　清抄本　一冊
無底洞傳奇　一卷　清抄本　一冊
後補長生殿傳奇　一卷　清抄本　一冊
中州愍烈記　一卷　抄本　一冊
兩度梅傳奇　一卷　清刊本　一冊
兩度梅　三卷　清抄本　三冊
鏡中明傳奇　清福謙堂刊本　一冊
俠女記傳奇　清刊本　一冊
中第一女傑軒亭冤傳奇　一卷　一九一二年石印本　一冊　有圖
失名傳奇　不分卷　清抄本　三冊
海天嘯傳奇　一卷　劉鈺撰　清光緒三十二年小說林鉛印本

三奇俠傳奇　二卷　蓮勺廬抄本　一冊
平巢記傳奇　二卷　蓮勺廬抄本　一冊
蘇臺雪傳奇　二卷　蓮勺廬抄本　一冊
蓮花會傳奇　二卷　蓮勺廬抄本　一冊
葫蘆幻　二卷　蓮勺廬抄本　一冊
倭袍記傳奇　二卷　蓮勺廬抄本　一冊
玉蜻蜓傳奇　二卷　蓮勺廬抄本　一冊
雙美緣傳奇　二卷　蓮勺廬抄本　一冊
孝感天　一卷　清抄本　一冊
慶安瀾　一卷　清抄本　一冊
東郭傳傳奇　蘇源撰　抄本　一冊
天妃廟傳奇　一卷　林紓撰　一九一七年商務印書館鉛印本　一冊
合浦珠傳奇　一卷　林紓撰　一九一七年商務印書館鉛印本　一冊
蜀鵑啼傳奇　一卷　林紓撰　一九一七年商務印書館鉛印本　一冊

三、藏書特色

鄭振鐸曾說：「我生平從沒有意外的獲得。我的所藏的書，一部部都是很辛苦的設法購得的；購書的錢，都是中夜燈下疾書的所得或減衣縮食的所餘。一部部書都可看出我自己的夏日的汗，冬夜的凄慄，有紅絲的睡眠，右手執筆處的指端的硬繭和酸痛的右臂。」[一]，這些辛苦收集的曲藏中，有許多版本極為難得，茲分別敘述如下：

（一）同一曲本，收集多種藏本，既可比較版本之間的異同，亦可做為校勘之用

以《西廂記》的版本而言，先後就有十四五種之多，如李卓吾批點的《西廂記真事》、萬曆年間王驥德校注的《古本西廂記》，凌濛初朱墨套印本《西廂記》等，都是絕不輕易得見的版本，鄭振鐸曾據所藏的多種版本，寫下〈西廂記的本來面目是怎樣的？〉。再如《琵琶記》一書有玩虎軒刻本、陳大來重刻嘉靖本、凌初成刻朱墨套印本、容與堂刻李卓吾評本、魏仲雪批點本等，諸本刻印均極精整。《還魂記》既有萬曆的原刻本，又有冰絲館本所根據的清暉閣批點本。而《琵琶記》、《牡丹亭》、朱權的《荊釵記》、薛近兗的《繡襦記》、蘇復之的《金印記》、徐復祚的《紅梨記》、周復俊的《紅梅記》、湯顯祖的《紫簫記》、高濂的《玉簪記》、金懷玉的《桃花記》、陳江樓的《玉釵記》、孟稱舜的《嬌紅記》、《貞文記》、孫仁孺的《東郭記》等等，都有外間罕見的藏本，這些藏本，多數是明朝後期南京書坊和蘇州、杭州、徽州、吳興等地書坊所刻印。

註一　鄭振鐸：〈永在的溫情—紀念魯迅先生〉，原載於《文學》第七卷第五期，民國二十五年十一月一日；此處轉引自《鄭振鐸全集．第二卷》，（河北花山文藝出版社，一九九八年十一月），頁五四五—五四六。

鄭振鐸同一曲本所藏之諸多版本，從他為各本所寫的書跋中可以發現彼此的特色，即以《琵琶記》為例，有明嘉靖刊本《重刊河間長君校本琵琶記》、《出像元本琵琶記》六冊，雖號為元本，然則實為明萬曆年間玩虎軒刊本；《琵琶記》四卷四冊，為明人凌濛初即空觀朱墨套印本；《李卓吾先生批評琵琶記》二卷四冊，為明萬曆年間虎林容與堂刊本；《新刻出像標注琵琶記》二冊，為明萬曆年間唐晟刻本；《新刻魏仲雪先生批點琵琶記》二卷二冊，為明清之間的寫刊本；在這些不同的版本中，《重刊河間長君校本琵琶記》為陳大來重刊嘉靖戊午河間長君校元本，陳大來為明朝刻書業者，他所開設的「陳氏繼志齋」為明朝五書坊之一，其中以刻印元明雜劇和明代傳奇居多，所刻之書以初印、完整、缺葉少、並附有木刻畫若干為其特色[二]，因之質與量均為上乘，此本《重刊河間長君校本琵琶記》除刊刻至精，並保存《新刻出像標注琵琶記》所闕之《凡例》、《總評》及河間長君《序》，因此十分完整[三]；鄭氏曾據此本校勘他本，知《出像元本琵琶記》玩虎軒刊本實據《重刊河間長君校本琵琶記》刻印，但對於評語註釋又往往加以攘竊，同時內容字句又隨意刪改[四]；《李卓吾先生批評琵琶記》是鄭氏所藏第一部李卓吾評本的傳奇，容與堂刊本的特色是附圖精良，此本圖像部份為新安黃應光所鐫，尤其瀟灑有致[五]；凌氏《琵琶記》四卷四冊圖像出自吳人王文衡之手，人物衣冠，古雅有法，似唐、宋人筆意，

註二　趙萬里：〈談談振鐸同志搜集和收藏的戲曲書〉，《圖書館》（季刊）一九六一年第三期，頁十三。

註三　鄭振鐸：〈《李卓吾批點琵琶記》傳奇二卷．跋〉，收入《西諦書跋》（下），（北京文物出版社，一九九八年十二月），頁五九〇。

註四　鄭振鐸：〈《重刊河間長君校本琵琶記》．跋〉，收入《西諦書跋》（下），（北京文物出版社，一九九八年十二月），頁五九〇。

註五　同前註，頁五九三。

刻工為新安名手鄭聖卿，由於王文衡幾可亂真的造詣，使得董康在影印《元本琵琶記》時置於卷首，鄭氏還曾誤以為是元本原圖，可見其精彩絕倫處[六]；這些不同的版本不僅可以做為校勘的資料，同時對於明代戲曲刊刻流布的情形、刻工的技藝，也多了一些考證的資料。

（二）所藏有諸多為最早刊本，後皆收入所編《古典戲曲叢刊》系列中，例如：

1.《重刻元本題評音釋西廂記》

明本《西廂記》多有標作「元本北西廂記」者，此當是其最早的一部。《西廂記》而有「題評音釋」者，此亦當為其最早的一部。……今日所見的許多坊間注釋本的《西廂記》，也沒有一本勝過它的；注解都不如它的詳明[七]。

2.《重校出像點板錦箋記》

此則為繼志齋寫刻本，首有萬曆戊甲（三十六年，公元一六〇八年）陳大來序；似為《錦箋記》最早的一個刻本[八]。

按：《錦箋記》仍有明萬曆年間金陵文林閣刻本、明末刻李卓吾評本、明末刻玉茗堂評本、明末汲古閣原刻初

註[六]　同前註，頁五九一—五九二。

註[七]　鄭振鐸〈記一九三三年間的古籍發現〉，本處轉引自《鄭振鐸全集·第五卷》，（河北花山文藝出版社，一九九八年十一月），頁四六一。

註[八]　同前註，頁四六四。

印本，但諸本中獨以繼志齋本時代最早，一九五五年七月，鄭振鐸將此本影印，收入《古本戲曲叢刊・二集》。

3.《新編全相點板西湖記》及《雙杯記》

> 《偷桃》似未見諸曲目著錄過。《西湖記》題「秦淮墨客校正，唐氏振吾刊行」；《偷桃記》題「新都，吳德修纂修」，亦為唐振吾所刊。唐氏刻的傳奇，我有《雙杯記》一種，吳瞿安先生有《題塔記》一種；今一時又獲其二，可謂奇緣！

按：鄭振鐸謂「《偷桃》似未見諸曲目著錄過」，誤；《遠山堂曲品》及《曲海總目提要》卷二十五均有著錄，鄭振鐸於一九五五年七月將以上《偷桃記》、《西湖記》及《雙杯記》三劇影印收於《古本戲曲叢刊・二集》，其中，《西湖記》及《雙杯記》為現今唯一版本。

4.《新刊重訂出相附釋標注裴度香山還帶記》

> 《還帶記》的富春堂本，我已從北平圖書館影照了一部來；但此則為「星源游氏興賢堂重訂」本，其「附釋標注皆為富春堂本所無[九]。

按：明萬曆年間金陵富春堂刻本，卷首題為「新刻出像音注花欄裴度香山還帶記」，本書為萬曆十四年（一五八六年）金陵世德堂刻本，鄭振鐸收購後隨即於次年（一九三四年）影印收入《長樂鄭氏匯印傳奇・第一集》；一九五四年二月再度影印收入《古本戲曲叢刊・二集》。

註[九] 同前註。

5.《旗亭記》

民國二十一年（一九三二年），鄭振鐸搜得明萬曆年間繼志齋刻本《旗亭記》，由於該本傳奇作者鄭之文劇作甚少傳世，因此本書的發現對於鄭之文的研究又多了一條線索。鄭之文，字應尼，又字豹先，號豹卿、愚公，南城（今江西）人，明萬曆三十八年（一六一〇年）進士，生平所撰戲曲三種，傳奇有《旗亭記》及《芍藥記》，均存；雜劇《白練裙》已佚。鄭振鐸所提的《旗亭記》萬曆年間繼志齋刻本是目前最早的版本[十]，後一九五五年七月，鄭振鐸將之影印收入《古本戲曲叢刊・二集》。

（三）曲藏中諸多版本保留插圖

1．鄭振鐸非常重視書中的插圖，許多曲本因為插圖的保存完整而為他所珍藏，如《古雜劇》存二種二卷插圖為涵芬樓所無，而且該書已是江南唯一之藏本[十一]：

今秋傳薪書店徐賈紹樵為予獲《十竹齋箋譜》於淮城。同時並得顧曲齋喬夢符《李雲英風送梧桐葉》、賈仲名《荊楚臣重對玉梳記》二劇，予殊感之。涵芬樓所藏燼於兵燹，憶每劇插圖俱奪去。今此二劇附圖獨全，精麗典雅，矜貴之至，尤自喜也！江南諸藏家殆唯予曲庫中有此耳，能不珍護之歟！

2．明朝崇禎十三年庚辰西陵天章閣刊本，李卓吾批點的《西廂記真本雜劇》，雖是殘本，卻因保存了插

註十　郭英德：《明清傳奇綜錄》（上），（河北教育出版社，一九九七年七月），頁二四五。

註十一　鄭振鐸撰、吳曉鈴編：《西諦書跋》，（北京文物出版社，一九九八年十二月），頁五一八。

圖的完整而為他所收藏：

余舊藏此本一部，卷首圖像已被奪去。後又收清初刊金聖嘆評本《西廂記》，首有「十美圖」，甚精美，即從此本模印者；然以不得原刊之圖像為憾。孫助廉得此殘本一冊，祕不示人，且已寄平。余聞之，力促其寄回，乃得歸余所有。圖像原有二十幅今僅存十幅有半。零縑斷簡，彌足珍貴！刊工為武林項南洲，亦當時名手之一[十二]。

3．明崇禎間山陰李氏延閣刊本《北西廂記雜劇》五卷，圖版的精良，也是價值之一：

徐森玉從日本黑田氏許，得其從柏林攜歸《北西廂》圖二十幅，予嘗見之。人物、衣冠，殊古雅可愛；布局雖小，而氣象浩莽，有尺幅尋丈之觀。每圖背幅為一圖型之飾畫，均仿古人畫意，尤精悍。友輩傳觀，相顧詫疑，以為得未曾有，唯不知其究出何本。數年前，乃乾以延閣本《北西廂》一殘冊見售，卷首附圖十許幅，皆被無識者撕裂其大半，然一見即知其為柏林本也。墮宮廢殿，愈見古色古香；一磚一瓦，何莫非憑吊之資！雖殘帙亦珍視之，然每一披覽，便憾不足，中懷鬱鬱，莫可言宣。不意於冬日偶過琉璃廠會文齋，乃竟收得此本全帙一部。物常聚於所好，此言良不虛也。時欲奪而得之者頗有人在，肆主以是居奇。然予必欲得之，乃終歸予有。首有鶯鶯像一幀，酥胸半袒，嬌媚欲流。似為柏林本所無，誠無上精品也。圖背署陳洪綬名，乃知非老蓮不能寫此也。廠估以予出價昂，聞風而至者乃大有人在。

註十二　鄭振鐸撰、吳曉鈴編：《西諦書跋》，（北京文物出版社，一九九八年十二月），頁五三七。

（四）小字本

刻書以每半葉行格的多少及每行字的多少與大小分為大字本、中字本、小字本，一般而言，紙幅寬大，版式疏朗，每半葉八、九行以內，每行至多不超過十七、八字，稱大字本。而普通中字本，匡高二十厘米左右，廣十三、四厘米，每半葉十一、二行字，行二十字左右。小字的版框不一定比中字本小，主要是每半葉在十三行以上，每行在二十三、四以上，顯得行緊字密，即為小字本。小字本因刻工不易，故係指受珍視的宋元刻本而言，明、清刻本大都無所謂大中小之別，阮大鋮的《懷遠堂批點燕子箋》傳奇二卷為密行小字本，無怪忽作者以「最為可喜」稱之：

> 阮鬍四曲惟《燕子》、《春燈》流傳最盛。《燕子箋》尤不止一二刻而已。此本密行小字，鐫刻甚精。附圖十八幅，出武林項南洲鐵筆，流麗工緻，最為可喜。而首葉酈飛雲與華行雲二像，尤嬌媚生動[十三]。

（五）初印本

木版雕成後，最初刷印的書稱為初印本，其特點為版面整潔，字跡清朗；及至印刷既久，字蹟漫漶，常有修補痕跡，且墨色亦較初印本淡，這種印本便被稱為後印本。正因為初印本與後印本有如此差別，所以藏書家多珍視初印本，詠懷堂新編《十錯認春燈謎記》傳奇二卷即是因既為初印本，繪工又精良，而讓鄭振鐸「食指為動」：

註[十三] 鄭振鐸撰、吳曉鈴編：《西諦書跋》，（北京文物出版社，一九九八年十二月），頁六一九。

陳濟川以原刻初印本《春燈謎》一函見售。卷上下各附圖六幅，繪刊之工均精絕。余久不購書，見之，不禁食指為動，乃毅然收之。……憶瞿安先生藏本，插圖均奪去。獨此本插圖完整無闕，尤足珍也[十四]。

他因為收書多年，在辨識版本上自然經驗豐富，所以即使有的原來初印本版面遭後人所破壞，他依然能一眼認出，還其本來價值，例如他說明收購初印本《無雙譜》一書的經過：

金古良《無雙譜》，予曾收得數本，皆不愜意。此本雖為兒童所塗污，猶是原刊初印者，紙墨絕為精良。一九五六年十月十八日午後，陽光甚佳，驅車至琉璃廠。於富春堂書社得李時珍校刊之《食物本草》，於邃雅齋得此書，皆足自怡悅也。

《藍橋玉杵記》傳奇二卷，也是因原刊本及圖像的特殊，使他忍痛在困難的環境中以「半月糧購得之」：

所附插圖，豪放而不粗率，猶有明初的作風，不同於徽派諸名家所刊者。時正奇窘，然終以半月糧購得之。亟付裝潢，面目煥然若新刊。誠是明刻傳奇中之白眉，亦余曲藏中最可珍祕之一種矣。書刊於萬曆丙午（三十四年），首有《裴仙郎全傳》、《劉仙君傳》（樊夫人附）、《鐵拐先生傳》、《西王母傳》，並有凡例。共二卷，三十七齣[十五]。

明代南京是政治、經濟、文化中心，同時也是刻書中心，以戲曲為最多，為了迎合讀者喜好，都附有插圖，

註[十四]　同前註，頁六二〇。

註[十五]　鄭振鐸撰、吳曉鈴編：《西諦書跋》，（北京文物出版社，一九九八年十二月），頁六二三—六二四。

線條粗放，頗饒古趣，萬曆中期以後，風格漸由粗豪變為雋秀，由質直變為婉麗，形成精密細巧、俊逸秀麗的徽派取勝，此書雖刊於徽派刻工盛行之時，猶有明初遺風，故為鄭振鐸視之為「曲藏中最可珍祕之一種矣」。

另外他所藏的《醉鄉記》也是「百年來未見翻印本」的原刊本：

《東郭記》二卷，《六十種曲》收入，無作者姓氏；又見一道光刊光袖珍本，則已改易作者姓氏矣。此是萬曆原刊本，有白雪樓主人孫仁孺自序。仁孺又號峨眉子，未知其里居仕履，殆是蜀人，或仕遊於蜀者。當時蜀中演劇之風頗盛也。我國諷劇最是罕見，此戲嬉笑怒罵，皆成文章，一雋永之人性諷刺劇也。作者殆具一肚皮憤世妒俗之鬱鬱歟！予別藏一《醉鄉記》，為崇禎間刊本，亦仁孺所作，則百年來未見翻印本矣。紉秋居士書[十六]。

吳曉鈴先生後來曾考證鄭振鐸上篇跋文中所舉道光刊袖珍本，當是道光二十六年丙午達觀堂刊本，改題：夢漚居士填詞，覺海釣徒正譜。後之翻刻皆從之，實掠孫氏之美也[十七]。

（六）足本

從事古籍整理，足本是首要目標，以下的跋文裏可以看出鄭振鐸全力搜求足本的情形：

一、予欲得《昭代簫韶》者三十年矣，以其價昂，不能下手，實亦難遇全本也。五三年來，著手影印《古

註[十六]　同前註，頁六一九。

註[十七]　吳曉鈴：〈《東郭記》傳奇二卷　吳曉鈴．謹案〉，收入鄭振鐸撰、吳曉鈴編：《西諦書跋》，（北京文物出版社，一九九八年十二月），頁六一九。

本戲曲叢刊》，乃亟思獲此劇收入《叢刊》中。遍訪廠肆，適值其參加社會主義改造清產估價，凡陳年塵封之古本胥得重見天日。乃於來薰閣得此書十冊，於邃雅齋得此書六冊，於修綆堂得此書八冊，去其重複，凡得十七冊。僅闕七卷之下、八卷之上及十卷之上三冊耳。再加探訪，當不難成一部全書也。一九五六年六月十七日西諦。二、一書之收得，其難如此，一書之得成全帙，其難又如此。坐享其成的學者們將怎樣感謝辛勤艱苦的採訪者呢！採得百花成蜜後，勞動者是會自食其勞動之果實的，但憾世之知此艱辛者甚少耳。西諦又記，六月十七日燈下[十八]。（《昭代簫韶》存十七卷•跋）

北平圖書館有此書二部，印本尤劣；孔德所藏，也不見勝，且為殘本；余昔曾得暖紅室舊藏《荷花蕩》、《金印記》二種，珍為奇秘。吳瞿安氏處也未有全本，則此書之罕見可知。（乾隆《禁書目錄》著錄）。今於來薰閣得此，頗稱欣幸。當為民國二十一年間所得古籍中較好的一部書[十九]。（《喜逢春傳奇十種》•跋）

此外尚有鄒式金所編的《雜劇新編》存三十三種三十三卷附《陌花軒》雜劇，鄭振鐸在序跋裏敘述得書之前總共花了十二三年訪書的經過，這本清康熙元年壬寅刊本為王國維《曲錄》、姚燮、黃文暘、焦循等都未見，即羅振玉的《續彙刻書目》雖有鄒所編的目錄，但亦缺《陌花軒雜劇》，所以「當書肆主人汪君把這八冊的書遞送到我手上時，我掩蓋不住心頭的喜悅。」「十幾年前只能見到目錄，四五年前只能見到一部分，而十年的

註十八　鄭振鐸撰、吳曉鈴編：《西諦書跋》，（北京文物出版社，一九九八年十二月），頁六三一。

註十九　同前註，頁五八三。

夢想卻終於一旦實現了！」[20]。

這套全帙所收的雜劇內容隱藏「禾黍銅駝之痛」，較《盛明雜劇》初、二集作品盡是「綺靡之語」，更能反映時代精神，同時鮑氏所刊印的插圖，也是上乘之作，是故成為文學史上重要的發現，並可據以補充劇曲史的資料，所以《新編》的意義，較《盛明雜劇》初、二集的出現更有意義，他因這套全帙的發現，興奮的心情躍然紙上[21]。

但是在足本難求的情況下，努力將殘本配齊也是十分不易的貢獻，如《古柏堂十四種曲》，雖屬清人之作，全者亦不多見，《西諦書目》中《鐙月閒情第十五種雙釘案》也係配本：

> 天寒欲雪，情懷落寞。偶檢架上《古柏堂傳奇》，見祇有十四種，闕第十五種。憶昨晚在隆福寺大雅堂睹其從山東購來書中有《鐙月閒情第十五種雙釘案》一冊，因即驅車至大雅堂，攜此冊歸，恰好配成全書，大是高興！一書之全，其難如此，豈坐享其成之輩所能瞭然乎？一九五六年十二月三十日燈下[22]。

（七）孤本

世間僅存的書稱為孤本，他在編集《長樂鄭氏彙印傳奇第一集六種十二卷》也曾說「大抵余之所收者，以

註二十 鄭振鐸：〈鄒式金雜劇新編跋〉，民國二十六年五月十三日；收入《鄭振鐸全集‧第四卷》，（河北花山文藝出版社，一九九八年十一月），頁七二五。

註二十一 同前註。

註二十二 鄭振鐸撰、吳曉鈴編：《西諦書跋》，（北京文物出版社，一九九八年十二月），頁五七〇。

孤本流傳之明傳奇為先。」[二十三]，在跋文中均可見他特別注出孤本的曲藏，如：

1. 柳浪館批評《玉茗堂還魂記》傳奇二卷：

柳浪館鐫《四夢》最為罕見。予有此本及《南柯記》。孝慈有《紫釵》、《邯鄲》二記。海內未聞第三人有之也[二十四]。

2. 新鍥徽本圖像音釋《崔探花合襟桃花記》傳奇存一卷：

此是孤本。金懷玉所作，僅見此曲，故雖殘存一卷，亦收之。西諦一九五八年一月七日燈下[二十五]。

3. 《錄鬼簿》二卷、《錄鬼簿續編》一卷：

似乾、嘉間鈔本。選散曲而詳註工尺曲譜者，於此書外，未見第二種。

為余輩所最驚心動魄者相視莫逆於心者，乃是明藍格鈔本《錄鬼簿》一書，後附無名氏《續錄鬼簿》一卷，為研究元、明間文學史最重要之未發現史料[二十六]。

4. 新鐫全像《藍橋玉杵記》傳奇二卷

註[二十三] 鄭振鐸：〈《長樂鄭氏彙印傳奇第一集》・序〉，民國二十三年七月七日；本處引自《鄭振鐸全集・第六卷》，頁七二九。

註[二十四] 鄭振鐸撰、吳曉鈴編：《西諦書跋》，（北京文物出版社，一九九八年十二月），頁六一二。

註[二十五] 同前註，頁六一七。

註[二十六] 同前註，頁六三四。

此書為楊之炯作，《曲品》列之下中品。題材為習見之裴航遇仙事。曲白均庸腐。然諸家目錄，均未見有此書。蓋佚已四百年。一旦獲睹原刊本，誠堪自喜，何忍更剔瑕疵。[二十七]

（八）稿本

古書可分為雕印本及非雕印本兩類，非雕印本又可分為寫本與印本，寫本包括稿本與鈔本，稿本就是書的原稿，稿本的重要在於它是書中文字的原始型態，是校勘工作最可靠的依據，他在編輯《清人雜劇・二集》待印時，本來已擬好書目，但因發現更罕見的稿本，所以加以更動：

洪昉思之《四嬋娟》劇，初以為終不可得者，竟亦得之於陳乃乾先生許。海寧朱氏舉所藏劇曲，歸之北平圖書館。中亦有清劇二十餘種，足以增益我書。於是《二集》所錄，乃較擬目有所變易。棄去若干比較易得之作，而益以昉思、幼髯諸氏之稿本[二十八]。

有些劇本即使內容無甚優點，但因其為稿本，也為他所收藏：

正名云：「古虎丘改瘞碧鬟仙，來鶴樓感現卷石夢」所敘者為劉碧鬟事。碧鬟為乾隆時吳人盛傳之乩仙。滿紙荒唐言，實不足存。以為其稿本，姑收之[二十九]。（《卷石夢》雜劇一卷・跋）

註[二十七] 鄭振鐸撰、吳曉鈴編：《西諦書跋》，（北京文物出版社，一九九八年十二月），頁六二三—六二四。

註[二十八] 鄭振鐸：〈清人雜劇二集・題記〉，民國二十三年五月二十二日；本處引自《鄭振鐸全集・第四卷》，（河北花山文藝出版社，一九九八年十一月），頁七四二。

註[二十九] 鄭振鐸撰、吳曉鈴編：《西諦書跋》，（北京文物出版社，一九九八年十二月），頁五七五。

鈔本若書法工整秀麗則又稱為精鈔本。施廷鏞曾針對鈔本說明它的可貴之處，其中第五點就是「刊本久佚，存者僅此鈔本，則此鈔本之價值，實與孤本或稿本無異」[三十]，鄭振鐸收有《千鍾祿》、《太平錢》二種，即是鈔本中具有孤本及稿本的價值[三十一]：

玄玉傳奇，余更有《千鍾祿》、《太平錢》二種，皆傳鈔本。原刻本殆極少見。得此，甚自喜也[三十二]。

另外，精鈔本以各種色墨做為區別，則有《胭脂雪》傳奇一卷：

余收得昇平署鈔本劇曲不少，惟無若此本之精鈔者。此本「曲牌名」以黃色筆寫，「曲文」以黑色筆寫，「白」以綠色筆寫，「科」以紅色筆寫，眉目極為明晰[三十三]。

還有一些書因內容不同於一般而為他所特別留意，如《宣和譜》傳奇二卷：

以《水滸傳》為題材之雜劇，元、明二代最多。高文秀至有「黑旋風專家」之稱。明傳奇則有沈璟《義

註三十 施廷鏞：《中文古籍版本簡談》二〈版本的種別〉之六〈鈔本〉，南京大學圖書館油印本，一九七三年；本文轉引自程千帆、徐有富：《校讎學廣義．版本篇》，（濟南齊魯書社，一九九一年七月），頁四一七。

註三十一 今兩種傳奇據吳曉鈴先生案語：「先生所藏《千鍾祿》及《太平錢》並見《西諦所藏善本戲曲目錄》著錄，均是鈔本，《太平錢》今歸北京圖書館，《西諦書目》卷五、葉五、葉四六上著錄，編號：補三八八。《千鍾祿》不悉歸何許。」，見鄭振鐸撰、吳曉鈴編：《西諦書跋》，（北京文物出版社，一九九八年十二月），頁六二六。

註三十二 同前註，頁六二七。

註三十三 同前註，頁六二九。

俠記》，許自昌《水滸記》、沈自晉《翠屏山》等，至今傳唱不衰。但諸作皆同情於水滸英雄，惟《宣和譜》作翻案筆墨（又名《翻水滸》），以王進、欒廷玉、扈成等勦平水滸諸寇為結束[三十四]。

又，他曾經在民國二十四年（一九三五年）提及《投筆記》有富春堂本、世德堂本、明萬曆存誠堂李氏刊魏仲雪批評本及明萬曆年間羅懋登音釋本[三十五]，羅懋登的音釋本係上海涵芬樓舊藏，他曾據此本重刊為擺印本，後涵芬樓藏書盡燬於上海「一・二八」淞滬之役，所幸此本以重刊問世，得不泯滅；一九五四年，鄭振鐸再向南京圖書館商借館藏明萬曆存誠堂刊本收入《古本戲曲叢刊・初集》影印之，為兩卷[三十六]。

再者，民國八年（一九一九年）貴池劉世珩暖紅室曾刻有《匯刻傳奇》一套收集戲曲方面的刊本，《荷花蕩》即為其中之一，係劉世珩據現存明末刻《十種傳奇》所收本重刻[三十七]，劉世珩去逝後，所藏散出，鄭振鐸陸續有所得，《荷花蕩》也在收集之中[三十八]，一九五五年七月，鄭振鐸將其收入《古本戲曲叢刊・二集》。

註三十四　鄭振鐸撰、吳曉鈴編：《西諦書跋》，（北京文物出版社，一九九八年十二月），頁六三一。

註三十五　見鄭振鐸：《世界文庫》第二冊，（上海生活書店，民國二十四年），頁五六七。

註三十六　據吳曉鈴：〈重校投筆記傳奇四卷・謹案〉，收入《西諦書跋》（上），（北京文物出版社，一九九八年十二月），頁六〇二。

註三十七　郭英德：《明清傳奇綜錄》（上），（河北教育出版社，一九九七年七月），頁四六〇。

註三十八　「暖紅室以《匯刻傳奇》著於世，所藏當富於戲曲一類的書，惟自劉世珩去世後，藏書時有散出，我在十多年前便已收到好幾部曲子；像用黑綢面裝訂的明末刊本《荷花蕩》，就是其中之一」以上見鄭振鐸：《求書日錄》，原連載於民國三十四年十一月一日至十二月二十四日上海《大公報》文藝副刊；本處轉引自姜德明主編、鄭爾康選編：《鄭振鐸書話》，（北京出版社，一九九六年十月），頁九十。

（九）開啟後來對於版畫的研究

鄭振鐸曾經編輯許多畫譜及藝術類的書籍，如：民國二十三年（一九三四年）十二月，與魯迅合編《十竹齋箋譜》，由北平榮寶齋木刻套色水印而成，一函四冊（後收入他所編的《中國版畫史圖錄》）；民國二十九年（一九四〇年）至三十六年，編輯《中國版畫史圖錄》，共五函二十冊，由上海中國版畫史社出版，書中共收從唐代至清朝的典籍、佛經、小說、戲曲等插圖、畫譜及箋譜；一九五六年鄭氏完成《中國古代木刻畫選集》手稿，但因當時政治局勢未能出版，故遲至一九八五年二月才由北京人民美術出版社出版，該書分線裝九冊，前八冊選收唐代至清代的木刻畫以及年畫，第九冊為鄭氏所著《中國古代木刻畫史略》，之所以會有以上種種書籍的編纂，即肇因其在三十年代起即開始搜集明代版畫，在搜集的過程中，他是先自小說戲曲的插圖發軔，接著才推廣到畫譜及其它藝術類的書籍，然後更進一步上溯自宋元及明初刊印的出像佛道經典。這些資料又以明代版畫為其精華，舉凡建安、金陵、新安名工所鐫，都有極其精湛的代表作品，傳奇如萬曆刊本《新鐫女貞觀重會玉簪記》二卷，金陵唐振吾富春堂《新刻出像音註蘇英皇后鸚鵡記》二卷、萬曆高石山房刊本《目蓮救母勸善戲文》六冊等，是以鄭振鐸的戲曲收藏實為開啟其日後版畫研究的動機。

再者，對於清代雜劇的收藏，鄭振鐸憑著一已之力，已覓得有二百六十本，比王國維《曲錄》所收的八十四本，足足超過三倍，其功甚偉[三十九]，對於這些藏書，鄭振鐸曾自豪的說道：「因為研究的複雜，搜羅材料的

註[三十九]「予性嗜讀曲，尤好搜討，涓涓不止，久亦成溪，十餘年來所聚清劇，不期乃逾二百數十本，於王氏《曲錄》所載，已增三倍（《曲錄》載清代雜劇僅八十四本）」以上見鄭振鐸：《清人雜劇初集・序言》，（香港龍門書店，一九六九年三月），頁

求全求備，差不多不棄瓦石和沙礫。其實在瓦石和沙礫裏，往往可以發現些珠玉和黃金出來。」[四十]，我們今日從他據藏書所發表的論文看來，即可印證這一點。

第二節　戲曲叢書的編輯

一、敘述出版動機

鄭振鐸在許多經手的叢書序言裏，說明了出版的動機：

（一）避免書籍毀於戰火

惟車王府、曹心泉二曲庫散出者，垂得而復失之後，幸於吳郡獲得許守白先生鈔本七八十種，中多古戲及李、薛、朱、邱諸氏所作，差堪快意。然劫火方殷，世變日亟，今之暫聚於予者，其能終保無恙乎[四十一]？

註[四十]　鄭振鐸：〈失書記〉，原載《烽火》第九期，民國二十六年十月三十一日；本處轉引自《鄭振鐸文集·第三卷》，（北京人民出版社，一九八五年），頁二三二。

註[四十一]　鄭振鐸：《長樂鄭氏匯印傳奇第一集·序》，原寫於民國二十三年七月七日；本處轉引自《鄭振鐸全集·第六卷》，頁七二八—二九。

〇〇五。

（二）欲繼承古人編選曲集的事業

鄭振鐸在《長樂鄭氏匯印傳奇第一集・序》裏說道：

明清傳奇，則自汲古結集後，繼起無人。暖紅室所刊秘冊無多。瞿庵先生之《奢摩他室曲叢》二集，所收僅嵇永仁二種，沈　漁四種，吳粲花五種；三集已印成，惜燼於兵，遂未能續刊。讀曲之餘，輒欲繼此絕業，以予所得，公諸於世[四十二]。

可見編輯這套曲集，是為了能繼承汲古閣毛晉之風，讓古劇不致在時間及戰爭的陰影之下，湮沒於世，遂有出版的動機。

（三）希望古劇能為今人所用

我們研究戲曲史的人老想把古劇搜集起來，大規模的影印出來，作為研究的資料，卻始終不曾有機會能夠實現這個心願。今日欲得一部明刊本傳奇，正像乾嘉時代欲得一部宋刊善本那樣的不易。只有從事搜集資料的人，只有研究戲曲史的人，方才知道搜集資料是如何的困難。那工作是艱苦的，是可遇而不可求的，是要一點一滴的累積起來的。古劇收藏家的辛勤，誠如「如魚飲水，冷暖自知」。幸而集腋成裘，更幸而歷劫僅存，怎能不急急的想使之化身千百，俾古劇能為今人所用呢[四十三]？

註[四十二]　同前註，頁七二九。

註[四十三]　鄭振鐸：《古本戲曲叢刊初集・序》，原寫於一九五四年二月十一日；本處轉引同前，頁七五九。

鄭振鐸認為元曲是元朝文學的代表，它的影響，甚至及於明代中葉，把這三百多年的戲曲文學加以有系統的整理和研究，對於戲曲工者而言有其一定的意義，對於新的戲曲創作，也會有相當的啟發，總計鄭振鐸所編印的戲曲叢書如下：

二、出版戲曲叢書的內容

（一）《清人雜劇初集》　二十年一月　自費影印

二十年（一九三一年）三月，鄭振鐸將自己當時所藏超過二百六十部的清劇，挑選其中的九家四十種，並附題跋，論述作者生平思想與作品特色，及附錄〈西諦影印元明清本散曲目錄〉、〈西諦所印雜劇傳奇目錄〉，為「西諦所刊雜劇傳奇第一種」，共一函十冊。各冊內容有第一冊：《臨春閣》一卷，吳偉業撰、《通天台》一卷，吳偉業撰；第二冊：《劉國師教習扯淡歌》一卷，嵇永仁撰、《杜秀才痛苦泥神廟》一卷，嵇永仁撰、《癡和尚街頭笑布袋》一卷，嵇永仁撰、《憤司馬夢裡罵閻羅》一卷，嵇永仁撰（以上為《續離騷》四種）；第三—四冊：《西堂樂府》五種，尤侗撰；第五冊：《明翠湖四韻事》四種，裘璉撰；第六冊：《續四聲猿》四種，張韜撰；第七冊：《後四聲猿》四種，桂馥撰；第八冊：《桃花吟》一卷，曹錫黼撰、《四色石》四種，曹錫黼撰；第九冊：《花間九奏》九種，石蘊玉撰；第十冊：《秋聲譜》三種，嚴廷中撰。版本以自藏為主，其中《臨春閣》、《通天台》為徐積餘先生的藏本，《續離騷》雜劇為長澤規矩也先生自日本郵寄提供的版本[四十四]。一九六九年三月，香港龍門書店據美國哈佛燕京學社漢和圖書館所藏原書影印發行。

註[四十四]　鄭振鐸：《清人雜劇初集．例言》，（香港龍門書店，一九六九年三月），頁〇〇七。

（二）明刻本《博笑記》　二十一年五月　上海傳真社影印　為《傳奇三種之一》　上下二冊

該書由鄭振鐸向友人陳乃乾商借影印。沈璟原著傳奇十七種，《博笑記》未影印發行前，僅有五種傳世，可知該書極具研究價值，鄭振鐸據之影印的刻本為明朝天啟三年（一六二三年）的本子，也是現存唯一的版本，一九五四年二月鄭氏主持《古本戲曲叢刊・初集》，本書亦影印收入其中。

（三）明刻本《修文記》　二十一年五月　上海傳真社影印　為《傳奇三種之一》　上下二冊

（四）《清人雜劇二集》　二十三年（一九三四年）十月　自費影印

收清人雜劇十三家四十種，共一函十二冊，與初集合計八十種，超過沈泰所編《盛明雜劇》初、二集的六十種。一九六九年三月，香港龍門書店據美國哈佛燕京學社漢和圖書館所藏原書影印發行。內容共計有徐石麒所撰《買花錢》、《大轉輪》、《拈花笑》、《浮西施》四種；葉承宗撰《孔方兄》、《賈閬僊》、《十三娘》、《狗咬呂洞賓》四種；王夫之撰《龍舟會》一種；鄒式金撰《風流塚》一種；鄒兌金撰《空堂話》一種；廖燕撰《醉畫圖》、《訴琵琶》、《鏡花亭》三種；洪昇撰《四嬋娟》四種；車江英撰《藍關雪》、《柳州煙》、《醉翁亭》、《遊赤壁》四種；張聲玠撰《玉田春水軒雜齣》九種；孔廣林撰《璿璣錦》、《女專諸》、《松年長生引》三種；陳棟撰《苧羅夢》、《紫姑神》、《維楊夢》三種；吳藻撰《喬影》一種；俞樾撰《老圓》一種；版本大部份是取自於自藏曲本，另外有借自北平圖書館、孔德學校圖書館所藏孔廣林（幼髯）稿本《溫經樓游戲翰墨》、俞平伯家藏曲園先生鈔本《老圓》，周越然先生所藏陳棟（浦雲）《北涇草堂集》等，大多為難得一見之劇作[四十五]。

註[四十五]　「《清人雜劇二集》的四十種，殆多半為從來想望而未之見之作。」見鄭振鐸：〈三十年來中國文學新資料發現記〉，《文學》

（五）《錄鬼簿二卷續編》　二十七年　影抄後交由北京大學出版組影印出版

二十年（一九三一年）夏，與趙萬里、馬廉（隅卿）三人在寧波天一閣坊訪見明藍格抄本《錄鬼簿》，當夜分頭影寫，後並將影抄本教北京大學出版組影印出版。

（六）《孤本元明雜劇》　三十年四月　上海商務印書館　線裝三十二冊

民國二十七年（一九三八年）五月，鄭振鐸為國家購得《脈望館抄校本古今雜劇》，他並且從中挑選一百四十四種（《脈望館抄校本古今雜劇》的二百四十二種，除去已見於《元曲選》及其它刊本者九十四種，重複者四種，故共計一百四十四種。），而以「孤本」題名。其中包括元代知名作家二十三種、明人知名作家十四種、元人無名氏作品十四種、及明人無名氏九十五種，鄭振鐸並委託上海商務印書館以涵芬樓名義排印，廣為發行，內容由王季烈校訂，對研究者而言，貢獻良多。一九五七年中國戲劇出版社據商務紙型重印本，民國六十年（一九七一年）臺灣商務印書館出版重印本。

（七）《長樂鄭氏匯印傳奇第一集》　二十三年　自費影印

以自己收藏，選六種傳奇，影印《長樂鄭氏匯印傳奇第一集》，共二函六種十二冊[四十六]，分別為《商駱三元記》、《韓朋十義記》、《裴度香山還帶記》、《鸚鵡洲》、《喜逢春》、《摘星樓》等，其中四種為明萬

第二卷第六號，民國二十三年六月一日；本處轉引自鄭振鐸：《鄭振鐸全集．第五卷》，（河北花山文藝出版社，一九九八年十一月），頁五一三。

註[四十六]　「終藉吾友之贊，得先成第一集，集傳奇六本，墨版行世。」見鄭振鐸：〈《長樂鄭氏匯印傳奇第一集．序》〉，《鄭振鐸全集．第六卷》，（河北花山文藝出版社，一九九八年十一月），頁七二九。

曆刊本，一本為崇禎刻本，一為舊鈔本，均為孤本流傳的明傳奇[四十七]，有兩本鮮為人知，另一本則王國維因未見而誤列為清人之作，還包括有清朝的禁書在內，都是很難得一見的資料。至於影印的動機，除了前一節中已有說明外，也是基於明清傳奇的刊印，自從汲古閣六十種曲之後，其它各家的刊印祕冊不多，所以決定將自己收藏的善本影印。從預定出書到裝訂成冊，前後經歷兩個月的時間。

（八）《古本戲曲叢刊・初集》　一九五四年二月　上海商務印書館

與吳曉鈴、趙萬里、傅惜華等人組成「古本戲曲叢刊編刊委員會」，擔任主編，原計劃擬定編印十幾集。本集共收十二函一百二十冊，收元明傳奇（間有雜劇）共百種。

翻檢鑽研，善本的選擇十分重要，但善本並不集中於某一處，研究者往往花費許多時間在搜尋資料上，鄭振鐸以自身收藏曲集多年的經驗，用團隊的組織，來從事這項艱困但有意義的工作，他並定下了工作的目標與進度：

> 初集收《西廂記》及元、明二代戲文傳奇一百種，二集收明代傳奇一百種，三集收明、清之際傳奇一百種，此皆擬目已定。四、五集以下則收清人傳奇，或更將繼之以六、七、八集收元、明、清三代雜劇，並及曲選、曲譜、曲目、曲話等有關著作。若有餘力當更搜集若干重要的地方古劇，編成一二集印出。期之三四年，當可有一千種以上的古代戲曲供給我們作為研究之資，或更可作為推陳出新的一助。[四十八]

註[四十七]　同前註。

註[四十八]　同前註，頁七五九—七六〇。

（九）《古本戲曲叢刊・二集》　一九五五年七月　上海商務印書館十二函一百二十種，共收明代傳奇共百種。

（十）《古本戲曲叢刊・三集》　一九五七年二月　上海商務印書館

十二函一百二十冊，收明末清初傳奇共百種。

（十一）《古本戲曲叢刊・四集》　一九五八年十二月　上海商務印書館

十二函一百二十冊，收明代和元明之際當今現存雜劇，在第四集中包括過去上海商務印書館特地請他自《古今雜劇》挑選其中一百四十多種，出版的《孤本元明雜劇》，由於其中有些內容為王季烈所改易，因之一九五六年又重新將它影印出版。鄭振鐸當時將此套書籍送到北京圖書館上海辦事處保存，直到現在，這套書仍是北京圖書館戲曲典籍中最為寶貴的善本。

三、刊印戲曲古籍的貢獻

清代考證學風盛行，清人校讎考據的態度亦相當嚴謹，影響及於民初，故對於清初雜劇的總集，學者均致力於蒐羅善本，以為翻刻之底本，鄭振鐸所編纂的戲曲古籍，有下列幾點特色：

（一）《清人雜劇》初、二集，收錄作品為其他家之冠

現存清人雜劇總集，最早編輯者為清初鄒式金的《雜劇三集》，康熙元年（一六六二年）刊本，收明末清初雜劇三十四種[四十九]；其次為康熙年間金陵坊刻本，不分卷，實收傳奇八種，雜劇三種，編者不可考，一說是

註[四十九]　《雜劇三集》一書於民國三十年（一九四一年），誦芬室翻刻本標名《雜劇新編》；民國四十七年（一九五八年），中國戲

范希哲，但尚無定論。第三為清咸豐元年（一八五一年）姚燮所編的《今樂府選》，收元、明、清三代雜劇、傳奇、散曲及耍詞，其中清人雜劇部份有五十七種，但該書精華處為「國朝院本」，即清傳奇的部份，「清雜劇」所選者多平平無奇[五十]，且原書未刻，僅有稿本。

民國時期以劉世珩《暖紅室彙刻傳劇》最早，約當清宣統至民國十二年（一九二三年），收元、明、清雜劇三十種，附錄十四種，附刊六種，別行一種，共五十一種。其次為吳梅所編的《古今名劇選》，民國八年（一九一九年）由北京大學以排印本出版，原先預計收元、明、清三代雜劇三十九種，散套一種，實際上僅出版至卷三而止，共收元、明雜劇十五種，不及於清。故無論就質量而論，鄭振鐸所編的《清人雜劇》初集及二集，均遠勝於前人的成果。

（二）提供研究戲劇史的資料

以《孤本元明雜劇》為例，鄭騫先生認為該書提供了三十多種的元人雜劇，其中如《金鳳釵》、《莊周夢》、及《貶黃州》等劇，都是上乘之作；其次，該書所收明代雜劇的部份，有的穿插結構生動緊湊，比起元劇大有進步；有的即使文字無甚可取，也可以借此窺見明代雜劇的大體作風；特別是對於明朝正德嘉靖以前北雜劇的面貌，有更多的認識；再者，各劇中的賓白、劇本後所附的穿關，都可以做為對戲劇史演變、以及明代演劇裝

劇出版社又有影印翻刻本。

註五十　據鄭振鐸：《中國文學研究》（中冊），（香港古文書局，一九七〇年十二月），頁六二八。

扮情形有進一步的瞭解[五十一]。

（三）《古本戲曲叢刊・二集》收晚明劇作頗豐，足供研究者參考

《古本戲曲叢刊・二集》所收的戲曲仍為一百種，除流行於民間的比較早期的劇本，像《彩樓記》、《劉秀雲台記》、《范睢綈袍記》、《高文舉珍珠記》、《王昭君和戎記》等數十種之外，都是晚明時期（即萬曆初到崇禎，也就是公元十六世紀的八十年代到十七世紀的五十年代）的作品，晚明劇作多半是孤本流傳，像陳與郊《憐癡符》四劇，汪廷訥的環翠堂七種，孟稱舜的《嬌紅》、《貞文》二記，范文若的《花筵》、《鴛鴦》等三劇，阮大鋮的詠懷堂四種（此四種雖有近刊，而經妄人肆意竄改，大失本來面目，後鄭振鐸依原本影印，足以發覆），以至王稚登、吳世美、鄭之文、葉憲祖、周履靖、史磐、金懷玉、陸華甫、王驥德、吳德修、佘翹、姚子翼、朱宗藩、鄒玉卿、朱九經、沈自晉、西湖居士諸家所作，都是研究戲曲者求之多年卻很難全獲的，特別是對於從事晚明戲曲研究的人，貢獻良多[五十二]。

（四）《古本戲曲叢刊・三集》所收的明末清初劇作，在當世最為完整

《古本戲曲叢刊・三集》所收的傳奇，是以明清改朝換代之際十幾位劇作家的劇本為主，大多為鈔本，由

註五十一　以上詳見鄭騫：〈孤本元明雜劇讀後記〉，原文發表於《大陸雜誌》第二十一卷第一、二期；本文轉引自曾師永義主編：《中國古典文學論文精選叢刊・戲劇類（一）》，（臺北幼獅文化事業公司，民國七十年七月再版），頁四八四—四八五。

註五十二　鄭振鐸：《古本戲曲叢刊二集・序》，原寫於一九五五年六月十三日；本處轉引自《鄭振鐸全集・第六卷》，（河北花山文藝出版社，一九九八年十一月），頁七六一—七六二。

於梨園傳唱的刻本流失之後，鈔本就成了現今唯一可尋的版本，此種抄本，皆為今人所謂明清之際「蘇州作家群」或「蘇州派」諸作家的作品，刻本極少，皆賴抄本流傳，然鈔本又殘破潦草，魯魚亥豕，假如不借戲曲家們精心保存，遞嬗相傳（梅蘭芳程硯秋收藏尤多），今日確實已難窺見[五十三]。

正因鈔本除了「殘破潦草，魯魚亥豕」，而且有任意刪削，不成完書，名目雖是，內容已非的情形，因此鄭振鐸等人在編輯之時，態度十分慎重，例如一劇每每搜集兩三種鈔本以資對勘比較，棄其殘闕不全者，用其最近於原本面目者收入集中；如果是孤本，無法有所取舍者，則即使是不全的劇本，也一併收入；經過多方的努力，凡是可以搜集的鈔本，幾乎都已盡於此，是以三集的意義，較初、二集更為遠大，歷程也尤為艱辛[五十四]。

當年吳梅先生在《中國戲曲概論》，於今所謂「蘇州派」作家中推崇李玉、朱素臣，而於李玉只舉《一》、《人》、《永》、《占》及《眉山秀》，稱為「直可追步奉常」[五十五]，日人青木正兒在撰述《中國近世戲曲史》時也未能見到李玉完整的劇本[五十六]，《三集》中所收李玉劇作則除了以上五種，尚有《牛頭山》、《太平錢》、《兩鬚眉》、《清忠譜》、《麒麟閣》、《意中人》等劇，目前中國大陸編輯出的李玉戲曲集，並且已有學者從事李玉的

註[五十三] 汪蔚林：《中國大百科全書・戲曲曲藝卷》，（中國大百科全書出版社，一九九三年），頁九十二。

註[五十四] 鄭振鐸：《古本戲曲叢刊三集・序》，原寫於一九五六年八月二十五日；本處轉引自《鄭振鐸全集・第六卷》，（河北花山文藝出版社，一九九八年十一月），頁七六三—七六四。

註[五十五] 吳梅：《吳梅戲曲論文集》，（北京中國戲劇出版社，一九五八年），頁一七七。

註[五十六] 「余不幸未見其（按：李玉）全本，所見僅《綴白裘》等書所選之散齣耳。」以上見青木正兒著、王吉廬譯：《中國近世戲曲史》（上冊），（臺北臺灣商務印書館，民國七十一年十月臺四版），頁三二三。

深入研究，即是因為《古本戲曲叢刊》中的第三集提供了大量不易見到的李玉傳抄本。

此外，三集中所收的伶界傳抄本《千鍾祿》，長久以來作者姓名已失傳，鄭振鐸考證出為清人李玉所作，得到諸多學者的肯定；同時，這部作品在清光緒時曾一度遭朝庭禁演，使得全本難覓，鄭振鐸將這部程硯秋所藏的《千鍾祿》影印問世後，學者才得以一窺全豹，研究方面也趨於深入，則又是另一項卓越的貢獻[五十七]。

（五）《古本戲曲叢刊．四集》輯印前代戲曲總集，可以研考劇本的變化

《古本戲曲叢刊．四集》專收雜劇總集，計有七種：《元刊雜劇三十種》、《古雜劇》、《古名家雜劇》、《雜劇選》、《陽春奏》、《元明雜劇》、《古今名劇合選》（《柳枝集》、《酹江集》），另收趙琦美抄校的二百四十二種雜劇，題為《脈望館鈔校本古今雜劇》，共計三百七十六劇，因之輯印前代戲曲總集，成為這一集的特色。

在這些不同年代的戲曲總集中可以看出一些劇本在時間的流傳過程中所產生的變化，例如近人孫楷第即根據《古雜劇》、《古名家雜劇》、《雜劇選》、《陽春奏》、《元明雜劇》、《古今名劇合選》等考證出現存元雜劇劇本可以分為元刊本、明刊刪潤本及明刊增訂本等三個系統，《脈望館鈔校本古今雜劇》不僅可以驗證孫氏之說外，更由於《脈望館鈔校本古今雜劇》每劇均附穿關及全賓，情節豐富，鄧紹基甚至在孫氏三說之上，提出第四內府本系統意見，該看法雖未得著最後結論，但顯然是在所有資料排比並列下的創見。

又，本集全收趙琦美《脈望館鈔校本古今雜劇》二百四十二種雜劇，的確是一項有遠見的做法。由於趙氏曲藏的發現，正值對日抗戰之初，人力物力十分匱乏，因之不能完全印出，但又顧及該曲藏之價值，不得已只

註[五十七] 見鄧紹基：〈略論《古本戲曲叢刊》的文獻價值〉，《文學遺產》一九八二年第一期，頁三九七—三九八。

得選擇其中未見傳世的「孤本」，於民國三十年由上海商務印書館付印為《孤本元明雜劇》，另外傳世的九十四種，則僅存於北平圖書館，然而這些曲籍雖可見於其他選本，對於研究元明戲曲者而言，仍然十分重要，原因在於雜劇在過去地位不高，類似民間通俗唱本；又因於劇場上演，難免遭歷代伶人樂工增刪修改，所以要尋得真本古本十分不易，只有比較接近古本的版本，如《元刊古今雜劇三十種》即屬此類，《脈望館鈔校本古今雜劇》中除《元刊古今雜劇三十種》之外，尚有《新安徐氏刊古名家雜劇》、《息機子刊元人雜劇選》、《遵生館刊陽春奏》、《顧曲齋刊元曲》、《繼志齋刊元雜劇》等雜劇總集，這些總集雖是明朝萬曆年間時代所刻，但與元刊本比較起來，相去仍不算遠，因此元刊本中沒有的劇種，其原本大概如這六種集子內所收。

另外如今日易見的臧晉叔《元曲選》，因是文人改訂的本子，難免恃才妄作，《脈望館鈔校本古今雜劇》中傳世的九十四種本子，除刊本外，還有明朝內府的鈔本及明朝山東于氏的鈔本，因此四集的編印，則提供了許多比現行《元曲選》本較為近古的雜劇本問世，足以讓學者探討比勘，其意義決不下於孤本的問世[五十八]，第四集的問世，不僅節省學者搜集資料的時間，同時也是對古代各行其事的戲曲藏家作品大整合，在後世戲曲研波討源中，可以提供有利的佐證。

我們相信，以他一生戮力於此，一定會有更多的古籍陸續問世，造福後世學者。可惜天不假年，目前《古本戲曲叢刊》仍在繼續出版中，希望該叢刊委員能秉持鄭先生一貫之精神，將中國罕見寶貴的古籍版本，讓世

註五十八　以上詳見鄭騫：〈孤本元明雜劇讀後記〉，原文發表於《大陸雜誌》第二十一卷第一、二期；本文轉引自曾師永義主編：《中國古典文學論文精選叢刊．戲劇類（一）》，（臺北幼獅文化事業公司，民國七十年七月再版），頁四八六—四八七。

人有一睹全貌的機會，如此也就不枉鄭先生一生為搜求善本所付出的奔波與辛勞！

第七章　鄭振鐸翻譯外國劇本及思潮之介紹

第一節　外國劇作的翻譯

鄭振鐸翻譯的劇本總共有三部，均為俄國作品，都是從英譯本的重譯，依照翻譯成書的先後分別為《海鷗》，（俄）柴霍甫（今譯為契訶夫）原著，民國十年（一九二一年）四月上海商務印書館初版，屬於《共學社叢書・俄國戲曲集》第六集；《六月》，（俄）史拉美克原著，民國十年（一九二一年）四月上海商務印書館初版，屬於《共學社叢書・俄國戲曲集》第十集；以及《貧非罪》，（俄）阿史特洛夫斯基原著，民國十年（一九二一年）四月上海商務印書館初版，屬於《共學社叢書・俄羅斯文學叢書》之一，一九五六年北京作家出版社重印。由於《六月》的譯作至今未見，本節只得延期。

一、《海鷗》

（一）劇情大意

有一個女演員亞喀狄娜夫人，夏天時帶著兒子特力柏勒夫與著作家特里格林，到她的兄弟瑣連的鄉下別墅裏避暑。特力柏勒夫在鄉間的別墅裏與一個富農的女兒妮娜互相戀愛，於是他叫妮娜在他的家裏演出他所編的一齣戲。演出的結果極為失敗，因為看的人都稱讚妮娜的演技，說她可以成為一流的女優，但卻批評特力柏勒夫編的戲差強人意。著作家特里格林由於當場也看了這齣戲，因此認識妮娜，並和她墮入愛河。找到新愛人的妮娜便背棄了特力柏勒夫，到聖彼得堡和特里格林相會，兩人一同生活了兩年，生了一個孩子之後，彼此分手。

妮娜回到鄉間的娘家，又遇見了特力柏勒夫，這時特力柏勒夫仍然深愛著她，懷抱著想和妮娜共渡一生的願望，無奈此時妮娜已決定到城市當女優，尋找下一個命運，特力柏勒夫苦苦哀求，希望她不要再度離去，妮娜不為所動，特力柏勒夫在失望之餘，遂以手槍自殺，了斷了自己的一生。

西元一八八一年三月，俄皇亞歷山大二世在聖彼得堡的街上被恐怖分子用炸彈炸死，結束了大改革的時代；新沙皇決定以更激烈的手段來對付革命黨人，保守勢力再度抬頭，民意黨大受挫敗，全國迷漫著沉悶的氣氛，上層階層不求進取、中產階層因政策的限制重重而變得單調駁板，柴霍甫的創作即反映了這個時代的陰暗灰色，他雖然屬於寫實主義的作家，但是在劇本和小說中也吸收了許多象徵主義的技巧，用暗示、低調、抒情及氣氛的渲染來取代劇情和事件的發展，以語氣的變化和意念的轉換來激起觀眾的情緒，例如《海鷗》中特里格林的人物就是柴霍甫用來反諷知識份子聽憑環境抹煞性靈的表徵。

《海鷗》一劇完成後，隨即在聖彼得堡亞歷山特林斯劇院上演，結果非常失敗。兩年後，由史丹尼拉夫斯基（Stanislavsky）與聶米羅維奇・丹欽柯（Nemirovioh-Danchenko）在新成立的莫斯科大眾劇院重新演出，他們以唸台詞與演戲的新作風，使該劇極為成功。一九一七年俄共革命成功之後，柴霍甫的作品一度被視為代表俄國文學中擁有破壞及否定的傾向，共黨份子批評他的作品描寫生活的荒廢，不創造一種朝氣蓬勃的精神，不合時宜，但他的作品卻依然受到觀眾歡迎，而且列寧極力拉攏的作家高爾基也為他的作品辯護；僅管在國內受到政治上的打壓，但在第一次世界大戰後，柴霍甫的劇本在歐美地區聲譽頗隆，鄭振鐸負責的「共學社叢書」《俄國戲曲集》一套中，除了他自己翻譯的柴霍甫的《海鷗》外，還有柴霍甫另三部劇作《伊凡諾夫》、《萬尼亞叔父》及《櫻桃園》，均由鄭振鐸好友耿式之翻譯。鄭振鐸在民國十五年（一九二六年）十月十日主編的《小說月報》第十七卷第十號，譯介了柴霍甫的小說及雜文，共佔該期的三分之一[一]。俄共黨方也在一九三〇年代中期對他做出新的論調，稱讚他對革命怒潮有先見之明，並恢復他在俄國文學中的地位，使得他的劇本至今還經常在劇院上演，獲得應有的地位[二]。

二、《貧非罪》

（一）劇情大意

《貧非罪》一劇由俄國劇作家阿史特洛夫斯基（Alexander Ostrovsky 1823-86）所著，完成於一八五八年，該劇劇情大意鄭振鐸曾在書後的〈附錄〉說明如下：

> 一個舊式的家庭，家長是一個富商，名為郭台客比契（Gordy Karpych）的。他平素對於家庭非常專制。後來他忽然受了西歐化的影響。他穿著西歐式的衣裳，要想把他家裏一切習慣都變成西歐化了。他有一

註一　該卷刊登的柴霍甫譯作有：〈克魯泡特金的柴霍甫論〉【論叢】（陳著譯）、〈柴霍甫（俄國　蒲寧 L. A. Bunin 作）〉【論叢】（趙景深譯）、〈笛聲〉【小說】（張友松譯）、〈愛〉（俄國　柴霍甫著）【小說】（張友松譯）、〈柴霍甫的零簡—給高爾基〉【雜文】（志摩譯）、〈香檳酒—一個旅客的自述〉（俄國柴霍甫著）【小說】（趙景深譯）、〈一篇沒有題目的故事〉（俄國　柴霍甫作）【小說】（效洵譯）、〈曖昧的性情〉（俄國　柴霍甫作）【小說】（效洵譯）等。

註二　以上內容參見（俄）史朗寧（Marc Slonim）原著，張伯權譯：《俄羅斯文學史（從起源到一九一七年以前）》（原名：An Outline of Russian Literature），台北自華書店，民國七十五年十一月；智量等著：《俄國文學與中國》，上海華東師範大學出版社，一九九一年六月；冉國選：《俄國戲劇簡史》，河南大學出版社，一九九二年九月；歐茵西：《新編俄國文學史》，台北書林出版社，民國八十二年；以及段昌國：《俄國史》，臺北大安出版社，民國八十三年二月。

個女兒，同他的一個書記美底亞（Mitya）相愛。美底亞家裏極窮，但是一個誠實有教育的孩子。她母親也願意把她女兒嫁給美底亞。但是她父親卻突然把她許給一個年紀很老的不誠實的有錢的製造家。他在母女的淚泉中，強迫她嫁給這個人。她「守著做女兒的本分，」只好服從她的父親的命令。幸得她的叔父劉平託助夫（Lubim Tortsoff）說出這個製造家的罪惡，當眾把他羞走。郭台客比契也終於為他們三個人——母、女、兄弟——所感動，終於答應把她女兒嫁給美底亞[三]。

從鄭振鐸所敘述的內容看來，該劇是屬於家庭革命、兒女爭取婚姻自主權的故事。五四時期，青年爭取戀愛獨立的呼聲高張，鄭振鐸本人也曾發表過這一類的文章，因此會選擇翻譯這個劇本，可以說是受時代環境的影響。《貧非罪》因為敘述的是父權體系下的強迫婚姻，尤其該劇主人翁是商人，他的跋扈專斷，讓當時中國有一批高喊反資本家壓迫的人士找到呼應的著力點，他們認為商人多半與貧富不均的社會問題、政客的亂象脫離不了關係，因此鄭振鐸贊揚本劇的藝術特質時，幾乎也偏向往這方面發揮：

阿史特洛夫斯基的這本《貧非罪》，在俄國劇場上繼續的占了五十多年的勢力。他描寫當時商人階級的情形深刻，沒有一個批評家不讚美他。……同時他又帶有廣大的人道色彩……他所描寫的雖是當時社會的情形，但是這種情形現在還是普遍於人間社會——尤其於中國社會——裏呢！[四]

註三 鄭振鐸：〈阿史特洛夫斯基傳（附錄）〉，收入《貧非罪》，（上海商務印書館，民國十一年三月），頁七—八。

註四 鄭振鐸：《貧非罪．敘》，（上海商務印書館，民國十年四月），頁一

（二）阿史特洛夫斯基的介紹

鄭振鐸在《貧非罪》一書後附有〈阿史特洛夫斯基傳〉，其中就，（Alexander Ostrovsky 1823-86）的一生做出如下介紹：

> 他生於一八二三年，死於一八八六年。受了教育不久的時候，就學作戲劇；大概作戲劇的才能是與他天才很有關係的。他也同當時別的少年一樣，十七歲的時候就對於到莫斯科各劇場的事非常熱心。他不僅看戲，並且常常同朋友們談論到戲台的各種事情。他進了莫斯科大學，不到兩年，因為與一個教授起衝突的原故，被他們斥退。自離大學後，他就在一個商務法庭裏當書記官。因此與商人階級更為接近。[五]

顯然阿史特洛夫斯基之所以成為知名劇作家，與他對這方面有興趣相關。他創作許多作品，既控訴家庭的思想暴力，又忠實地反映商人剝削的惡習，被譽為「俄國現代戲劇之父」，在俄國文學史裏，終身從事於劇本創作與劇場事業的，只有他一人，他繼承了格立薄哀杜夫（Alexander Griboyedov, 1795-1829）、普希金（Alexander Sergeevich Pushkin, 1799-1837）、及果戈里（Nikolai Gogol, 1809-1852）的戲劇特色，作品中善於描述俄國社會新舊交替時代新興中產階級的生活心態，深深影響了之後的柴霍甫等人。他筆下的人物語言都帶有獨特的個性，為十九世紀五〇年代的俄國人民提供最好的歷史見證。

民國六年（一九一七年）十一月七日，俄國十月革命之後，阿史特洛夫斯基的劇本因為暴露貴族富商的醜惡，符合俄共撻伐資產階級的目標，於是在沙皇時期禁演的戲，紛紛在蘇聯各劇院上演。以上兩劇內容明顯充

註[五] 同前註，〈附錄〉，頁一。

滿寫實主義的風格，這與鄭振鐸所發起的「文學研究會」標榜「鼓吹著為人生的藝術，標示著寫實主義的文學」「是比《新青年》派更進一步的揭起了寫實主義的文學革命的旗幟的」，繼又與汪仲賢等人所共同成立國內第一個劇社──「民眾戲劇社」也提倡寫實主義的戲劇有關。

第二節　外國劇本序跋的撰寫

一、所撰寫的戲劇序跋

鄭振鐸曾經為翻譯的劇本寫過序文的有以下幾部：

（一）〈《黑暗之勢力》‧序〉，該書由（俄）托爾斯泰著，耿濟之譯；為「共學社叢書」之一的《俄國戲曲集》（四），民國十年三月上海商務印書館出版，序作於九年十一月二十五日。

（二）〈《春之循環》‧序〉，該書由（印度）泰戈爾著，瞿世英譯；為「文學研究會叢書」之一，民國十年十一月上海商務印書館出版[六]，序作於十年九月十二日。

註六　本書出版時間有二說，一為中國大陸學者陳福康在《鄭振鐸年譜（下）》一書附錄（二）的第五「編校部份」3.「外國文學」部份所列出的民國十年十一月；另一說是台灣國立政治大學歷史研究所研究生王玉在其碩士論文《文學研究會與新文學運動》第四章第三節「文學研究會的事業與『小說月報』的活動」中所列出的民國十三年五月；今因原書未見，故兩說並存。

（三）〈《貧非罪》・序〉，該書為（俄）阿史特洛夫斯基著，鄭振鐸譯；收入「共學社叢書」之一的《俄羅斯文學叢書》，民國十一年三月上海商務印書館出版，序作於十年九月二十一日。

（四）〈《阿那托爾》序言〉，該書由（奧地利）顯尼勞志著，郭紹虞譯；為「文學研究會叢書」之一，民國十一年五月由上海商務印書館出版，序作於是年三月二十五日，並曾刊登於《文學旬刊》第四十五期，民國十一年八月一日，頁四。

（五）〈《泰戈爾戲曲集》（一集）・序〉，該書為（印度）泰戈爾著，瞿世英等譯；「文學研究會叢書」之一，民國十二年九月上海商務印書館出版，序作於十二年八月七日。

（六）〈《人之一生》—序〉，該書由（俄）安特列夫著，耿濟之譯；為「文學研究會叢書」之一，民國十三年四月再版。

（七）〈《泰戈爾戲曲集》（二集）・序〉，（印度）泰戈爾著，瞿世英等譯；「文學研究會叢書」之一，民國十三年十一月上海商務印書館出版，序作於十二年十月二十五日。

（八）〈《蕭伯納戲劇選》・序〉，一九五六年七月北京人民文學出版社出版，序作於是年六月。

其中第（二）、（四）、（六）、（七）等五篇未見原文，本文僅就目前可見的四篇序言加以分析討論。

二、戲劇序跋的特色

鄭振鐸在四篇為他人譯書的序言中，可以歸納出四點特色：

（一）譯者幾乎都是「文學研究會」的會員，譯作均出自鄭振鐸所主編的叢書

鄭振鐸為外國戲劇譯本所寫的序言，書籍的譯者差不多都是與他共同發起「文學研究會」的成員[七]；同時這些譯本，也全部都收錄於他所主編的三套大型叢書：《俄羅斯文學叢書》、《俄國戲曲集》及《文學研究會叢書》等，鄭氏為翻譯劇本寫序的時間，也大多屬於「文學研究會」的成立初期，可見其推動外國文學的動機起源甚早。

他在《俄國戲曲集》第一本賀啟明譯的《巡按》（果戈里著）卷首發表的關於整套叢書的〈敘〉中指出：「自一六九二年波龍斯基的《浪子》出現後，到了現在，俄國文學裏出產了許許多多的著名的戲劇作品，有普遍的和永久的價值的約有四十餘種。我們於此四十餘種之中選出……十種，編為這個《俄國戲曲集》。」[八]，他又說明挑選的原則：「然而現在所選的十種劇本，雖不能說是完備，卻也可以由此略窺見俄國的戲曲的一個大概；多方面的，性質不同的劇本，也差不多都有一個代表在這集裏。如喜劇可以用《巡按》及《教育之果》代表它；悲劇可以用《黑暗之勢力》及《海鷗》等劇代表它；農民的戲曲及宗教的戲曲，純藝術的戲曲，也都各有代表在裏邊；俄國的各方面的黑暗悲慘的情況，也大概可以由此見其一般……」，他並認為，演這些戲曲，「較之演《華倫夫人的職業》及《青鳥》等的象徵派的戲，似乎於中國更為合宜，更為有益。」。

在《六月》一劇譯後，他又發表了二萬餘字的〈作者傳記〉，詳細介紹了這六位俄國著名劇作家的生平及

註七　除安壽頤例外。

註八　鄭振鐸：〈《巡按》．序〉，原文未見，本處轉引自陳福康：《鄭振鐸論》，（北京商務印書館，一九九一年六月），頁四三〇。

創作特色，並發表了〈俄國名劇一覽〉，介紹了四十種俄國戲劇，證明他對俄國戲劇曾做過一番有系統的研究[九]，這兩種叢書是當時中國最早的俄國文學叢書，因此編輯這套叢書對於介紹俄國文學、推動我國新文學運動的發展，具有重要的意義。

（二）提出原作的精神

1.反映的現況存在於中國當時社會，這一點可作為我國戲劇家的省思及寫作的題材

鄭振鐸在自譯的劇本《貧非罪》的序言中寫道，阿史特洛夫斯基寫這個劇本描寫商人階級的情形極為深刻，包含對人性的關懷，因之俄國的劇評家對該劇都給予一致的肯定，克魯泡特金甚至以為它的影響遍及全俄；而該劇所描寫的雖然是當時的社會，對於中國人來，卻也有著類似的情形：

> 它描寫當時商人階級的情形極深刻，沒有一個批評家不贊美它……。克魯泡特金以為這本戲的影響，遍於全俄。同格利鮑耶陀夫的喜劇，岡察洛夫的《奧勃洛摩夫》及其他許多俄國文學裏的好作品一樣，這本戲也是純正俄國的出品。但是同時它又帶有廣大的人道的色彩。我讀了它以後，覺得克魯泡特金的話很對。它所描寫的雖是當時社會的情形，但是這種情形現在還是普遍於人間社會——尤其於中國社會——裏呢！在這一方面，這劇本實有可以介紹的價值。[十]

註九　原文未見，本處轉引同前，頁四三一。

註十　鄭振鐸：〈《貧非罪》‧序〉，原寫於民國十年九月二十一日；本處轉引自《鄭振鐸全集‧第十五卷》，（河北花山文藝出版社，一九九八年十一月），頁三九九。

2.揭示作者高度的寫作技巧──從簡單的事物刻畫其間的差異，不顯重複與單板

《阿那托爾》由七幕獨立的劇情組成，主要敘述男主角阿那托爾與七位女子之間所發生的故事，該劇由鄭振鐸好友郭紹虞翻譯，他自己則擔任譯文校對的工作，並作序，序言中極力稱讚劇作家顯尼志勞（Arthur Schnilyler）的創作技巧，同時該劇也是顯氏的代表作之一，因此值得向國人推薦：

> 顯尼志勞便是一個特殊的維也納派的代表。他的劇本的精神與蘇特曼（Sudermaunl）及霍特曼（Hauptmun）是絕不相同的。他也同許多近代的維也納戲劇作家一樣，所描寫的不過是人生劇場上的一二幕戲，而就這些很少數的事實中常常簡單反復地表現出來，但卻決不嫌重複與厭倦；好像一個彈琴的高手，琴弦雖只有幾條，而經過他的撥彈，則琴音高低抑揚，變化無窮，時如迅雷疾雨，時如清溪平流，時如微風過松間，悠然清遠。他的藝術手段，可謂高絕了。我們試拿他的幾篇劇本來觀察一下。在《阿那托爾》中的七幕戲的事實差不多都是相同，就是敘一個男子與一個女子的關係，但是他卻敘得各各不同，活潑而且自然，絕不會使人生重複之感[十一]。
>
> 所以我們介紹《阿那托爾》，一方面固是介紹奧大利（按：今譯為奧地利）的一部代表的著作，介紹顯尼志勞的一部代表的著作（Dukes 以為《阿那托爾》是最能清楚地傳出顯尼志勞的空氣的作品），一方面是介紹顯尼志勞的精神與藝術，把一個未經藝術者走過的人生場地，顯露給大家看[十二]。

註十一　鄭振鐸：〈《阿那托爾》．序言〉，原載於民國十一年八月一日《文學旬刊》第四十五期；本處轉引同前，頁四〇七。

註十二　同前註，頁四〇八。

此外，安特列夫《人之一生》充滿了對人性的探問，鄭振鐸認為安氏的劇作雖是象徵主義的代表，但又具備俄國寫實主義的精神，安氏把人們心底的糾紛、生活的暗淡，忠實地反映在作品中；他也認為托爾斯泰的《黑暗之勢力》，雖是一部宗教的戲劇，卻與別的宗教的作品不同，別的宗教的作品，專就主觀一方面寫，滿紙充滿著宗教的訓條與教旨，令人生厭，就是彭揚的天路歷程也免不了這種缺點；這本戲則不然；劇中處處描寫農民生活的黑暗的情形；雖偶有一二句宗教的話雜於其間，但讀者卻不覺得他是宗教的作品，鄭振鐸認為托氏之所以有如此的藝術功力，原因便在於托氏與農民相處甚久，親身體驗才有的結果。

3. 劇作家企圖對人類存在的意義提出解答，反映出其人的哲學思想

安特列夫（Leonid Andeyen）（1871-1919）出身貧困，大學畢業之後幾經多次轉業，終於在寫作上獲得成功，因之鄭振鐸認為在安氏的劇作中，時時充滿著對人生的困惑與迷惘，《人之一生》便是其中之一，該劇對於人生的意義表現極度悲觀；安氏悲觀與失望的精神，使他的作品帶著濃厚的灰色調，但卻又蘊含博大的人道精神於其中，透過對人性深沉的叩問，安氏此劇提供人們對於自身存在的醒思與啟示，本劇也是俄國戲劇史上第一個象徵主義的劇本。

又如托爾斯泰所著《黑暗之勢力》（The Power of Darkness）一劇，主要是描寫農民生活的慘狀況，一個年輕的僕人尼其泰因為做了許多惡事，最後良心發現在眾人面前坦承一切，該劇是托氏第一部戲劇的作品，鄭振鐸認為在這部劇作中反應了托氏宗教家的精神與人道主義的理念：

> 除了宗教的意思，托爾斯泰的尊勞主義，人道主義，及反對資本主義的意見，也都有在這本戲裏點出。

阿奇姆在第三幕裏對尼其泰所講的話，可以表現出勞工神聖的精神來。農民作工雖苦，但精神上卻非常的快樂。閒居而酗酒的事，祇是「沒味，沒味」而已[十三]。

對於資本主義的批評，也借阿其姆口說出來。「可是上帝是讓我們作工的，你卻把錢放在銀行裏，自己舒舒服服的睡著，到時候取不應該取的錢，這真是不合理的事情！」這幾句話真把資本家，坐食而不做工的人罵盡了[十四]。

至於人道的感情，則這本戲裏更到處充塞著了。第二幕中記彼得將死時之言，及尼其泰之不忍的心腸，我讀之幾欲哭出。第四幕中記尼其泰活埋其子時的慘狀，更為不忍卒讀。托爾斯泰用這種無抵抗的態度，來描寫這些殘忍的事實，使人讀之，自然的會生出弱者的同情心來。他的藝術，真是極高了[十五]。

（三）除了敘述該劇內容，也有劇作家其它作品的介紹

不惟在這兩部劇本中，他所敘的事實是十分簡單而且同樣，就是所有他的劇本，也都是如此。他的題材總是一個情人與一個或兩個女人。他著名的一劇名為「Liebeler」(《賣弄風情》)。Ashley Dukes 說：「在實際上，從《阿那托爾》至《美麝伯爵夫人》(□□□□□□□□□)，他們都是『賣弄風情』呢！」在這樣簡單的琴弦上能夠撥彈出這許多好音來，我們確應該十分贊頌顯尼志勞的才能[十六]。

註十三　同前註。

註十四　同前註。

註十五　同前註，頁五—六。

註十六　鄭振鐸：〈《阿那托爾》·序言〉，原寫於民國十一年八月一日《文學旬刊》第四十五期；本處轉引自《鄭振鐸全集·第十五

在顯尼志勞的作品中，悲劇也有好幾篇，如「Liebeler」便是一例。在「Liebeler」中，他的主人翁是一個女子，而非男子，她愛上了一個男人，做了他的妻子，一天天在他自己的夢想生活中過去。她的丈夫，卻為了別個婦人之故，與人決鬥而死。結果很悲慘。但在大體上，顯尼志勞的著作還是以喜劇為多[十七]。

（四）註明譯者的出處

據我們所知道的，《阿那托爾》共有兩個英譯本；一本是《近代叢書》（Modern Library）中的一本《阿那托爾》及其他劇本——這是Colbron譯的，出版於一九一七年；一本是倫敦□□□□□□□□□□□□□□□[十八]公司出版的單行本——這是G. Barker意譯的，專為英國劇場上用的，也是出版於一九一七年。現在郭紹虞兄所譯的，是完全根據於《近代叢書》的譯本轉譯的[十九]。

可知鄭振鐸所推薦的外國劇本，大多注重於呈現社會狀況的真實反映，或是劇作家本身所凝聚的人生哲理，如人道主義、尊重勞動者的態度，鄭振鐸在序文中也以相當的篇幅介紹劇作者其他劇本，對於有興趣想再

卷》，（河北花山文藝出版社，一九九八年十一月），頁四〇七—四〇八。

註十七　鄭振鐸：〈《阿那托爾》‧序言〉，原寫於民國十一年八月一日《文學旬刊》第四十五期；本處轉引自《鄭振鐸全集‧第十五卷》，（河北花山文藝出版社，一九九八年十一月），頁四〇八。

註十八　此處原載刊物字跡不清。

註十九　同註十八，頁四〇八—四〇九。

進一步了解劇作者的讀者，提供了一些指引方向，而且也明確的註出英譯本的出處，這一點則與他強調的譯書原則是一致的。

第三節　介紹外國劇作的論文

一、撰寫篇章的內容

鄭振鐸翻譯的劇本只限於俄國作家，很容易讓人誤以為他對俄國文學情有獨鍾，其實他雖是從翻譯俄國英譯本的劇本著手，但卻不僅限於俄國文學的介紹，他曾發表過多篇有關外國文學的論文，有關戲劇的部份按發表時間排列如下：

（一）〈十四年來諾貝爾獎金的文學家〉，民國十年十二月十日《時事新報》五千號紀念增刊。
（二）〈何謂古典主義？〉，《小說月報》第十四卷第二期，民國十二年二月十日。
（三）〈我們的雜記〉，民國十二年六月二十二日《文學旬刊》第七十七期。
（四）〈得一九二三年諾貝爾獎金者夏芝〉，民國十二年十一月九日《文學》第九十七期。
（五）《俄國文學史略》‧第八章〈戲劇文學〉、第十二章〈柴霍甫與安特列夫〉；原發表於民國十三年一月。
（六）〈法國文學對於歐洲文學的影響〉，民國十三年四月十日《小說月報》第十五卷號外《法國文學研究專號》。
（七）〈介紹《威廉退爾》〉，《文學周報》第二三四期，民國十五年七月十八日。

（八）〈英國的戲劇家瓊斯死了〉，《文學周報》第八卷第五期，民國十八年一月二十七日。
（九）〈現在的斯堪德那維亞文學〉，《小說月報》第二十卷第八期，民國十八年九月十日。
（十）〈茂娜凡娜〉，《文探》，上海新中國書局，民國二十二年一月。
（十一）〈紀念英國偉大的現實主義作家菲爾丁〉，《文藝報》第二十期，一九五四年十月。
（十二）〈談緬甸電影「她的愛」〉，一九五七年八月二十四日《人民日報》。

上述十幾篇的文章，大致可以歸納出以下幾點：

（一）從文學的統一觀點出發

鄭振鐸發表的有關介紹外國劇作的單篇文章，涵蓋的國家包括德、比利時、法、挪威、英、西班牙、愛爾蘭、斯堪地那維亞半島、印度、以及俄國等，幾乎橫跨歐亞兩洲，提及的劇作家超過二十人，可知他對各國的戲劇生態並不只是泛泛的涉略，他之所以有這種做法，出發點除了借鏡他人之長，刺激發揚本國的戲劇文化之外，還有另外一個因素，那就是他相信文學有其共通性，知彼即知己，不能畫地自限，也不應有所割裂。他在一篇〈文學的統一觀〉一文[二十]中曾經針對當時研究文學的人，很多僅僅只是以一個時代、一種領域、一種思想為對象，甚至大學授課也是各國文學壁壘分明，沒有合設的「文學科」，提出不能同意的理由，他認為大學中片段局部的研究，所造成的後果，將是「不惟文學這個東西永遠沒有具體的見解，就是局部的研究的自身也

註[二十]　刊載於《小說月報》第十三卷第八期，民國十一年八月。

不能得完滿的成功。」[二十一]，他也以兩種理由說明為何研究文學者必須要有統一的觀念：

> 文學的時與地與種類，都是互相關聯的；不於全體文學界有統一的研究，則于局部的研究也不能有十分的精確與完備的見解。……還有第二種更重要的原因，使得文學研究者乃至一般的人必須具有文學的統一觀。……世界的文學就是世界人類的精神與情緒的反映；雖因地域的差別，其派別，其色彩，略有濃淡與疏密之不同。然其不同之程度，固遠不如其相同之程度。因為人類雖相隔至遠，雖面色不同，而其精神與情緒究竟是幾乎完全無異的。[二十二]

他並且引高爾該的話說：「我們沒有一種世界的文學（Universal Literature）因為現在還沒有全世界通用的文字，但是所有的文學的創作品，散文或詩體的，卻滿注著一切人類共有的感情，所共有的思想。」[二十三]，既然人與人之間的感情、思想都有共同的交集，唯一造成障礙的語言問題，他以為可以用翻譯來解決，因此他十分執著於這條路上，從小至一位劇作家、到一個國家、一個島嶼、西人所著的世界文學書籍、最後有所謂《文學大綱》的出版，可以說都是秉持著「文學的統一觀」一系列的成果，在精神上可以說是繼承了五四新文學運動中胡適所喊出「輸入學理、再造文明」的理念。

註二十一　同前，本處轉引鄭振鐸：《鄭振鐸全集‧第十五卷》，（河北花山文藝出版社，一九九八年十一月），頁一三九—一四〇。

註二十二　鄭振鐸：〈文學的統一觀〉，原發表於《小說月報》第十三卷第八期，民國十一年八月；本處轉引自鄭振鐸：《鄭振鐸全集‧第十五卷》，（河北花山文藝出版社，一九九八年十一月），頁一四〇—一四一。

註二十三　同前註，頁一四一。

（二）介紹範圍的逐步擴增

鄭振鐸對國外戲劇的介紹，從發表的內容看來，一開始只是附於其它的文體做全面的概說，到後來比較針對劇作家個人及其所處的時代做深入的闡釋。例如〈十四年來諾貝爾獎金的文學家〉一文，重點在十一位得獎者的介紹；〈何謂古典主義？〉總括受其影響的小說與戲劇、詩歌等；夏芝是愛爾蘭的詩人，戲劇的創作只佔一部份（〈一九二三年諾貝爾獎金者夏芝〉）；在《俄國文學史略》中即有專章敘述戲劇的發展及劇作家的說明；爾後德國席勞（〈介紹《威廉退爾》〉）、英國的瓊斯（〈英國的戲劇家瓊斯死了〉）、比利時的梅特林克（〈茂娜凡娜〉）、英國的菲爾丁（〈紀念英國偉大的現實主義作家菲爾丁〉）等，都是享譽該國的戲劇家，從只是一部份到專家的介紹，在深度與專業的分析上，後者自然比較詳細。

鄭先生的焦點大多放在劇作家人格特質的陳述，比如〈十四年來諾貝爾獎金的文學家〉中，他寫一九二〇年得主挪威的哈姆生，如何的從鞋鋪學徒、到運煤腳夫、然後輾轉來到美國等一連串坎坷之路，命運使得他「只好自投於文明未到，荒蕪寂寞之 Neufaunaland，那個地方人煙很少，住民都是漁夫，在他們當中，他只有幾個朋友，靜悄悄的經過了三年的生活。」[二十四]；又如瓊斯是近代寫實主義的英國劇作家，鄭振鐸說他「與政府奮鬥；一切關於劇本版權的保護，劇本的檢查法律，以及國立劇場等問題，他都努力的在交涉著。他還極力的對公眾宣傳著；他用盡了種種宣傳方法，告訴大家以戲曲與民眾的關係。他幫助了人民組織成了《觀劇者俱樂

註[二十四] 鄭振鐸：〈十四年來得諾貝爾獎金的文學家〉，原載於上海《時事新報》五千號紀念增刊，民國十年十二月十日；本處轉引自鄭振鐸：《鄭振鐸全集‧第十五卷》，（河北花山文藝出版社，一九九八年十一月），頁一一五—一一六。

（一八八四年）；他寫成了《英國戲曲的復興》（一八九五年）及一個《國民戲曲的基礎》（一九一二年）。在這兩本書中，以及在《新評論》，《十九世紀》諸雜誌的論文裏，他所討論的是戲曲與群眾，教育與舞台等等問題。」[二十五]，讓我們可以了解瓊斯在創作之外實際所遭遇的困境為何。

只可惜鄭先生在這些單篇的論文中，劇作本身的藝術性詮釋較少，內容的敘述性較多，如果能夠進一步對於劇作本身加以藝術的鑒賞及價值判斷，相信一定更具說服性。

（三）介紹劇作家的生平事蹟遠比內容佔較多的篇幅

把世界各國文學與中國文學等量其觀，鄭振鐸期許研究的目的「不僅是指出某部小說有價值，某部詩對於某時代或某地方有非常大的影響，……然而『文學研究』的更重大的任務卻不在此，而在綜合人類所有的文學作品，以研究他的發生的原因，與進化的痕跡，與他所包含的人類的思想情緒的進化的痕跡的。」[二十六]。

我們且參看他的〈何謂古典主義〉一文，分十個段落來談這個影響十八世紀歐洲各國的文學運動，他在古典主義興起的原因曾加以說明，並且指出古典主義在橫向的發展時遭遇到了何種阻力，遭受阻力之後的古典文學有什麼新的光景？人們在此時對文學的品味如何？文中都有仔細的交代。另外在《小說月報》第十五卷號外《法國文學研究專號》中，鄭振鐸也一反刊物中諸多撰文者僅僅只是翻譯一兩部法國作家的作品，而是全面的

註[二十五] 鄭振鐸：〈英國的戲劇家瓊斯死了〉，原載於《文學周報》第八卷第五期，民國十八年一月二十七日；本處轉引同前，頁三〇六—三〇七。

註[二十六] 鄭振鐸：〈文學的統一觀〉，原發表於《小說月報》第十三卷第八期，民國十一年八月；本處轉引自鄭振鐸：《鄭振鐸全集・第十五卷》，（河北花山文藝出版社，一九九八年十一月），頁一四七。

從法國十一世紀介紹至十八世紀，舉凡八百年內各世紀文學發展的時代環境、著名的大家、遞嬗的關鍵、以及風格的特色，一一加以解釋；其它如〈俄國文學史略〉、〈現在的斯堪德那維亞的文學〉兩文，也與上述撰寫的方式雷同。

美中不足的是，或許限於篇幅的關係，有些原因無法充分分析，有些原因必須參照歷史資料，方能彰顯其必然性時，鄭先生也輕輕帶過，我們從他發表文章尾端不時可以看見他「心有餘而力不足」的告白[二十七]，這些缺失，恐怕也是肇因於他「時間匆促」、「忙碌」、「以後再補」及無法直接閱讀原文的憾事吧！

註二十七 「底下所講的只有十一個人。把這種殘缺不全的文章，貿貿然然發表出來，自己實在是很覺得慚愧。」（〈十四年來得諾貝爾獎金的文學家‧敘言〉，轉引自鄭振鐸：《鄭振鐸全集‧第十五卷》，（河北花山文藝出版社，一九九八年十一月），頁九十七）；「附言，因為時間匆促的緣故，不及多所參考。所以每一個作家只根據了一二本書來寫。」（〈十四年來得諾貝爾獎金的文學家〉；轉引同前，頁一一七）；「這是一篇一年以前的舊文字。因為忙碌之故，現在不能有改削的工夫了。」（〈文學的統一觀〉；轉引同前，頁一五〇）、「本書似乎太簡單，又是匆匆的寫成，一切的疏誤之處，俱待以後再補正。」（〈《俄國文學史略》‧跋〉；轉引同前，頁五四七）、「我對於斯堪德那維亞諸國的文字一點也不懂，所以不得不取材於英文的書籍，錯誤之外，恐怕是不會免得的。」（〈現在的斯堪德那維亞文學〉，轉引同前，頁三五四）、「以上所敘的真可為簡略之至！我尚擬在十二月號的《小說月報》上再做一篇較詳細的，較有系統的介紹；讀者如欲更明白夏芝，可以再參考那一篇文字；所以現在在這裏不多說了。」（〈得一九二三年諾貝爾獎金者夏芝〉；轉引同前，頁二〇四）。

第八章　鄭振鐸一生在戲曲研究的貢獻

綜觀鄭振鐸一生在戲曲方面的努力，有幾點可以值得吾人所重視：

第一節　成功的個人因素

一、掌握時代的脈動

自十九世紀末期，中國官商學界興起了商戰運動，民間重商觀念盛行，清廷對各項投資活動大加獎勵，國內掀起辦實業的熱潮，外有列強在中國基於謀求私利而開港埠，建鐵路，設立工廠，間接推動了工商業的興盛，促進都市的形成，市民階層逐漸擴大[一]，連帶所及，閱讀人口相對增多，適印刷事業的傳入，報章雜誌出版業蓬勃發展，處在這樣一個處處與過去有著極大變化的環境裏，鄭振鐸抓住了時代的脈動，看出新興的俗文學是教育未來廣大市民階層的重要利器，同時俗文學的流布又以報刊書籍為主要園地，因之他一到上海，便主動拜訪已在商務印書館編譯所工作的沈雁冰，一旦商務可以提供工作機會，便毅然決然地揮別志趣不合的鐵路生涯。即便他後來離開商務，成為專職的教師、高階的政府官員，辦刊務寫稿仍是他一生奉行不輟的事業。

綜觀我國近代一些重要運動，從最初興起以迄成型，平面媒體所發揮的力量都不容小覷，任誰掌握了這方

註一　陳燕：《清末民初的文學思潮》，（臺北華正書局，民國八十二年九月），頁二十九—三十。

領域，誰就掌握了發言權，尤其是對當時還未實施義務教育的中國老百姓而言，這種耳濡目染的柔性影響極為重要，我以為這是他成功的第一因素。

再者，民初雖然時局混亂，但直到四〇年代為止，我國大學對師資聘任仍屬十分自主，不似今日需受學歷層級限制，無論才與不才，碩士學位以下者幾無緣躋身於大學講堂，以鄭振鐸大學畢業的資歷，仍可憑藉著自身的學養，在北平與上海等大學院校執教，他又在校園中進一步培養後學人才，為俗文學的研究燃起一股生生不息的動力，我認為這是鄭振鐸為自己跨出編輯生涯，尋找提升研究素養的一條新路。

此外，他在離開北平，轉往上海暨大發展之前，魯迅曾力勸他留在北平，等待良機，最後他還是接受了暨大校長何炳松之請，出任文學院院長一職，從現在看來，他的確做出了明智的選擇，一來因為他在上海的時間本來就比北平久，人脈關係較為熟稔，暨大既要大力整頓，在此地放手做去自然顧忌較少；其次，北平不久即為日寇占領，後日軍繼續向上海進犯，當時英美仍與日人有友好同盟條約，鄭振鐸把握了上海從孤島至完全陷入敵手的兩年時間，替國家保存了無數可貴的文化遺產，成為他一生中甚為重要的貢獻，假如他當年選擇停留北平，另外尋覓合適之教學環境，以日人在清末民初之間迅速竄起，並打敗俄德兩國，全面接收兩國在北方的租界勢力來看，北方已幾乎全在日人控制之內，是否可仿效上海「文獻保存同志會」的模式，成功地護送古籍至大後方，則未可知。

又，張元濟、何炳松、張咏霓都是長期在上海與鄭振鐸相知相交的同好，除了立場一致，彼此又都擔任行政職務，各有財經及版本方面之長才，無論協調調度，或運籌帷幄，大家都能合作無間，有效達成；若以他在北平不過短短五年的時間，能否可以結合擔當如此重責大任的學界友人，也是一項問號。所以，他重回上海雖是無心插柳的結果，但在戰火四起後即充份利用租界做為保護文化的屏障，則是他在處變亂之際，能夠成功掌握時機的又一佐證。

二、厚積自身的學養

鄭振鐸從小就喜歡飽覽書籍，爾後基於公共圖書館戲曲書籍藏書不豐，以及借閱時間的有限，他不惜投資大批的金錢與時間，成日穿梭於書肆之中，只為尋訪好書。對於辛辛苦苦得到的書本，他也一本一本的翻閱研讀，撰寫跋文，收書、讀書、寫書與教書，成為他生活的寫照，透過這些跋文，我們可以瞭解他在文獻及版本方面的根基。再者，上海商務印書館當時擁有最豐富的藏書—東方圖書館，鄭振鐸在該館一方面工作，一方面得以閱覽書籍，眼界廣開，商務同時也是許多有志學問的人想以此自我充實之處，鄭振鐸積極厚植自身的學養，為日後的研究奠定了基礎與眼光。

三、行政協調的能力

從學生時代起，鄭振鐸即開始發行刊物，編輯叢書，為自己及同好的理念開闢廣泛發言的空間，作為一個編輯而言，除了要有理念，以及撰稿的才華，更要能聯繫邀稿，找尋支持出刊的書局，刊物內容也要為讀者所接受，在在挑戰著主辦者的領導能力及行政協調的經驗，比如《小說月報》的革新版，就是在他的全力動員之下才在一個月內順利出刊；此外，編輯本身也是一種人文教育，容易有機會和當代最有創造力的一群人共事，結交作家、教育家以及各式各樣的具影響力人物[二]，本書第三章第二節曾經列舉鄭振鐸參與過的學社刊物，從

註二　葛羅斯（Gerald Gross）主編、齊若蘭譯：《編輯人的世界》（Editors on Editing），（台北天下遠見出版股份有限公司，一九

其中，我們可以發現，他每到一處，便會發行新刊物，鼓勵有心人士參與；又因訪書的關係，結識不少同好與書商。

抗戰勝利後他的立場偏向中共，導至中共在建國之後，即聘請他出任文物方面的官職，負責接管上海等地的文化事業，但鄭振鐸具有的專業與行政的能力，也正是他擔任官職的重要因素。在行政任內，他並集結同好，共組「古本戲曲叢刊編輯委員會」，徵集了北京圖書館、北京大學圖書館等公私家所藏，並聯合國內各大學、各圖書館、各戲劇團體和戲劇研究者們，集資影印《古本戲曲叢刊》，規模突破他過去出版的戲曲叢書，即是他抱持著資源共享的原則，不存私心，才能有這樣的局面與成就。

第二節　在戲劇方面的成就

一、提出多元的論點

為數頗豐的戲曲論文，蘊涵著鄭振鐸對於戲曲學的看法，這些論文大多數刊載於他自編的刊物上，論述的內容包括對當時戲曲界的意見、古代戲曲學的整理，以及推動戲曲工作的看法，時間自民國十年起至一九五六年。對當時的戲曲界，他提出以業餘的「愛美劇」替代職業的劇團，避免新劇因商業利益掛帥而告失敗；劇院應廢止過去的「案目」制，以建立現代劇院的精神；傳統舊戲的訓練方式應該比照人性化的方式加以改進，傳

九八年六月），頁三十二。

統戲中「乾旦」的角色是違反常態，不應存在，簡而言之，新的時代必須有因應的新戲出現，傳統舊戲存在的時空既已消失，本當被時代所淘態。據他的看法，傳統舊戲雖已不合時宜，但不可否認仍屬我國的文化遺產，為了呼應新文化運動中「整理國故」的運動，顛覆長久以來戲曲不為人所重視的地位，鄭振鐸一面搜集戲曲古籍，一面以歸納的考察、進化的觀念、比較文學的理論、外來影響的論點，重新探究古代戲曲學的研究領域，並呼籲學者一同參與；文中或對前輩學者的意見有所更正，或釋放諸多研究資訊，或從經濟、社會的角度重新切入戲曲史的發展，或侃侃而談研究的態度。

抗戰勝利後至一九四九年間，論文的觀點則一改過去全面揚棄舊戲的立場，強調在舊戲的表演基礎上加入新的思想內容，如此舊戲仍有其意義與價值；一九四九年後，在全面配合中共政策路線之下，內容較多屬於改革舊戲的系列文章，同時極力推廣戲曲典籍普及化的工作，這當中不乏真知酌見，但也有失之偏頗之處，從本書內容的分析，可以發現，對於文獻的掌握與解讀，鄭振鐸確有獨到的看法，但基於他本身積極熱情的性格，一旦牽涉到與實際環境攸關的問題，情感的投射即超越了一切，好處是他在接受新事物上沒有預設成見；又因個人強烈的使命感，比較能排除外在困境、持續不斷的完成自己預定的事業；不過有時卻因熱情有餘而冷靜不足，往往不自覺地落入為否定而否定的主觀，尤其庸俗的馬克思主義被泛濫使用後情形更為普遍，等而上之者如鄭振鐸等尚且不能避免，等而下之者就更不堪聞問了，他在這方面的缺失，值得吾人深以為戒。

二、保存曲本的貢獻

晚清以來，中國一直飽受戰禍之苦，文化事業無法建設，文化遺產也因政局不穩定時有淪喪之憾。民國肇造，本應針對前代文化事功做一統整，確切地記錄收存歷代的文化成就，然而不久袁氏稱帝，繼而軍閥奪權，中國再度陷入混戰局面，列強也倚仗中國租界範圍，進行搜括，最後日寇侵略，我國古籍不是毀損於炮火之下，便是被日軍霸佔，或由偽滿及日人高價收購自書商，劇本亦不例外；同時劇本屬不容易保存的文獻，它很容易隨著舞臺演出的壽命或流傳或為人遺忘；再加上過去社會裏，戲曲一向被視之為末技小道，娛樂的功能凌駕於研究的價值之上，公家收藏為數有限，私人藏書也因秘不示人，致使流通甚低，成為研究者的阻力。

鄭振鐸響應五四新文運動時期「整理國故」的號召，顛覆傳統以來戲曲的地位，以切實的研究，取代空疏無謂的言論。為了搜尋文本，他從民國十年起，即開始收購戲曲古籍，我們從他所撰寫的序跋裏，可知其曲藏的重要及個人投注的心血，許多戲曲孤本也因他的努力而再度問世。他又基於繼承古人編選曲集的心志，希望古劇能為今人所用，避免辛辛苦苦所得再度為炮火摧毀，所以曲藏中多數以己力付印出版。此外，他並替北平圖書館及教育部收購許多私家藏書，同時在生前囑咐家人要將個人所藏全數捐贈國家，這種視文化遺產為公有的觀念，足為後世治學典範。

他在一九四九年出任文化部門公職後，更充份運用共產集權的特色，將各地或個人的曲藏化零為整，編印大型的戲曲叢刊，在陸續出版的四套叢刊中，收錄有晚明至清初的現存劇作、包括梨園戲鈔本、以及過去明清戲曲總集，使得研究學者不必在搜尋原典上花費諸多時間，這種集結公私眾人之力推動文化事業的成就，刷新了我國戲曲文獻史的新頁！

三、翻譯劇作的影響

近代中國的積弱不振，無不提醒國人須有世界觀的概念，任何事物均不能閉關自守，畫地自限，研究也不例外，鄭振鐸與其發起組織的「文學研究會」會員時時刻刻以介紹外國新知為己任，在自編的刊物上宣揚外國文學理論，讓更多的世界資訊為國人所知。

就戲曲而言，晚清已有不少劇作家有意識、有目的地創作古典戲曲，視戲曲為文學工具，雖然有時不免違格舛律、韻雜宮亂，但都說明中國戲曲發展，已到了不得不求新求變的時刻，這樣的改變，無法再自傳統中尋求解套，必須有賴外國戲劇的刺激，然而當時西方話劇傳入後，仍然肩負著喚醒國人愛國意識的使命，戲劇本身的文學技巧，往往不被注意，所以「時事新戲」、「文明戲」的失敗，固然因素眾多，新劇推動者大都歸罪於商家短視重利，其實劇本窮湊，結構鬆散，才是讓原本接觸有限的觀眾難以接受的致命傷。

鄭振鐸最後選擇從兩條途徑著手，以尋求外國劇作在國內的生根，一是呼籲「愛美劇」的施行，二是大量翻譯及刊登外國劇作，前者受限於當時的大環境，立意雖佳但不易實現，這可以從許多劇社紛紛後繼無力得著證明；至於後者，由於《文學旬刊》當初附於上海《時事新報》的發行，時事新報是國內四大報之一，商務印書館的《小說月報》在全中國也有一定的發行量，鄭振鐸等人的努力，不但提供了許多外國劇作，一新國人耳目，對於創作劇本的作家也有了更多取法的對象，三〇年代話劇創作風起雲湧，時代背景的適時配合是其一，與二〇年代上述人士們的貢獻不無關係，同時也為當時的戲劇運動打下堅實的基礎。

四、突顯前人的成果

戲曲在民國之前，一向被視為小道末技，地位低下，即便有許多優秀的創作，精湛的見解，仍然無法獲得學界的正視與肯定，鄭振鐸受到五四新文化運動的影響，重新審識我國舊戲的價值，以畢生的精力，投注於研究的事業上，從他所寫的曲本跋文當中，可以發現他不但盡力介紹具有重要價值的劇本，並且分析劇本的價值；同時更試圖將中國戲曲的內容，與社會的演進、歷史的發展互相印證，以此提高戲曲的研究價值。曲本在之前的意義，不過是供人案頭欣賞、借以打發時間、或舞文弄墨的揮灑空間；亦或成為梨園傳唱的賣藝家當，在清末又成為改革人士的宣傳利器，一直到王國維、劉師培等才開啟其研究方面的成績，但以研究時間之長、研究範圍之廣、以及推動研究風氣之不遺餘力，鄭振鐸無疑是承繼了前賢的基礎而又表現傑出的一員，他不僅使得這些久不為人知的戲劇著作，其價值得以重新得著彰顯，同時更引發、便利了後世戲劇研究者的薪火相傳，在突顯前人的研究成果方面，他的努力實是不容忽略。

從鄭振鐸在戲劇方面長期努力，可知他不但是位研究學者，同時也是一位戲劇史家、戲劇理論家，是劇作家、也是戲劇運動推動者、戲劇著作出版家，他更是一位曲本收藏家、以及戲劇翻譯人士，時至今日，回顧這位生於晚清政變、經過五四新文化運動的思想洗禮，在軍閥混戰、國共分合、對日抗戰的歲月中成就戲曲研究、在中共建國後落實全國戲曲事業推動的學者，在他接近四十年的戲劇研究生涯中，有許多過程令人肯定，也有些受限於時代環境的因素，無法得著客觀的結論。自一九四九年之後，由於時代的遽變，政治的禁忌等種種因素，中國文學研究的發展，呈現出在不同的華人地區分道揚鑣，而今隨著大環境的統合發展，兩岸學術交流日趨熱絡，在彼此的互動中，如何取人之長，建立共識，共創二十一世紀戲劇研究的新視野，吾人也可自鄭振鐸身上，得著一些前人的智慧與殷鑑。

附錄

一、鄭氏藏書及手稿現況

一九五八年鄭振鐸逝世後，其藏書及手稿文件由家人遵其生前所願，全數捐贈北京圖書館，藏書部份共計中外圖書一七二四二部，九四四四一冊，北京圖書館隨後即組織人力，進行編目，一九六三年完成編輯《西諦書目》上、下兩冊，共分五卷，由北京文物出版社出版。鄭振鐸曲藏部份歸入卷五集部下，共六百六十七種，包括諸宮調、雜劇、傳奇、京劇及其它戲曲、散曲、俗曲、曲選、曲譜、曲律、曲韻、曲話、曲目等等，一九八八年十二月，鄭振鐸學生吳曉鈴輯錄鄭振鐸為藏書所寫的跋文，成《西諦書跋》一書，由北京文物出版社出版，本書第五章第三節資料則多取自於是書。

二、北京圖書館鄭氏文稿內容

上述北京圖書館特藏部所藏鄭振鐸文稿部份，據陳福康教授的統計，共分為九大類，一是未刊手稿，二為已刊文章的原稿，三是鄭振鐸的講話、演說與講課的記錄稿，四是鄭振鐸請人謄清，或油印、石印的文稿。五是鄭振鐸已發表的文章的剪報、抽印件、校樣、樣本等。六是鄭振鐸請人抄錄的稿子，其中有的是以前發表的文章，也有為了研究編選的需求，請人抄錄的中國古代小說、戲曲、書目、序跋等相關內容。七是鄭振鐸所撰寫的《插圖本中國文學史》出版時所使用的插圖照片或影印件等，八是混雜在鄭振鐸手稿中的他人文章、書信及課程表等，九是影印《古本戲曲叢刊》時的毛樣[一]，在這些資料中，與戲曲有關的是一批存有鄭振鐸未完成的著作──《中國戲曲史》殘稿（未刊），今見第一、二、三、五、七（殘）等諸章，從《導言》、《起源》一直到《清傳奇與宮廷戲》，雖沒有最後完成，但整部戲曲史的基本輪廓已大致具備了[二]，可以得見是他一系列戲曲單篇論文及《文學大綱》、《插圖本中國文學史》的兩書的合集。

三、鄭氏著作刊印情形

至於鄭振鐸本人的著作發行，在他生前以單行本及散見於刊物登載為多，鄭氏逝世後，其子鄭爾康多年來積極投入乃父全集的出版，如一九八五年至一九八八年間，為北京人民文學出版社編輯《鄭振鐸文集》一至七集；一九八六年九月，收錄鄭振鐸的創作成《鄭振鐸》一書，由香港三聯書店出版；以上都只是收錄鄭振鐸的文集部份，不能算是全集的規模。一九九四年五、六月間，鄭爾康先生應河北花山文藝出版社社長劉英民的懇託，從事《鄭振鐸全集》的搜錄，以十個月的時間完成二十冊的《鄭振鐸全集》，各冊內容分別為：第一卷：小說；第二卷：詩歌、散文；第三卷：雜文、文學雜論、《湯禱篇》；第四卷：《中國文學研究》（上）；第五卷：《中國文學研究》（下）；第六卷：《中國古典文學文論》、《漫步書林》、《劫中得書記》；第七卷：《中國俗文學史》；第八卷：《插圖本中國文學史》（一）；第九卷：《插圖本中國文學史》（二）；第十卷：《文學大綱》（一）；

註一　陳福康：〈記北京圖書館所藏鄭振鐸日記和文稿〉，《文獻》季刊一九八六年第四期（總三十期），一九八六年十月十三日，頁二三一──二三二。

註二　同前註，頁二三五。

第十一卷：《文學大綱》（二）；第十二卷：《文學大綱》（三）；第十三卷：兒童文學；第十四卷：藝術‧考古文論、《近百年古城古墓發掘史》；第十五卷：外國文學文論、《俄國文學史略》、《泰戈爾傳》；第十六卷：書信；第十七卷：日記、題跋；第十八卷：《希臘羅馬神話與傳說中的戀愛故事》、《希臘神話與英雄傳說》；第十九卷：《灰色馬》、《沙寧》、《俄國短篇小說譯叢》；第二十卷：《泰戈爾詩選》、《高加索民間故事》、《民俗學淺說》、雜譯等，於一九九八年十一月出版，這套全集幾乎囊括了鄭振鐸一生全部的著作和譯作、書信、日記，以及講學、演講等記錄稿，是目前搜集鄭振鐸發表著作最為完整的一套資料[三]，對於研究者而言幫助極大，因此也成為本書主要依據的參考書籍。

四、本書未見鄭氏資料的部份

上述這套全集雖已堪稱最為完整，但不能避免仍有遺珠之憾，由於鄭振鐸早年發表於刊物的文章並沒有存檔備份，某些作品往往隨著刊物的停刊或毀於戰火即盪然無存，此其一；又，鄭振鐸逝世不久，中國大陸開始陷入文化大革命的風暴，許多資料在有意無意中都被摧毀[四]，此其二；這套全集中也未收錄鄭振鐸所翻譯的劇本，出版的書局也早已絕版，此其三；故本書在撰寫的過程中，以下鄭振鐸所著的資料均不得而見，計有：

註[三] 見鄭爾康：〈編者的話〉，收入《鄭振鐸全集‧第一卷》，（河北花山文藝出版社，一九九八年十一月），頁二。

註[四] 「由於編者限於水平（如我對於父親的了解和對他著作的全面掌握等等）和種種條件（如經歷了十年浩劫，很多資料都找不到了），這套『全集』的有些遺漏是在所難免的。而且有些將來也許可能補充，有些是永難彌補了（譬如，家中的『片紙隻字』包括一些書信日記等就在康生授意下，被人毀掉了）。這也正是編者所最遺憾和對讀者深深歉疚的！」，以上同前註，頁二—三。

（一）翻譯的劇本

《海鷗》（《俄國戲曲集》第六種），（俄）契訶夫著，上海商務印書館，民國十年

《六月》（《俄國戲曲集》第十種），（俄）史拉美克著，上海商務印書館，民國十年

（二）期刊文章

〈評燕大女校的新劇《青鳥》〉，民國九年十一月二十九、三十日北京《晨報》第七版

〈評中西女塾的《青鳥》〉，民國十年六月九、十三日上海《時事新報・學燈》

〈人民的戲劇家〉，一九五八年六月二十八日《中國青年報》

〈現在的戲劇翻譯界〉，《戲劇》第一卷第一期，民國十年六月三十日

〈和平必定會實現的！〉，民國三十六年一月十一日上海《大公報》

（三）序跋篇章

〈《甲必丹之女》・序〉，收於《甲必丹之女》，（俄）普希金原著、安壽頤譯，民國九年九月十七日

〈《泰戈爾戲曲集》（一集）・序〉，收於《泰戈爾戲曲集》（一集），瞿世英等譯，民國十二年八月七日

〈《青春底悲哀》・序〉，收於《青春底悲哀》，熊佛西著，民國十二年九月十八日

〈《泰戈爾戲曲集》（二集）・序〉，收於《泰戈爾戲曲集》（二集），瞿世英等譯，民國十二年十月二十五日

〈《蕭伯納戲劇選》・序〉，收於《蕭伯納戲劇選》，陝西省文物管理委員會編，一九五七年四月二十六日

筆者曾與陳福康教授取得聯繫，據陳教授信中所言，當時他在北京師範大學博士班就讀，曾至北京圖書館特藏組，閱讀拍成微卷的鄭振鐸文稿，由於當時只能抄錄無法影印，所以「匆匆翻閱，未能詳盡摘錄，更未能

仔細研究，因此，對這座寶庫的評述也只能是『巡禮』式的。」[五]。二〇〇一年七月，筆者至大陸河北省參加「第三屆海峽兩岸民間文藝研究與發展學術研討會」發表論文，期間曾親訪鄭爾康先生，據爾康先生說道，以往趙萬里先生擔任北京圖書館館長時，基於鄭、趙兩人為舊識，閱讀特藏組內鄭振鐸的資料只要家屬出具證明即可，但隨著趙先生的逝世，館內人力調整，手續變得麻煩複雜，即使是家屬，幾經交涉之後也未必得見資料，因之在其編輯《鄭振鐸全集》時也有資料未全的遺憾。此外，鄭先生早年翻譯英譯本的俄國戲曲書集，商務印書館已經絕版，筆者也曾拜託上海蘇州大學中文系王堯教授代為找尋，依然沒有結果，因之這一部份資料或轉引自陳福康教授的著作，或只得留待他日，再做瞭解。

註五　鄭振鐸：〈記北京圖書館所藏鄭振鐸日記和文稿〉，《文獻》季刊一九八六年第四期（總三十期），一九八六年十月十三日，頁二三二。

重要參考書目（按著者姓氏筆劃少多為序）

一、書籍部份

（一）鄭振鐸的編著

鄭振鐸　《短劍集》　上海文化生活出版社　民國二十五年一月
鄭振鐸　《西諦所藏善本戲曲目錄》　撰者手寫木刻本，線裝一冊，民國二十六年八月
鄭振鐸　《長樂鄭氏匯印傳奇第一集》（明富春堂刊本），上海：影印本，民國三十三年
趙萬里編　《西諦書目》　北京文物出版社　一九六三年十月
鄭振鐸　《清人雜劇》初二集　香港龍門書店　一九六九年三月
鄭振鐸　《中國文學研究》（上）、（中）、（下）　香港古文書局　一九七〇年十二月
鄭振鐸、傅東華編　《文學百題》　上海書店　一九八一年
鄭振鐸編　《小說月報》　北京書目文獻出版社　一九八三、一九八四年
鄭振鐸撰，吳曉鈴整理　《西諦書跋》　北京文物出版社　一九八八年十二月
鄭振鐸　《文學大綱》　上海書局　一九九二年據民國十六年四月上海商務印書館本
鄭振鐸　《鄭振鐸文集》第一—七卷　北京人民文學出版社　一九八五—一九八八年
鄭振鐸　《鄭振鐸全集》第一—二〇卷　河北花山文藝出版社　一九九八年十一月
鄭振鐸　《中國俗文學史》（上）、（下）　台北台灣商務印書館　民國八十八年四月台十版
吳曉鈴編　《西諦題跋》　北京文物出版社　一九九九年

（二）研究鄭振鐸的著作

金梅、朱文華等編　《鄭振鐸評傳》　天津百花文藝出版社　一九九二年
陳福康　《鄭振鐸論》　北京商務印書館　一九九一年六月
陳福康　《鄭振鐸傳》　北京十月文藝出版社　一九九四年八月

陳福康《鄭振鐸年譜》（上）、（下）　北京書目文獻出版社　一九九八年三月
黃永林《鄭振鐸與民間文藝》　南京大學出版社　一九九六年八月
鄭爾康《鄭振鐸》　香港三聯書店　一九八六年九月

（三）中國文學史

北京大學、北京師範大學、北京師範學院中文系中國現代文學教研室等合編　《文學運動史料選》第二冊　上海教育出版社　一九七九年五月
王文英主編　《上海現代文學史》　上海人民出版社　一九九九年六月
王健民《中國共產黨史稿》第二冊〈江西時期〉　國立政治大學　民國五十四年
皮師述民、馬森等撰　《二十世紀中國新文學史》　臺北駱駝出版社　民國八十六年八月
朱棟霖、丁帆、朱曉進等主編　《二十世紀中國文學史》　臺北文史哲出版社　民國八十九年九月
李輝英《中國現代文學史》附錄（二）　香港東亞書局　一九七〇年七月
李孝悌《清末的下層社會的啟蒙運動　一九〇一——一九一一》　台北中央研究院近代史研究所　民國八十一年五月
阿英編《晚清文學叢鈔——小說戲曲研究卷》　台北新文豐出版公司　民國七十八年四月台一版
周策縱原著，楊默夫編譯　《五四運動史》　臺北龍田出版社　民國七十年一月修訂再版
馬績高、黃鈞主編　《中國古代文學史4》　台北萬卷樓圖書公司　民國八十七年七月
馬寶珠《中國新文化運動史》　臺北文津出版社　民國八十五年十二月
陳伯海、袁進主編　《上海近代文學史》　上海人民文學出版社　一九九三年二月
黃修己《中國現代文學簡史》　北京中國青年出版社　一九八四年六月
郭華倫《中共史論》（一）　臺北國立政治大學國際關係研究中心、東亞研究所　民國六十七年六月三版
陳永發《中國共產革命七十年》（上）、（下）　臺北聯經出版社　民國八十七年十二月
陳　燕《清末民初的文學思潮》　臺北華正書局　民國八十二年九月
程俊英《中國大教育家》　上海中華書局　民國三十七年

舒新城編　《近代中國教育史料》　上海中華書局　民國十二年

智量等撰　《俄國文學與中國》　上海華東師範大學　一九九一年六月

趙　聰　《中共的文藝工作》　香港友聯出版社　一九五五年九月

鄭振鐸編選　《文學論爭集》　上海良友圖書公司　民國二十四年十月

蔣夢麟　《談中國新文學運動》　改造出版社　民國四十九年五月

潘樹廣、黃鎮偉、包禮祥等編　《古代文學研究導論—理論與方法的思考》　安徽文藝出版社　一九九八年六月

魏紹昌編　《鴛鴦蝴蝶派研究資料》　香港三聯書店　一九八〇年

（四）中外戲劇

「中國人民政治協商會議北京市委員會文史資料委員會」編　《京劇談往錄四編》　北京出版社　一九九八年四月二刷

「中國現代戲劇史稿」編寫小組　《中國現代戲劇史稿》　北京中國戲劇出版社　一九八九年七月

王元富　《國劇藝術輯論》　臺北黎明文化事業股份有限公司　民國七十六年五月再版

王友蘭　《談戲論曲》　臺北學生書局　民國八十一年一月。

王季烈　《孤本元明雜劇提要》　臺北臺灣商務印書館　民國六十一年十一月台一版

王栻主編　《嚴復集・第一冊　詩文（上）》　北京中華書局　一九八六年

王國維　《海寧王靜安先生遺書》　臺北台灣商務　民國六十八年臺二版

王國維　《宋元戲曲史》　臺北臺灣商務印書館　民國七十五二月臺二版

北京市藝術研究所、上海藝術研究所組織編著　《中國京劇史》　北京中國戲劇出版社　一九九九年九月

冉國選　《俄國戲劇簡史》第五章〈五十至七十年代的俄國戲劇〉　河南大學出版社　一九九二年九月

李昌集　《中國古代曲學史》　上海華東師範大學出版社　一九九七年十二月

宋春舫　《宋春舫論劇・第一集》　上海中華書局　民國十二年十二月再版

孟元老　《東京夢華錄》　臺灣商務印書館　民國七十一年八月臺二版

孟濤主編　《歐陽予倩戲劇論文集》　上海文藝出版社　一九八四年一月

吳同瑞、王文寶、段寶林等編　《中國俗文學概論》　北京大學出版社　一九九七年一月

周妙中　《清代戲曲史》　河南中州出版社　一九八七年十二月
唐文標　《中國古代戲劇史初探》　臺北聯經出版社　民國七十四年二版
孫慶升　《中國現代戲劇思潮史》　北京大學出版社　一九九四年十二月
徐慕雲　《中國戲劇史》　台北世界書局　民國六十六年五月臺初版
馬　森　《中國現代戲劇的兩度思潮》　台北文化生活新知出版社　民國八十年
馬積高、黃鈞主編　《中國古代文學史4》　台北萬卷樓出版社　民國八十七年七月
馬德程譯述　《清代京劇百年史》　臺北中國文化大學出版社　民國七十八年八月
許子漢　《明傳奇排場發展歷程之研究》（台大文史叢刊之一〇八）　國立臺灣大學出版委員會　民國八十八年六月
黃志民　〈試論俗文學的階段發展〉　收入《政大文史哲論集》　國立政治大學文理學院　民國八十一年六月
吳若、賈亦棣　《中國話劇史》　台北行政院文化建設委員會　民國七十四年三月
郭英德　《明清傳奇綜錄》（上）、（下）冊　石家莊河北教育出版社　一九九七年
郭維庚　《臉譜故事》　上海文藝出版社　一九九二年
郭晉秀　《文學創作》　臺北采風出版社　民國七十九年八月
陳世雄、周寧　《文苑叢書——二十世紀西方戲劇思潮》　北京中國戲劇出版社　二〇〇〇年一月
陳荒煤主編　《陳大悲研究資料》　北京中國戲劇出版社　一九八五年七月
黃殿祺輯　《中國戲曲臉譜文集》　北京中國戲劇出版社　一九九四年五月
梅紹武主編　《梅蘭芳》　北京市北京人民出版社　一九九七年
梅蘭芳　《梅蘭芳舞臺祕本》　臺北大漢出版社　民國六十五年
梅蘭芳口述，許姬傳記錄　《舞臺生涯》　臺北里仁書局　民國六十八年十二月
曾永義　《中國古典戲劇論集》　臺北聯經出版社　民國七十五年二月五版
曾永義　《明雜劇概論》　臺北學海出版社　民國八十八年四月
焦菊隱撰、《焦菊隱文集》編輯委員編纂　《焦菊隱文集》第一卷　北京藝術文化出版社　一九八六年三月
焦菊隱撰、《焦菊隱文集》編輯委員編纂　《焦菊隱文集》第二卷　北京藝術文化出版社　一九九八年四月
焦菊隱撰、《焦菊隱文集》編輯委員編纂　《焦菊隱文集》第三卷　北京藝術文化出版社　一九八八年一月

張庚、郭漢城《中國近世戲曲史（3）》 台北丹青圖書有限公司 民國七十六年八月三
張庚、蓋叫天《戲曲美學論文集》 臺北丹青圖書有限公司 民國七十六年十一月三版
葛一虹主編《中國話劇運動史》 北京文化藝術出版社 一九九七年
董每戡《說劇—中國戲劇史專題研究論文集》 北京人民文學出版社 一九八三年一月
董健、陳白塵主編《中國現代戲劇史稿》 北京中國戲劇出版社 一九八九年七月
洪深主編《中國新文學大系．戲劇集》 上海文藝出版社據民國二十四年上海良友圖書公司初版影印 一九八一年
劉彥君《梅蘭芳傳》 石家莊河北教育出版社 一九九六年
鄭振鐸譯《貧非罪》 上海商務印書館 民國十三年
鄭傳寅《中國戲曲文化概論》 臺北縣志一出版社 民國八十四年四月
歐陽予倩《自我演戲以來》 台北龍文出版社據民國十八年上海神州國光社之版本重排 民國七十九年
蔡毅編著《中國古典戲曲序跋彙編》（二） 濟南齊魯書社 一九八九年
魏子雲《看戲與聽戲》 臺北貫雅文化事業有限公司 民國八十二年四月
魏子雲《中國戲劇史》 臺北學生書局 民國八十一年三月
嚴紹璗〈狩野直喜和中國俗文學的研究〉《學林漫錄》（七集） 北京中華書局 一九八三年三月
顧正秋口述、季季記錄《休戀逝水—顧正秋回憶錄》 台北時報文化 民國八十六年十月

（五）其他相關學者

余玉花《瞿秋白學術思想評傳》 北京圖書館出版社 二〇〇〇年一月
金兆梓《何炳松論文集》 北京商務印書館 一九九〇年
杜維運編《民國人物小傳》 台北傳記文學出版社 民國七十二年九月
周作人《周作人先生文集》 台北里仁書局 民國七十一年據民國二十五年上海中華書局版影印
吳秩暉《吳秩暉選集》 台北市中國國民黨黨史史料編纂委員會。
侯吉亮總編《茅盾》 臺北海風出版社 民國七十九年三月
羅家倫、黃季陸主編《吳秩暉先生全集》 台北市中國國民黨黨史史料編纂委員會 民國五十八年

姜新立　《瞿秋白的悲劇》　臺北幼獅文化事業公司　民國七十一年九月
胡　適　《胡適作品集3—文學改良芻議》　臺北遠流出版社　民國八十三年一月三刷
章　清《胡適評傳》　江西南昌百花文藝出版社　一九九二年十二月三刷本
《張聞天選集》編輯組　《張聞天選集》（第一卷）　北京中共黨史資料出版社　一九九〇年八月
魯迅　《魯迅論爭集》（上卷）　北京中國社會科學社　一九九八年九月
蘇　精　《近代藏書三十家・張壽鏞約園》　台北傳記文學出版社　民國七十二年九月

（六）其它

王雲五　《商務印書館與新教育年譜》　臺北臺灣商務印書館　民國六十二年三月
北京圖書館編　《中國印本書籍展覽目錄》　北京中央人民政府文化部社會文化事業管理局　一九五二年十月
商務印書館編　《商務印書館大事記》　北京商務印書館　一九八七年一月
商務印書館編　《商務印書館九十年—我和商務印書館》　北京商務印書館　一九八七年一月
陳鵬翔　〈主題學研究與中國文學〉　收入《主題學研究論文集》　臺北三民書局　民國七十二年十一月
程千帆、徐有富　《校讎學廣義・版本篇》　濟南齊魯書社　一九九一年七月
張兆奎　《中國出版史概要》　山西新華書店　一九八五年八月
楊世驥　《文苑談往》　臺北廣文書局　民國七十年
鄒　謙　《普通心理學》　臺北臺灣商務印書館　民國六十年五月

二、學位論文部份

丁韶華　《曹禺及其戲劇作品之研究》　政治作戰研究所碩士論文　民國七十六年六月
王　玉　《文學研究會與新文學運動》　國立政治大學歷史研究所碩士論文　民國七十一年六月
李世偉　《中共與民間文化》（一九三五—一九四八）　中國文化大學史學研究所碩士論文　民國八十一年六月
林明德　《「五四」知識分子之意識型態研究—從民初社會文化變遷取向剖析》　淡江大學中國文學研究所碩士論文　民國八十年六月
林秀萍　《二十世紀上海租界文學研究》　國立中央大學中國文學研究所碩士論文　民國八十七年六月

林宸生　《抗戰時期中共的文藝政策》　國立政治大學歷史研究所碩士論文　民國七十七年七月

林瑋儀　《元雜劇和南戲之丑腳研究》　中國文化大學中國文學研究所碩士論文　民國七十八年六月

鄭黛瓊　《中國戲劇之淨腳研究》　中國文化大學中國文學研究所碩士論文　民國七十八年六月

譚志東　《中共延安時期的戲劇運動（一九三五—一九四七）—「工農兵文藝」的歷史省察》　國立清華大學歷史研究所碩士論文　民國八十四年六月

三、學報、期刊部份

（一）對鄭振鐸的評論文章

巴　金　〈悼振鐸〉　《收獲》第六期　一九五八年十一月二十四日

王任叔　〈致鄭振鐸信〉　《文學周報》第二六七期　民國十六年三月二十七日

〈文學研究會會務報告．第一次（一）本會發起的經過〉　《小說月報》，第十二卷第二號〈附錄〉　民國十年二月十日

平　伯　〈質西諦君〉　《語絲》周刊第三十六期　民國十四年七月二十日

平　伯　〈答西諦君〉　《語絲》周刊第三十九期　民國十四年八月十日

玄　珠　〈致c．t．〉　《文學周報》第二一〇期　民國十五年一月三十一日

冰　心　〈追念振鐸〉　《文藝報》第六期　一九七八年十二月

朱文華　〈新聞與文學—鄭小箴、鄭爾康與父親鄭振鐸志同道合〉　《國文天地》第十三卷第八期　民國八十七年一月

朱文華　〈鄭振鐸對「五四」新文學運動的理論貢獻〉　《文學評論》　一九九八年第六期

朱家廉、王樹偉　〈《西諦藏書》概述〉　《圖書館》季刊，一九六一年第三期　一九六一年九月三十日

李健吾　〈憶西諦〉　《收獲》第四期　一九八一年七月二十五日

沈　津　〈鄭振鐸和「文獻保存同志會」〉　《國家圖書館館刊》八十六年第一期　民國八十六年六月

吳文祺　〈鄭振鐸先生在抗戰時期搶救民族文化的功績〉　《上海圖書館建館三〇週年紀念文集》　一九八三年八月

吳世昌　〈評鄭著《中國文學史》〉　《新月》第四卷第六期　民國二十二年三月一日

吳　岩　〈憶西諦先生〉　《文物》第十一期　一九六一年十一月

周而復　〈懷念鄭振鐸同志〉　《新文學史料》第五輯　一九七九年十一月

季羨林　〈西諦先生〉　《文匯月刊》第五期　一九八一年九月

林清芬　〈國立中央圖書館與「文獻保存同志會」〉　《國家圖書館館刊》八十七年第一期　民國八十七年一月

林清芬　〈抗戰前後鄭振鐸的整理國故與刊印古籍的工作〉　《國家圖書館館刊》八十八年第一期

祁紹基、董衡巽　〈對鄭振鐸先生《論關漢卿的雜劇》的意見〉　《文學研究》第三期增刊　一九五八年十月二十五日

姚　琪　〈最近的兩大工程〉　《文學》第五卷第一號，頁二二八—二三二，民國二十四年七月一日。

茅　盾　〈關於文學研究會〉　《明報》第四十一期　一九六九年五月

高君箴　〈魯迅與鄭振鐸〉　《新文學史料》第一期　一九八〇年二月

唐　弢　〈悼西諦〉　《收獲》第六期　一九五八年十一月二十四日

曹道衡等　〈評鄭振鐸先生的《插圖本中國文學史》〉　《文學研究》第三期增刊　一九五八年十月二十五日

陳福康　〈論"五四"時期鄭振鐸的文學真實觀〉　《中國現代文學研究叢刊》第一期　一九八四年三月

陳福康　〈西諦先生與書目工作〉　《文獻》季刊第十九期　一九八四年三月

陳福康　〈在民族生死存亡之秋—鄭振鐸三十年代在北平的兩次演講〉　《新文學史料》第一期　一九八六年二月

陳福康　〈記北京圖書館所藏鄭振鐸日記和文稿〉　《文獻》季刊一九八六年第四期（總三十期）　一九八六年十月十三日

張厚生　〈鄭振鐸在目錄學上的成就和貢獻〉　《武漢大學學報》（社會科學版）一九八三年第二期

靳　以　〈和振鐸相處的日子〉　《人民文學》第十二期　一九五八年十二月

萬建中　〈淺論鄭振鐸的俗文學史〉　《中國俗文學七十年：紀念北京大學歌謠周刊創刊七十周年暨俗文學學術研討會文集》　北京大學出版社　一九九四年

葉聖陶　〈略述文學研究會〉　《文學評論》一九五九年第二期　一九五九年四月二十五日。

劉大治　〈竭心盡力搶救元明雜劇—紀念鄭振鐸先生誕辰百年暨逝世四十週年〉　福建《福建圖書館學刊》一九九八：四（七十六）

劉苑如　〈鄭振鐸：《插圖本中國文學史》〉　《中國文哲研究通訊》第三卷第二期　民國八十二年六月

劉　烜　〈鄭振鐸《日記》手稿〉，《文獻》一九八〇年第四輯（總第六輯）　一九八一年二月

潘景鄭　〈鄭振鐸先生遺札〉　《社會科學戰線》一九八四年第一期　一九八四年

鄭振鐸等　〈我們對於文化運動的意見〉　《文學》第五卷第一號　民國二十四年七月一日。
蔡秀女　〈中國話劇運動初探〉(上)、(下)　《民俗曲藝》第三十四、三十五期　民國七十五年十、十一月
謝六逸　〈關於文學大綱〉　《文學周報》第二八四期　民國十六年十月二日
韓文寧　〈鄭振鐸與《脈望館抄校本古今雜劇》〉　江蘇《江蘇圖書館學報》一九九七(一)　一九九七年二月

（二）戲劇論文

丁洪哲　〈愛美劇運的形成及其影響〉　《淡江大學中文學報》第三期　民國八十五年十二月
王安祈　〈京劇文士化的幾個階段〉　《當代》第一〇三期　民國八十三年十一月一日
李孝悌　〈從傳統士庶文化的關係看二十世紀的新動向〉　《中央研究院近代史研究所集刊》第十九期　民國七十九年六月
李孝悌　〈民初的戲劇改良論〉　《近代史研究所集刊》第二十二期　民國八十二年六月。
汪優遊　〈營業性質的劇團為什麼不能創造真的戲劇〉　《時事新報．餘載》　民國十年一月二十七日
林明德　〈梁啟超的戲劇理論與實踐〉　《輔仁國文學報》第七期　民國八十年六月
吳秀玲　〈旦行發展的一段關鍵時期〉　《當代》第一〇三期　民國八十三年十一月一日
金素琴口述，孟瑤筆錄　〈金素琴舞台生活回憶〉(一)　《傳記文學》第四十一卷第四期　民國七十一年十月
金素琴口述，孟瑤筆錄　〈金素琴舞台生活回憶〉(二)　《傳記文學》第四十一卷第六期　民國七十一年十二月
金素琴口述，孟瑤筆錄　〈金素琴舞台生活回憶〉(三)　《傳記文學》第四十二卷第一期　民國七十二年一月
金素琴口述，孟瑤筆錄　〈金素琴舞台生活回憶〉(四)　《傳記文學》第四十二卷第三期　民國七十二年三月
鄧紹基　〈略述《古本戲曲叢刊》的文獻價值〉　《文學遺產》一九八二年第一期
胡星亮　〈「五四」戲劇論爭及其影響〉　《文學評論》一九九三年第四期
馬彥祥　〈清末之上海戲劇〉　《東方雜誌》第三十三卷第七號
張正中　〈中國近代現實主義的藝術思想〉，《現代美術》第四十三期　民國八十一年八月
曾永義　〈民間文學、俗文學、通俗文學命義之商榷〉　《國文天地》第十三卷第四期　民國八十六年九月
曾永義　〈也談「南戲」的名稱、淵源、形成和流播〉　《中國文哲研究集刊》第十一期　民國八十六年九月

曾永義〈我對戲曲史研究與撰著之看法〉《臺灣戲專學刊》第一期　民國八十九年三月
曾永義〈也談戲曲的淵源、形成與發展〉《臺大中文學報》第十二期　民國八十九年五月
曾西霸〈清末民初的中國戲劇之嬗遞〉《世界新聞傳播學院學報》第六期　民國八十五年十月
董　健〈從臉譜的消解與重構看中國戲劇的現代化進程〉《聯合文學》第十六卷第十一期　民國八十九年九月
鄭培凱〈梅蘭芳對世界劇壇的文化衝擊〉《當代》第一〇三期　民國八十三年十一月一日
欒梅健〈重論中國現代文學中的現實主義思潮〉《中國現代文學理論》第八期　民國八十六年十二月

（三）整理國故與中共文藝政策之相關資料

毛子水〈國故和科學的精神〉《新潮》雜誌，第一卷第五期　民國八年四月
王國良〈晚清知識份子的民間文學觀—以諺語、兒歌、山歌、民謠等為例〉　台北淡江大學第二屆中國社會與文化學術研討會論文集　民國七十七年十二月
王爾敏〈中國近代知識普及運動與通俗文學之興起〉《中華民國初期歷史研討會論文集1912—1917》下冊　台北中研院近史所　民國七十三年
周玉山〈中共文藝政策演變〉《中國大陸研究》第四十三卷第五期　民國八十九年五月
周玉山〈五十年來的中共文藝政策〉《東亞季刊》第二十四卷第二期，民國八十一年十月
金觀濤、劉青峰　〈中國共產黨為什麼放棄新民主主義〉　香港《二十一世紀》第十三期　民國八十一年十月
胡　適〈新思潮的意義〉《新青年》第七卷第一期　民國八年十二月
胡　適〈《國學季刊》‧發刊宣言〉《國學季刊》，第一卷第一號　民國十二年一月
黃　平〈有目的之行動與未預期之後果〉《中國社會科學季刊》第九期　民國八十三年十一月，頁三十七—五〇
郭沫若〈整理國故的評價〉《創造週報》第三十六號　民國十三年一月
章培恒〈研究方法與研究態度〉《文學遺產》一九八五年第三期
張　烜〈駁新潮國故和科學的精神篇〉《國故月刊》第三期　民國八年五月

（四）鄭氏藏書之資料

國家圖書館〈館史史料選輯‧上海文獻保存同志會第一—九號工作報告書〉《國立中央圖書館館刊》，新十六卷第

一期　民國七十九年四月
葉聖陶〈我和商務印書館〉《出版史料》第二輯　一九八三年十二月
蔣復璁等口述，黃克武編撰《蔣復璁口述回憶錄》　南港中央研究院近代史研究所　民國八十九年五月
蔣復璁〈一剎那中的決定〉《中央月刊》　第二卷第9期　民國六十九年七月
蔣復璁〈蔣復璁報告赴港滬兩地布置搜購古籍情形簽呈（民國二十九年二月二十七日）〉《國家圖書館館刊》，新十六卷第一期　民國七十二年四月

國家圖書館出版品預行編目

鄭振鐸戲劇論著與活動述評／余蕙靜著. -- 一版
臺北市：秀威資訊科技, 2004[民 93]
面； 公分. -- 參考書目：面
ISBN 978-986-7614-58-2（平裝）
1. 鄭振鐸 - 學術思想 - 文學
2. 中國戲曲 - 評論

820.9408 93018404

語言文學類 AG0015

鄭振鐸戲劇論著與活動述評

作　者 / 余蕙靜
發 行 人 / 宋政坤
執行編輯 / 李坤城
圖文排版 / 張慧雯
封面設計 / 莊芯媚
數位轉譯 / 徐真玉　沈裕閔
圖書銷售 / 林怡君
網路服務 / 徐國晉
出版印製 / 秀威資訊科技股份有限公司
台北市內湖區瑞光路 583 巷 25 號 1 樓
電話：02-2657-9211　傳真：02-2657-9106
E-mail：service@showwe.com.tw
經 銷 商 / 紅螞蟻圖書有限公司
台北市內湖區舊宗路二段 121 巷 28、32 號 4 樓
電話：02-2795-3656　傳真：02-2795-4100
http://www.e-redant.com

2006 年 7 月 BOD 再刷
定價：420 元

讀　者　回　函　卡

感謝您購買本書，為提升服務品質，煩請填寫以下問卷，收到您的寶貴意見後，我們會仔細收藏記錄並回贈紀念品，謝謝！

1.您購買的書名：____________________________

2.您從何得知本書的消息？

☐網路書店　☐部落格　☐資料庫搜尋　☐書訊　☐電子報　☐書店

☐平面媒體　☐ 朋友推薦　☐網站推薦　☐其他__________

3.您對本書的評價：(請填代號　1.非常滿意 2.滿意 3.尚可 4.再改進)

封面設計____　版面編排____　內容____　文/譯筆____　價格____

4.讀完書後您覺得：

☐很有收獲　☐有收獲　☐收獲不多　☐沒收獲

5.您會推薦本書給朋友嗎？

☐會　☐不會，為什麼？____________________________________

6.其他寶貴的意見：____

____

____

____

讀者基本資料

姓名：____________________　年齡：_____　性別：☐女　☐男

聯絡電話：________________　E-mail：____________________

地址：____

學歷：☐高中(含)以下　☐高中　☐專科學校　☐大學

☐研究所(含)以上　☐其他_______________

職業：☐製造業　☐金融業　☐資訊業　☐軍警　☐傳播業　☐自由業

☐服務業　☐公務員　☐教職　☐學生　☐其他__________

請貼郵票

To：114

台北市內湖區瑞光路 583 巷 25 號 1 樓

秀威資訊科技股份有限公司　　　收

寄件人姓名：

寄件人地址：□□□

(請沿線對摺寄回,謝謝!)